中华译学倡导作字与

以中华为根，译与学并重
弘扬优秀文化，促进中外交流
拓展精神疆域，驱动思想创新

丁酉年冬月许钧撰 罗卫东书

中華譯學館·中华翻译研究文库

许 钧◎总主编

改革开放以来
中国当代小说英译研究

吴 赟◎著

ZHEJIANG UNIVERSITY PRESS
浙江大学出版社

国家社科基金一般项目

"中国当代小说的英译研究"（13BYY040）结题成果

总　序

　　改革开放前后的一个时期,中国译界学人对翻译的思考大多基于对中国历史上出现的数次翻译高潮的考量与探讨。简言之,主要是对佛学译介、西学东渐与文学译介的主体、活动及结果的探索。

　　20 世纪 80 年代兴起的文化转向,让我们不断拓宽视野,对影响译介活动的诸要素及翻译之为有了更加深入的认识。考察一国以往翻译之活动,必与该国的文化语境、民族兴亡和社会发展等诸维度相联系。三十多年来,国内译学界对清末民初的西学东渐与“五四”前后的文学译介的研究已取得相当丰硕的成果。但进入 21 世纪以来,随着中国国力的增强,中国的影响力不断扩大,中西古今关系发生了变化,其态势从总体上看,可以说与“五四”前后的情形完全相反:中西古今关系之变化在一定意义上,可以说是根本性的变化。在民族复兴的语境中,新世纪的中西关系,出现了以“中国文化走向世界”诉求中的文化自觉与文化输出为特征的新态势;而古今之变,则在民族复兴的语境中对中华民族的五千年文化传统与精华有了新的认识,完全不同于“五四”前后与“旧世界”和文化传统的彻底决裂与革命。于是,就我们译学界而言,对翻译的思考语境发生了根本性的变化,我们对翻译思考的路径和维度也不可能不发生变化。

变化之一,涉及中西,便是由西学东渐转向中国文化"走出去",呈东学西传之趋势。变化之二,涉及古今,便是从与"旧世界"的根本决裂转向对中国传统文化、中华民族价值观的重新认识与发扬。这两个根本性的转变给译学界提出了新的大问题:翻译在此转变中应承担怎样的责任? 翻译在此转变中如何定位? 翻译研究者应持有怎样的翻译观念? 以研究"外译中"翻译历史与活动为基础的中国译学研究是否要与时俱进,把目光投向"中译外"的活动? 中国文化"走出去",中国要向世界展示的是什么样的"中国文化"? 当中国一改"五四"前后的"革命"与"决裂"态势,将中国传统文化推向世界,在世界各地创建孔子学院、推广中国文化之时,"翻译什么"与"如何翻译"这双重之问也是我们译学界必须思考与回答的。

综观中华文化发展史,翻译发挥了不可忽视的作用,一如季羡林先生所言,"中华文化之所以能永葆青春","翻译之为用大矣哉"。翻译的社会价值、文化价值、语言价值、创造价值和历史价值在中国文化的形成与发展中表现尤为突出。从文化角度来考察翻译,我们可以看到,翻译活动在人类历史上一直存在,其形式与内涵在不断丰富,且与社会、经济、文化发展相联系,这种联系不是被动的联系,而是一种互动的关系、一种建构性的力量。因此,从这个意义上来说,翻译是推动世界文化发展的一种重大力量,我们应站在跨文化交流的高度对翻译活动进行思考,以维护文化多样性为目标来考察翻译活动的丰富性、复杂性与创造性。

　　基于这样的认识,也基于对翻译的重新定位和思考,浙江大学于 2018 年正式设立了"浙江大学中华译学馆",旨在"传承文化之脉,发挥翻译之用,促进中外交流,拓展思想疆域,驱动思想创新"。中华译学馆的任务主要体现在三个层面:在译的层面,推出包括文学、历史、哲学、社会科学的系列译丛,"译入"与"译出"互动,积极参与国家战略性的出版工程;在学的层面,就翻译活动所涉及的重大问题展开思考与探索,出版系列翻译研究丛书,举办翻译学术会议;在中外文化交流层面,举办具有社会影响力的翻译家论坛,思想家、作家与翻译家对话等,以翻译与文学为核心开展系列活动。正是在这样的发展思路下,我们与浙江大学出版社合作,集合全国译学界的力量,推出具有学术性与开拓性的"中华翻译研究文库"。

　　积累与创新是学问之道,也将是本文库坚持的发展路径。本文库为开放性文库,不拘形式,以思想性与学术性为其衡量标准。我们对专著和论文(集)的遴选原则主要有四:一是研究的独创性,要有新意和价值,对整体翻译研究或翻译研究的某个领域有深入的思考,有自己的学术洞见;二是研究的系统性,围绕某一研究话题或领域,有强烈的问题意识、合理的研究方法、有说服力的研究结论以及较大的后续研究空间;三是研究的社会性,鼓励密切关注社会现实的选题与研究,如中国文学与文化"走出去"研究、语言服务行业与译者的职业发展研究、中国典籍对外译介与影响研究、翻译教育改革研究等;四是研究的(跨)学科性,鼓励深入系统地探索翻译学领域的任一分支领域,如元翻译理论研究、翻译史研究、翻译批评研究、翻译教学研究、翻译技术研究等,同时鼓励从跨学科视角探索翻译的规律与奥秘。

青年学者是学科发展的希望,我们特别欢迎青年翻译学者向本文库积极投稿,我们将及时遴选有价值的著作予以出版,集中展现青年学者的学术面貌。在青年学者和资深学者的共同支持下,我们有信心把"中华翻译研究文库"打造成翻译研究领域的精品丛书。

许 钧

2018 年春

序

许 钧

    读吴赟的《改革开放以来中国当代小说英译研究》,想起了12年前主持她博士论文答辩的情景。在2008年5月31日和6月1日,上海外国语大学高级翻译学院组织了三场翻译学博士论文答辩会,共6位博士生参加答辩。差不多两个星期后,《光明日报》发布了有关消息,题目为《我国首批翻译学博士从上外"出炉"》。我清楚地记得,吴赟的博士学位论文答辩是在5月31日下午进行的,上外的谢天振、史志康、柴明颎等教授和很多研究生都在场。吴赟提交的论文系有关英国浪漫主义诗歌在中国译介与接受的研究。我对诗歌译介研究不多,她的论文题目引起了我的特别关注。她是那天下午最后一位答辩的,我注意到她一直在静静地听,神情专注。轮到她答辩时,她不慌不忙,显得很冷静,无论是陈述,还是回答评委的问题;她声音不高,但思路清晰,反应敏捷,语言准确,观点独到。作为答辩主席,我对她的表现很为欣赏,觉得她理论功底厚实,有思想,有观点,以后在学术上定会有大的发展。答辩后,我们联系虽不多,但我一直密切关注着她的研究进展,每次她发表文章或著作,我都会仔细阅读。2012年,她出版了两部专著:一部在北京大学出版社,叫《翻译·构建·影响——英国浪漫主义诗歌在中国》;一部在复旦大学出版社,叫《文学操纵与时代阐释——英美诗歌译介研究》。之后,她把目光投向了在新的历史时期出现的"中译外"活动,聚焦中国文学外译问题,主持了国家社科基金项目,这次奉献给学界的《改革开放以来中国当代小说英译研究》就是这一研究的结项成果。

　　作为当今中国翻译学界具有重要影响力的优秀青年学者,吴赟多年来一直潜心于翻译理论、文学翻译与翻译史研究,取得了令人欣喜的成就。我发现,近几年来,她有着更高的理论追求,积极思考学术研究应当如何呼应国家战略发展需求这一问题,展现出强烈的学术使命与担当意识,在深入思考和不断探索中明晰了翻译研究与国家形象构建两者之间的内在驱动机制。在我看来,这是她突破性的思路转变。她开展的有关对外话语的研究有锋芒、有创见、有意义,在学界碰撞出一系列思想火花,引起学界对翻译与国家对外话语之间深层关联的关注。

　　吴赟的这一思想变化,对她的研究产生了重要的影响。就文学外译而言,无论是整体把握、价值判断,还是文本分析,她都提出了不少颇具见地的新观点,丰富了现有的研究路径与方法,在一定程度上为中国文学外译研究拓宽了视野,提供了重要的理论参照。

　　中国当代小说英译研究,可看作译介史研究领域的课题。译介史研究横跨中外语言、政治、经济、文化与历史等不同领域,是翻译史研究的一个重要方面,亦是推动翻译学学科发展的关键维度。在传播中国声音、塑造国家形象的时代语境下,展开我国对外译介史的梳理、归纳与整合,无疑会为未来的译介之路提供可资借鉴的思路与经验,这是非常值得译界进一步深入挖掘与探索的课题。其实,较长时期以来,中国文学的译介史研究颇受学界关注,不少学者针对中国文学译介史课题进行了较为深入的横向与纵向思考,相关的研究成果也为研究工作的进一步开展提供了重要的历史参考。然而,我们依然可以看到这些研究在路径、方法以及理论层面贡献的不足与缺憾。如今,随着科学技术的演变更迭及网络新媒体生态的多样化发展,网络文学应运而生,正以一种在当下更具表现力、感染力、吸引力的形式传达着这个时代的价值取向。相应地,译介实践的样态也在悄然变化,最明显的特征就是译介内容的多模态趋向,这一路径融合了文字、图像、声音、表情等多种符号资源,为译介史的研究增添了崭新内容。面对这一系列崭新现象,如何展现中国文学创作与翻译新的特点与活力,日益成为驱动译介史研究创新发展的现实需求。《改革开放以来中国当代小说英译研究》便是吴赟在这一语境下勇于探索、奉献给学界的重要成果。

改革开放以来,世界开始以积极的姿态与中国开展交流,中国的国际形象与国家形象都处在一个不断被塑造、被定义的过程之中,而中国小说作为映射中国国家形象的载体,在国际社会塑造中国形象的过程中扮演着特殊的角色。中国当代小说的翻译是塑造中国形象,让世界了解中国的重要窗口。有关中国当代小说的外译研究中,学界不可避免地会遇到如下核心性问题:中国当代小说在海外的翻译与传播具体存在哪些障碍?应该如何真正推动中国文学走向世界文学?这注定是一次挑战大于机遇、困境多于坦途的对话之旅。针对这一对外传播现实,吴赟指出,对这一命题的研究必须从空间、时间与实践三个维度去思索,探究中国当代小说英译本在传播过程中的地位演变及其与中国文学、英语世界文学的联动,解析四十余年间中国当代小说英译的变革与启示,反思中国当代小说英译的模式与效果。这一论述可谓立意深远,既有探微发幽之涵泳,又有高屋建瓴之气势,基本确定了全书的基调与框架。

一部文学翻译史,不仅是一部文化交流史,亦是一部文化接受史。若想将这部意蕴丰富而厚重的史书写好,就要在主题、路径、方法、视角、内涵、影响等方面有深入的思考和学术的拓展,既能有益于译学研究,提供参照,亦可引导读者思索,推动研究。《改革开放以来中国当代小说英译研究》一书以改革开放以来的文学翻译现实为基础,勾勒了这一时期中国当代文学融入世界的路线图景,不仅结构合理,语言精巧而不失内涵,选题立意、论证思路更是独到、绵密而富有洞见,有三个方面尤为值得关注。

一是结构缜密,选材内容多元新颖。全书由 9 章 24 节组成,除绪论与结论之外,主体部分依照文本传播规律,为读者细述了中国当代小说对外译介的多种文本类型、各方驱动力量、数个经典案例、不同传播模式等,缜密有序,环环相扣,一气呵成。读者不仅可以通过《活着》《浮躁》《解密》,感知余华、贾平凹、麦家的作品在英语世界的译介效果,亦能借助《红高粱》《三体》《马桥词典》,体会中国当代文学走向世界、融入世界文学之路的建构过程,更可阅览《长恨歌》《大浴女》《苍老的浮云》《天堂里的对话》等,领略女性书写在英语视域下的建构与认同。网络文学作为中国现当代文学的重要构成部分,已成为影响海外的新兴文学形态。网络时代的文学翻译新景——网络文学的英译也是本书的重要内容。它为我们展现了一个多元新颖的传播景观,能够改变我们对中国当代文学英译传播的固有认知。

二是研究视域宏阔,分析路径独到。著作着眼于改革开放以来的中国当代小说对外译介实践,为读者阐明了在政治、经济、文化以及国家权力等各种场域影响下,文学和文学译介开始回归审美与思想解放时期(1978—1991年)、改革开放步伐加快时期(1992—2000年)、小说创作与译介观念不断更新时期(2001—2012年)以及对外翻译活动进入新模式时期(2013年至今)等四大历史阶段文学翻译活动及所涉行为主体的复杂性与多维性,学术视野宏阔。该书较为注重对理论与实践知识的梳理与归纳。在第三章,吴赟为读者诠释了"国家翻译规划"的概念内涵,介绍了国家翻译规划项目的历时演进过程;在第四章,吴赟从汉学家的翻译理念与策略、译本传播的海外出版路径、译本内副文本的全面构建三大方面,剖析了中国当代文学英译过程中促进译本形成与传播的多方力量。这些分析路径,为后几章的书写奠定了厚实的理论基础。

三是史实梳理清晰到位,实证评析钩索深入。翻译史实是否梳理得细致清晰是衡量译史著作成功与否的关键维度。吴赟在梳理中国文学走向世界和融入世界文学的历史进程时,并非笼统地按照时间发展顺序介绍中国当代小说对外译介的情况,而是以中国对外开放进程的大事件为关键时间节点,辅之小说对外译介的历史脉络,以单行本和选集这两种作品形态勾画了四十余年来中国当代小说译介的总貌。另外,在考察译介效果时,吴赟从译本的馆藏量、图书销量、读者评论三个维度出发,深入分析了读者视角下的中国当代小说在英语世界的译介与传播现状,颇具说服力。由于时间跨度大、译介书籍繁多等因素,统计改革开放以来中国当代小说在英语世界的馆藏量、图书销量以及读者评论情况相当艰难且任务繁重,不仅关系到跨国图书查阅难的问题,更涉及一些文本挖掘技术的运用等,这些都是研究开展较难克服的障碍。这部著作为读者提供了一手的实证数据与信息,这对译介史研究而言难能可贵。

　　值得一提的是,翻译史研究旨在追溯、穿缀与翻译实践相关的散落的史料资源,是翻译学研究的主要组成部分。这部著作不仅详细地考察记录了中国当代小说的对外翻译实践活动,而且对于翻译学学科发展研究具有积极的推进作用,更可服务于文化传播的国家战略需求。就其学术价值和贡献而言,主要体现在以下几方面。

　　一、划分中国当代文学译介的阶段,提出"国家对外翻译规划"的概念。改革开放以来,中国当代文学,尤其是小说文本的对外译介实践已有四十余年。四十余年间,大量中国小说被译介到英语世界,"80 年代小说""90 年代小说""新世纪小说""新时代小说"等是学者惯常表示相关时期小说对外译介阶段的标签。这本著作并没有沿用已有的阶段划分,而是以中国对外开放进程的大事件为关键时间节点,将改革开放以来的小说译介划分为四大历史阶段,展示了翻译史实的多元面貌,充分考虑了国家政策及战略思想在译介过程中扮演的角色,能为相关研究者带来不少有益启示。此外,该著作提出"国家对外翻译规划"的概念,阐述了其内涵意义及实践类型,将中国当代小说的对外译介与国家对外翻译规划有机结合,使得中国当代小说的英译实践上升到文化外交层面,赋予了中国当代小说英译实践更多的责任与使命,也为今后的小说英译研究拓展了路径。

　　二、拓宽译介学理论研究的探索空间,推进中国翻译学学科的创新发展。国内翻译研究的多学科、跨学科趋势日趋明显,翻译学跨学科研究已成为翻译学学术创新的重要增长点,译介学理论就是跨学科研究的产物。这一理论使得翻译研究,尤其是文学翻译研究,具有更深刻的文学与文化内涵。译介学理论贯穿该书的始终,夯实了该书的深度与厚度。与此同时,在译介学理论的基础上,作者巧妙地吸纳并融合了传播学、国际政治与公共外交领域的概念工具,为译介学理论的创新发展提供了可能性。在"讲好中国故事"的目标下,翻译研究直接对接国家发展战略需求,翻译学学科发展进入难得的机遇期,这也意味着新局面的开端。另外,该书将翻译学学科发展与国家发展紧密相连,注重小说译介与国家形象以及国际话语权之间的内在联动机制,赋予了翻译研究更多的担当与责任,有助于中国翻译学学科建设的创新发展。

三、实现译介史书写思路的革新，促进翻译史特色叙述话语的构建。文学翻译史是翻译史研究的核心。如何挖掘、考据、钩沉、呈现特定历史时期隐逸的翻译史料，实现翻译史书写思路与模式的转变与创新，进而加快翻译史叙述话语构建，是现今译学界特别关注与重视的研究方面。从现有的文献来看，国内学界在翻译史书写方面的创新性仍有待提升，现存的书写方式取向主要是通史与断代史，且大多都是按照时间推移的线性逻辑编排宏大叙事，精耕细作、扎实深入的非线性史料深描不多见。《改革开放以来中国当代小说英译研究》从译介对象、译本形成、译介效果、经典建构等译本传播规律视角书写改革开放以来中国当代小说的英译史，为我国翻译史的书写开拓了崭新的跨学科思路。此外，该书的附录"改革开放以来中国当代小说英译文本总览"是非常珍贵的文献资料，夯实了文学外译研究的史料基础，增强了叙述话语的说服力与可信度。书写思路与模式的革新也会引发叙述话语结构的变化，从而能够衍生出多样化的翻译史叙述话语表达，有益于翻译史特色叙述话语体系的构建。

四、丰富中国外译研究的路径与方法，提升文学外译研究的理论自觉。中国文学在域外的译介、传播与接受研究是近些年译学界大力开展的研究课题。一系列文学外译研究的文章与著作相继涌现，而研究方法单一、理论厚度不足等问题普遍存在。大多数著述仅探讨中国文学外译与国家战略需求之间的关系，忽略了从理论视角出发对中国当代文学的特质加以剖析、思考其与世界文学的联动等方面。这部著作一改以往纲要式、纯线性的研究路径，从译介学理论出发，从不同维度为读者叙述了改革开放以来中国当代文学的译介图景；同时，将语料数据构建用于译介效果的考察，实现了研究方法的某种创新。另外，贯穿全书的理论自觉也是其特色之一。该著作没有止于阐述小说译介对于文化交流及国家发展战略的意义，还将目光转向小说本身，指出了作品自身的样貌形态对翻译文本能否被英语世界受众接受的关键性的形塑作用。例如，以多模态形式呈现的网络文学英译，不仅颠覆了传统翻译运作模式，更以超越历史情境与地域局限的情怀与理想，为异域读者所认同和接受。这一观点给予中国文学外译研究颇多启示。

　　《改革开放以来中国当代小说英译研究》一书是吴赟多年研究成果的集中体现,凝聚了其对中国当代小说英译研究的心血与感悟,其中不乏对今后中国当代小说对外译介的创见与思路,也兼有对中国小说创作之于世界文学格局的思考与探索,实为研究中国当代文学英译的精品力作。我特别希望译学界的同仁、翻译学习者、文学翻译爱好者能够关注此书,关注中国当代文学的多元化发展以及对外译介的最新进展,重视中国文学发展的理论问题。

　　在当今文学类型日益涌现的时代,中国当代小说译介史的书写更要注重多元化,不仅要涵盖传统的严肃文学,通俗文学、科幻文学、网络文学等也应纳入研究的范畴;研究方法应根据文本研究的需要,突破研究方法单一、研究模式雷同的桎梏,实现创新性与多样化发展;研究路径也要打破固有的思维套路,促进多元、新颖、交叉、科学路径的产生;同时,还应关注理论建设。如此,方能推动中国当代文学英译史研究的整体发展,促进中国文学翻译研究取得突破性成绩,加快翻译学学科发展进程。

　　是为序。

2021 年初于黄埔花园

目　录

第一章　绪　论

　　自 20 世纪以来,在中国文学的成长与演化进程中,各种流派、主张、力量不断地生成、冲突、互动与影响,走过壮怀激烈的革命年代和万象更新的改革时期,汇通并叙述了整个中国的现当代历史。中华人民共和国成立后,其命维新,在政治、经济、思想等各个维度都开启了宏大而激荡的崭新格局——在文学上同样如此,当代文学的书写便由此展开。中国当代文学 70 余年的发展充满了历史的理性与激情。在这一宏阔的视野之下,我们看到中国现代化路途的历时演进,有充满激情的狂热与高亢,有难以磨灭的苦难与伤痕,有浴火重生的纠偏与修复,更有日日为新的丰赡与多元。

　　自新中国成立后十七年(1949—1966 年)到"文革"(1966—1976 年),文学一度陷入政治功用化的狭窄空间,不仅被作为纯粹精神层面的意义表达,而且成为对具体社会和国家的颂扬。这种独特、鲜明的文学话语表述成为一种特定意识形态的文本阅读和话语阐释,旨在捍卫、巩固国家话语的地位和权力,也使得文学没能延续新文化运动时期丰富而生动的发展轨迹,而是走上了相对孤立、绝对化的价值评判道路。1976 年"文革"结束后,思想解放运动的大幕拉开。文学艺术的创作、诠释与批评渐渐获得充分自主的发展空间。主流意识形态摒弃了"文艺为政治服务"的政策,文学不再是政治意识形态的传声筒,不再与政治构成最为显性的关系,开始重新获得应有的独立性,逐步修复以"人"为核心的新文学体系,进而回归文学本源的审美属性。如此一来,文学创作的空间和维度不再紧随政治这一单一风向的变化而改变。在渐次宽容开放的语境下,文学写作呈现出丰富而活跃的局面。文学创作空间大大拓展,文学方法革新多样,价值判断言人人殊,逐渐摆脱了政治化为简单主导的判断依归。

本书对中国当代文学这一研究本体的撷取即以"文革"结束、改革开放的大幕开启为开端。自此时起,文学叙事虽有对先前文学书写传统的继承,但呈现出的更多是割裂与修复,勾画了多元而广阔的文学图景和文化视野。从小说体裁来看,伤痕文学、改革文学、知青文学、寻根文学、先锋文学、女性文学、乡土文学、通俗文学,以及 21 世纪兴起的网络文学等,谱写了全新的文学经验和生活体验。中国与西方,乡村与城市,传统与现代,现代与后现代,历史与未来,种种对立、冲突与互动渗透都说明文学已成为国家发展的镜像与时代变迁的见证,也是人们精神宣泄、思想认同和灵魂抚慰的途径。

本书的研究发端于改革开放以来的文学现实,是因为日新月异的中国引起全世界广泛的兴趣和关注。中国当代小说——作为构建当前中国社会、生活、思想、情感的主要文学形式——是世界了解中国的较好途径,也成为世界文学的重要构成。著名的第三世界文学寓言理论认为:"所有第三世界的文本均带有寓言性和特殊性:我们应该把这些文本当作民族寓言来阅读,特别当它们的形式是从占主导地位的西方表达形式的机制——例如小说——上发展起来的。"①中国文学所蕴含的民族寓言书写了本民族、国家与个体的独特情感体验和生存感受,同时也映射了中国文化与中国形象的独特价值和立场,从政治、审美、文化等各个层面丰富了世界文学的多样性,成为世界文学这一想象共同体中不可或缺的一个面向。

不过,中国文学在走向世界、融入世界时,一路上喧嚣不断,不仅有失败的挫折和成功的喜悦,更是充满了期待认同的焦虑与渴望,也或多或少在被阅读、批判与想象的过程中,削弱抑或扭曲了自身独特的风貌、特质与情感,落入了扁平化的全球普遍主义的窠臼。在这种现实背景下,翻译在中国文学驶向彼岸的过程中所起的作用就显而易见,因为译本的生产、

---

① 詹明信. 晚期资本主义的文化逻辑. 陈清侨,等译. 北京:生活·读书·新知三联书店,1997:523.

流通与接受塑造了国别文学在世界文学中的形象与地位。"通过译文而把共同体捆束在一起的各种兴趣不仅仅是以外语文本为焦点的,而且反映了译者在译文中铭写的本土价值、信仰和各种再现。……在某一体制内对于已经获得经典地位的外语文本而言,译文成了支持或挑战现行经典和阐释,也即流行的标准和观念的阐释共同体的场所。"①中国文学的译本成为世界阅读中国的基本路径,也成为想象中国、接受中国的实践空间。

拨开历史的烟尘,时光筛留下一些关键性问题,亟待我们进行思考与解答:作为反映中国文化面貌、国家形象的中国当代小说,它在海外的翻译与传播具体存在哪些问题? 应以何种姿态面对异域读者的认知期待? 应该如何真正推动中国文学成为世界文学格局中具有独特性、重要性的构成? 这些问题不仅关涉翻译本身,还与其背后的整个社会语境,乃至世界格局存在十分重要的互动与影响关系;也让我们看到,翻译绝非只是关于艺术再创造或者文字与技术转换的客观行为,相反,它是一种文化和意识形态试图对另一种文化和意识形态的影响、融合甚至改造,乃至于成为国家或地区开展文化外交的重要构成,对于构建国家形象、提升国家软实力有着不可忽略的作用。

因此,本书以改革开放40余年间中国当代小说在英语世界的翻译现实作为研究基础:新时期之初,以自我需求为驱动的命题式译介,曾让中国文学难以真正进入海外的传播体制,加之文化立场的殊异、译介动机的参差,以及来自域外的种种傲慢与偏见,使得中国当代小说始终被笼罩在难以接受的焦虑之中,很难构建真实而完整的文学形象。中国不断践行对外翻译的多重努力,莫言获得诺贝尔文学奖、《狼图腾》《三体》等作品获得赞誉等积极的变化使得中国文学有更多机会与世界各国展开对话,促使书写中国独特本土经验和社会现实的小说在殊异的文化语境中获得新生,加速了本土文化的价值立场与审美取向融入世界文学的观念与标准,加深了世界对中国文学、文化乃至国家的关注与认可。

---

① 韦努蒂. 翻译、共同体、乌托邦//达姆罗什. 新方向:比较文学与世界文学读本. 北京:北京大学出版社,2010:194.

　　本书按照历时发展顺序,研究改革开放 40 余年间中国当代小说的英译活动,解读翻译活动在不同时代文化空间开展时所呈现的文化目的、译本形态以及译本形成的文化效果和影响。翻译活动是复杂多维的行为,不仅会受到政治、经济、文化、学术等场域的影响,也受制于最高位的权力场域,并随社会空间的变化而变化。翻译活动所涉及的行为主体同样复杂多样,不仅有译者,还有文学作品的原作者、译文读者以及包含国家权力部门与出版社等在内的操纵或影响翻译的多个赞助人。中国当代小说的英译既有中国官方层面的对外翻译规划,也有英语世界的主动译入,两者各有明确的文化目的,受到社会文化语境、读者期待等诸多因素的制约与影响,其理念和实践不仅反映了输出国的自我形象认知,同时也影响了国家国际形象的建构。

　　除在宏观视野上多角度、多层面阐明翻译活动的复杂性外,本书也着眼微观视角,着重探讨翻译活动内部的运作机理、规律与特征。另外,对于翻译过程以及译本形态的判断和批评也是翻译研究的核心内容。原文本选取动因,翻译策略运作流程,文本转换与译本生成的机制,对译本的文学审美、语言学评判与社会文化价值的评述,一起构成了对文学翻译内在实质的审视。简而言之,探索文学作品外译这一复杂而宏大的命题,不仅须结合宏观的文化视域研究和微观的文本研究,以形成对其全方位、完整性的洞察与观照,而且,还必须对译介所置身的时代语境有充分的认知,在历史的烛照之下看清译介的生发、蓬勃、式微或阻隔,探明文学作品在不同文化土壤中的橘枳之变,并了然其中所涉主体、内容、途径、效果等各个要素的作用。也就是说,对这一命题的研究必须从三个维度去架构并完善:空间维度上,研究中国当代小说英译在世界文学格局中的语境变迁和地位衍变,以及其与中国文学、与英语世界文学和文化的影响和互动;时间维度上,研究 40 余年间中国当代小说英译的变革,以及对其将来发展的预见与建议;实践维度上,研究中国当代小说英译的目标、策略、模式、效果评估及反拨启示。

　　走过波澜壮阔的 40 余年,快速崛起的中国面貌更新、气象万千,世界正注目着变化中的中国,凝视着 40 余年历程中悄然改变的中国形象,而小说作为记录并映照中国形象的有效载体,其书写、翻译与传播成为中国形象、中国情感、中国话语能否直指人心,触动、感染并影响世界的重要渠道。本书的梳理、阐释与评议均以此为发端,并以此为中心,展开条分缕析、目次详明的述与论。

第二章 译介对象:
时代变迁与中国小说选本

　　"文变染乎世情,兴废系乎时序"①,文学与时代政治共同构建了中国文学发展的基本史实。从时间维度来看,中华人民共和国成立之后,当代文学呈现出了鲜明的时代阶段性特征,"十七年文学"(1949—1966 年)、"'文革'文学"(1966—1976 年)、"改革开放文学"(1978 年至今)以不同的问题意识和独特的理解世界、表达世界的方式,介入并参与了历史的变迁与社会的变革。

　　改革开放这一伟大的历史时期深刻影响了文学的外部环境和内部机制,其间应运而生的小说思潮成为当代文学发展的辉煌时刻,并随即展开了波澜壮阔的翻译之旅。本书即以小说这一文学体裁作为原文本,以改革开放以来的历史时期为研究分界,考察中国当代小说的英译现实。40余年间,中国小说从反传统文学规范的先锋作品,到对社会进行深切人文关怀和深刻思考的现实主义与超现实主义作品,再到面向读者愉悦性消费的通俗流行作品,卷帙浩繁,通过翻译,在英语世界呈现了千姿万象的图景。40 余年的时间跨度大,小说的观照视域与时俱进,其历程常被分割为"(20 世纪)80 年代小说""(20 世纪)90 年代小说""21 世纪小说""新时代小说"等更为具体微小的视域。构建改革开放以来中国当代小说译介的整体面貌,需要拼接这些被分割的历史阶段,使之连贯纳入 40 余年的叙事之中。值得注意的是,"(20 世纪)80 年代小说""(20 世纪)90 年代小

---

① 刘勰. 文心雕龙(卷九)·时序. 北京:中华书局,2014:283.

说"等均为约数,精准的时间节点与时代发展以及文学译介的内涵变迁息息相关,需要更为清晰的界定。

本书以中国对外开放进程的大事件为关键时间节点。首先可以认定,1978 年为改革开放以来中国当代文学发展的逻辑起点。中国社会的变革与转型在 1978 年被推至临界点,而文学与时代偕行。1978 年年底召开的党的十一届三中全会确定了思想解放的路线,文艺创作不再要求政治的过度介入,文学艺术审美本质的回归催生了 80 年代文艺创作的解放与繁荣,也直接谱写了文学发展的历史性开端。因此,中国当代小说译介的起点前延至 1978 年,以党的十一届三中全会为发端,显然更为符合历史逻辑,直至 1991 年,中国走上向世界开放的道路,文学和文学译介开始回归审美与思想解放。1992 年至 2000 年的第二个译介阶段,以邓小平南方谈话为节点,中国的对外开放由点及面,步伐显著加快,小说也相应地折射出中国现代化的进程和中国社会的面貌。2001 年至 2012 年的第三个译介阶段,以中国加入 WTO 为标志,这一时期中国进入了全方位对外开放的新时期,从局部试点、被动顺应国际形势到主动布局、全盘深化,小说创作与译介进一步顺应时势,呈现出更为开放、不断更新的小说创作与译介观念。2013 年至今的第四个译介阶段,以党的十八大召开为起点,2012 年年底召开的党的十八大标志着中国步入新时代,新的国际格局引导对外翻译活动进入新模式,2013 年提出的"一带一路"倡议成为中国实践并引领国际话语权的创新型构想,也逐步成为中国文化"走出去"全面执行与落实的平台,中国开始由在西方主导的世界文学体系内争取更大的话语权,向引领更多议题的阶段转变。① 对中国对外开放战略历程的划分是中国研究的重点内容,这四个阶段的划分综合考虑了国家重要政治会议、国家领导人的战略思想与布局以及中国对外开放的重要节点等要素。中国当代小说译介在这四个时期呈现出不同的时代特征,也见证了中国文学走向世界和融入世界文学的历史进程。

中国当代小说在英语世界的译介过程主要呈现出两种作品形态:一

---

① 参考:王水平. 中国开放进入 4.0 时代. 红旗文稿,2015(13):19-22.

种是单行本,即作家的单部小说由出版社出版,在英语国家发行;一种是翻译文学选集,多由汉学家挑选部分篇目,将其中的若干中篇或者短篇小说收录在现当代中国文学作品集中,结集出版。本章以改革开放以来的四个时间阶段为分界,从单行本和选集这两种作品形态,综述这40余年来中国当代小说的译介总貌。

第一节　单行本小说翻译综述

"单行本"这一说法源于日文,与连载作品相对,意为"单独成册发行的书"。根据《汉语大词典》的解释,单行本包括以下情况:"(1)单独印行的书籍,区别于丛书或散附他书而流行者;(2)在报纸、杂志上分期发表经整理、汇集而单独印行的著作;(3)从报刊上或成套成部的书里抽出来单独印行的著作。"①本书所关注的中国当代小说单行译本包含以上三种形式。

文学作品能否被选择并进行翻译,作品的文学价值并非唯一的评判标准。国家权力与国家意志,官方机构的组织与操纵,原作在源语文化中的地位、文学属性、政治内涵等均会影响甚至左右对外文本的选择、翻译与出版。

一、1978—1991 年(第一阶段)的单行本小说英译

"文革"结束后,国内、国际社会环境发生了剧烈变化。1978 年,改革开放政策开始实施,次年中美建交,拉开了"文革"后中西思想文化交流的序幕。1983 年,中国外文出版发行事业局(简称"外文局")在《建国以来外文书刊出版发行事业的十条基本经验》中提出:"必须清除以'推动世界革命'为目的的'左'的指导方针所带来的严重后果,坚决贯彻'真实地、丰富多彩地、生动活泼地、尽可能及时地宣传新中国'的指导方针,但也要注意防止忽视政治宣传的倾向。"②这一纲领性决议成为此阶段单行本外译的

---

① 罗竹风. 汉语大词典(第 3 卷). 北京:汉语大词典出版社,1989:3826.
② 转引自:王颖冲. 中文小说译介渠道探析. 外语与外语教学,2014(2):80.

行动指南。

整体来讲,在这一阶段,反映抗战和革命生活、传达人民解放等革命意识的小说英译本在出版的书籍中占较大比重;不过,与此同时,也开始注重向外部世界介绍反映中国当代社会现状的作品,传播中国文学作品的审美价值,在国内颇具代表性的多名作家和多种题材的文学作品逐渐被译介。同时,海外出版社也开始主动翻译、出版中国小说,一些反映中国特定历史时期社会思潮与国家发展的著作在国外得到了关注。

这一时期,共有30余本单行本译本出自国家文学对外译介机构——People's Literature Publishing House(人民文学出版社)、Chinese Literature Press(中国文学出版社)及Foreign Languages Press(外文出版社)。其中宣传抗日战争、解放战争、新中国成立初期政策和人民生活等主题是该时期译本的主旋律,如:孙犁著,描绘抗日战争时期冀中人民战斗生活的一系列作品,包括《风云初记》(*Stormy Years*, Foreign Languages Press, 1982)、《荷花淀》(*Lotus Creek and Other Stories*, Foreign Languages Press, 1982);丁玲著,反映土地改革时期农民矛盾的《太阳照在桑干河上》(*Sun Shines over the Sanggan River*, Foreign Languages Press, 1984);马烽著,反映土改中农民生活的教材式小说《村仇》(*Vendetta*, People's Literature Publishing House, 1989);高晓声著,配合宣传新《婚姻法》的现代婚姻小说《解约》(*The Broken Betrothal*, Chinese Literature Press, 1981)。

此外,这一时期也翻译出版了其他多个文学流派具有时代批判性和反思性的作品,如:宗璞著,反映"文革"历史背景下知识分子思想生活的伤痕文学作品《弦上的梦》(*Melody in Dreams*, People's Literature Publishing House, 1982);王蒙意识流作品的代表作,书写时代洪流中知识分子命运的小说《蝴蝶》(*Butterfly and Other Stories*, People's Literature Publishing House, 1983);蒋子龙著,反映"文革"后青年一代思想困惑的作品《赤橙黄绿青蓝紫》(*All the Colours of the Rainbow*, People's Literature Publishing House, 1983);谌容著,反映中年人生活困境的小说《人到中年》(*At Middle Age*, People's Literature Publishing

House，1987)；国内第一本当代口述纪实文学作品——张辛欣与桑晔合著的《北京人》(*Chinese Lives: An Oral History of Contemporary China*，People's Literature Publishing House，1987)；程乃珊著，反映历史潮流中上海资产阶级家庭变迁的小说《蓝屋》(*The Blue House*，People's Literature Publishing House，1989)；古华著，反映社会变革中乡村民众生态的作品《芙蓉镇》(*A Small Town Called Hibiscus*，Chinese Literature Press，1990)；张承志著，以蒙古草原生活为背景的浪漫主义长篇小说《黑骏马》(*The Black Steed*，People's Literature Publishing House，1990)；张洁著，批判建设时期领导干部个人主义的作品《条件尚未成熟》(*The Time Is Not Ripe*，Foreign Languages Press，1991)；白峰溪著，展示当代女性在家庭、事业及自我实现中各种矛盾的小说合集《女性三部曲》(*The Women Trilogy*，Chinese Literature Press，1991)；刘恒著，讲述封建男权社会中情爱与人性的小说《伏羲伏羲》，其改编电影《菊豆》获1991年奥斯卡最佳外语片奖提名，而后原著小说译本出版 (*The Obsessed*，People's Literature Publishing House，1991)。这些作品跳出文学说教的简单范式，摆脱了革命话语的窠臼，描述了自抗战以来各个时期农民、知识分子等普通民众的具体生活状态和他们所面对的种种社会现实问题，对其时的中国社会和民众展开了较为真实、生动且又鞭辟入里的文学叙事，其中不乏对时代的批判和反思。虽然这一时期被译介的作品不多，但这一趋势展示了向外译介多元中国的积极姿态。

国外出版社出版发行的单行本译本包括：王安忆著，描述上海资本家家族起落变迁的《流逝》(*Lapse of Time*，China Books & Periodicals，1988)和反映传统思维影响下淮北农民生活的《小鲍庄》(*Baotown*，W. W. Norton，1985)；戴厚英著，反映知识分子自我反思的作品《人啊，人!》(*Stones of the Wall*，Michael Joseph，1985)；冯骥才著，反映"文革"后不同阶级人生境遇的作品集《雕花烟斗及其他故事》(*Chrysanthemums and Other Stories*，Harcourt Brace Javanovich，1985)；张洁著，描写改革的文学作品《沉重的翅膀》(*Leaden Wings*，Virago Press，1987)和批判小说《无事发生就好》(*As Long as Nothing Happens，Nothing Will*，Virago

Press, 1988);程乃珊著,描写 20 世纪 80 年代上海生活面貌的《调音》(*The Piano Tuner*, China Books & Periodicals, 1989);王蒙著,描写右派分子改造生活及思想转变的《一个布尔什维克的敬礼》(*A Bolshevik Salute: A Modernist Chinese Novel*, University of Washington Press, 1989);丁玲著,反映新中国成立前女性思想觉醒与变化的《一个女人:丁玲作品选》(*I Myself Am a Woman: Selected Writings of Ding Ling*, Beacon Press, 1990);李存葆著,描写云南边防部队越战前后生活的《高山下的花环》(*The Wreath at the Foot of the Mountain*, Garland, 1991);贾平凹著,描写改革开放初期社会问题的《浮躁》(*Turbulence*, Louisiana State University Press, 1991)。可以看出,这些作品多以描写"文革"创伤、反思"文革"为主题。

改革开放伊始,虽中外文化交流逐渐活跃,但国家权力的操控仍占据主导地位。此时,决定翻译行为的依然是国家机构,在外译文学中多数作品均具有宣传属性。不过,与此同时,也有反映文学现实和社会现实的作品被译出,这些作品多是对"文革"历史的反思以及关于人性基本诉求与困惑的探索。

二、1992—2000 年(第二阶段)的单行本小说英译

与上一时期相比,这一时期英译单行本数量明显增长,中国国家文学机构出版的译本不再独占鳌头,出版数量占比呈明显下降趋势。海外出版社出版的译本大幅度增长,占所有译本总量的 60%,这也说明了国际社会对中国的关注和兴趣与日俱增。

这一时期出版的 60 余本译本中,将近半数由 People's Literature Publishing House、Chinese Literature Press 及 Foreign Languages Press 出版。这三家出版社出版的作品题材广泛,涉及知青、女性、少数民族、历史、反贪、改革及爱情等反映历史及当下中国或写实或虚构的文学作品。其中有孙力、余小惠合著,反映城市改革复杂面貌的长篇小说《都市风流》(*Metropolis*, People's Literature Publishing House, 1992);扎西达娃著,描述西藏民族宗教历史及文化的《西藏,系在皮绳结上的魂》(*A Soul in*

Bondage—Stories from Tibet, Chinese Literature Press, 1992);益希单增著,描述藏民生活今昔的《幸存的人》(*The Defiant Ones*, People's Literature Publishing House, 1993);柯岩著,讲述 70 年代末工读学校老师为问题学生回归社会而努力的《寻找回来的世界》(*The World Regained*, Foreign Languages Press, 1993);陆星儿著,叙述返城知青爱情婚姻生活的《啊,青鸟》(*Oh ! Blue Bird*, People's Literature Publishing House, 1993);艾芜著,叙述旧时代底层劳动女性生活的《芭蕉谷》(*Banana Vale*, Chinese Literature Press, 1993);刘震云著,描述权力角逐的《官场》(*The Corridors of Power*, People's Literature Publishing House, 1994);池莉著,描述都市中产阶级情感生活的《不谈爱情》(*Apart from Love*, People's Literature Publishing House, 1994);施蛰存著,表现婚姻、道德与爱情之间碰撞的《梅雨之夕》(*One Rainy Evening*, People's Literature Publishing House, 1994);凌力著,描述清朝顺治皇帝帝王生涯的《少年天子》(*Son of Heaven*, People's Literature Publishing House, 1995);张抗抗著,讲述北大荒青年男女婚恋故事的《隐形伴侣》(*The Invisible Companion*, People's Literature Publishing House, 1996);霍达著,描述回族家庭命运起伏的《穆斯林的葬礼》(*The Jade King: History of a Chinese Muslim Family*, People's Literature Publishing House, 1997);林希的《天津江湖传奇》(*King of the Wizards*, People's Literature Publishing House, 1998)。

同时,在这一时期,一些改编自小说的电影在国际上赢得了关注与荣誉,随后其英译小说也相继出版。如由陈源斌所著小说《万家诉讼》改编的电影《秋菊打官司》获得了温哥华国际电影节大奖和最受欢迎影片奖等国际大奖,借此东风,原著小说《万家诉讼》的英译本也被推出(*The Wan Family's Lawsuit*, Chinese Literature Press, 1992; *The Story of Qiuju*, People's Literature Publishing House, 1995)。

以上这些译本的出版勾画了中方出版社的主动译介图景。一些迥异于前的题材涌现,如官场、改革、爱情等,这些贴近社会生活的小说题材反映了改革开放浪潮下中国社会的发展变化,以及社会各个阶层人民的生活形态,表达了中国向西方展示中国文学现状以及中国社会现状的意图。而电影原著小说的翻译则反映了出版社对于市场的关注与接轨,电影的热映激活了大批潜在读者,相关原著英译本的出版则有效地承接了电影产生的市场余温。

国外出版的中国翻译文学作品,既着眼中国文学作品的自身价值,也受英语读者对中国以及中国文化好奇心理的驱动。换句话说,国外主动译介的中国文学作品在一定程度上是为了了解和研究中国。不过此阶段国际社会对中国的了解欲望和研究倾向往往受到其固有思维模式的影响和猎奇心理的驱使,因此,英语读者感兴趣的中国题材始终具有鲜明的话题性,即对于政治和性的关注是对中国文学作品的主要兴趣所在。此类文学趣味使得涉及这两类题材的作品译本深受海外出版社的青睐。在这一历史阶段得到译介的著名作家及作品包括:王蒙著,反映社会变革矛盾的《活动变形人》(*Alienation*, Sino United Publishing, 1993)和《坚硬的稀粥》(*The Stubborn Porridge and Other Stories*, George Braziller, 1993);贾平凹著,展现村庄城市化进程的《土门》(*The Earthen Gate*, Valley Press, 2018)和反映改革开放对基层小人物影响的《古堡》(*The Castle*, York Press, 1997);韩少功著,在时代动荡中探讨"自我"的《归去来》(*Homecoming*, Renditions Paperbacks, 1992);白桦著,描写摩梭人在"文革"时期生存面貌的《远方有个女儿国》(*The Remote Country of Women*, University of Hawaii Press, 1994);刘索拉著,以"文革"为背景的中篇小说集《混沌加哩格楞》(*Chaos and All That*, University of Hawaii Press, 1994);莫言著,描述农民与政府之间抗争的《天堂蒜薹之歌》(*The Garlic Ballads*, Hamish Hamilton/Penguin Books, 1995);苏童著,刻画"文革"时人性纠缠与阴暗的《米》(*Rice*, William Morrow & Co., 1995; Scribner, 2000);马波著,记录中国知识青年下乡生活的文学作品《血色黄昏》(*Blood Red Sunset*, Viking Press, 1995);张贤亮著,描述知识分子心态的日记体小说《我的菩提树》(*My Bodhi Tree*, Secker and Warburg, 1996);余华著,揭示中国当代知识分子乃至掌权者精神变迁的作品《往事与刑罚》(*The Past and the Punishments: Eight Stories*,

University of Hawaii Press，1996）；王朔著，描述"文革"的小说《玩的就是心跳》（*Playing for Thrills*，William Morrow & Co.，1997）；等等。

而另一些聚焦中国女性的文学作品，特别是涉及"性"主题的小说也得到了特别关注与译介。其中包括王安忆的《锦绣谷之恋》（*Brocade Valley*，New Directions，1992），这是中国当代文学作品中较早涉及性和婚外情话题的小说；冯骥才聚焦裹脚这一封建旧习的《三寸金莲》（*The Three-inch Golden Lotus*，University of Hawaii Press，1994）；苏童描述封建时代背景下女性悲惨命运的《妻妾成群》（*Raise the Red Lantern*，William Morrow & Co.，1993）；丁小琦描写军旅组织干预下女性悲剧爱情故事的《女儿楼》（*Maiden Home*，Aunt Lute Books，1994）；古华描写封建男权社会压制下女性情爱生活的《贞女》（*Virgin Widow*，University of Hawaii Press，1996）；宗璞描写灾难和痛苦中的爱的中篇小说《三生石》（*The Everlasting Rock*，Three Continents Press，1998）；等等。

海外出版社也借电影获奖，推出相关小说译本，如：莫言表现乡村人民在抗日战争中生命力与民族精神的《红高粱家族》（*Red Sorghum：A Novel of China*，Penguin Books，1994），在电影《红高粱》获得柏林国际电影节金熊奖后顺势出版；苏童的《妻妾成群》在被改编成电影《大红灯笼高高挂》后，英译本也选用了电影的直译名（*Raise the Red Lantern*）；而刘恒展现对命运思考的《黑的雪》，也在其电影版《本命年》斩获柏林国际电影节银熊奖后，顺势推出了英译本（*Black Snow*，Atlantic Monthly Press，1993）。

海外出版社主导的译本数量不断增加，反映出中国文学逐渐获得英语读者关注的事实。不过，从以上翻译出版的书目可知，海外出版社译介的文学作品多呈现出西方读者偏爱的"中国情调"，主题始终以政治性为依归，仍然停留在"文革"时期或是封建时代，塑造的也是西方刻板印象中的中国社会。

三、2001—2012 年（第三阶段）的单行本小说英译

进入 21 世纪，英语世界对中国文学的新声音和新主题兴趣渐浓，也

开始意识到已经被翻译成英语的中国当代小说"无法代表今日中国文学的多样性"①。纸托邦(Paper Republic)的创办者陶建(Eric Abrahamsen)表示,虽然翻译选材"会受制于出版行业的偏好",但他们开始"热衷于展示(中国文学的)广阔图景,而不是仅仅择取个别作家作为自己的努力方向"②。与 80 年代和 90 年代相比,单行本译本数量大幅增加,呈现出更为明显的多样性特征。中国文学的译出既延续了之前的标准,又不断拓展文学取材的边际,其范围不再局限于此前占据多数的伤痕文学、乡土文学和革命文学作品。从出版方来看,海外出版社的比重较大。从被译介对象来看,被翻译出版的除了苏童、莫言、王安忆、张洁等长期以来在海外受到关注的主流作家外,卫慧、棉棉、安妮宝贝、春树、姜戎等在国内销量排行榜前列的作家也有了单行本译本。可以说,这一时期的单行本译本已经淡化了意识形态的色彩,挣脱了政治与性的话题束缚,开始成为文学审美多样性的写照。

在这一阶段,一些著名作家的作品得到了译介。苏童共有 6 部作品得到翻译出版,其中包括描述废黜帝王的长篇小说《我的帝王生涯》(*My Life as Emperor*, Hyperion, 2005)、改编自中国古典传说"孟姜女哭长城"的长篇小说《碧奴》(*Binu and the Great Wall: The Myth of Meng*, Canongate, 2007)以及曾获曼氏亚洲文学奖(Man Asian Literary Prize)的《河岸》(*The Boat to Redemption*, Black Swan, 2011)等。

莫言共有 6 部作品得到译介,包括描绘中国官场生态的长篇讽刺小说《酒国》(*The Republic of Wine*, Arcade Publishing, 2001)、中长篇小说《丰乳肥臀》(*Big Breasts and Wide Hips*, Methuen / Arcade Publishing, 2004)、长篇小说《生死疲劳》(*Life and Death Are Wearing Me Out*, Arcade Publishing, 2008)[该小说获 2009 美国纽曼华语文学奖(Newman Prize for Chinese Literature)]、中篇小说《变》(*Change*,

---

① Leese, S. K. The world has yet to see the best of Chinese literature. *The Spectator*, 2013-03-13(02).

② Cornell, C. Watch this space: Contemporary Chinese literature in English, interview with Eric Abrahamsen. *Artspace China*, 2010-10-07.

Seagull Books，2010)、《檀香刑》(*Sandalwood Death*，University of Oklahoma Press，2012)等。

余华在这一时期共有 4 部作品被译介,分别为《活着》(*To Live*，Anchor Books，2003)、《许三观卖血记》(*Chronicle of a Blood Merchant*，Anchor Books，2004)、《在细雨中呼喊》(*Cries in the Drizzle*，Anchor Books，2007)以及《兄弟》(*Brothers*，Pantheon Books，2009)。

阎连科的 1 部作品被译出,即《丁庄梦》(*Dream of Ding Village*，Grove Press，2011)。

中国作家开始在多个国际文学奖项评选中崭露头角,如:韩少功以词典词条的形式书写的《马桥词典》(*A Dictionary of Maqiao*，Columbia University Press，2003)获 2010 年美国纽曼华语文学奖;姜戎的《狼图腾》(*Wolf Totem*，Penguin Books，2008)和毕飞宇的《玉米》(*Three Sisters*，Houghton Mifflin，2010)先后获得了英仕曼亚洲文学奖,成就了原作者在英语世界的文学名声。

在这一时期,越来越多先前没有被翻译的作品进入英语世界读者的视野,其中不少作品在海外形成了一定的影响力,包括:阿来著,展现藏族风土人情的长篇小说《尘埃落定》(译后更名为《红罂粟》,*Red Poppies*，Houghton Mifflin，2002);戴思杰的历史长篇小说《无月之夜》(*Once on a Moonless Night*，Alfred A. Knopf，2009)和被改编成同名电影的《巴尔扎克与小裁缝》(*Balzac and the Little Chinese Seamstress*，Anchor Books，2002);叶兆言著,记录抗战时期情感纠葛的《1937 年的爱情》(*Nanjing 1937: A Love Story*，Columbia University Press，2003);程小青的侦探小说《霍桑探案》(*Sherlock in Shanghai: Stories of Crime and Detection by Cheng Xiaoqing*，University of Hawaii Press，2006);慕容雪村著,展现 70 后婚恋和生活的《成都,今夜请将我遗忘》(*Leave Me Alone: A Novel of Chengdu*，Make-Do Publishing/Allen & Unwin，2009);张炜的长篇小说《九月的寓言》(*September's Fable*，Homa and Sekey Books，2007)、中篇小说《蘑菇七种》(*Seven Kinds of Mushroom*，Homa & Sekey Books，2009)和描述改革开放中胶东地区社会变化的长

篇小说《古船》(*The Ancient Ship*, HarperCollins, 2008);杨显惠著,描述"文革"时期知识分子经历的《夹边沟记事》(*Woman from Shanghai: Tales of Survival from a Chinese Labor Camp*, Pantheon Books, 2009);王刚著,反映"文革"末期各类人群经历的《英格力士》(*English*, Penguin Books, 2009);李劼人以辛亥革命为背景创作的长篇历史小说《死水微澜》(*Ripples on a Stagnant Water: A Novel of Sichuan in the Age of Treaty Ports*, Merwin Asia, 2012);李锐著,描述"文革"期间乡村民间生活的《无风之树》(*Trees Without Wind*: Columbia University Press, 2012);等等。

在女性作家方面,一些早有声名的作家的作品得到了持续译介。如王安忆著,获得第五届茅盾文学奖的长篇小说《长恨歌》(*The Song of Everlasting Sorrow: A Novel of Shanghai*, Columbia University Press, 2008),该作品在 2008 年被翻译出版,后一年《忧伤的年代》(*Years of Sadness: Autobiographical Writing of Wang Anyi*, Cornell University, 2009)英译版问世;另外一位获得英语世界读者持续关注的作家是残雪,其被译介的作品有《天空里的蓝光》(*Blue Light in the Sky and Other Stories*, New Directions, 2006)、《五香街》(*Five Spice Street*, Yale University Press, 2009)、《垂直运动》(*Vertical Motion*, Open Letter, 2011);此外,还有张洁的儿童文学作品《敲门的女孩子》(*She Knocked at the Door*, Long River Press, 2005)等。

除王安忆、残雪等几位在国外已获得文学声誉的女性作家外,其他重要的女性作家也开始进入西方读者的视野。如中国作家协会主席铁凝,其作品引起了国外读者的阅读兴趣,她的代表作《大浴女》(*The Bathing Women*, Scribner, 2012; HarperCollins, 2014)也被译入英语国家。

此外,一群新兴女性作家的作品得到关注,如:卫慧的《上海宝贝》(*Shanghai Baby*, Simon & Schuster, 2001; Constable & Robinson, 2003)和《我的禅》(*Marrying Buddha*, Constable & Robinson, 2005);棉棉著,反映青春期不安与叛逆的《糖》(*Candy*, Back Bay Books, 2003);春树著,描述 80 后女性青春期迷茫与困惑的《北京娃娃》(*Beijing Doll*,

Abacu / Riverhead Books，2004）；陈染著，探索知识女性内心的先锋小说《私人生活》（*A Private Life*，Columbia University Press，2004）；徐小斌著，描写五代女性的历史长篇小说《羽蛇》（*Feathered Serpent*，Atria International，2009）及另一部糅合了宗教、爱情、权力、阴谋的爱情小说《敦煌遗梦》（*Dunhuang Dream*，Simon & Schuster，2011）；安妮宝贝的《去往别处的路上》（*The Road of Others*，Make-Do Publishing，2012）；盛可以著，聚焦城市外来打工群体生活的《北妹》（*Northern Girls*，Penguin China，2012）；张悦然著，以南洋为背景的青春魔幻小说《誓鸟》（*The Promise Bird*，Math Paper Press，2012）；等等。

译本数量的增加和译介题材的多样化，使外译的中国当代小说不再局限于具有"中国风情"的政治批判读本或社会学读本，这一发展趋势是中国文学逐渐在西方文学版图中获得关注的佐证，也折射出英语读者对中国社会及中国文学认知越来越全面与多元的现状，一幅更为完整、真实展现中国文学与中国社会面貌的画卷渐渐呈现在英语世界读者面前。

四、2013 年至今（第四阶段）单行本小说英译

在和平与发展的时代主题下，国际关系早已不单以传统硬实力为中心，而更加关注源于文化、政治价值观和外交政策的软实力。2013 年，习近平总书记提出"一带一路"倡议，这一战略设计是中国迈向新时代、实践中国新型国际关系、竞争国际话语权的创新型理念与构想的重要体现，也成为国家提升软实力、实现中国文化"走出去"全面执行与落实的平台。文学是文化的重要构成，除具有文艺美学价值之外，还可以在心理层面对读者产生教化与启迪作用，并通过其软实力的性质提升文化场域内的国家话语权，参与构筑"文化强国"的国家形象。如此一来，文学的创作、翻译与传播活动就成为跨越文化障碍，推进文化外交，践行"一带一路"倡议的重要助推器，理应得到前所未有的关注与扶持。党的十八大以后，在国务院新闻办公室与国家新闻出版广电总局、中宣部、商务部、文化部等多个部委的协同运作下，纳入国家文化发展规划纲要的"中国图书对外推广计划"和"经典中国国际出版工程""中国当代作品翻译工程"以及 2014 年

年底中宣部批准立项的"丝路书香出版工程"共同为文学作品"走出去"提供了制度保障。这些工程资助了多项国内出版机构与国外专家、出版机构的合作,国际出版集团的高管、资深出版人、汉学家等受邀成为顾问。随着中国文学"走出去"这一战略目标积极有效的推动实施,本土小说单行本的英译呈现出鲜明的新态势。

在当前中外文学交流日益频繁的语境下,中国文学越来越多地参与到与世界各国的对话之中。2012 年,莫言获得诺贝尔文学奖成为中国文学被世界接受的标志性事件。此后,莫言的其他作品也被持续译出,如 2012 年,《四十一炮》英译本 *POW!* 出版;2012 年,《檀香刑》英译本 *Sandalwood Death* 出版;2015 年,《蛙》英译本 *Frog* 出版;2016 年,《透明的红萝卜》英译本 *Radish* 出版;等等。

持续走向世界的作家还包括苏童、余华、贾平凹、阎连科、刘震云、残雪等。其中苏童的作品包括收录了 20 余篇中篇小说的《另一种妇女生活》(*Another Life for Women*, Simon & Schuster, 2016)、中短篇小说选《三盏灯》(*Three-lamp Lantern*, Simon & Schuster, 2016),以及长篇小说《红粉》(*Petulia's Rouge Tin*, Penguin Specials, 2018)。余华的作品包括通过普通人死后的七日见闻展现生命苦难的《第七天》(*The Seventh Day*, Pantheon Books, 2015),以及着重内心刻画、记叙少年成长的《四月三日事件》(*The April 3rd Incident*, Pantheon Books, 2018)等。贾平凹的作品不仅具有浓厚的西北地方风情,而且常在细微的社会现象中体现较大的历史变迁。进入新时代,贾平凹的《废都》(*Ruined City*, University of Oklahoma Press, 2016)、《带灯》(*The Lantern Bearer*, CN Times, 2017)、《高兴》(*Happy Dreams*, Amazon Crossing, 2017)等重要作品在海外得以传播。阎连科的作品包括《受活》(*Lenin's Kisses*, Grove Press, 2012)、《四书》(*Four Books*, Grove Press, 2016)、《炸裂志》(*The Explosion Chronicles*, Grove Press, 2016)、《年月日》(*The Years, Months, Days: Two Novellas*, Grove Press, 2017)与《日熄》(*The Day the Sun Died*, Grove Press, 2018),其中,《受活》《四书》《炸裂志》的英文版让阎连科三度获得"曼·布克国际文学奖"(Man Booker International Prize)提名。刘震云

被改编为影视作品的多部原著小说也随着本土影视文化产品的国际传播被译出海外,包括《手机》(*Cell Phone*,Merwin Asia,2011)、《我不是潘金莲》(*I Did Not Kill My Husband*,Arcade Publishing,2014)、《我叫刘跃进》(*The Cook*,*the Crook*,*and the Real Estate Tycoon*,Arcade Publishing,2015)、《温故一九四二》(*Remembering 1942*,Arcade Publishing,2016)等。残雪的作品包括《最后的情人》(*The Last Lover*,Yale University Press,2014)、《边疆》(*Frontier*,Open Letter,2017)、《新世纪爱情故事》(*Love in the New Millennium*,Yale University Press,2018),其中《最后的情人》在翻译出版后,获得了"美国 2015 年度最佳翻译图书奖"(Best Translated Book Award),残雪也获得了该年度美国纽斯塔特国际文学奖(Neustadt International Prize for Literature)的提名并入围英国《独立报》外国小说奖(Independent Foreign Fiction Prize)长名单,为中国文学在国际文学场域的经典化做出了不小的贡献。

作品内容上,传统的历史、民族与现实主义叙事依然占据主流,如:艾米著,描写"文革"时期知青爱情故事的作品《山楂树之恋》(*Under the Hawthorn Tree*,Virago Press,2013);高建群著,记叙匈奴末代大单于故事的历史小说《统万城》(*Tongwan City*,CN Times,2014);阿来的藏族英雄史诗文学《格萨尔王》(*The Song of King Gesar*,Canongate Books,2013);迟子建著,描述我国东北少数民族鄂温克人生存现状及百年沧桑的长篇小说《额尔古纳河右岸》(*The Last Quarter of the Moon*,Harvill Secker,2013);方棋著,描写巫民族文化的史诗作品《最后的巫歌》(*Elegy of a River Shaman*,University of Hawaii Press,2017);毕飞宇著,展现弱势群体自强、自爱、自重、自尊的《推拿》(*Massage*,Penguin China,2014);等等。

中国文学英译的过程中,尤其是文本选择环节,开始注意多维度、多层次、多主体地阐释中国,曾经被视为主流文学作品之外的科幻、悬疑、侦探、玄幻、武侠等通俗文学开始吸引域外读者的关注。

科幻文学是新时代走向海外最成功的文学类型之一,其中以刘慈欣的作品最受欢迎。刘慈欣的《三体》三部曲被普遍认为是中国科幻文学的里程碑,在国外出版后获得了巨大成功,包括《三体》(*The Three-body Problem*, Tor Books, Macmillan, 2014)、《三体Ⅱ:黑暗森林》(*The Dark Forest*, Tor Books, Macmillan, 2015)和《三体Ⅲ:死神永生》(*Death's End*, Tor Books, Macmillan, 2016)。其中,第一部《三体》斩获 2015 年"雨果奖"(Hugo Award)最佳长篇小说奖,"雨果奖"是被公认的最具权威性的国际科幻大奖,该书成为第一本获得该奖项的翻译作品;同时,该书还荣获 2014 年美国奇幻科幻协会长篇小说类"星云奖"(Nebula Award)、2015 年"普罗米修斯奖"(Prometheus Award)最佳小说奖、"轨迹奖"(Locus Award)科幻小说奖、"约翰·W. 坎贝尔纪念奖"(John W. Campbell Memorial Award)最佳科幻小说奖四项提名。此外,2017 年,刘慈欣的另一部科幻长篇《球状闪电》(*Ball Lightening*, Tor Books, Macmillan)也在美国出版。

这一时期外译的其他小说类型还包括:南派三叔的探险小说《大漠苍狼:绝地勘探》(*Dark Prospects: Search for the Buried Bomber*, Amazon Crossing, 2013);韩寒的公路小说《1988:我想和这个世界谈谈》(*1988: I Want to Talk with the World*, Amazon Crossing, 2015);麦家著,糅合了间谍惊险小说、历史传奇和数学谜题的小说《解密》(*Decoded*, Allen Lane / FSG, 2014; Picador, 2015)与《暗算》(*In the Dark*, Penguin China, 2015),其中《解密》成为新中国首部被选入英国"企鹅经典文库"的小说;冯唐"北京三部曲"中的《北京,北京》(*Beijing, Beijing*, Amazon Crossing, 2015);秦明的刑侦悬疑小说《第十一根手指》(*Murder in Dragon City*, Amazon Crossing, 2016);周浩晖的悬疑小说《摄魂谷》(*Valley of Terror*, Amazon Crossing, 2017)和《死亡通知单》(*Death Notice*, Doubleday, 2018);那多的悬疑小说《一路去死》(*All the Way to Death*, Shanghai Press, 2017);天下霸唱著,以盗墓为题材的《鬼吹灯之精绝古城》(*The City of Sand*, Delacorte Press, 2017);金庸的武侠小说《射雕英雄传》(*Legend of the Condor Heroes*, MacLehose Press, 2018);等等。另外,值得注意的是,借新传媒模式异军突起的本土网络文学虽鲜有正式翻译出版,但也在网络空间中被大批中外民间译者译介。如修真

小说《星辰变》[*Stellar Transformations*，2014 年起连载于海外民间英译平台"Wuxiaworld(武侠世界)"]、电子竞技小说《全职高手》(*The King's Avatar*，2015 年起连载于网站"Gravity Tales")、玄幻小说《逆天邪神》(*Against the Gods*，2015 年起连载于亚洲文学英译作品索引的导航平台和论坛社区"Novel Updates")等。

总体而言，在这一时期，我们可以看到，包括"一带一路"倡议在内的新型国家部署为中国文学的海外传播打造了广阔的平台。不论是在宏观政策导向方面，还是在与海外合作的具体项目方面，中国当代小说的英译均更加注重主动引领议程设置，助力实现多维度、多元化、多层次的中国方案与中国智慧表达与阐释；同时，文本的选择更加具有世界意识和时代意识，传统的纯文学叙事开始向多样化的文学范式延伸，更多符合海外读者阅读趣味、反映时代特性的文学内容出口海外。

五、结　语

本节梳理了改革开放以来中国当代单行本小说的英译实践，为读者呈现了改革开放以来中国当代单行本小说在英语世界译介的现实景观与整体风貌。透过中国当代单行本小说译介类型、渠道等方面的历时演进可知，国家意识形态、国家政策、综合国力等是影响小说外译的重要因素。而随着中西方在政治、经济、文化等方面交流的深入推进，从第一阶段到第四阶段，中国当代单行本小说的英译实践日趋成熟，文本类型、译介模式、输出渠道、传播场域等方面都在发生深刻变革。与此同时，我们可以清晰地看到，越来越多的国内外读者已经认识到中国当代小说的独特魅力与价值内涵，中国当代文学开始与世界接轨，开启了其世界文学之路。

从意识形态鲜明的第一阶段单行本小说翻译到以积极交流、对话为主的第四阶段单行本小说对外译介，国内的文学外译机构与海外的出版机构都在积极推动中国当代单行本小说在英语世界的译介实践。从最初的关注本我，到开始主动设置议程，参与世界文学的构建，整体来讲，中国单行本小说的英译实践大体反映了中国当代文学对外译介的基本过程。

同时,上述梳理也为中国当代文学的另一种表现形式——文学翻译选集
的描述提供了重要的参照。

第二节　文学翻译选集综述①

翻译选集是除单行本之外,翻译文学的另一重要呈现形式。"选集"
的英文"anthology"源自希腊语"anthologia",按字面意思解释,即"摘取、
采集花朵"。现代意义上的选集,通常指编者依据预设的标准,从一国的
文学作品库中选择特定的作品并按照一定逻辑组合起来的合集。而翻译
选集是一种特殊的选集类型。德国哥廷根大学教授弗兰克(Armin Paul
Frank)将翻译选集定义为"由翻译文本(常常为文学性文本)聚合而成的
集子"②。但翻译选集并非多个单篇译作的简单合集,相反,它是"最能给
人深刻印象,也最具启发意义的文化传播方式",其对文本的"'安排'或曰
'配设'所产生的价值和意义要远远超过单个文本所能产生的价值和意义
的总和"。③

一部理想的翻译选集应该以原作在文学发展史上的代表性为选择标
准,选择那些具有重要文学史意义的作品,编者应力求克服自己的个人偏
好和"前理解"④,为读者尽可能展示真实的源语国文学形象。但在实际操
作中,这却是一种难以企及的理想状态。因为选者首先是读者或接受者,

① 本节部分内容曾在《外语教学与研究》2019年第1期发表(作者:何敏、吴赟)。

② Frank, A. P. Anthologies of translation. In M. Baker (ed.). *Routledge Encyclopedia of Translation Studies*. Shanghai: Shanghai Foreign Language Education Press, 2004: 14.

③ Frank, A. P. Anthologies of translation. In M. Baker (ed.). *Routledge Encyclopedia of Translation Studies*. Shanghai: Shanghai Foreign Language Education Press, 2004: 14.

④ "前理解"是诠释学的重要概念。海德格尔认为:"把某某东西作为某某东西加以解释,这在本质上是通过先行具有、先行见到与先行掌握来起作用的。""任何解释工作之初都必然有这种先入之见,它作为随着解释就已经'设定了的'东西是先行给定了的。"(参见:海德格尔. 存在与时间. 陈嘉映,王庆节,译. 熊伟,校. 北京:生活·读书·新知三联书店,1987:184.)同样,翻译选集的编者在选择和阐释作品时,其关于对象国文学的先入之见是不可忽视的影响因素之一。

他总是倾向于从自己的视角出发,基于自己对源语国文学的认知来选择作品,再以选本的形式呈现给读者。选者对原作的择取勾连着源语文学自身的发展现状,更与选者的编选动机、对源语国文学的认知和态度,以及所处的历史文化语境密切相关。这意味着,翻译选集最终呈现的往往是选家心中源语国文学应该有的样子,正所谓"虽选古人诗,实自著一书"①。

在翻译选集编纂过程中,编者的审美好恶、文学观念、对源语国的文化立场,都可能左右其对作家作品的选择和安排,这种意义上的改写并不鲜见。鲁迅就曾指出,"选本所显示的,往往并非作者的特色,倒是选者的眼光"②,这一论断可谓切中肯綮。因此,翻译选集对文本的选择和阐释本身就是一种文学接受的表征。在国内,翻译选集也逐渐进入研究者的视野,但从目前的研究状况看,只涉及少数几部由名家编纂的选集。宇文所安(Stephen Owen)主编的《诺顿中国文选》(*An Anthology of Chinese Literature: Beginnings to 1911*, W. W. Norton & Company, 1997)以及刘绍铭(Joseph S. M. Lau)和葛浩文(Howard Goldblatt)合编的《哥伦比亚中国现代文学选集》(*The Columbia Anthology of Modern Chinese Literature*, Columbia University Press, 1996)得到了较多关注,③其他的大量选集则乏人问津。对个别名家名集的研究自有其重要意义,但若将目光仅限于此的话,则往往会导致认知上的片面性,得出的结论也不具有说服力,不利于我们准确把握中国当代文学在海外的接受现状。

简而言之,从作者到选者再到读者,形成了一条以翻译选集为纽带的接受链。首先,翻译选集的编撰过程其实是编者对源语国文学认知的物化过程。从源语国文学作品库中选择怎样的作品,如何阐释和解读这些

① 钟惺. 隐秀轩集. 上海:上海古籍出版社,1992:469.
② 鲁迅. 鲁迅全集(第7卷). 北京:人民文学出版社,2005:138.
③ 可参见:陈橙. 论中国古典文学的英译选集与经典重构:从白之到刘绍铭. 外语与外语教学. 2010(4):82-85;顾钧.《哥伦比亚中国现代文学读本》中的鲁迅. 鲁迅研究月刊,2010(6):35-38;李刚、谢燕红. 英译选集与中国现代文学的海外传播——以《哥伦比亚现代中国文学选集》为视角. 当代作家评论,2016(4):175-182.

作品,无不体现着编者对译入语国文学的认知。其次,翻译选集的读者对原作的接受是一种"二次接受",即他们面对的接受对象本身就是一种经过接受的结果。考虑到许多读者是通过作为教材的翻译选集真正开始认识外国文学,教材特有的话语权威性又能使它得到读者的高度认同,对翻译选集的总结也就具有重要性和必要性。总之,从翻译选集的角度考察一国文学在另一文化中的接受史,有助于揭示文学接受与阐释的复杂过程与多维动因。接下来,本书同样以改革开放以来在英语世界出版的中国当代文学翻译选集为研究对象,以四个时间阶段为节点,逐一展开论述。

一、1978—1991 年(第一阶段)的文学翻译选集

改革开放以来,随着中外文化交流的不断深入,中国文学在英语世界的译介步伐明显加快,在英美出版的中国当代文学翻译选集也呈现繁荣之势。从 1978 年到 1991 年,共出版 17 部中国当代文学翻译选集,比此前出版的总量还要多。

综观新时期第一阶段在美国出版的中国当代小说选集,一个鲜明特征就是编者队伍主要是由研究中国历史、社会与政治的学者而不是研究中国文学的学者构成。比如,师从费正清(John K. Fairbank)的林培瑞(Perry Link),其研究方向为中国社会史;美国耶鲁大学人类学教授萧凤霞(Helen Siu);政治批评家兼记者李义(Lee Yee);历史学家和文化批评家白杰明(Geremie R. Barme)。此时期的编者构成之所以呈现如此面貌,与当时的历史语境密切相关。具体来说,20 世纪 80 年代中叶之前,西方的中国当代文学研究掺杂了区域政治文化研究特征,并非纯粹的文学研究。① 在区域研究中,历史学、社会学、政治学等学科居于统治地位,而文学文本之所以引起区域研究者的关注,主要在于它可以作为"熟悉你的敌人"的"历史原材料"。② 学者们越过文学的虚构与想象,将文学文本看

---

① 张英进. 五十年来海外中国现代文学的英文研究. 文艺理论研究,2016(4):52.

② Link,P. *Stubborn Weeds:Popular and Controversial Chinese Literature after the "Cultural Revolution"*. Bloomington:Indiana University Press,1983:4.

作对中国"社会、政治与经济现实的确切反映(accurate reflection)"①。
当具有如此学术背景的学者编纂中国文学选集时,其着眼点显然不会是
文学本身,而是用文学文本证明自己的研究发现的有效性和正确性,他们
更看重文学作品在传达自己的中国观——而不是中国文学观——方面的
工具作用。换言之,此类选集的选文只是一种证据性的存在。这突出表
现在三个方面:其一,选家会利用副文本,在文学世界与现实世界之间建
立"真实"对应的联系。比如《新现实主义:"文革"后的中国作品》(*The
New Realism: Writings from China after the "Cultural Revolution"*,
Hippocrene Books, 1983)引言中,分别将《李顺大造屋》《乔厂长上任记》
《将军,你不能这样做》作为一种依据,对应论析当时中国农村、工厂和官
场的"现实"。这种阐释方式在金介甫(Jeffrey C. Kinkley)看来只会让西
方读者觉得"中国新时期文学关心社会批评远甚于文学价值"②。其二,虽
然被冠以"文学"选集,但此时期选集也会收入政府文件、新闻报道、私人
信件和个人采访等非文学文本,比如《新现实主义:"文革"后的中国作品》
就收入了因创作《苦恋》而受到批判的作家白桦的五封私人信件。这种模
糊虚构文学和真切现实之间界限的做法,其借用文学作品展示中国社会
和政治现实的意图显而易见。其三,将"现实主义"作为中国当代文学的
共名。该时期多位选家选择用"现实主义"统摄中国当代文学,比如李义
和萧凤霞的"新现实主义"说以及杜迈克(Michael S. Duke)的"批判现实
主义"说。事实上,随着新时期外国文学思潮的涌入,20世纪80年代的中
国文坛早已不是"现实主义"一家独大,而是呈现出"现代主义"与"现实主
义"双峰并峙的格局。选家之所以将风格不一的作品归于"现实主义"的
共名之下,其背后的逻辑并不难理解:在反映一国的"现实"方面,"现实主
义"作品相比其他风格的文学作品更加直接有效。因此,在20世纪80年
代独特的编选背景下,除了个别旨在尽可能多地介绍新近中国文学的综

---

① Lee, Y. *The New Realism: Writings from China after the "Cultural Revolution"*. New York: Hippocrene Books, 1983: 8.
② 金介甫. 中国文学(一九四九——九九九)的英译本出版情况述评. 查明建,译. 当代作家评论,2006(3):70.

合性选集[如《中华人民共和国文学》(*Literature of the People's Republic of China*, Indiana University Press, 1980)]外,该时期多部选集体现出以文学为媒介展示中国"现实"的意图。而在中国现实的各个面向中,最为选家所关注的又是中国的政治现实,该时期选本编纂中的泛政治化倾向即是明证。

在篇目选择上,该时期出版的综合类选集较少,选家大都选择围绕特定的主题来编选。例如,出现了以"女性"[《本是同根生:中国现代女性小说》(*Born of the Same Root: Stories of Modern Chinese Women*, Indiana University Press, 1983)]、"农村"[《犁沟:农民、知识分子和国家》(*Furrows: Peasants, Intellectuals, and the State*, Stanford University Press, 1990)]、"西部"[《中国西部:今日中国短篇小说》(*The Chinese Western: Short Fiction from Today's China*, Ballantine, 1988)]、"科幻"[《中国科幻小说》(*Science Fiction from China*, Praeger, 1989)]等为主题的选集。

其中,《本是同根生:中国现代女性小说》中收录老舍、吴组湘等现代著名作家的20篇名作,意图向读者完整呈现20世纪20年代至80年代中国女性的生存面貌和精神状态。《犁沟:农民、知识分子和国家》收录了茅盾的《泥》、萧红的《牛车上》、沙汀的《兽道》、杨绛的《干校六记》、贾平凹的《水意》等20余篇中短篇作品,阐述了20世纪中国知识分子是如何参与构筑新中国,实现自我认知,又是如何看待城乡二元对立的。《中国西部:今日中国短篇小说》收录多篇反映新中国发展变迁中的西部社会生活的中短篇作品,包括贾平凹的《一个男人到底能承受多少?》和《木碗世家》、朱晓平的《桑树坪纪事》、张贤亮的《邢老汉和狗的故事》、王蒙的《买买提处长轶事》等。《中国科幻小说》则聚焦"科幻"这一类型文学,收录作品包括童恩正的《世界上第一个机器人之死》和《珊瑚岛上的死光》、魏雅华的《温柔之乡的梦》、叶永烈的《自食其果》和《腐蚀》、王晓达的《神秘的波》、郑文光的《地球的镜像》以及姜云生的《无边的眷恋》。

但是,在看似"百花齐放"的编纂热潮背后,有一类选集却十分引人注目,即争议作品选集。此类选集带有浓厚的政治色彩,十分关注与主流意识形态不太一致的作家(表 2-1),那些引起过争议的作品,如王蒙的《组织部来了个年轻人》和《夜的眼》、高晓声的《李顺大造屋》等成为反复被选入的对象(表 2-2)。

表 2-1　作家入选频次

作家	选次	年份
王蒙	5	1980,1981,1983,1984,1988
蒋子龙	3	1983,1983,1983
高晓声	2	1983,1983
沙叶新	2	1983,1983
白桦	2	1983,1983

表 2-2　作品入选频次

作品	选次	年份
《组织部来了个年轻人》	2	1980,1981
《夜的眼》	2	1983,1984
《假如我是真的》	2	1983,1983
《李顺大造屋》	2	1983,1983

具体到各选集,《新现实主义:"文革"后的中国作品》中所收入的篇目,如王靖的《在社会档案里》、叶文福的《将军,你不能这样做》、沈醉的《人鬼之间》、蒋子龙的《乔厂长上任记》等,几乎都引起过或大或小的争议,以致有学者认为该选集中的小说"令人震惊"[①]。而另外四部选集也几乎如出一辙。《倔强的野草:"文革"后中国流行的争议作品》(*Stubborn Weeds: Popular and Controversial Chinese Literature after the "Cultural Revolution"*, Indiana University Press, 1983),收录的小说有陈国凯的《我应该怎么办》、蒋子龙的《基础》、白桦的《一束信札》等;《毛泽东的收获:中国新一代的声音》(*Mao's Harvest: Voices from China's New*

---

① 金介甫. 中国文学(一九四九—一九九九)的英译本出版情况述评. 查明建,译. 当代作家评论,2006(3):70.

Generation, Oxford University Press, 1983),收录了陈忠实的《信任》、甘铁生的《聚会》等;《中国当代文学面面观》(*Perspectives in Contemporary Chinese Literature*, Green River Review Press, 1983),收录了刘庆邦的《看看谁家有福》等;《新近中国小说(1987—1988)》(*Recent Fiction from China, 1987—1988*, Edwin Mellen Press, 1991),收录了王蒙的《喜悦》、谌容的《人到中年》、魏世祥的《火船》等。继这些选集之后,白杰明(Geremie Barmé)1992 年编选的《新鬼旧梦录》(*New Ghosts, Old Dreams*)除收录王朔的《一半是火焰,一半是海水》、徐星的《无主题变奏》、西西的《浮城志异》等小说外,同样收录了许多极具争议的报道、回忆录和纪实文学;葛浩文于 1996 年编辑的《毛主席会不高兴》(*Chairman Mao Would Not Be Amused*, Grove Press),收录了曹乃谦的《到黑夜想你没办法》、李锐的《假婚》、陈染的《唇间的阳光》、池莉的《细腰》等作品。

通过选择和安排,"选集会投射对特定领域的一种解读,会凸显某些关系和价值观"①。杜迈克在回顾这一时期中国文学英译情况时曾说过,选择哪些中国小说翻译成英语,从理论上来说,理想的情况应是由具备良好艺术鉴赏力的读者来选编语言艺术高超、有翻译价值的作品。但遗憾的是,迄今为止,这种理想化的情况仅是例外而不是常规。现实情况是,争议作品选集在短期内密集出现,这会影响目标读者对中国当代文学的认识,即在西方读者看来,"中国新时期文学关心社会批评远甚于文学价值"②。政治性压倒文学性成了编者选择和阐释中国当代文学的重要尺度,使得一些艺术价值不高的作品走向了前台,中国当代文学也因此被某些评论家贴上了"很粗糙、不精致"的标签。③ 这种认识一旦定型,就会像"成见"一样历时传播,并在一定历史时期内始终保持有效性。其实,正如杜迈克自己意识到的,新时期以来,中国文坛已出现不少主题新颖、"技术

---

① Essmann, H. and Frank, A. P. Translation anthologies: An invitation to the curious and a case study. *Target*, 1991, 3(1): 66.

② 金介甫. 中国文学(一九四九一—一九九九)的英译本出版情况述评. 查明建,译. 当代作家评论, 2006(3): 70.

③ Hsu, V. L. *Born of the Same Roots: Stories of Modern Chinese Women*. Bloomington: Indiana University Press, 1983: vii.

创新"的作品,①但这类作品却无法进入该时期的选集(杜氏自己编译的选集亦莫能外)。林培瑞则明确表示,尽管当时中国有着"很多更重要的作家",但他"特别关注受欢迎而又有争议的作品"。②

二、1992—2000 年(第二阶段)的文学翻译选集

第二阶段,在英美出版的中国小说翻译选集达到 11 部。这一时期选集的编纂在多个方面有了新变化:从编者构成来看,总的趋势是区域研究学者的占比明显下降(白杰明和萧凤霞是该时期仅有的两位"非文学研究型"编者),而以王德威、刘绍铭、葛浩文等为代表的中国当代文学研究者成了编者队伍的主体。这一变化与北美中国当代文学研究的范式转变存在深刻联系。

从 20 世纪 80 年代中叶开始,英语世界的中国现当代文学研究在总体上开始与北美的文学研究同步发展,而不再隶属区域研究。③ 正如刘康所言:"在经过了与古典学家、历史学家和社会学家所主导的汉学学术霸权数十年的艰苦斗争后,西方的中国现代文学研究才被认可为一个独立的领域。"④这一研究范式转变的标志性事件之一是 1993 年美国《现代中国》(*Modern China*)杂志推出的"中国现代文学研究中的意识形态与理论"专号。此次专号中,学者们一方面指出了此前北美中国现代文学研究中的弊病(主要是历史实证主义倾向和政治气氛浓烈的区域研究模式),同时也讨论了该领域出现的新动态,即西方的文学理论开始被大量运用到中国现当代文学研究当中。虽然学者们就如何借用西方理论阐释中国文学经验态度各异,但对"文学研究回归了文学本身"都予以一致肯定。这一研究范式的转变以及由此带来的编者构成的变化也反映在了该时期

---

① Duke,M. S. *Contemporary Chinese Literature: An Anthology of Post-Mao Fiction and Poetry*. New York: M. E. Sharpe,1985: 5.
② Link,P. *Stubborn Weeds: Popular and Controversial Chinese Literature after the "Cultural Revolution"*. Bloomington: Indiana University Press,1983: 4.
③ 张英进. 五十年来海外中国现代文学的英文研究. 文艺理论研究,2016(4):52.
④ Liu,K. Politics,critical paradigms: Reflections on modern Chinese literature studies. *Modern China*,1993(1): 13.

的选集编纂中。编者开始以文学艺术的标准选择和阐释中国文学(比如戏剧、诗歌、小说以及神话故事等各类题材选集均有编纂),泛政治化的编选倾向明显减弱(白杰明编选的《新鬼旧梦录》是 90 年代唯一一部带有政治色彩的选集)。

深入选集内部,透过编者的"选"和"编",我们发现:虽然该时期依然有部分编者执着于争议作品(如前述白杰明和葛浩文的选集),但绝大部分编者开始将作品的"艺术性"作为选择和阐释作品的主导原则。

首先,在作家作品选择方面,有些编者致力于"发现"那些具有艺术性且在文学史中长期缺席的作家,并希望借此对已经形成的有关中国文学的刻板形象予以纠偏。先锋文学成为该时期选集的绝对主角。莫言、残雪、余华、苏童、韩少功、格非等先锋作家最为选家所关注(表 2-3)。残雪的《山上的小屋》、苏童的《舒家兄弟》、格非的《追忆乌攸先生》等具有很强实验性的作品被频频选入(表 2-4)。

表 2-3　作家入选频次

作家	选次	年份
莫言	4	1991,1994,1995,1995
残雪	4	1991,1995,1995,1998
余华	4	1994,1995,1995,1998
苏童	4	1994,1995,1995,1998
韩少功	3	1990,1991,1995
王蒙	3	1991,1995,1995

表 2-4　作品入选频次

作品	选次	年份
《山上的小屋》	3	1991,1995,1998
《舒家兄弟》	2	1995,1998
《追忆乌攸先生》	2	1995,1998

王蒙是唯一一位在第一和第二阶段均保持较高入选率的作家,但需要注意的是,第二阶段中王蒙的代表作品已不再是《组织部来了个年轻

人》这样的社会批评类作品,而是充满语言试验的《来劲》和意识流小说《选择的历程》等。在第一阶段颇受选家青睐的一些争议较多的作家在此阶段则无一作品入选。

随着选家将目光转向先锋文学,一系列更富有文学性的选集也相继问世,包括:《狂奔:中国新作家》(*Running Wild: New Chinese Writers*,Columbia University Press,1994),收录了莫言的《神嫖》、余华的《现实一种》、苏童的《狂奔》、阿城的《节日》等;《恬静的白色:中国当代女作家之女性小说》(*The Serenity of Whiteness: Stories by and about Women in Contemporary China*,Available Press,1992),收录了改革开放 30 年间 11 部反映中国当代女性生存状态变化的作品,如胡辛的《四个四十岁的女人》、陆星儿的《今天没有太阳》等;《现代中国的创作女性(上):二十世纪初》(*Writing Women in Modern China: An Anthology of Women's Literature from the Early Twentieth Century*,Columbia University Press,1998),收录了 20 世纪早期女性作家的 19 部作品,如萧红的《无眠之夜》、谢冰莹的《抗战日记》、冰心的《我们太太的客厅》等;《中国先锋小说选》(*China's Avant-garde Fiction: An Anthology*,Duke University Press,1998),收录了苏童、格非、北村、马原等当代作家的先锋小说,如《追忆乌攸先生》《青黄》《大药房》等。

其次,该时期选集副文本的意识形态色彩有所淡化,对作品艺术特色的关注逐渐加强,在文本阐释方面,编者们多从文学艺术的角度选择和阐释作家作品,更加强调中国文学的审美价值而非认识价值。比如《中国现代小说大观》(*Worlds of Modern Chinese Fiction*,M.E. Sharpe,1991),收录了韩少功的《蓝盖子》、莫言的《白狗秋千架》、张大春的《将军碑》、残雪的《山上的小屋》、史铁生的《梦游》、陈建功的《辘轳把儿胡同九号》等。多数编者认为,"随着作家创作和出版自由的不断增加,艺术创新也在加强。作家们开始关心语言和结构艺术,他们努力创造新的文学表达模式",也"开始实验一些非传统的叙事形式,比如无情节叙事、非线性叙事、多元叙事、意识流、元小说等",他们当中"有些人在中国特质和中国社会方面的探索已经超过了此前最优秀的小说",这些小说里并没有西方读者

"想要从中国小说中寻找的那种'异国情调'"。①

《狂奔:中国新作家》的编者王德威指出,在一系列震荡之后,中国文学的发展并没有如悲观主义者宣称的那样"戛然而止",反而出现了"强力反弹"。②"对那些习惯于将现当代中国小说视为社会史的补充或社会政治'民族寓言'的人,20世纪80年代的中国小说完全是另一番情景。……当代中国作家孕育着世纪末的中国充满想象的、全新的、生动的开始。"③

《迷舟:来自中国的先锋小说》(*The Lost Boat:Avant-garde Fiction from China*, Wellsweep, 1993)就指出:"关于中国文学的选集已有很多。遗憾的是,大多数编者之所以对中国文学产生兴趣主要是因为它们的社会和政治内容。这些选集的名称本身(《毛泽东的收获:中国新一代的声音》《倔强的野草:"文革"后中国流行的争议作品》等)就透露了编选目的。""当新一代中国作家已经开始在自己的小说话语中摒弃明显的政治和意识形态模式的时候,政治阅读模式显得尤其不合时宜。"④选集的推荐语呼吁读者"忘掉你关于中国文学所知道的一切……(该选集中的故事)会让你对生活和文学——而不只是中国的生活和文学——有新的认识"⑤。

其实,对中国当代小说艺术价值的承认与肯定在80年代末的选集中就已初露端倪。比如《春竹:当代中国短篇小说集》(*Spring Bamboo:A Collection of Contemporary Chinese Short Stories*, Random House, 1989),收录了王安忆的《老康回来》、张承志的《九座宫殿》、阿城的《树桩》、莫言的《枯河》、史铁生的《命若琴弦》、扎西达娃的《西藏,系在皮绳结

① Duke,M. S. *Worlds of Modern Chinese Fiction*. New York:M. E. Sharpe,1991:x-xii.

② Wang,D. *Running Wild:New Chinese Writers*. New York:Columbia University Press,1994:239.

③ Wang,D. *Running Wild:New Chinese Writers*. New York:Columbia University Press,1994:242.

④ Zhao,H. Y. H. *The Lost Boat:Avant-garde Fiction from China*. London:Wellsweep,1993:17.

⑤ Zhao,H. Y. H. *The Lost Boat:Avant-garde Fiction from China*. London:Wellsweep,1993:back cover.

上的魂》等。从收录篇目即可看出,这些作品值得关注的地方不在于意识
形态方面,而是其内在的艺术价值。

另一个值得注意的变化是,首次出现了少数民族文学选集,如以中国
云南当地少数民族神话、寓言为创作基础的民间叙事性散文作品合集《中
国纳西族故事》(*Tales from Within the Clouds: Nakhi Stories of China*,
University of Hawaii Press, 1997)和将西藏作家及有关西藏风貌的作品
传播至海外的《雪狮之歌:西藏新写作》(*Song of the Snow Lion: New
Writings from Tibet*, University of Hawaii Press, 2000)。

概而论之,进入第二阶段,关注并认可中国现当代文学的艺术价值成
为编者们的共同选择,选集编纂中的"非文学"因素逐渐减少,编者们开始
走向"为艺术"的回归。该时期的翻译选集也因此塑造了崭新的中国文学
形象,即中国文学并非政治宣传或道德说教,而是蕴含着自身独特艺术魅
力的文学。

三、2001—2012 年(第三阶段)的文学翻译选集

步入 21 世纪,直至 2012 年,在英美出版的中国现当代文学翻译选集
共计 13 部,对中国现当代文学的政治批判性解读仍然不绝于耳。比如
2005 年出版的《现代中国的创作女性(下):1936—1976 的革命年代》
(*Writing Women in Modern China: The Revolutionary Years, 1936—
1976*, Columbia University Press),单从题目就可以看出本书编选的女
性作品创作年代均在抗战至"文革"这动荡的几十年间。而 2001 年的《红
色不是唯一的颜色:当代中国女性小说选》(*Red Is Not the Only Color: A
Collection of Contemporary Chinese Fiction on Love and Sex Between
Women*, Rowman & Littlefield)和 2003 年的《蜻蜓:20 世纪中国女性小
说》(*Dragonflies: Fiction by Chinese Women in the Twentieth Century*,
Cornell East Asia Series)还收录了一些以特殊时期港台地区为背景的女
性小说(如香港作家黄碧云《她是女子,我也是女子》的背景就设定在 20
世纪末的香港)。换句话说,选集中呈现的女性书写只是一种手段,其最
终目的依然是指向政治。可见,冷战以来,意识形态对中国文学在西方的

接受所产生的影响直至 21 世纪仍在持续。

但是,正如本章第一节所述,在 21 世纪,对中国文学的政治性言说只是众多声音中的一种,中国文学的不同面貌得到了全方位的展现。国内的一些团体和组织以创办英文期刊[如《路灯》(*Pathlight*)]和网站(如专门向海外推介中国文学的网站"纸托邦")的方式主动参与中国文学在海外的版图绘制,这类平台的共同点是颇为关注那些尚处文学场域边缘的新锐作家。在此背景下,21 世纪中国文学翻译选集的编者在阐释框架和作家作品选择方面开始走向多元化。在严肃文学被陆续编译成册的同时,一些曾无法进入文学史庙堂的作品开始走进编者的视野,被译介的中国小说范围不断扩大;风格多样的选集也从多个视角展示了中国文学的丰富图景,从而形成了一个百花齐放的译介世界。

在 21 世纪,处于文学场域边缘的通俗文学首次获得了编者的关注,出现了多部通俗文学选集,比如梅维恒(Victor H. Mair)等编选的《哥伦比亚中国民间与通俗文学选集》(*The Columbia Anthology of Chinese Folk and Popular Literature*, Columbia University Press, 2011,收录多篇口语特征明显的民间故事、地方传奇及少数民族传说)以及黄宗泰(Timothy C. Wong)编选的《礼拜六小说:20 世纪中国通俗小说》(*Stories for Saturday: Twentieth-century Chinese Popular Fiction*, University of Hawaii Press, 2003)等。这类选集所选文本多是供茶余饭后消遣娱乐的闲适之作,较少宏大而沉重的历史叙事,更多的是对生活"趣味"的追求。比如,《礼拜六小说:20 世纪中国通俗小说》收入的 15 篇小说均是关于"绯闻""言情""公案""殷勤""滑稽"等,"鸳鸯蝴蝶派"的代表作家,如徐卓呆、包天笑、冯叔鸾、周瘦鹃等都有作品入选。这一时期内容风格多样的其他选集还包括:《裂隙:今日中国文学》(*Fissures: Chinese Writing Today*, Zephyr Press, 2001),遴选发表在杂志《今天》上的小说、散文以及诗歌,如虹影的《鼻烟壶》、韩少功的《余烬》、史铁生的《墙下短记》等);《〈迷舟〉及其他中国新小说》(*The Mystified Boat and Other New Stories from China*, University of Hawaii Press, 2003),收录格非的《迷舟》和《紫竹院的约会》、苏童的《死无葬身之地》、余华的《死亡叙事》、马原的《冈底斯的诱惑》等"后现代主义"作家作品;葛浩文等编选的《喧嚣的麻雀:当代中国小小说》(*Loud Sparrows: Contemporary Chinese Short-Shorts*, Columbia University Press, 2006),收录91篇大陆、香港及台湾地区主题各异的小小说;祁寿华编选的《珍珠衫及其他:当代中国闪小说》(*The Pearl Jacket and Other Stories: Flash Fiction from Contemporary China*, Stone Bridge Press, 2008),收录120篇中国当代作家小小说。通俗文学选集虽然姗姗来迟,但其重要意义不容忽视,因为"通俗文学是认识中国文学的关键一环,它给读者提供的范围广阔的材料对于完整地理解中国文学至关重要",会"让那些对中国文学感兴趣的读者更好地、更彻底地了解中国文学",①有助于展示中国文学轻松诙谐、闲逸自适的一面,进而丰富目标读者对中国文学的认识。

四、2013 年至今(第四阶段)的文学翻译选集

在这一阶段,共有 7 部英文版中国文学选集在海外出版。虽然与繁荣的单行本译介、出版相比,选集出版的规模有限,但值得注意的是,这些选集均为海外出版社出版发行,编选工作绝大多数也由海外的汉学家和翻译家承担。国外出版社在有限的篇幅内选取不同时代、不同题材、不同作者的小说,主动向西方读者描摹中国文学的发展脉络与当下图景,实则是文化认同、文化互鉴、文化融合的体现,与我国提出的"民心相通"的愿景不谋而合。

选集编者在内容选择方面更为注重作品风格和作家群体的多样性,致力于将不同类型作家创作的风格各异的作品呈现给读者,且特别关注正在发展中的中国文学。多位初涉文坛的作家成了选集的主角,"新锐""先锋"等成为凸显选集特征的词语。比如,《成盐之声:中国 80 后短篇小说》(*The Sound of Salt Forming: Short Stories by the Post-80s Generation in China*, University of Hawaii Press, 2016),收录了张悦然的《家》、笛安的《塞纳河不结冰》、马小淘的《毛坯夫妻》等作品,为那些因"新概念作文大

① Mair, V. H. and Bender, M. *The Columbia Anthology of Chinese Folk and Popular Literature*. New York: Columbia University Press, 2011: xiv.

赛"而进入大众视野的作家提供了一个集中展示的舞台,也让更多国外读者了解了中国新一代作家的精神风貌。

《新企鹅双语版中国短篇小说》(*New Penguin Parallel Text Short Stories in Chinese*,Penguin Books,2013)既有表现农民诚实、朴素的故事(如李锐的《耕牛》),也有揭露阴暗、复杂人性的作品(如贾平凹的《油月亮》),"这些充斥着农村方言、城市俚语的小说,风格多样、观点迥异","给不同程度的学生提供了一个阅读多样化的中国当代文学的机会"。①

《天南! 来自中国的新声》(*Chutzpah! New Voices from China*,University of Oklahoma Press,2015)改变了西方人"中国常常似乎是铁板一块,同声一辞"②的成见。选篇题材涵盖城乡关系(如徐则臣的《时间简史》)、婚恋关系(如任晓雯的《阳台上》)、悬疑刑侦(如阿乙的《杨村的一则诅咒》)、少数民族风情(如沈苇的《新疆词典》)等,告别了刻板印象,"取而代之的是丰富的想象力、无限的创造性以及新一代中国小说万花筒般的乐趣"③。

另两部选集《看不见的星球:当代中国科幻小说》(*Invisible Planets: Contemporary Chinese Science Fiction in Translation*,Tor Books,2016)和《转生的巨人:21世纪中国科幻小说选》(*The Reincarnated Giant: An Anthology of Twenty-first-century Chinese Science Fiction*,Columbia University Press,2018)则聚焦科幻这一类型文学,共收录近30篇具有代表性的当代中国科幻小说,包括刘慈欣的《乡村教师》和《诗云》、郝景芳的《看不见的星球》和《北京折叠》、夏笳的《关妖精的瓶子》和《百鬼夜行街》、马伯庸的《寂静之城》、王晋康的《转生的巨人》等。编者希望借此向西方读者传递这样的信息,即"当代中国文学是一种复杂的、充满活力的多声

① Balcolm,J. *New Penguin Parallel Text Short Stories in Chinese*. New York:Penguin Books,2013:viii-xiv.

② Ou,N and Woerner,A. *Chutzpah! New Voices from China*. Norman:University of Oklahoma Press,2015:xiii.

③ Ou,N and Woerner,A. *Chutzpah! New Voices from China*. Norman:University of Oklahoma Press,2015:xiii.

部音乐,与今天的西方文学同样丰富多彩,同样富有想象力"①。

仍需指出的是,意识形态偏见和政治批判性解读依然是英语世界编辑中国文学翻译选集无法去除的标记。2016 年,诺顿出版公司出版了由华裔学者黄运特主编的《中国现代文学大红宝书》(*The Big Red Book of Modern Chinese Literature* , W. W. Norton & Company, 2016),其中包括《毛泽东语录(节选)》、王蒙的《组织部来了个年轻人》、崔健的《一无所有》等。编者认为中国现当代文学史是"一部承载着一个民族的历史负重的小说"②,因此,在篇目选择以及对每个时期文学的评判,并非基于文本本身的文学价值或彼时的文学思潮,而是以重要的政治事件为主要标准。正如蓝诗玲(Julia Lovell)所言:"和许多之前的批评家一样,黄运特将中国文学定义为一种政治现象。在中国现当代文学与政治之间画上等号,无异于给它套上了一件紧身衣。"③

五、结 语

综观在英语世界被选译出版的中国小说选集,我们不难看出,在改革开放以来的各个阶段,对于小说的篇目选择均呈现出较为鲜明的特征,这就为我们揭示了中国当代文学走入英语世界的演变轨迹,也为我们提供了一个考察文学跨文化接受的视角。在 1978—1991 年的第一个阶段,"政治性"压倒"文学性"是选译出版中国当代小说的重要标尺,中国当代文学被视作简单的社会读本;在 1992—2000 年的第二个阶段,中国文学的文学艺术价值逐渐得到认可与重视,英语世界开始纠正之前形成的关于中国文学的刻板印象;步入 21 世纪之后,虽然政治性解读依然是中国文学在短期内难以摆脱的烙印,但随着中国文学风格各异的创作群体获得关注,一个百花齐放的编选译介格局业已形成,"中国当代小说正在迈

---

① Ou,N and Woerner,A. *Chutzpah! New Voices from China* . Norman: University of Oklahoma Press,2015:xiii.

② Huang,Y. T. *The Big Red Book of Modern Chinese Literature* . New York:W. W. Norton & Company,2016:xiv.

③ Lovell,J. A bigger picture. *The New York Times Book Review* ,2016(2):21.

开大步走向西方读者的书架"①,中国文学向世界展现的图景也因此变得更加丰富多元。

　　总体而言,国外编译者在有限的篇幅内选取不同时代、不同题材、不同作者的小说,向西方读者描摹中国文学的发展脉络与当下图景,体现了中外文学与文化之间的认同、互鉴与融合。这些中国作家选集中既有鲜明、独特的地域与民族文化描绘,同时也充满普遍化的文学意象,富有世界性和开放性的内涵和意义;既以中国民族、国家、个体思想与境遇的表达为根本,书写中国独特的人情风貌与文化价值,也有面向新时代的全球关切。可以说,借由选集这一窗口,广阔、多样而复杂的中国社会风貌与文化思潮正向英语世界展现。

---

① Lovell,J. The great leap forward. *The Guardian*,2005-06-11(05).

第三章　主动译出：
自上而下的国家翻译规划①

　　梳理改革开放以来中国当代小说在英语世界的译介情况,可以发现,大多数翻译活动不是零散自发的市场行为,而是由明确的翻译目标驱动,呈现出高度的主动性、组织性与规划性。换言之,自新中国成立以来,有规划的主动译出行为一直是中国让世界认知中国国家形象,促进中外文化外交,树立中国国际地位的重要途径。事实上,国家翻译规划通常是世界各国用来推进翻译实践的重要措施。

　　翻译规划(translation planning)这一概念指的是对翻译活动的规约与指导,往往通过翻译政策(translation policy)来约束并协调翻译活动的发生与进行。詹姆斯·霍尔姆斯(James Holmes)指出,翻译政策研究者的任务是"探究翻译、译者以及译作在社会中的位置和角色,比如在特定的社会文化语境中需要翻译何种作品、译者的社会和经济地位(应该)如何、翻译在外语的教与学中起着怎样的作用等等,进而为他人提出合理的建议"②。可见,翻译政策制定的依据是翻译在社会现实中的发展现状和可能发挥的功能。吉迪恩·图里(Gideon Toury)认为,翻译政策是"某一文化在特定时期引进文本时,影响文本类型的选择,甚或是影响具体文本的选择的因素。设若这一选择并非出于随意,则必有翻译政策存在"③。

---

① 本章开始和第一节的部分内容曾在《外语研究》2019 年第 3 期发表(作者:吴赟)。

② Holmes,J. The name and nature of translation studies. In L. Venuti (ed.). *The Translation Studies Reader*. London & New York:Routledge,2004:182.

③ Toury,G. *Descriptive Translation Studies and Beyond*. Amsterdam & Philadelphia:John Benjamins Publishing Co.,1995:58.

这一定义直接在翻译的政策和规划与"为何翻译"以及"翻译了什么"这些关键性问题之间建立了必要的驱动关系。

总体而言,翻译规划强调对翻译活动的规约性和指导性,并通过考察现实中的翻译活动来总结或者完善翻译政策。而翻译政策的制定与完善具有重要意义,其作为政治与意识形态的集中体现,能够"提供合理建议,以确定社会中译者、翻译活动及译作的地位和作用"①,并进而用来巩固国家权力的权威性与践行力。回顾中国翻译发展史,无论是唐朝官府对佛经翻译的支持,明末清初允许传教士与中国译者合译科技著作,清末以"师夷长技以制夷"为宗旨设立京师同文馆,还是新中国成立后政府对苏联作品"一边倒"式的译介,其背后都有或隐或显的国家翻译规划在发挥作用。处于不断调整变化之中的翻译规划与政策是对时代要求的自觉回应,在我国翻译史上扮演着不可或缺的角色。

不过,对翻译规划的认识和定义不能止于政策的宏观层面,否则会遮蔽翻译政策执行过程中其他行为体的能动作用。翻译政策的最终落地有赖于中间机构和个人的共同协作,这些中间机构(如出版社、译者等)内部是否与国家的宏观翻译政策保持一致、是否采取有效举措是国家政府机构的翻译政策能否落到实处的关键,因此要充分认识翻译政策执行过程的复杂性,将翻译规划从制定到落实的各个主体之间的互动关系纳入讨论空间。

通常我们将国家机构看作翻译规划的主体,政府及其下属机构对翻译问题所做出的决策以及对翻译活动的规约作用直接影响甚至决定了译者译什么、怎么译和出版社如何出版等重要问题。考察国家政府机构制定和践行的翻译规划具有重要意义,因为在当今世界,国家政府机构作为权力的中心,其推行的翻译规划具有先天的权威性和巨大的辐射力,会对随之而来的一系列翻译活动产生直接或间接影响。国家机构对翻译政策的表达与阐述既可能被编纂成文,以文本的形式存在,从而成为一种显性的翻译政策;也可能散落在相关话语中,如领导人的讲话、期刊的发刊词

---

① Holmes, J. The name and nature of translation studies. In L. Venuti (ed.). *The Translation Studies Reader*. London & New York: Routledge, 2004: 190.

或"编者的话"、出版社翻译丛书的前言与后记等。同时,国家机构主导的翻译活动,如翻译了何种文本、采用何种翻译形式、有着怎样的翻译人才培养模式等,都是翻译政策管理下的直接结果,经过一定时间的发展而演变为一种惯常模式,成为该区域或国家内成员共同接受和遵守的准行为规范,从而构成并巩固事实上的翻译规划。

第一节 国家对外翻译规划的内涵意义

文学外译是国家形象"自塑"需要依仗的关键路径,但随机、松散而缺乏规划的对外文学翻译活动远不足以实现"自塑"国家形象的目标。我们认为,唯有国家层面有的放矢地制定文学外译规划,方能承担"自塑"国家形象的重任,这既是由我们所面临任务的艰巨性所决定的,也是由国家层面翻译战略的优越性所决定的。尽管翻译规划如此重要,但在翻译研究领域,翻译规划尚未引起足够重视。其实,早在 1996 年,图里就在土耳其伊斯坦布尔博阿齐奇大学举行的"翻译:(重新)塑造文学和文化"国际会议上发表文章《作为一种规划手段的翻译和针对翻译的规划》,强调"翻译规划"的重要性。他预言:"我们将很快见证学者对规划的新一轮兴趣,到那时,翻译研究必然无法置身事外:从规划的视角进行思考必然影响翻译研究的方式。"①但遗憾的是,图里的呼吁并没有得到积极响应,从规划视角开展的翻译研究,学界鲜有问津。同样,翻译规划的问题在国内翻译学界也长期被忽视,只是在最近几年才开始受到个别学者的关注。②

目前尚无学者对翻译规划做出明确的概念界定。所谓"规划"均具有明确的目的性,是一种立足现在、面向未来的活动,是对整套行动方案的系统设计。"翻译规划"作为规划的一种,也分享着以上特性,因此我们可

---

① Toury, G. Translation as a means of planning and the planning of translation. In S. Paker (ed.). *Translations:(Re)shaping of Literature and Culture*. Istanbul: Bozic University Press, 2002: 149.

② 赵蓉晖. 中国外语规划与外语政策的基本问题. 云南师范大学学报(哲学社会科学版),2014(1):1-7;董晓波,胡波. 面向"一带一路"的我国翻译规划研究:内容与框架. 外语学刊,2018(3):86-91.

以将"翻译规划"定义为行为主体为了达到特定目的而在一定群体和时空范围内对翻译活动进行的前瞻性调节和设计。文学外译规划作为翻译规划的重要组成部分,是指国家运用国家实力在对外文学翻译领域进行较长时期、全局性的规划。它以提升国家的对外形象为目标,以国家利益和国际环境判断、国家翻译资源与手段运用、翻译模式决策与实施、翻译效果评估与策略调整为基本内容。文学外译规划既要对未来做出预见性判断,又要对当下做出发展性部署,其核心在于由国家主导的自上而下的文学外译战略与翻译行为之间的协调、联动与决策。

从国家层面制定文学外译规划有助于建立国家形象"自塑"的长效机制。国家形象塑造绝非在短期内可以完成,也不会一劳永逸,相反是一项长期性、系统性的工程,因此,以塑造国家形象为目的的对外翻译活动需要长期稳定的政策环境,而国家翻译规划可以依凭国家的权力基础为文学外译活动提供政策保障。与此同时,从国家层面制定文学外译规划有助于协调并联动各方力量,自上而下保证政策的贯彻与践行。例如,日本在经济发展之后,为了谋求政治大国的国际形象,曾大打文化外交牌。日本政府在制定规划、引导监督时,始终扮演协调人和管理者的角色,动员媒体、学者、市场等多方力量,展开以动漫等日本流行文学为主的外译和传播活动,成功地将动漫这一日本的文化名片推向世界。①

从国家层面制定文学外译规划还可以为国家形象"自塑"提供雄厚的资金支持。通常,市场化翻译具有趋利性和自由性,若仅仅依赖市场口味开展文学外译,则势必再次面对西方话语主导的选择性接受,造成中国形象的被动扭曲,难以充分践行中国当代文学的价值使命。此外,中国目前主要的文学外译活动具有典型的自我传播特征,西方目标受众并没有引进外国当代文学的强烈需求,这就要求国家提供资金支持,策略性地推广中国当代文学作品。如日本外务省于 2005 年设立 24 亿日元的"文化无偿援助资金"用来购买日本动漫文学和影视改编的播放权,并翻译成外语之后无偿提供给发展中国家播放。

---

① 刘志明. 日本国家形象传播的经验与启示. 对外传播,2018(9):71.

但是,从国家层面制定文学外译规划也需注意策略与技巧。新中国成立以来,曾有多次国家层面的文学译介规划和实践,但多数未能达到预期效果,比如《中国文学》(*Chinese Literature*)和"熊猫丛书"(Panda Books)未达预期的主要原因之一就是国家在执行层面的过多干预和深度介入。因此,从国家层面制定文学外译规划宜清晰定位并设计政府角色,实现从"政府主导"到"政府引导"乃至"政府辅导"的转变。

上述内容探讨了翻译规划、文学外译规划的概念与意义,那么,国家对外翻译规划的具体内涵又是什么?接下来,本部分将对这一问题展开详细阐述。国家对外翻译规划指的是在特定的社会历史文化语境中本国所规划并指导的对外翻译活动,旨在帮助本国在他国获取语言权力,增强文化软实力,推动文化外交,并以此来建构或改变国家形象。文化软实力(soft power)一直在国家竞争中扮演着重要的角色。这一概念是 20 世纪90 年代初由哈佛大学肯尼迪政治学院院长约瑟夫·S. 奈(Joseph S. Nye)提出的,即"一个国家文化的普遍性及其建立的有利的规则或制度,控制国际行为领域的能力是关键的权力之源,在当今世界政治中,这些软性权力之源正变得越来越重要"①。软实力主要体现在三个方面:社会文化、政治价值观和外交政策。而在这三方面软实力的资源建构当中,社会文化则是最基本也是最具凝聚力的力量。② 根据约瑟夫·S. 奈的观点,文化软实力是国家软实力的核心因素,表现为一个国家或地区文化的影响力、凝聚力和感召力。③ 中国学者王沪宁也曾指出:"把文化看作是一种软权力,是当今国际政治中的崭新概念。人们已经把政治体系、民族士气、民族文化、经济体制、历史发展、科学技术、意识形态等因素看作是构成国家权力的属性,实际上这些因素的发散性力量正使软权力具有国家关系中的权力属性。"他还指出:"文化不仅是一个国家政策的背景,而且是一种权力,或者一种实力,可以影响他国的行为。"④

---

① 奈. 硬权力与软权力. 门洪华,译. 北京:北京大学出版社,2005:118.
② 王玉玮. 中国电视剧传播与国家文化软实力的提升. 西南民族大学学报(人文社会科学版),2010(3):127-131.
③ 李敏. 文化外交与地方对外文化交流. 理论学刊,2010(2):114-117.
④ 王沪宁. 作为国家实力的文化:软权力. 复旦学报,1993(3):91,92.

作为国家间文化软实力角逐的重要方式,文化外交越来越受到国家相关机构的重视。文化外交指的是国家运用文化软实力去影响并推动与他国之间关系的一系列活动。这种外交活动的开展是基于对他国文化的尊重和理解,主要通过艺术、语言、教育等形式与他国展开深入、广泛的交流。[①] 文化外交的内涵与翻译的本质极其相似,都强调"自我"与"他者"之间的有效对话,文化软实力的强弱直接影响到文化外交的走向与效果。笔者认为,基于文化外交理念的翻译研究的理论前提是:文化外交需要依靠文化自身的吸引力和感染力,而并非通过强制手段来发挥影响。文化输出是一个漫长的过程,它的成效主要取决于"目标文化的输入意愿,而这种意愿又在很大程度上取决于输入国与输出国的文化地位对比"[②]。

翻译作为跨文化交流的重要桥梁,对国家文化软实力之间的较量或抗衡有着不可忽视的影响。在多元文化共生的世界格局中,对外翻译规划在增强文化软实力方面显得尤为重要。其中,文学翻译作为文化交流的一个方面,是文化软实力的重要实现途径,它与文化外交关系密切,在塑造国际形象、传播价值观、改变固有偏见和促进人文交流等方面扮演着重要角色。如何通过文学翻译、文化产品来传播国家理念和政策,让他国民众产生共鸣,获得理解并积极影响输入国,是对外翻译活动的主要职责与使命。比如,冷战时期,美国政府支持成立"富兰克林出版公司"来推动美国文学作品在第三世界,尤其是中东地区的翻译和传播,以消除阿拉伯世界对美国的怀疑和憎恨。20 世纪 80 年代中期,法国在埃及开罗启动对外翻译项目;90 年代,该项目升级为"出版支持计划",由法国外交部推广至全世界 70 余个国家。此外,英国、日本等国均纷纷制定对外翻译规划与政策来推动文化外交。由此可见,对外翻译规划对于文化外交的意义不言而喻。

日本文学在国际上的形象建构是一个非常典型的实例。第二次世界

---

① Flotow, L. Translation and cultural diplomacy. In J. Evans and F. Fernandez (eds.). *The Routledge Handbook of Translation and Politics*. London & New York: Routledge, 2018: 193.

② 张南峰. 文化输出与文化自省——从中国文学外推工作说起. 中国翻译, 2015 (4): 92.

大战期间,美国媒体将日本人描述为"野蛮人、虐待狂、疯子",在美国公众的普遍印象中,缺乏好的日本人的概念。[①] 然而,进入冷战时期之后,美国为巩固其在亚太地区的霸权,遏制中国崛起和苏联在东方的扩张,与日本形成日美同盟,转而扶植日本的经济、社会与文化发展,而日本也意欲重塑自己的国家形象。其中,文学成为形象重构的工具之一。美国与日本出台了一系列日本文学翻译与传播政策,精心挑选了包括川端康成、谷崎润一郎、太宰治等众多热爱和平与自然的反战作品,并专门组织数位美国译者进行翻译。通过实施这些自上而下的国家翻译规划,日本逐渐洗刷掉其战时遗存的凶蛮暴戾的印象,将其重塑为一个易于操纵、百依百顺、敏感典雅的民族。由于美国在二战后的世界影响力,这些作品很快在西方广为流传。其中,川端康成作品蕴含的"优雅的情怀、细腻的感情、唯美的风格"在世界范围内深入人心,助其荣膺 1968 年诺贝尔文学奖。日本的国家形象由此悄然重塑——一个淡然闲适、热爱自然、哀婉凄楚、热爱和平的民族,一方远离尘世纷扰的净土形象。[②]

　　本节在阐述翻译规划、文学外译规划概念的基础上,揭示了国家对外翻译规划的概念内涵,认为国家对外翻译规划是在特定社会历史文化语境中本国所规划并指导的对外翻译活动,旨在帮助本国在他国获取语言权力,增强文化软实力,推动文化外交,并以此来建构或改变国家形象。国家对外翻译规划概念的提出也将推动国家翻译实践研究的创新性发展,为今后的相关研究奠定理论基础。

　　一国的对外翻译活动对增进其对外文化交流、加强外交实力、提升文化竞争力、树立良好的国家形象等具有不可低估的作用。因此,对外翻译规划的方针制定、践行与完善具有十分重要的实践意义,它是文化外交的重要部分,其理念和实践不仅反映了输出国的自我形象认知,同时也促进

---

① 道尔. 拥抱战败:第二次世界大战后的日本. 胡博,译. 北京:生活·读书·新知三联书店,2009:186.
② 韦努蒂. 翻译与文化身份的塑造. 查正贤,译//许宝强,袁伟. 语言与翻译的政治. 北京:中央编译出版社,2001:366.

了该国国际形象的对外传播。中国对外翻译规划下的文学外译是中国对外传播事业的重要构成,对构建中国国际形象以及提升国家软实力意义重大。

第二节　从"施加型"到"需求型"的转向①

新中国成立之前,中国文学外译便已有尝试,但主要是基于译者个人的翻译活动,处于较为零散的状态,对于中国国家形象的海外塑造影响其微。新中国成立之后,国家开始重视对外宣传工作,并成立了中央人民政府新闻总署国际新闻局(今外文出版社),自此,中国文学外译便开始了以国家机构为主导的计划型外译模式,开始探索中国国家形象自塑的文学外译路径。从翻译的维度来看,对外翻译活动所践行的路径常常呈现出两种形态,一种为"施加型(imposition)",一种为"需求型(requisition)"。前者指"源语文化刻意施加的翻译,很少关注目标文化的需求,注重原文本的意图和意向性",后者指"目标文化自身所需求的翻译"。② 文化输出国是否关注到目标文化的需求、审美与历史特征,是该种对外翻译活动是否能够取得成效的关键。本节即从上述两种翻译活动形态出发,在阐述其内涵意义的基础上,归纳与剖析我国当代文学从"施加型"到"需求型"的转向。

一、立足自我视野的"施加型"翻译

新中国成立后,对外翻译的规划与政策一直被列入国家计划的轨道,场域结构较为单一,主要由国家机构和政治资本主导,与权力场域联系紧密。场域里的译者、编辑等行动者难以发挥自身的主观能动性,受制于机构的机制和运作,无法对场域产生重大影响。1951 年,《中国文学》杂志创

---

① 本节部分内容曾在《中国外语》2018 年第 6 期发表(作者:吴赟、蒋梦莹)。

② Dollerup, C. Translation as imposition vs. translation as requisition. In M. Snell-Hornby (ed.). *Translation as Intercultural Communication: Selected Papers from the EST Congress, Prague* 1995. Amsterdam & Philadelphia: John Benjamins Publishing Co., 1997: 45-56.

刊,这是新中国成立后中国对外译介中国文学的唯一官方刊物,至"文革"之前,该刊物译介了大量中国的古典文学和现当代文学作品,成为当时外国读者了解中国的主要文学途径。1981年,由《中国文学》杂志主编杨宪益主持,通过英文、法文、日文、德文等多个语种,翻译并出版了一系列以"熊猫丛书"冠名的中国古代、现代和当代文学作品。1987年,中国文学出版社成立并接管了《中国文学》杂志和"熊猫丛书",继续开展中国文学外译工作。当时中国文学对外翻译规划由以中国外文局为首的国家机构主导。外文局是中央所属事业单位,是承担党和国家书、刊、网络对外宣传任务的新闻出版机构和对外传播机构。从历史沿革来看,外文局的前身最早可以追溯到新中国成立之初的中央人民政府新闻总署国际新闻局,后改组为外文出版社,外文出版社于20世纪60年代又升格为外文出版发行事业局,简称外文局,隶属国务院,全面负责中国对外宣传工作,也是国内主要文学外译机构的直属领导部门。从这个层面来看,外文局所创办的《中国文学》和推出的"熊猫丛书"外译项目都属于有计划、有组织、目的明确的国家机构译介模式。这种由官方主导的翻译规划即为典型的"施加型"翻译。

1.《中国文学》与"熊猫丛书"

该时期翻译规划活动的载体以《译文》杂志、《中国文学》杂志和"熊猫丛书"为主。《译文》1953年创刊,由时任文化部部长的茅盾负责主编。时任对外文化联络事务局编译处处长兼作家的叶君健提议创办一份专门向外国读者介绍中国文学作品的刊物,在时任对外文化联络事务局副局长洪琛和时任文化部副部长周扬的支持下,筹建了《中国文学》英文版杂志。① 创刊伊始,由时任文化部部长、中国作家协会主席茅盾任杂志主编,实际上的主编工作则由杂志创办人叶君健负责。这是当时中国唯一一本面向西方读者,系统地、及时地、有计划地译介中国新时期文学的官方外文期刊。期刊宗旨为既展示中国人生活崭新的一面,也译介迥异于国外

---

① 郑晔. 国家机构赞助下中国文学的对外译介——以英文版《中国文学》(1951—2000)为个案. 上海:上海外国语大学,2012:26.

所知的中国人形象的一面的作品。"文革"结束后的 80 年代,国内、国际环境发生剧烈变化。1978 年年底,党的十一届三中全会在北京召开。这次会议重新确立了解放思想、实事求是的思想路线;停止使用"以阶级斗争为纲"的口号,把党和国家的工作重心转移到经济建设上来,实行"改革开放"的决策。邓小平在第四次文代会上提出:"党对文艺工作的领导,不是发号施令,不是要求文学艺术从属于临时的、具体的、直接的政治任务,而是根据文学艺术的特征和发展规律,帮助文艺工作者获得条件来不断繁荣文学艺术事业,提高文学艺术水平,创作出无愧于我们伟大人民、伟大时代的优秀的文学艺术作品和表演艺术成果。"①

文艺创作如此,文学翻译也渐渐摆脱了全面政治化的控制与束缚。随后,1979 年中美建交,拉开了"文革"后中西文化交流的序幕。1983 年,外文局在《建国以来外文书刊出版发行事业的十条基本经验》中要求:"必须清除以'推动世界革命'为目的的'左'的指导方针所带来的严重后果,坚决贯彻'真实地、丰富多彩地、生动活泼地、尽可能及时地宣传新中国'的指导方针,但也要注意防止忽视政治宣传的倾向。"②外文局的这一翻译政策成为该时期翻译规划的指导性纲领,翻译活动重新有序开展。翻译活动的宗旨依然是服务于新时期的国家建设,译介主体在很大程度上依旧由中国政府主导,属于官方行为。

20 世纪 80 年代起,思想大解放成为时代的文化标签,《中国文学》杂志也步入了创刊以来的黄金时期,杂志中所译载的部分作品被选入外国出版社出版的中国文学作品选集之中,一时成为外国读者阅读和欣赏中国文学作品的主要渠道。在这一背景下,时任《中国文学》杂志主编的杨宪益受英国经典品牌"企鹅丛书"启发,建议出版一套中国的"熊猫丛书"系列作品。该丛书主要用英语和法语两种语言翻译出版中国从古代到现当代的优秀文学作品,也包括少量日文和德文的版本。在创立之初,"熊猫丛书"由隶属外文局的《中国文学》杂志发起和组织。在丛书作品的遴选上,最开始出版的都是《中国文学》杂志上已经刊载但尚未出书的文学

---

① 邓小平. 邓小平文选(第 2 卷). 北京:人民出版社,1994:170.
② 转引自:王颖冲. 中文小说译介渠道探析. 外语与外语教学,2014(2):80.

作品,随后又新译了一批作品加入其中。

2. 国家机构的文本选择规范

从原文本选择这一层面看,文学翻译规划开始注重向外介绍中国当代社会现状,传播中国文学作品价值,但对意识形态和官方政治思想的宣传也并未放松。一方面,该时期所出版的译作呈现出逐渐摆脱以政治宣传为唯一目的和革命题材独占鳌头的倾向,多个文学流派的多名作家、多种题材、多种文学表现形式的作品都有译本,批判性和反思性的作品亦均有翻译,如宗璞的《弦上的梦》、王蒙的《蝴蝶》、蒋子龙的《赤橙黄绿青蓝紫》、程乃珊的《蓝屋》、古华的《浮屠岭》和《芙蓉镇》、谌容的《人到中年》、刘心武的《班主任》、张弦的《被爱情遗忘的角落》、周克芹的《许茂和他的女儿们》、汪曾祺的《受戒》、阿城的《棋王》、刘恒的《伏羲伏羲》、铁凝的《哦,香雪》等。这些作品的译介展示了官方向外传播多元中国的积极姿态。另外,宣传抗日战争、解放战争、新中国成立初期政策和人民生活等主题,也依然是该时期文学译介的主流,如浩然的《金光大道》、周而复的《白求恩大夫》、孙犁的《风云初记》和《荷花淀》、丁玲的《太阳照在桑干河上》、赵树理的《李有才板话》、马烽的《村仇》等。这些作品内容生动形象,贴近大众生活,在读者群中享有盛誉。"正是因为《中国文学》杂志译载了我国新时期内容真实、异彩纷呈的文学作品,才会受到外国读者的欢迎和关注。大概有《爱是不能忘记的》《沙狐》等一二十篇小说被美国出版的《国际短篇小说选》选载。也有诗和寓言被泰国、俄罗斯等国转译。"①

在《中国文学》的推动下,中国新时期文学作品受到西方读者的欢迎。在这样的情况下,1981 年,时任《中国文学》主编杨宪益提议出版"熊猫丛书",其灵感来源于世界知名图书"企鹅丛书"(Penguin Books)。杨宪益回忆道:"我们杂志的许多读者都要求我们出一些中国古典文学选集和中国当代作品的书,于是我决定,除了继续出《中国文学》杂志外,还要出一整套平装普及本的中国文学书籍。考虑到在西方国家里,平装本企鹅丛

---

① 徐慎贵.《中国文学》对外传播的历史贡献. 对外大传播,2007(8):49.

书非常普及,我就决定出版一整套由我自己来决定取舍的熊猫丛书。"①杨宪益希望该丛书能像"企鹅丛书"一样,将中国文学的声音传递到世界每一个角落。沙博理(Sidney Shapiro)翻译的《新凤霞回忆录》开启了"熊猫丛书"走向世界的征程,该书出版后得到海外读者的广泛欢迎,并于次年重印。在选材宗旨上,"熊猫丛书"与《中国文学》保持一致,努力将中国优秀的文学作品介绍给国外的读者。随着丛书规模的日益扩大,1986年,中国文学出版社正式成立,专门负责出版《中国文学》杂志和"熊猫丛书"的翻译选材和出版工作。

到90年代,改革开放日益深化,市场经济飞速发展,中国社会迈入思想进一步解放的新阶段。由于对外出版经济效益不高,国家机构的组织与计划渐渐减弱,因此该时期国家机构出版的译本数量明显下降。1992年至2001年这一时期共计出版的58部小说单行译本中,23本由外文局旗下的各个出版社出版,西方各个出版社主动译介的中国小说数量明显上升。由国家机构主导的翻译作品题材广泛,出现了一系列涉及知青、女性、少数民族、历史、反贪、改革及爱情等反映历史及当下中国的或写实或虚构的文学作品。其中有陆星儿的《啊,青鸟》、艾芜的《芭蕉谷》、扎西达娃的《西藏,系在皮绳结上的魂》、霍达的《穆斯林的葬礼》、刘震云的《官场》、池莉的《不谈爱情》、凌力的《少年天子》、刘恒的《伏羲伏羲》、陈源斌的《秋菊打官司》等。从以上作品的译本可以看出,译本选择上实现了一定程度的突破。一些如官场、改革、爱情等贴近社会生活的新兴小说选材反映了改革开放浪潮下中国社会的变化及发展,以及社会成员的生活常态,体现了中国力图向西方展示中国文学现状以及中国社会现状的意图。众多中国新时期文学作品迈出国门,走向世界,让西方读者目睹了新时期文学作品与之前"赞歌型"文学作品之间的差异,感受到中国进入改革开放后焕发的新时代精神活力。

作为中国文学"走出去"的先声,《中国文学》杂志和"熊猫丛书"的文学译介活动,以自主化、成规模的方式,为外国读者了解中国文化打开了

---

① 杨宪益. 杨宪益自传. 薛鸿时,译. 北京:人民日报出版社,2010:294.

重要窗口,更为中国文学走向世界奠定了坚实基础。截至 2000 年停刊,《中国文学》共出版了 590 期,翻译文学作品达 3200 多篇,介绍古今作家和艺术家 2000 多人次,发行到 150 多个国家和地区,①为全方位地、积极地传播中国文学,多角度地塑造国家形象尽了很大努力。一位印度作家曾来信表示,"通过《中国文学》,我们眼前展开了新中国新的人民形象"②。例如,"熊猫丛书"的《中国当代女作家作品选》《中国当代女诗人诗选》等选集作品,推介了冰心、丁玲、萧红、王安忆、舒婷、程乃珊、张洁等代表性女作家和女诗人,集中反映了中国当代文化和社会发展现实,致力于重构中国女性的人格形象和诗学价值,全面更新西方对中国女性的传统认知,在外国读者群中颇受青睐。而《保卫延安》《林海雪原》《上甘岭》等以战争为题材的文学作品,通过独具地域特征的时代话语,勾勒出正义凛然、勇敢机智的中国军人形象,反映了中国式英雄的革命意志。国家机构在原文本选择方面展现了良好意图,即希望给西方读者提供一个新时期中国文学的全景图像,这在一定程度上更新了世界对中国文学乃至中国社会的认识。然而,颇为可惜的是,到 21 世纪初,《中国文学》杂志和"熊猫丛书"的文学译介工作均几乎处于停滞状态,最终"黯然收场","令人不胜唏嘘,同时也发人深省"。③根据郑晔和耿强分别对《中国文学》和"熊猫丛书"开展的译介个案研究,《中国文学》和"熊猫丛书"除个别译本获得英语读者的欢迎外,大部分译本并没有取得积极反响。④究其根源,与国家机构翻译自身属性、翻译规范以及运作机制直接相关。

3. 国家机构的"施加型"翻译运作体系

一般来说,以国家机构为主导的翻译活动,其运作环境、运作主体及运作流程都呈现出井然可控的规范体系。外文局所设的翻译机构拥有完整的组织架构,等级结构谨严,其翻译运作以国家政治意志为纲领,遵循

---

① 杨宪益. 杨宪益自传. 薛鸿时,译. 北京:人民日报出版社,2010:7.
② 转引自:陈日浓. 中国对外传播史略. 北京:外文出版社,2010:75.
③ 谢天振. 中国文学走出去:问题与实质. 中国比较文学,2014(1):2.
④ 耿强. 文学译介与中国文学"走向世界"——"熊猫丛书"英译中国文学研究. 上海:上海外国语大学,2010.

既定的翻译原则和语言方针,对译者,对译作这一翻译产品,以及从原文本选择、审核到翻译策略决策再到译本印刷、发行、销售的整个过程,都有清晰明确的管理流程。严格的翻译运作虽然保证了翻译活动的有序开展,但是由于对文学翻译的本质认识不足,最终产出的作品未能完全达到预期的传播效果,国家形象构建的初衷受制于源语文化的内部因素,从而未能充分发挥文化外交作用。外文局出版的译本是自我主导、自我生产的文化产品,这些由源语文化发起的译本,大多只是与源语文化这一方相关,其翻译规范主要由源语文化内部的因素所决定。①

从译介主体来看,在外文局的组织架构中,译什么、怎么译、怎么传播等诸多关键问题由最高管理层决定。编辑部成员负责挑选合适的原文本并进行审核,其考量标准基于中国文学、文化与政治现实,而对接受国的了解与认知则十分有限。另外,译者队伍虽说十分强大,如杨宪益与戴乃迭夫妇,以及一些有着良好中文修养的国外译者如詹纳尔(W. J. F. Jenner)、唐·J.科恩(Don J. Cohn)等参与其中,但是由于译者处于整个翻译体系的底端,几乎没有事实上的话语权,从而没有权力参与从选本开始的整体流程。译本完成之后,外文局对译本内容进行审查,审查的立场仍然基于原文及源语文化端,以及对中国形象的建构与阐释是否正确,查核译文是否涉及对中国的负面书写,而一旦出现原则问题则会删除相应内容。由此可见,在外文局主导的国家机构翻译中,译本的产生是一种基于自我需求的自我生产和自我消费行为,来自目标读者的需求通常被忽略,译本的接受效果未受重视。此外,在这一翻译模式下,相关人员对译本的发行情况还不太了解,终端的译本质量与接受度则是无法评价。

从文本翻译的环节来看,由外文局主导的译本质量未达上乘,这并不是译者群体的翻译水准不高,而是其时的翻译理念及原则并没有推动理想译本的产生。在这一阶段,国家机构主导的翻译行为都奉原文为圭臬,强调翻译的准确性,译者几乎都用直译的方法来处理文字。如在翻译文化负载词时,一般都是使用汉语拼音并添加脚注的方法,尤其遇到政治性

---

① Chang,N. F. Auto-image and norms in source-initiated translation in China. *Asia Pacific Translation and Intercultural Studies*,2015,2(2):96-107.

术语或观点时,更是不能有丝毫更改。即使外籍专家指出翻译完全不符合英语的表达习惯,还是不能更改。① 这样的翻译策略和翻译管理,使得译本行文缺乏文学作品应有的精警与不可预见性。美国汉学家金介甫曾指出:"北京官方的译本,实际上是由委员会制定的,他们既不想得罪外国读者,也不想得罪党的领导,因此'去掉'余数,得到一个最小公分母。对高晓声和陆文夫来说,甚至对更传统的邓友梅和汪曾祺来说,其优点和嘲讽锋芒,都被压抑、磨削,直到几乎看不出。"②"一九九〇年代初,熊猫丛书想'赶时髦',选择翻译了了'新潮'作家的作品,但译文质量低劣,有的糟糕之极。"③英国汉学家蓝诗玲也曾用一些相对贬义的词如"糟糕""索然无味"来评价某些"熊猫丛书"的翻译质量。④

翻译是中国文学走向世界的重要推手,但如果翻译策略的选择失当,则会成为文学作品世界化的掣肘。由于《中国文学》与"熊猫丛书"在很长时间内对西方读者的阅读习惯顾及程度不够,译文缺乏文学应有的美感、趣味与锋芒,因此很难形成预期的翻译效果。

从译本的出版流通来看,外文局出版的译本大多在英语世界中国文学和文化书店里出售,很少进入国外的主流书店,也没有特意的营销手段和渠道辅以宣传。译本的读者多为从事中国研究的学者、学生或是对中国政治生态认可的人士,阅读群体相对狭小。从收集的国外文学书评可见,书评的撰写者多来自中国历史和中国政治的研究领域,也就是说译出的文学作品大多成为相关学者了解中国的文献资料,而书中的文学性则多被忽略。

不过,不容否认的是,《中国文学》和"熊猫丛书"自创设以来,译介数量相当可观,对推动中国文学走向世界发挥了十分重要的作用。其中"熊

① McDougall, B. S. *Translation Zones in Modern China: Authoritarian Command Versus Gift Exchange*. New York: Cambria, 2011: 79.
② 金介甫. 中国文学(一九四九——一九九九)的英译本出版情况述评. 查明建,译. 当代作家评论,2006(3):73.
③ 金介甫. 中国文学(一九四九——一九九九)的英译本出版情况述评. 查明建,译. 当代作家评论,2006(3):73.
④ Lovell, J. The great leap forward. *The Guardian*, 2005-06-11(05).

猫丛书"总计翻译出版了195部文学作品,包括145部小说、24部诗歌、14部民间传说、8篇散文、3篇寓言故事和1部戏剧。"熊猫丛书"共发行到世界150多个国家和地区,这一项目"在很长时期内都是国外了解中国文学的唯一窗口"①。很多西方的汉学家、翻译家和学者也正是通过"熊猫丛书"或者直接参与"熊猫丛书"的翻译工作开始接触和了解中国文学并对其产生浓厚兴趣的,如葛浩文、白杰明、沙博理、杜博妮等。此外,"熊猫丛书"虽然在21世纪初基于复杂的原因暂停出版,但它在国外的影响力并未完全消失,"很多外国专家及海外读者通过种种渠道呼吁能够重新看到'熊猫丛书'"②。因此,外文局于2009年借德国法兰克福书展时机,重新打造了"熊猫丛书"品牌,首批共推出40种英文版中国现当代作家作品。"熊猫丛书"的重新出版,再次受到了海外书商的欢迎和好评。③

综上可见,20世纪八九十年代的对外文学翻译与传播,事实上是建构自我视野里的中国形象。虽说《中国文学》和"熊猫丛书"有些译本与题材在海外受到了较大的关注,但从整体译介效果来看,似乎并未达到理想的接受效果。这种基于自我生产、自我消费的"施加型"翻译所反映的是自我认知中的国家形象,国家机构意图打造的中国现代文学多样景观最终被浓缩为单一镜像,被某些西方相关人士解读为政治宣传资料,很难吸引既定的目标语读者,得到他们的认同、理解与欣赏,文化外交的真正内涵和目标也就无从实现。正如中国作协副主席陈建功所说:"改革开放以来,中国文学最著名的译丛'熊猫丛书'虽然走出了国门,但其中很多种书其实在我们的驻外机构里'沉睡'。"④

---

① 胡安江. 改革开放四十年中国文学"走出去"的成就与反思. 中国翻译,2018(6): 18.

② 熊猫丛书重出江湖　首批40种图书将亮相德国书展. (2010-01-20)[2020-11-11]. http://www.dajianet.com/news/2010/0120/66824.shtml.

③ 熊猫丛书重出江湖　首批40种图书将亮相德国书展. (2010-01-20)[2020-11-11]. http://www.dajianet.com/news/2010/0120/66824.shtml.

④ 转引自:吴越. 如何叫醒沉睡的"熊猫"?. 文汇报,2009-11-23(03).

二、自我视野与他者视野的融合

改革开放以来,中国对外翻译规划的践行理念呈现出鲜明的特征与重要价值。改革开放伊始,虽然中外文化交流日趋活跃,但国家权力的操控仍占据重要地位,国家机构依旧是翻译行为的主导者,往往通过制定翻译政策和策略来引导行动方向,并部署相关翻译行为来践行翻译规划。随着改革开放的渐渐深入,兼顾接受国需求的"需求型"翻译模式逐渐取代高度组织化与计划化的翻译行为。随着全球化背景下各国文化、经济和政治的不断交融,之前国家的对外翻译规划模式已经无法满足中国文学走向世界的需求;文学译介既需要满足国家形象建构的需求,也应适应输入国读者的阅读兴趣,借鉴并运用更多国际社会通行的翻译与传播方式,由国家机构主导的组织化翻译生产模式走向更为开放、自主、多元的"借帆出海"模式。

进入 21 世纪,改革开放全方位地向纵深发展,中国继续拥抱全球化和自由贸易。经济与社会层面的对外开放与变革同样深入至文化与思想意识形态领域,此前"施加型"翻译为主导的对外传播结构已无法满足日益增长的对外文化交流需求。与此同时,全球化给外部空间带来了一系列变化,继而又影响了中国对外翻译场域以及英语世界中国文学翻译场域的内部结构。两个场域的行动者联系日益紧密,他们的主观能动性对整个中国文学英译场域的运作都产生了影响。场域内部社会资本、文化资本、经济资本以及象征资本之间的转换愈加频繁,为行动者提供的选择也越来越多。中国对外翻译场域与权力场的联系不再像 21 世纪前一样紧密,对外翻译规划也从国家操纵转为国家资助,在服务国家利益的同时也促进了场域内部多元化翻译实践形态的产生。

1. 国家机构的多策并举

在新的历史条件下,中国政府充分意识到构建国家软实力的重要性。为在"战略机遇期"创造良好的国际环境,政府开始将输出中华优秀文化作为国家重要战略之一。2002 年 11 月,党的十六大报告强调:"当今世界,文化与经济和政治相互交融,在综合国力竞争中的地位和作用越来越突出。文化的力量,深深熔铸在民族的生命力、创造力和凝聚力之中。"报告首次明确了文化在国际竞争中的重要地位。

2003 年 12 月,胡锦涛在全国宣传思想工作会议上指出,"大力发展涉外文化产业,积极参与国际文化竞争"。

2004 年 9 月,中共十六届四中全会通过了《关于制定国民经济和社会发展第十一个五年计划的建议》,文件再次强调,"积极拓展国际文化市场,推动中华文化走向世界"。

2005 年,中共中央办公厅、国务院办公厅印发的《关于进一步加强和改进文化产品和服务出口工作的意见》,细化了文化出口的一系列要求。

2006 年公布的《国家"十一五"时期文化发展规划纲要》特别提到:"整合资源,突出重点,实施'走出去'重大工程项目,加快'走出去'步伐,扩大我国文化的覆盖面和国际影响力。"

2010 年 7 月 23 日,中共中央政治局就深化我国文化体制改革研究问题进行第二十二次集体学习。胡锦涛在主持学习时强调:"要精心打造中华民族文化品牌,提高我国文化产业国际竞争力,推动中华文化走向世界。"

2011 年 10 月,中共十七届六中全会通过了《中共中央关于深化文化体制改革推动社会主义文化大发展大繁荣若干重大问题的决定》,其中要求:"实施文化走出去工程,完善支持文化产品和服务走出去政策措施,支持重点主流媒体在海外设立分支机构,培育一批具有国际竞争力的外向型文化企业和中介机构,完善译制、推介、咨询等方面扶持机制,开拓国际文化市场。……组织对外翻译优秀学术成果和文化精品。……设立中华文化国际传播贡献奖和国际性文化奖项。"

2013 年 12 月,习近平总书记在中共中央政治局第十二次集体学习时强调:"提高国家文化软实力,关系'两个一百年'奋斗目标和中华民族伟大复兴中国梦的实现。要弘扬社会主义先进文化,深化文化体制改革,推动社会主义文化大发展大繁荣,增强全民族文化创造活力,推动文化事业全面繁荣、文化产业快速发展,不断丰富人民精神世界、增强人民精神力量,不断增强文化整体实力和竞争力,朝着建设社会主义文化强国的目标不断前进。"

这些国家政策为中译外工作勾画了基本原则与纲领。一系列政策促进措施相继出台,决策机构也从先前的"施加型"翻译实践中吸取经验,不再对翻译主体、翻译流程等进行全方位组织化与计划化的操控,改以推动和支持为主。商务部、中宣部、外交部、财政部、文化部、海关总署、税务总局、广电总局、新闻出版总署、国务院新闻办等多个国家机构随之通力合作,加快了对外翻译场域的改变,同时也更好地满足了场域变化要求,在中国图书对外推介上多措并举,做出了诸般努力。2006 年,文化部出台《文化建设"十一五"规划》。该文件提出,要在未来 5 到 10 年中,积极推动五大发展战略,而"中华文化走出去战略"便是其中重要的一个环节。同时,这些举措表明了政府着力扶植、培育中国文化对外传播的决心。通过对国际翻译、出版、推广合作的扶持与资助,政府迫切希望向世界阐释中国,实现中国与世界的连通与交流。如上翻译工程的实施更是为中国优秀当代作品的海外传播提供了强大支撑,不同时期作家的作品得以译介,更多国外读者得以领略中国文学的魅力,一个丰富多元、立体生动的中国形象屹立于世界面前。

2. 多元化、多层面的互动与合作

步入 21 世纪后,国家对外翻译规划融合自我视野和他者视野,以海外市场的主动需求为导向,革新了先前的"施加型"翻译模式,中国文学再次启动主动"走出去"的新征程。一方面,"熊猫丛书"恢复出版;另一方面,国家对外翻译规划由自我生产、自我需求转变为国家扶持与资助,国家相关决策部门精心组织和领导,尊重文化传播的需求与特征,与英语国家各译介主体展开多方合作,开发了多种国外译介渠道与路径。

从译介主体来看,国家机构不再将译者、出版商等多重角色简单地融于一身。全球化进程加速了各国人员的流动,越来越多懂汉语的国外译者对中国文学产生兴趣,与中国各种机构合作,从事中国当代文学的翻译工作,对中国文化的国际传播发挥着实质性作用。除葛浩文、蓝诗玲、陶忘机(John Balcom)、白睿文(Michael Berry)等著名汉学家外,一些非学者型译者陆续加入当代小说的英译队伍,拓展了当代小说英译译者的队伍,如徐穆实(Bruce Humes)、韩斌(Nicky Harman)、陶建。这些新晋译者的惯习不同于传统学者型译者。学者型译者在挑选文学作品时往往以自己的学术爱好或者能否代表中国文学的水平作为标准,较少顾及文学的娱乐性功能;而这些新兴的非学者型译者不仅对当代文学有独到见解,还十分注重选材的多样化,他们更注重对具有独特趣味的作品展开翻译,这就大大拓展了20世纪八九十年代以政治阅读为导向的译介边界。此外,近几年来,国家机构也开始注重中译外人才的培养。中国国家新闻出版署与英国艺术委员会、英国文学翻译中心等机构合作,由凤凰出版传媒集团与英国企鹅出版集团联合承办中英文学翻译研讨班,专门邀请了葛浩文、蓝诗玲、杜博妮等海外著名译者,同时也邀请姜戎、毕飞宇等国内著名作家,与几十位从事汉译英的中国译者一起交流探讨。

在中西方译介主体的共同努力下,21世纪的对外翻译规划不再仅译介经典作家作品,也开始关注新锐作家作品,基于西方读者的阅读需求构建多元的当代中国形象。21世纪前的对外翻译规划中,选择基本局限于经典严肃文学,出版了大量在国内知名度较高的作品,译介效果却未及预期。随着场域内部等级结构的转变,严肃文学不再占据绝对的主导地位,非学者型译者拥有与学者型译者不同的惯习,不少通俗文学作品得以译介。为了应对场域内部的变化,国家对外翻译规划也开始青睐通俗文学的对外译介。《解密》就是中宣部组织实施的"中国当代作品翻译工程"第一期所资助的作品,曹文轩的儿童文学作品、徐则臣书写北京边缘人物生活和命运的《跑步进入中关村》也由该翻译工程资助翻译出版。从文本体裁来看,除纯文学叙事外,科幻、悬疑、侦探、盗墓、玄幻、都市等多种类型小说因故事性、趣味性、时代性也受到重视。从写作立场来看,除男性大历史叙事外,书写女性个体体验的现实性文学作品也格外得到关注。译本数量的增加和题材多样性的丰富,使外译的中国小说不再局限于具有"中国风情"的政治批判读本或社会学读本。这说明,文学需求的多样性得到满足。

从译本的翻译与出版环节来看,在21世纪出版的近200本译本中,有99%出自海外出版社,而国家文学机构出版的译本仅有2本。国家机构不再单独依靠自身力量,而是倾向于采取借船出海的方式,多途径与国外出版机构合作。企鹅中国在与中国政府的合作内容中就包括了每年翻译出版五到八本中国题材作品的条款。总经理周海伦(Jo Lusby)于2014年获得了国家新闻出版总署设立的政府奖项"中华图书特殊贡献奖"。她深谙中国文化和英语世界的图书市场,在向西方读者推广中国图书时,既立足中国政府"走出去"方针,挑选能够展现不断发展中的中国的作品,同时重视商业化视角,选择出版的图书与读者的需求以及出版商的优势具有较高的契合度。企鹅中国推出的译本包括姜戎的《狼图腾》、盛可以的《北妹》、何家弘的《血之罪》、王晓方的《公务员笔记》和王刚的《英格力士》等,拓展了中国当代文学作品对外译介的题材范围,展示了不同于以往的中国形象。

再如,国际知名出版社哈珀·柯林斯(HarperCollins)国际出版集团与人民文学出版社合作,中方提供了约50部作品的列表,哈珀·柯林斯出版社很快选定张炜的《古船》、沈从文的《边城》以及老舍的《骆驼祥子》,并约定在五年内陆续把这50部中国现当代文学精品引入美国。中国政府还积极搭建与国际图书博览会相关的交流平台,促进中国出版业与国外出版业之间的直接联系与合作。此外,国家还鼓励高校与国外合作。例如,2008年国家汉办批准了北京师范大学申报的"中国文学海外传播工程"项目。北师大与美国俄克拉荷马大学一同邀请世界优秀的汉学家、翻译家,启动中国文学海外传播工程,至2020年已出版了13期《今日中国文学》(*Chinese Literature Today*)英文杂志,并选择中国当代优秀小说、诗歌、戏剧等文学作品翻译成英文,在全世界出版发行。迄今,两方共同出版的中国文学图书包括莫言的《檀香刑》、贾平凹的《废都》英译本以及诗歌和小说翻译合集。两者的合作可视为中国对外翻译场域与英语世界中国文学翻译场域互动、构建多元化的当代中国形象的典型个案。

不同于20世纪国家机构的"施加型"翻译,21世纪的中国对外翻译规划融合了输出国和输入国的需求,在原作选择、译者培养、翻译出版等多个层面积极展开互动及合作,为实现文化外交提供了有效的条件和有力的政策支持。近年来,中国文学作品屡屡获奖,莫言获得诺贝尔文学奖,余华、苏童、残雪、麦家、刘慈欣等作家的作品也在海外掀起阅读热潮,这些都在一定程度上提升了中国的国际形象,增强了我国的国家软实力。

三、结　语

本节主要以《中国文学》杂志以及"熊猫丛书"译介项目为例,剖析了立足自我视野的"施加型"翻译的概念内涵、文本选择规范以及运作体系,并基于此阐述了在新的历史条件下,国家机构多策并举加大对对外翻译事业的支持,以及随时代发展,海外汉学家、中外译者、出版机构等主体多元化、多层面的互动与合作。不难看出,本节以时间发展顺序向我们展现了国家机构从"施加型"到"需求型"的翻译转向。

国家机构的翻译机制变革与国际环境、国家综合国力的提升以及国家形象的构建,甚至是国际话语权的强弱都有直接或间接的联系,是历史发展到一定阶段必须做出的策略调整。国家翻译规划在中国当代文学的主动译出中扮演了关键角色,"需求型"的翻译定位更加兼顾译入语国家读者的阅读需求与习惯,更加注重传播文学本身的价值与意义,这对中国当代文学走向世界意义重大。

第三节　国家翻译规划项目的历时演进

自改革开放以来,由国家主导的中国文学外译一直都在努力探索之中。国家机构作为对外翻译规划的行动主体之一,设计并实施了一系列国家翻译规划项目,推动了包括当代小说在内的重要话语形态"走出去",在构建及提升中国文化和民族形象方面做出了不懈的努力。虽然有些非文本因素一直在影响和制约着中国文学走出国门,但英译中国文学以实现国家和民族形象建构的愿望正在一步步践行。政府机构发起的翻译规划项目呈现出较高的权威性和巨大的辐射价值,体现了政府机构对翻译的导向性决策以及对翻译活动的规约和扶持,从而对"译什么""谁来译""怎么译""怎么传播"等问题产生了直接或间接的影响,并形成了一种相对稳定的行为规范,是一定时期内具有约束力和导向性的翻译行动指南。这一系列国家翻译规划项目反映了40余年间我国政府在对外宣传理念、机制方面的历时演进历程。一方面,外宣理念不断深入并日趋科学完善,工作模式也得以持续创新,为推动中国文学走向世界发挥了积极的政策指导作用。另一方面,从国家到地方、从政府部门到出版机构,各级各类的中国文学外译工程和项目不断落地,构成了中方主动译出的传播路径。本节即以自改革开放以来中国在对外推广中国文学尤其是中国当代小说的历史进程中所推进的若干主要项目作为考察对象,介绍作为文化传播主体的中国在推动文学与文化"走出去"进程中所做出的努力。

一、中国图书对外推广计划

自2000年全国人大九届三次会议提出"走出去"战略以来,2002年的全国宣传思想工作会议就开始要求大力发展涉外文化产业,以参与国际文化竞争。2006年,《国家"十一五"时期文化发展规划纲要》则进一步提出要大力推动文化"走出去"战略。自此,推动中国文化"走出去"的步伐从未停止,旨在借助现当代文学作品译介以传播中华文化和塑造中国国家形象的方案和工程纷纷上马,中国文学外译的渠道不断拓宽。其中,"中国图书对外推广计划"是我国为推动中国图书走向世界最早实施的推广计划。

"中国图书对外推广计划"起源于2004年的中法文化年,至今已有十余年的历史。据"中国图书对外推广计划"的官方网站介绍,2004年3月,中国作为主宾国参加了第24届法国图书沙龙。其间,由国务院新闻办公室提供资助、法国出版机构负责翻译出版的70种法文版中国图书在沙龙上展出并销售,受到法国公众的热烈欢迎。"短短6天中,被译为法文的中国图书约有三分之一售出。"①鉴于资助活动所取得的良好效果,国务院新闻办公室与新闻出版总署于2004年启动了"中国图书对外推广计划"。该计划以"向世界说明中国,让世界各国人民更完整、更真实地了

---

① "中国图书对外推广计划"综述. http://www.chinabookinternational.org/cbigaikuang/ tuiguangjihua/.

解中国"为宗旨,以资助出版中国图书和向国外图书馆赠送图书为手段,力图打造图书版权贸易出口和实物出口两个平台,实现连通中国与世界的目标。

2006 年,有 1000 多种图书纳入该计划的推荐书目,凡购买或获赠国内出版机构版权的国外出版机构,均将得到翻译费用资助。这项优惠措施吸引了众多海外出版商,也是中国政府首次资助图书对外推广。截至 2016 年年底,"中国图书对外推广计划"已同美国、英国、法国、德国,荷兰、俄罗斯、澳大利亚、日本、韩国、越南,巴西、南非、阿联酋等 71 个国家的 603 家出版机构签订资助协议 2676 项,涉及图书 2973 种,文版 47 个。①

二、中国文化著作翻译出版工程

为了进一步加大对国际合作出版的支持力度,国务院新闻办公室与新闻出版总署于 2009 年又推出了"中国图书对外推广计划"的加强版,即"中国文化著作翻译出版工程",进一步推动和资助中国图书"走出去"。"中国文化著作翻译出版工程"以资助文化、文学、科技和国情等内容的系列图书为主。申请方申请资助的项目包括翻译费、出版费和宣传推广费等。在工作理念和运行机制方面,"中国图书对外推广计划"和"中国文化著作翻译出版工程"一脉相承,在同一框架下,相互补充,均采用项目管理的方式,对中国图书在国外的翻译出版给予资金支持。时任国务院新闻办公室副主任王国庆在"中国图书对外推广计划"工作小组第五次工作会议上宣布:"2009 年,国家将全面推行'中国文化著作翻译出版工程',以更大规模、更多投入,在更广领域支持中国图书'走出去',继续加大对国际出版合作的扶持和资助力度,积极促进中国文化和其他文化相互交融,共同发展。"②

---

① 姜珊,胡婕. 不忘初心,连通中国与世界——"中国图书对外推广计划"项目十年进展情况介绍. 出版参考,2017(8):18-19.
② 中国全面实施"中国文化著作翻译出版工程". (2009-03-27)[2020-11-11]. https://www.chinanews.com/cul/news/2009/03-27/1621694.shtml.

相比而言,"推广计划"侧重普及类读物,注重于资助翻译费,以调动国外出版机构购买版权出版中国图书的积极性。"翻译出版工程"则侧重高端出版物,注重重点扶持,以资助文化、文学、科技、国情等领域系列产品为主,不仅可以资助翻译费用,还可申请资助出版及推广费用。两者优势互补,更好地发挥了政府在对外文化传播中的主导作用以及企业在参与过程中的主体作用。根据有关统计,截至2016年年底,"中国文化著作翻译出版工程"已和25个国家的61家出版机构签订资助协议101项,涉及图书1062种,文版16个。①

与《中国文学》和"熊猫丛书"一样,"中国图书对外推广计划"和"中国文化著作翻译出版工程"也是由政府组织的有计划、有目的的图书译介行为。在运作机制上,"中国图书对外推广计划"和"中国文化著作翻译出版工程"的工作模式更加灵活,其采用资助推动出版的方式鼓励国内外出版机构开展国际合作,以实现版权输出。对于这一方面,《"中国图书对外推广计划"工作小组办公室工作章程》中有明确的说明:"中国图书对外推广计划工作小组的宗旨是:不断扩大'中国图书对外推广计划'的影响力,推动以中国内容为主题的图书版权输出及国际合作,将以中国内容为主题的优秀图书传播到世界各地,增进世界各国人民对中国的了解。"②在具体的操作层面,"中国图书对外推广计划"的申请流程也十分简便。根据《"中国图书对外推广计划"资助申请办法》,各出版单位的书目一旦被选入《中国图书对外推广计划推荐书目》并与国外出版机构商议好版权转让事宜后,双方决定其中一方负责申请资助。基于政府部门的高度重视,加上灵活的工作机制和不断加大的资助额度,以及各成员单位出版机构开拓的图书市场,此类工程和项目必将在推动中国图书走向世界的过程中发挥更大的作用。

---

① 姜珊,胡婕. 不忘初心,连通中国与世界——"中国图书对外推广计划"项目十年进展情况介绍. 出版参考,2017(8):19.

② "中国图书对外推广计划"工作小组办公室工作章程. [2020-11-11]. http://www.chinabookinternational.org/cbigaikuang/gongzuozhangcheng/.

三、中宣部推动的外译工程

自"走出去"战略提出后,中共中央宣传部也推出了"加强国际传播能力建设,提高国家文化软实力"的系列举措,主要有"经典中国国际出版工程""丝路书香重点翻译资助项目"和"中国当代作品翻译工程"。"经典中国国际出版工程"重点支持国内出版单位向世界输出中国学术著作和各行业反映当代中国的作品,小说的引介则聚焦当代名家名译,刘慈欣、张炜、迟子建、苏童、叶兆言等著名作家作品均在列。"丝路书香重点翻译资助项目"着力推动当代中国题材图书在周边国家和"一带一路"沿线国家翻译出版,优先对国内出版单位与周边国家和"一带一路"沿线国家知名出版机构签署版权输出或合作出版的项目立项,立项语种侧重周边国家语种、"一带一路"沿线国家通用语种。①

三大工程中,"中国当代作品翻译工程"对于中国当代小说在英语世界的译介资助与支持力度最大,中国当代文学的对外译介取得了较为丰硕的成果,翻译并出版发行的英译作品包括毕飞宇的《推拿》、麦家的《解密》、徐则臣的《跑步穿过中关村》等。《解密》是由"中国当代作品翻译工程"最早资助的作品,经由企鹅出版集团译成英文,并在主要英语国家出版发行后创下了中国当代文学作品英文译本销售的纪录。② "中国当代作品翻译工程"是由中国国家政府机构提供资助的译介行为,在具体运作时交由不同机构按照各自所承担的任务分别实施,在出版时则由国外的出版机构,包括企鹅出版集团、兰登书屋、杜克大学出版社、双行出版社等国际知名出版社,对作品引进版权之后进行翻译和出版发行,建立了较为有效的出版渠道。此外,这些作品的译者多为海外知名汉学家如葛浩文、陶建、米欧敏等,保证了作品的翻译质量。

---

① 关于申报 2018 年经典中国国际出版工程、丝路书香工程重点翻译资助项目、中国当代作品翻译工程项目的通知. (2018-01-23) [2020-11-11]. https://zgcb. chinaxwcb.com/info/110278.

② 中国当代作品翻译工程成效纪实. (2016-01-10) [2020-11-11]. http://www. xinhuanet.com/politics/2016-01/10/c_1117725063.htm.

四、"中国文学海外传播工程"

"中国文学海外传播工程"是依托国家汉办,由大学和国外出版社共同筹办,由北京师范大学文学院、俄克拉荷马大学《当代世界文学》杂志和俄克拉荷马大学出版社共同负责实施的一项举措。该项工程于 2009 年 9 月得到国家汉办的立项资助,2010 年 1 月启动实施。据国家汉办官网介绍,该项工程的实施旨在"为了加强中国文学同外国文学的交流和联系,为国外的中国文学爱好者和研究者以及对中国文化和文学感兴趣的各界人士提供一个了解和品鉴当代中国文学景观的窗口"①。

该项目的出版规划是俄克拉荷马大学出版社出版和发行 10 卷本"今日中国文学"英译丛书;在美国创办英文学术杂志《今日中国文学》,刊发当下中国优秀文学作品,介绍当代中国优秀作家,提炼和阐发中国文学中具有世界意义和感召力的话题,报道中国文学信息,同时关注中国文学与世界文学的联系;在北京举办"中国文学海外传播国际学术研讨会等"。② 自启动实施以来,"中国文学海外传播工程"成绩斐然。截至 2020 年,《今日中国文学》已经出版了 13 期,"今日中国文学"英译丛书已经出版了多部中国当代作家作品,包括莫言的《檀香刑》、贾平凹的《废都》、东西(田代琳)的《后悔录》(*Record of Regret*)、食指的《冬天的太阳》和《中国当代短篇小说选》《中国当代中篇小说选》等 7 部作品。此外,相关机构还召开了两届"中国文学海外传播"学术研讨会,较好地实现了工程设立之初的预期目标。"中国文学海外传播工程"还产生了良好的辐射效应。在该模式的影响下,中国设于其他国家的孔子学院也纷纷采取类似方式,开展中国文学海外推广活动。据不完全统计,仅 2017 年,依托全球孔子学院这个平台而开展的中国文学海外传播活动,就多达 60 余场次。③

---

① 转引自:姚建彬. 孔子学院助推中国文学海外传播. 人民日报海外版,2018-03-28(03).
② 姚建彬. 孔子学院助推中国文学海外传播. 人民日报海外版,2018-03-28(03).
③ 姚建彬. 孔子学院助推中国文学海外传播. 人民日报海外版,2018-03-28(03).

五、"中国当代文学百部精品译介工程"

"中国当代文学百部精品译介工程"是由中国作家协会发起的一项中国文学海外传播项目,该项目推出和实施的主要背景是中外文学作品译介长期存在译入译出严重失衡的情况。为了推动中国作家和作品走向世界,中国作家协会派出中国作家走出国门了解国外的文学现状,同时也邀请外国作家访问中国,并向他们积极推介中国文学作品。据统计,中国作家协会自实施"走出去"战略以来,5 年内,共派出了 81 个代表团的 406 位作家访问美、英、法、俄、德、日、加拿大等 20 多个国家,同时接待了俄、日、美等 20 多个国家的 407 位作家来访。①

中外作家的互访大大推动了中外文学的交流互动,也让中国作家进一步认识到中国当代文学作品译介在海外的尴尬局面。正是在此背景下,中国作家协会在 2006 年 3 月第六届全国委员会第六次全体会议上决定发起旨在"推动中国文学走向世界,树立中华民族崭新形象"②的"中国当代文学百部精品译介工程"。按照计划,"中国当代文学百部精品译介工程"将在 5 年内向海外翻译出版一百部最能代表中国当代文学创作成就的优秀文学作品。在传播理念上,中国作家协会强调要重视国外读者的阅读习惯,了解国外图书出版发行的特点,积极利用社会力量和国外渠道,保证翻译质量等,③这符合文化和文学传播译介的规律。不过,自该工程实施以来,所取得的项目成果十分有限,有待进一步加大开拓力度。

六、中国文化译研网

中国文化译研网(CCTSS)成立于 2015 年,由文化部外联局与北京语

---

① 百部当代文学作品五年内将走出国门. (2006-11-12)[2020-11-11]. http://www.library.sh.cn/dzyd/spxc/list.asp? spid=2708.
② 百部当代文学精品将"走出去" 首批力作将译介到俄罗斯. (2007-02-01)[2020-11-11]. http://www.chinawriter.com.cn/zw/2007/2007-02-01/6917.html.
③ 中国作协力推百部精品译介工程. (2006-11-12)[2020-11-11]. http://news.sina.com.cn/c/2006-11-12/074510474423s.shtml.

言大学共建的中国文化翻译与传播研究中心负责运营。该网站以"帮助世界各国多语言读者和观众及时发现、翻译、创作和分享优秀中国文化作品"为宗旨,"致力于为关注中国文化的全球读者、观众、译者、专业人士提供找作品、找翻译、找资助、找渠道等服务,支持中国与世界各国之间、文化机构之间开展深入广泛的文化互译合作"。①

中国文化译研网虽然成立时间比较短,但是它快速推动了中国文学和中国文化向海外传播的步伐,并积极拓展项目合作,已取得了令人瞩目的成绩。2016 年 6 月,中国文化译研网启动了"CCTSS 中国当代文学海外译介推广平台",通过该平台,将文学研究界、编辑界和翻译界等组合起来,共同向海外推广中国文学作品。2016 年 8 月,中国文化译研网与亚马逊跨文化出版事业部和中国对外翻译与传播研究中心在第 23 届北京国际图书博览会上签署战略合作协议,联合启动了"CCTSS -亚马逊"中国当代文学精品翻译合作项目。目前,中国文化译研网"已与全球 60 多个国家开展一对一国别互译合作交流,与 1000 余家中外出版、影视、艺术、文博、科教、媒体等机构,50 余个中外书展、影展、文化艺术交流平台,10 余家国际互联网传播平台,2000 余名中外作家、作者、译者达成良好合作,邀请 200 余名高水平中外专家参与策划,组建了 30 多个语种的中外语言互译专委会以及文学、出版、影视、艺术、学术、地方文化等 10 个作品推荐专委会,开设了多个文化翻译项目工作小组"②。

迄今,网站已发布了一系列中国作品翻译与创作支持指南,通过节译、缩译、全本译出等多种手段将 3000 多部中国主题作品进行国际推广,包括文学作品《敌人》、儿童文学《第八号街灯》、电影《归来》、纪录片《南海一号》、电视剧《琅琊榜》《温州一家人》等。

七、五洲传播中心(五洲传播出版社)

推动中国文化和中国文学"走出去",以及在全球范围内"讲好中国故事"和"传播好中国声音"需要多方的合力,既需要作家能够创作出客

---

① 中国文化译研网简介. http://www.cctss.org/bre/agree/introduction.
② 中国文化译研网简介. http://www.cctss.org/bre/agree/introduction.

观、真实反映中国优秀文化和国家发展变迁的优秀作品,也需要翻译家能够忠实灵活地传达原作思想,同时需要有效的对外出版传播渠道,能够顺利地将作品传达至读者面前,因此,中国国内出版机构的主动作为,探索海外合作计划,对于推动中国文化和中国文学对外传播是十分必要的。

事实上,早在 2003 年,新闻出版总署署长在全国新闻出版局长会议上就已经指出中国出版"走出去"是全面建设我国新闻出版业的五大战略之一。随后,自 2005 年起国家相继出台了一系列与中国出版"走出去"相关的政策制度,大力推动中国出版"走出去"。国家新闻出版广电总局、国务院新闻办公室、文化部、商务部、外交部和中国外文局等政府机构和事业单位在中国出版"走出去"的初期,主要扮演组织者、宣传者和推动者的角色;随着出版"走出去"战略的深入开展,出版机构逐步成为"走出去"的实践主体,在中国图书走向世界的过程中扮演着越来越重要的角色。① 五洲传播中心(五洲传播出版社)便是其中较具代表性的出版单位之一。

据其官网介绍,五洲传播中心成立于 1993 年 12 月,是一家综合性国际文化传播机构,共拥有影视传播、图书出版、文化交流和网络等四个外向型传播平台,其宗旨是"让世界了解中国,让中国了解世界",致力于中外文化交流与国际合作,以更好地向世界传播中国声音、增进国际社会对中国的了解为己任,使用多种语言,通过多种手段和渠道,向世界介绍中国的历史、政治、经济、科技、文化和人民生活等方面的情况,充分展示中国文明、民主、开放、进步的国家形象;同时,将世界其他国家的优秀文化成果介绍给中国人民。目前,五洲传播中心已经与 20 多个国家和地区的40 多个电视机构,与 19 个国家和地区的 30 多家出版机构建立了合作关系,在 40 多个国家和地区开展过文化交流活动,影视和图书产品已经传播到 200 多个国家和地区。②

---

① 蔡晓宇. 中国出版十年"走出去"历程的回顾、反思与展望. 出版广角,2015(7):44.
② 五洲传播出版社宗旨职能. http://www.cicc.org.cn/html/zzzn/.

自成立以来,经过近 27 年的发展,五洲传播中心在推动中国图书"走出去"过程中成绩斐然。仅在 2018 年,五洲传播中心就出版了多语种图书 253 种,输出版权 177 项,举办海外文化活动 14 场。鉴于为推动中国文化和中国文学"走出去"所做的突出贡献,五洲传播中心自 2016 年起连续五年被商务部等部委联合评选为"国家文化出口重点企业",2018 年,被北京市新闻出版广电局授予"'走出去'示范企业"称号。在"2018 中国图书海外馆藏影响力报告"中,五洲传播出版社以 86 本英文图书的出版量获中国图书海外馆藏影响力英文图书 TOP10 出版社第一名。[①] 2020 年,五洲传播中心在多国设立的"中国书架"项目荣获"2019—2020 年度国家文化出口重点项目"荣誉证书。这些荣誉标志着该机构在对外译介中国文化中取得的重要成就。

八、结　语

综观改革开放以来的对外翻译历程,中国的对外翻译规划以 21 世纪为重要分水岭,逐步走上了应对社会文化场域的变化,从"施加型"转向"需求型"的文化外交模式。21 世纪前的国家机构翻译囿于对自我形象和自我需求的认知,在很大程度上忽视了输入国的需求以及市场的力量,虽译出了大量中国文学作品,但这些译作多是不断深化或重复西方读者既定的刻板印象,其形成的影响力不及预期,翻译呈现的镜像与中国国家机构的翻译期待尚有一定距离。21 世纪后的对外翻译规划与先前最大的区别在于国家机构对于对外翻译的规划和运作不再是自我生产、自我消费模式,而是兼顾国外读者的阅读习惯和审美需求,尊重国外图书出版发行的规律和特征,同时开发社会力量和国外渠道。"借帆出海"的多元化翻译规划关注目标文化的输入意愿,与目标文化中的各译介主体积极合作,使得译介效果大为改善,逐步改变了西方读者对中国定见的预设,已成为文化软实力的重要实现途径。

中国国家机构主导的对外翻译规划启示我们,文学翻译在文化外交

---

① 2018 中国图书海外馆藏影响力报告新鲜出炉. (2018-08-23)[2020-11-11]. http://culture.people.com.cn/n1/2018/0823/c1013-30246670-2.html.

中的有效运作并不需要国家机构在翻译的每一个环节中自上而下地实行全方位的管理与操纵。国家机构在使翻译服务于国家利益的同时,应考虑到目的国的文化与国情需求,使对外翻译规划与目标语国家行动者实现多元化、多层面的互动与合作,让包括输出国政府、文化机构、译者等在内的多个主体在多个层面上共同运作,唯有如此才能更好地获得输入国的认同、支持与接纳,最终实现国家软实力提升的目标。

第四章 译本形成：
从翻译到传播的多方合力

　　中国当代小说融历史、政治、权力、伦理、性别与性、乡村、城镇与社会等主题为一体，描写了时代变迁下的人性纷争、命运跌宕、社会转型及技术进步。无论是国内外读者热议不止的当代乡土文学《红高粱》《蛙》《生死疲劳》《马桥词典》《丰乳肥臀》《檀香刑》等，还是推陈出新的中国先锋文学《拉萨河女神》《活着》《许三观卖血记》《妻妾成群》《米》《五香街》《天堂里的对话》等，抑或蔚成风气的中国新生代科幻文学《三体》《流浪地球》《黄金原野》《北京折叠》《看不见的星球》《养蜂人》等，甚至是近年来风靡的中国网络文学《盘龙》《我欲封天》《一念永恒》《全职高手》《琅琊榜》《诛仙》《鬼吹灯》等，已成为塑造中国形象的一张张"名片"，为西方读者展现了当代中国的生动景象。

　　改革开放以来，越来越多的中国优秀文学作品走出国门，走入异域。城市、社会乃至国家的当代发展构筑了小说的筋骨，寻常巷陌、乡野村头的中国景象和东方审美浓缩在书页之间，让世界了解了中国文学的价值与意义。中国当代小说的外译，尤其是在英语世界的译介接连取得突破性发展与标志性成果。其中，莫言于2012年凭借《生死疲劳》《蛙》等多部作品获得诺贝尔文学奖，刘慈欣于2015年凭借《三体》获得世界科幻协会颁发的第73届"雨果奖"最佳长篇小说奖。这些小说把中国民族文学的独特魅力展现于世界面前，成为世界文学不可或缺的重要构成。

　　翻译是民族文学走向世界文学的重要桥梁。中国当代小说经由译介走向世界，英译本的在场使英语读者得以阅读异于西方习惯认知的文学作品,了解到中国文学作品中表露的中国国民特质、文化心理乃至中国的千姿百态,更为其走进世界文学版图的中心迈出了坚实而关键的一步。纵览中国当代文学的世界文学之路,无论是国内本土译者及相关翻译团队的翻译行为,还是以汉学家为主的译介模式,都是推动译本产生的关键力量。毋庸置疑,译本是文本走向世界的重要环节,由多重因素合力而成。其中,译者以及译者所采取的翻译策略、以出版社为代表的赞助人体系影响、正文本与副文本等元素共同构成了完整的译本形态,并最终促成了译本的形成;多方元素的合力将中国当代文学作品的生命力延续到异乡的语境之中,再现了多元、复杂而生动的中国当代文学画卷。本章拟从汉学家的翻译理念与策略、译本传播的海外出版路径、译本内副文本的全面构建三大方面,阐述中国当代文学英译过程中促进译本形成与传播的多方力量,以期为中国当代文学对外译介与传播研究与实践提供可资借鉴之处。

第一节　汉学家的翻译理念与策略

通过审视中国当代小说的英译本构建过程,不难发现,两种差异明显的翻译范式在其中发挥重要作用。

一种即是前文提到的外文局这一国家机构主导的翻译,虽然译者群体中包括众多著名翻译家,但由于当时采用的翻译策略较少兼顾英语读者的阅读感受,在翻译的诠释手段上,对于原文意旨的尊重和准确还原要远远高于对于可读性的尊重和文学美感的传递。这样产生的译本往往读来陌生感较重,译本仍存在较明显的语言与文化障碍,进入异域之后,往往局限于汉学家的小圈子,很难在普通民众中形成较大影响力和感染力。

另外一种翻译范式主要是由海外汉学家和翻译家来主导翻译过程。随着时代演进,世界文化进一步交融互通,中外双方在政策落实、资金支持、流程保护等各个环节展开合作,译者被赋予了相对充分的自主权。瑞典学院院士、诺贝尔文学奖评委马悦然(Goran Malmqvist)曾说:"中译外的最佳人选是既谙熟汉语和中国文化,又具有很高文学修养的外国人,因为他通晓自己的母语,知道怎么更好地表达。"①这样的"外国人"在语言与文化上,拥有作为汉学家的天然优势:一方面,他们具有相当的中文天赋和中文底蕴,十分了解中国现当代文学的发展形态,对原著及其反映的中国文化抱有浓厚的研究热情;另一方面,他们的研究视角立足海外的非华语地区,熟悉英语读者的阅读习性和审美倾向,能娴熟地运用英语进行文学翻译,注重使译文产生令读者愉悦的阅读感受。对这两方面的兼容使得他们有能力在文学文本、目标读者及翻译策略等一系列问题上做出较为有效的选择和判断。此外,汉学家的研究身份也使他们更擅长与海外出版机构、新闻媒体及学术研究界沟通,尽其可能将中国文学的影响力传播开去。葛浩文、蓝诗玲、白睿文、韩斌等多位译者均是当前活跃在中国文学翻译领域的优秀汉学家,其中葛浩文声名最著,他在翻译中国文学作品的过程中所遵守的操作规范和采取的翻译策略使他创造了多个优秀译本,也在很大程度上代表了中国文学外译中的主流范式。本节将以葛浩文为个案,分析他在翻译过程中采取的翻译策略。

葛浩文是美国著名的汉学家,从事中国文学翻译工作达 40 年之久,常被认为是中国现当代文学的"首席翻译家"。迄今为止,他翻译了包括莫言、萧红、老舍、巴金、苏童、毕飞宇、冯骥才、贾平凹、李锐、刘恒、马波、王朔、虹影等近 30 位作家的 50 余本小说,美国著名作家约翰·厄普代克(John Updike)曾以"接生婆""差不多成了(葛浩文)一个人的天下"评价其在译坛的贡献。莫言获得诺贝尔文学奖之后,作为莫言小说英译者的葛浩文引起了国内外学界的广泛关注。葛浩文及其翻译风格、翻译策略、翻译思想等均成为学术领域的重点话题。自葛浩文翻译第一部中国文学作品《呼兰河传》(1979 年)至今已有近半个世纪的时间,作为翻译家的他声誉渐著,在中国文学英译文化场域的话语权不断增强,甚至可以说葛浩文"正在用他的最新译作,去重新定义什么是优秀的翻译文学作品"②。不过,虽然葛浩文是中国现当代文学英译当之无愧的第一人,但他的翻译策

---

① 转引自:王萍. 文学豫军在海外的传播现状与对策研究. 中州学刊,2010(5):201.
② 贾燕芹. 文本的跨文化重生:葛浩文英译莫言小说研究. 北京:中国社会科学出版社,2016:227.

略始终处于"连改带译"的攻讦与争议之下。本节将通过文本细读,分析葛浩文的翻译态度、翻译思想以及所采用的具体翻译策略。

一、"连译带改"的争议

莫言获得诺贝尔文学奖之后,莫言作品的译者葛浩文也成为学界研究的焦点人物。公众普遍认为,莫言之所以能够获奖,离不开译者葛浩文的助推作用。"莫言去年摘获诺贝尔文学奖,其作品的译者(葛浩文)功不可没。"①葛浩文带有鲜明个性化印记的翻译风格也因此引起广泛讨论,甚至成为争辩的热点话题。他在翻译若干莫言作品时并没有百分之百、逐字逐句地遵循原文,而是采用"连译带改"的"葛式"译法。葛浩文自己也承认对几部小说做了删动。②

葛浩文的翻译事业始于对萧红作品的翻译,在第一次执笔翻译《呼兰河传》时,他将该书的最后两章直接删去未译。直到 1988 年由香港联合出版社(Joint Publishing)出版发行该书第二版时,葛浩文才补译了第六章和第七章的内容。在其他译作中,删与改的特点也同样鲜明。例如,刘震云的《手机》所设定的时间结构,在英译本 Cell Phone 中被完全重置,通篇转化为回忆式的倒叙手法。在具体操作上,葛浩文将原著第二章第一节的内容放在译作最前面,作为一个独立的前言部分。姜戎的《狼图腾》中描述"额仑草原"地理位置的段落在英译本 Wolf Totem 中也被剪贴到了开头部分,小说后面将近 80 页关于动物图腾历史对话的"附录"部分则被直接删除未译。莫言的《丰乳肥臀》由原作的 800 多页被删译成了仅有500 多页的英文小说。在翻译《北京娃娃》时,葛浩文表示,"这本书要出版的话,相当程度的重写是免不了的。……即便有所准备,但改动的程度仍然出乎之前的预想,小说是 2004 年 8 月出版的,主要的改动体现在内容的删减、结构的重组和语言的本土化"③。其他作品被改动较大的还有《红

---

① 樊丽萍. "抠字眼"的翻译理念该更新了. 文汇报,2013-09-11(01).
② 葛浩文. 我行我素:葛浩文与浩文葛. 史国强,译. 中国比较文学,2014(1):45.
③ Goldblatt, H. Blue pencil translating:Translator as editor. *Translation Quarterly*,2004(33):23.

高粱家族》《天堂蒜薹之歌》《银城》等。

除正文内容被改译外,一些译本的标题也被改头换面。如施叔青的《香港三部曲》被重新命名为《皇妃之城:香港殖民故事》(*City of the Queen: A Novel of Colonial Hong Kong*),原文本中的三个小故事(《她名叫蝴蝶》《遍山洋紫荆》《寂寞云园》)在翻译过程中被浓缩成了一卷。虹影的《上海王》则被译成《上海姘妇》(*The Concubine of Shanghai*)。刘震云的三部作品《我不是潘金莲》《我叫刘跃进》《一句顶一万句》分别被改译为 *I Did Not Kill My Husband*; *The Cook, the Crook and the Real Estate Tycoon* 和 *Someone to Talk to*。

从上述例证可见,葛浩文被贴上"连改带译"的标签并非空穴来风。部分学者赞赏并推崇他的这一翻译策略,认为这是"译者和原作者之间互动与合作的一次生动例证,甚至是翻译中可遇不可求的境界"①。据此,相关研究者指出,中国文学作品要走进西方读者的世界,就必须按照西方读者的阅读诉求和审美情趣进行"连译带改"。不过,也有学者并不认同这一做法,认为应"理性对待"葛浩文的翻译策略,并指出"'连译带改'绝非推动中国文学'走出去'和振兴翻译的'灵丹妙药'"。②

葛浩文本人对中国学者的批评并不完全接受。在他看来,其一,多处的改译与删节均获得了原作者的首肯。如在《天堂蒜薹之歌》英译本中,原作结尾的改写是译者葛浩文和原著作者莫言商讨后的结果,莫言对此并无异议,表示"反正我看不懂"③。其二,葛浩文认为出版社的编辑才是对他所翻译的中国文学作品进行删减和改写的罪魁祸首。他曾辩护:"译者交付译稿之后,编辑最关心的是怎么让作品变得更好。他们最喜欢的就是删和改。……还有莫言的小说也一样,都不是我决定的。其中一两

---

① 刘云虹,许钧.文学翻译模式与中国文学对外译介——关于葛浩文的翻译.外国语,2014(3):11.

② 李景瑞."连译带改"的翻译不可提倡,尽管它成就了莫言.中华读书报,2015-10-21(03).

③ 转引自:李文静.中国文学英译的合作、协商与文化传播——汉英翻译家葛浩文与林丽君访谈录.中国翻译,2012(1):59.

本被删去十分之一,甚至八分之一,我还争取又加回去了一些。"①

除去作者给予的翻译自主权和自由度、编辑的操纵与干预,删减与改译在多数情形下也是无法避免的翻译处理手法。比如,中国小说中有许多大段篇幅由流水句构成,连绵不断;文中对话嵌入第三者叙事之中,使得故事的铺陈更为冷静客观。《青衣》和《玉米》中这种例子屡见不鲜。在译本中,葛浩文为避免行文丧失可读性,最终舍弃了这种特殊的叙事手法。他重新切分了段落,使之符合英文行文习惯,将对话添加引号彰显出来。这样做正是因为译者将可接受性作为翻译活动的重要参照坐标,适度降低因文学陌生元素而引起的阅读困难。由此可见,"连译带改"这四个字是简单化的总结,并不能完整涵盖译者在翻译实践中运用的翻译策略以及背后的翻译思想。

二、尊重原作,以异化为主

从上述译本的删节、减译及改写的例证可见,葛浩文十分注重读者感受,努力淡化源语的异质性影响。正如韦努蒂所言,"译者所要做的就是让他/她的译作'隐形',以产生一种虚幻的透明效果,同时为其虚幻身份遮掩:译作看上去'自然天成',就像未经过翻译一般"②。但是,一部优秀的译本不可能以删减和改写为主要策略,不然则遑论译作,应纯属再创作,与原作无关。事实上,葛浩文同样重视原文,尊重原文。在谈及翻译任务时,他说:"我总是带着尊重、敬畏、激动之情以及欣赏之心走入原著。……我问自己:我能让译作读者对译作的欣赏如同原作读者欣赏原作一样吗? 我能把作者的声音传递给新的读者群,而且把他们的快乐、敬畏或愤怒传递出去吗? 这就是我的目标。"③也就是说,葛浩文依然把原文置于翻译工作的首要地位。无论怎样删改,都必须保持对原文的忠实。

---

① 转引自:李文静. 中国文学英译的合作、协商与文化传播——汉英翻译家葛浩文与林丽君访谈录. 中国翻译,2012(1):59.

② 转引自:胡安江. 中国文学"走出去"之译者模式及翻译策略研究——以美国汉学家葛浩文为例. 中国翻译,2010(6):14.

③ Goldblatt, H. Howard Goldblatt at home: A self-interview. *Chinese Literature Today*, 2011, 2(1): 99.

"译作成功与否取决于整体的忠实度,包括语调、语域、清晰度、吸引力、表达的优雅度等等。"①

综观葛浩文的译作,不难看出,他尊重原作的文学诉求和文化特征,在翻译中尽可能地还原原作的本真面目,以异化手段为主,"通过干扰目标语盛行的文化常规的方法,来彰显异域文本的差异性"②;同时,葛浩文也关注跨文化传递过程中的诠释方式与交流效果,使译本具有通达流畅、适于接纳的阅读品质,让英语读者能够体会到中国文学的价值变迁、审美形态和诗学特征。最能体现上述翻译思想的是他在处理专有名词和熟语时的态度与策略,故本小节就以专有名词和熟语这两种典型的文化负载语的翻译为例来说明葛浩文在翻译过程中展露的翻译策略与翻译方法。

1. 专有名词的翻译

中国当代小说中的专有名词富含独特的中国文化内涵,对于土生土长的中国读者来说,理解语言背后的隐喻并非难事,但对于他者语言和文化的读者来说却是一道难以逾越的鸿沟。对于译者而言,这些文化障碍往往成为不可译的天堑,如何将这些蕴含异质文化元素的人名、地名、事名、物名等译介给文化迥异的异域读者,是一项巨大的挑战。莫言小说《丰乳肥臀》中上官鲁氏的七个女儿分别被命名为上官来弟、上官招弟、上官领弟、上官想弟、上官盼弟、上官念弟、上官求弟。七个人名中,除了复姓"上官"是继承了父系姓氏之外,其他均由一个汉语动词加上"弟"字组成,表明了上官鲁氏渴望能够生育一个儿子的愿望。葛浩文直接采用了音译的办法,取中文拼音保留其声形,其中难以传递的文化隐喻略去不译。虽然取形舍意对原文的意旨有所损伤,但从忠实度来看,两害相权取其轻,较为贴合原文。

当专有名词翻译遭遇剧烈文化冲突时,葛浩文的译本也是尽可能忠实地传递中国文化形态。例如,在《青衣》中,面瓜和筱燕秋情浓时说,"只

---

① Goldblatt,H. Howard Goldblatt at home:A self-interview. *Chinese Literature Today*,2011,2(1):98.

② Goldblatt,H. Howard Goldblatt at home:A self-interview. *Chinese Literature Today*,2011,2(1):98.

要没有女儿,你就是我的女儿"①。《玉米》中玉米和彭国梁热恋时也是"哥哥""妹子"相称。这些指称常见于中国恋人之间,但是,移植在西方的语境,这些就成为不能接受的乱伦。美国编辑看到这样的直译文本时,曾经提出要将其删除,葛浩文通过邮件转告毕飞宇,毕飞宇很意外,他向译者做了解释。东方人喜欢以家庭视角看世界。在中国的创世神话中,也曾有兄妹为了繁衍后代而结合的传说,加之 20 世纪六七十年代"文革"时期,人们的语言表达十分贫瘠,只能找到这样的词条,这是一种特殊语境下微妙的表达方式。因此,恋人常借"女儿""哥哥""妹妹"来表达亲密之感。之后,译者接受了作者的观点,将"daughter""elder brother""little sister"保留了下来。

当然,直接音译、忠实于原形的异化处理方式往往会给读者带来理解上的困难,原文的本意有时也很难准确地传达给读者,这无疑会进一步加剧原文和读者之间的矛盾。在这种情况下,葛浩文在翻译专有名词时也格外注意变通,或意译,或频频采用灵活加注的方式,通过补充说明将其中的含义传递给西方读者,在读者和原作之间架起沟通的桥梁。《我不是潘金莲》中的有些人名,如李雪莲、秦玉河、赵火车、李英勇等,葛浩文采取的也是音译法,将其直接翻译成 Li Xuelian、Qin Yuhe、Zhao Huoche、Li Yingyong。而"鸟儿韩""鹦鹉韩""孙不言""大哑""二哑""于大巴掌"这几个绰号,葛浩文则采用了意译的方法,将它们分别翻译成 Bird Han、Parrot Han、Speechless Sun、Big Mute、Little Mute、Big Paw。在他翻译的另外两部小说《青衣》和《玉米》中,从"筱燕秋""二郎神"到"王八路""阿庆嫂""青衣""花旦"等京剧概念和术语,到"知青""帝修反"等"文革"前后的政治化术语和时代性词语,从"小满""芒种"到"牌坊""头七"等民俗词语比比皆是。译者在处理这些信息时,努力向原作靠近,不删除、不改写,多用音译、直译,并在必要时适当加注。下面以《我不是潘金莲》中两个典型人名的英译为例进行分析。

---

① 毕飞宇. 青衣. 上海:上海锦绣文章出版社,2008:203.

原文：你是李雪莲吗，我咋觉得你是潘金莲呢？①

译文：Are you Li Xuelian，or are you Pan Jinlian，China's most famous adulteress?②

原文：真假不重要，关键是，我是李雪莲，我不是潘金莲。或者，我不是李雪莲，我是窦娥。③

译文：But real or shame was secondary in importance to the fact that she was Li Xuelian，not Pan Jinlian. Even better，she was the martyred heroine Dou E in the yuan drama *Snow in Midsummer*.④

"潘金莲"和"窦娥"是中国文学作品中的典型人物形象，其文化意象非常丰富。"潘金莲"在中国是尽人皆知的坏女人形象，也是淫荡、狠毒的代名词。而"窦娥"作为元杂剧《窦娥冤》中的主人公，则是封建社会蒙受冤屈、遭受压迫的妇女的代表。对于中国读者来说，两个人名所代表的人物形象和文化内涵一望便知。而对普通的西方读者来说，由于缺乏中国文化背景知识，无法单纯地从两个人名的音译中了解原文的隐喻含义，势必遭遇理解的障碍。葛浩文在处理这两个人名的翻译时，一方面为了凸显原文的异质性，采用了音译的异化手段；另一方面，为了实现这种异质性的有效传递，又对原文进行了注解。这种异化加注的翻译方式让原文的异质元素在他者世界以原貌保持下来，同时，也较好地消弭了文化障碍。

此外，为了易于理解和沟通，葛浩文有时会选择在文后而非文中对一些重要的文化现象加以注解。例如，《青衣》中的"水袖"，葛浩文在后面的词汇表中对其做了相关说明，"long, loose sleeves worn by opera singers

---

① 刘震云. 我不是潘金莲. 武汉：长江文艺出版社，2016：68.

② Liu，Z. *I Did Not Kill My Husband*. H. Goldblatt and S. L. Lin（trans.）. New York：Arcade Publishing，2014：102.

③ 刘震云. 我不是潘金莲. 武汉：长江文艺出版社，2016：71.

④ Liu，Z. *I Did Not Kill My Husband*. H. Goldblatt and S. L. Lin（trans.）. New York：Arcade Publishing，2014：107.

that highlight stylized gestures"①;对于《玉米》中"王家庄"的翻译,葛浩文在其英译本后的词汇表中进行了说明,"Many rural villages are populated mainly by families with the same surname"②。葛浩文没有选择直接在文中插入注释,而是将其或融入故事中,或置于正文之后,这正是为了行文的流畅和满足读者的阅读感受,使用适当的增补以增强译作的可读性。

由此可见,在处理中国专有名词的翻译时,葛浩文会因时制宜地增补解释和说明,补充原著文本中隐含的文化内涵。这样的处理方法使遥远而具异域特色的异质他者融入英语的言说方式之中,让原著对特定时代中中国家庭和乡村生活、对个体和社会面貌的展现都较为忠实地呈现在译者的笔下,再现了具有地域文化性的中国色彩。

2. 熟语的翻译

熟语是汉语语言浓缩的精华,积淀着丰厚的中文文化内涵、审美意趣与认知模式。中国当代小说中出现大量熟语,其英译也是一大难题。熟语的翻译能集中反映出译者的翻译理念和翻译策略。葛浩文在翻译这些熟语时,仍是以忠实原则为主,适当辅以解释与说明,再现源语文化意象,以求兼顾译文的本旨与读者的感受。试看以下几例。

> 原文:奶奶说:"这酒里有罗汉大叔的血,是男人就喝了。后日一起把鬼子汽车打了,然后你们就鸡走鸡道,狗走狗道,井水不犯河水。"③

> 译文:"Uncle Arhat's blood is in this wine," she said. "If you're honorable men you'll drink it, then go out and destroy the Jap convoy. After that, chickens can go their own way, dogs can

---

① Bi, F. *The Moon Opera*. H. Goldblatt and S. L. Lin(trans). London: Telegram, 2007:140.

② Bi, F. *Three Sisters*. H. Goldblatt and S. L. Lin(trans.). New York: Houghton Mifflin Harcourt Publishing Co, 2010:281.

③ 莫言. 红高粱家族. 杭州:浙江文艺出版社,2017:27.

go theirs. Well water and river water don't mix."①

原文:那天他喝了个八成醉,玲子闯进去,正如飞蛾扑火,正如羊入虎穴。②

译文:He was pretty drunk that day, and when Lingzi burst into his room, it was like a moth drawn to a fire, or a lamb entering a tiger's den.③

原文:外曾祖父站在我奶奶面前,气咻咻地说:"丫头,你打算怎么着? 千里姻缘一线串。无恩不结夫妻,无仇不结夫妻。嫁鸡随鸡,嫁狗随狗。你爹我不是高官富贵,你也不是金枝玉叶,寻到这样的富主,是你的造化,也是你爹我的造化。"④

译文:He (Great-Granddad) walked up to Grandma and said angrily, "What are you up to, you little tramp? People destined to marry are connected by a thread, no matter how far apart. Man and wife, for better or for worse. Marry a chicken, share the coop, marry a dog and share the kennel. Your dad's no high-ranking noble, and you're no gold branch or jade leaf. It was your good fortune to find a rich man like this, and your dad's good fortune, too."⑤

原文:就是行政会介入,会罚款,会开除公职,这不是鸡飞蛋打吗?⑥

译文:It would be something administrative, like a fine or the

---

① Mo, Y. *Red Sorghum*. H. Goldblatt (trans.). New York: Penguin Books, 1993: 40.

② 莫言. 红高粱家族. 杭州:浙江文艺出版社,2017:52.

③ Mo, Y. *Red Sorghum*. H. Goldblatt (trans.). New York: Penguin Books, 1993: 81.

④ 莫言. 红高粱家族. 杭州:浙江文艺出版社,2017:82-83.

⑤ Mo, Y. *Red Sorghum*. H. Goldblatt (trans.). New York: Penguin Books, 1993: 128.

⑥ 刘震云. 我不是潘金莲. 武汉:长江文艺出版社,2016:21.

termination of public employment. But that would be sort of like "the egg breaks when the hen flies off，wouldn't it?"①

原文：……正因为知道，他觉得从上到下的领导有些<u>一朝被蛇咬，十年怕井绳</u>，有些<u>草木皆兵</u>。②

译文：… but the effect of this knowledge on Zheng was a feeling that the local officials were too <u>timid</u>，like <u>the person who sees a snake once and has a fear of ropes for a decade</u>. ③

第一个例子中，"奶奶"是小说中的主人公戴凤莲，也是莫言重点着墨刻画的农村"女汉子"形象，她敢恨敢爱，语言犀利，往往一针见血。在这段话中，她所引用的汉语熟语"鸡走鸡道，狗走狗道，井水不犯河水"形象生动，表现出奶奶干练果断的性格特点。通过对比，可以看出葛浩文采用了保存源语意象的异化译法，"鸡""狗""井水""河水"等文化意象元素，在译文中均被保留了下来。

在之后的几个例子中，葛浩文对"飞蛾扑火""羊入虎穴""嫁鸡随鸡""嫁狗随狗""鸡飞蛋打""一朝被蛇咬"和"十年怕井绳"等汉语熟语的英译处理同样都是保留了源语中的"飞蛾""火""羊""虎穴""鸡""狗""蛋""蛇""绳"等意象成分，至于"千里姻缘一线串"和"金枝玉叶"，葛浩文也保留了其中的文化意象。这种翻译方法既保留了原文的文学性和生动性，同时也为英语语言提供了更多的想象力和开拓的空间。

不过，对于熟语的处理，葛浩文也并非一味地复制意象以传译，上文的熟语多以动物或植物为本体，因此，"以异为异"存在被接受的可能，但是对于以中国历史人物为本体的熟语，若是单一性的转译，则无法在英语世界中获得认同，会给读者带来阅读和理解上的困难。因此，面对此类熟语时，葛浩文较为灵活地采用了异化与阐释相结合的翻译策略。例如：

---

① Liu，Z. *I Did Not Kill My Husband*. H. Goldblatt and S. L. Lin（trans.）. New York：Arcade Publishing，2014：27-28.

② 刘震云. 我不是潘金莲. 武汉：长江文艺出版社，2016：115.

③ Liu，Z. *I Did Not Kill My Husband*. H. Goldblatt and S. L. Lin（trans.）. New York：Arcade Publishing，2014：177.

原文：单廷秀父子被杀，定是你所为。你一慕单家财产，二贪戴氏芳容，所以巧设机关，哄骗本官。你简直是鲁班门前抢大爷，关爷面前耍大刀，孔夫子门前背《三字经》，李时珍耳边念《药性赋》，给我拿下啦！①

葛译文：It must have been you who murdered Shan Tingxiu and his son, so you could get your hands on the Shan family fortune and the lovely woman Dai. You schemed to manipulate the local government and deceive me, like someone wielding an axe at the door of master carpenter Lu Ban, or waving his sword at the door of the swordsman Lord Guan, or reciting the *Three Character Classic* at the door of the wise Confucius, or whispering the "Rhapsody on the Nature of Medicine"in the ear of the physician Li Shizhen. Arrest him!②

原文：北斗勺子星——北斗主死，南斗簸箕星——南斗司生，八角玻璃井——缺了一块砖，焦灼的牛郎要上吊，忧愁的织女要跳河……都在头上悬着。③

葛译文：The ladle of Ursa Major（signifying death），the basket of Sagittarius（representing life）；Octans, the glass well, missing one of its titles；the anxious Herd Boy（Altair），about to hang himself，the mournful Weaving Girl（Viga），about to drown herself in the river. ④

第一个例子涉及众多中国历史人物,除孔夫子是全世界都知晓的中国古代著名思想家和教育家之外,"鲁班""关爷"和"李时珍"这些中国名

---

① 莫言. 红高粱家族. 杭州:浙江文艺出版社,2017:116.

② Mo, Y. *Red Sorghum*. H. Goldblatt（trans.）. New York：Penguin Books, 1993：183.

③ 莫言. 红高粱家族. 杭州:浙江文艺出版社,2017:7.

④ Mo, Y. *Red Sorghum*. H. Goldblatt（trans.）. New York：Penguin Books, 1993：8.

人则并未在英语世界形成较广的文化传播与认知。面对这类来自异域文化的异质元素,葛浩文采取的是阐释和异化相结合的翻译手法,在音译"鲁班""关爷"和"李时珍"为"Lu Ban""Lord Guan"和"Li Shizhen"的同时,在音译之前分别加上了"master carpenter""swordsman"和"physician"进行阐释。这种方法一方面保留了异质文化的完整性,另一方面通过注释向目的语读者介绍了异质元素的真实含义,从而实现了源语文化在译入语中的有效传递。

第二个例子中的"北斗勺子星""南斗簸箕星""八角琉璃井"都是中国传统文化中根据星座形状命名的叫法,"牛郎"和"织女"则是根据神话故事演变而来的对另外两颗星星的称谓。如果采取异化的直译法,无疑会造成读者阅读的障碍和理解上的困难。鉴于此,葛浩文采用的是异化加括号阐释相结合的方法,兼顾了异质元素的传播和读者的阅读感受。

综上所述,葛浩文的翻译成就了中国作家莫言在世界文学史上的地位,也成就了自己在翻译界的声望。思考葛浩文对翻译策略的选择与判断,对于推动中国文学外译具有不容忽视的重要意义。

透过葛浩文所翻译的中国文学译本形态,我们看到,一方面,译本存在较为明显的"连译带改"现象,这往往是出于对市场的迁就,这样的译本面貌能够在一定程度上抵消对目的语读者群疏离的可能性,并因商业效应使作品声名得以拓展。然而,这一译法也使原作的本真面目受到损伤,会对中国当代文学形象建立和传播的真实性和完整性产生较为消极的影响,相关学者对于葛译的争议即源于此。另一方面,葛浩文的译本也非常重视对原文本的尊重与忠实。通过分析葛浩文对专有名词以及汉语熟语的翻译,我们可以看出,葛浩文多以源语为依归,将原作中的文化元素和文学特性原汁原味地呈现给西方读者,他所采用的异化策略体现出他对原作的忠实态度。在一些无法传递的不可译的语言现象中,他多采用以异化为基础,再加以阐释的策略。

也就是说,在葛浩文那里,"连译带改"与"忠实于原文"已成为辩证的存在。一个成功的译本并非将原著不加改写地移植过来,也并非全盘地改写与删减。一方面,译者需要保留独特的中国文化成分,充分体认和尊重来自中国小说的文化精神、作家气质和民族特征;另一方面,译者必须承担对读者的责任,对译本的接受环境做出充分又合理的预判,避免译文因晦涩难懂而丧失可读性。

此外,值得指出的是,随着语境的变迁和葛浩文自身作为汉学家与翻译家身份地位的提升,葛浩文的翻译策略中,删改与忠实的辩证关系呈现出动态变化的特点。例如,在《红高粱家族》的英译本(1994)中,他翻译"爹"和"娘"时,采用的是归化式译法,分别译作"father"和"mother";而在《檀香刑》的英译本(2012)中,葛浩文则采取音译的办法把"爹""娘""干爹"分别译作"dieh""niang""gandieh"。在翻译人物称呼语上,葛浩文认为,"是时候在匮乏的(词汇)表中更新和增添"[1]中文外来语了。也就是说,葛浩文现在已渐渐倾向于在更高程度上尊重并忠实于原文本,并希望能够通过翻译更为全面地体现中国文学独特的价值变迁、审美判断和诗学特征,使蕴藉于字里行间的文化力量在新生的语境中得到更为充分的释放。

三、结 语

近年来,中国当代小说在葛浩文等翻译家的积极努力之下,以莫言、余华、王安忆、贾平凹等为代表的中国当代作家及其作品逐步走进英语读者的阅读世界,构成了英语社会解读与接受中国文学和社会现实的重要参照。葛浩文是中国文学英译的代表性译者,他所采用的翻译策略能够反映当下以海外翻译家为主体的译者队伍所持的主要翻译立场和翻译理念,同时也为中国文学英译提供指导及借鉴。

"连译带改"和"忠实于原文"可以视为葛浩文翻译决策的两个维度。在翻译的过程中,一方面,译者注重对原文本的忠实阐释,努力使小说中的他者在西方主流诗学范畴内得以充分显化,赋予受众群体真实的小说印象;另一方面,译者也特别注重目标读者的阅读取向和审美习惯,不断

---

① Mo,Y. *Sandalwood Death*. H. Goldblatt (trans.). Norman:University of Oklahoma Press,2013:ix.

赋予译文再创造的活力与灵感。原文文本的文学风格、语言特质和中国特色往往与目标读者的阅读取向南辕北辙,这就将译者置于文字、概念、文化的持续角力中,倘若遭遇的是一些不可译的情况,而译者始终以陌生化和保留他者的翻译策略来进行处理,就可能会破坏译作的阅读感受和接受程度。因此,译者应因地制宜地加以适度的改变,尽量去调和、弥补两种文化之间的裂隙,去适应读者的接受程度,让文本生命在新语境下创造性地延续与再生。

翻译的本质在于接触"异"、接纳"异",不过对差异的保持和改造是在可通约的文学场中进行的。译者在英语中努力传递原著中蕴含的文化他者,同时,在翻译中适度降低原文的文化信息度,实现语义的有效交际和操作层面的伦理使命。这种翻译策略将"自我"和"他者"有机地结合起来,展示一种具有本土化意蕴的异质文化,让西方读者既熟悉又陌生,从而可使其更加倾情地阅读与体验异质他者;同时,也令译者得以兼顾对作者和读者双方的责任,使各方诉求在操作层面得到相对合理的回应。正是这样的辩证统一造就了一个又一个成功的译本。

第二节　译本传播的海外出版路径

翻译行为之所以充满复杂性,是因为这一活动不仅仅在语言层面进行,来自意识形态及诗学等各个层面形成的赞助人体系都会引导、限制、调整并影响翻译作品的形成与传播。多种因素可以通过对译本的选择、阐释和传播来建构正面或者负面的作家乃至异国形象。翻译理论家安德烈·勒菲弗尔(André Lefevere)在《翻译、重写以及文学名声的操纵》(*Translation*, *Rewriting and the Manipulation of Literary Fame*, 1992)一书中指出,翻译即改写,并且在目的语文化系统中受到诗学观、意识形态和赞助人三重因素的操纵。译者与赞助人体系共同影响甚至决定翻译过程中的种种决策。

赞助人是指"促进或阻碍文学阅读、写作或改写的各种权力,如宗教集团、政府部门、出版社、大众传媒机构(包括报纸、杂志、有影响力的电视台),规范文学和文艺思想流通的机构(包括国家学术机构、学术期刊,特别是教育机构),也可能是个人势力"①。在不同的历史时期,不同的赞助人体系运作会支配译者对原文作品、翻译策略的选择,进而在目的语文化中塑造并改造原有的文学与文化形象。

事实上,一部译作的形成是"一个有机有序、环环相扣的生产链,需要从翻译到版权代理到出版营销等各个环节在整个文学场域中的精密配合和优质运作。……译本产生之后,往往需要借力于一些社会资本才能走入文本的传播环节"②。在整个译介系统里,作为赞助人因素中的权力机构,出版社是不可忽视的重要力量,它们决定着出版哪种类型的作品以及哪位作家的作品,构成了翻译作品在异域文化系统中传播的出版路径,从而影响着读者,甚至可以转变作品在异域的形象。

一直以来,中国当代小说走向世界主要通过两种译介出版渠道。一是由中国官方主导和倾力打造的中国文学海外传播工程,以 1951 年创刊的《中国文学》、20 世纪 80 年代的"熊猫"丛书、90 年代的"大中华文库",以及 21 世纪开始的"中国图书对外推广计划"和"经典中国国际出版工程"为代表,它们均为推动中国文化和文学走出去做出了重要贡献。二是英语世界出版社的主动译入。本节聚焦英语世界对中国当代小说的主动译入情况,以当前活跃在中国当代小说译介领域的出版社为考察对象,梳理它们自改革开放以来对中国当代小说的译介情况,并分析该出版路径的特点和走向,探讨出版社作为赞助人体系中的重要权力因素对中国当代小说在英语世界的译介和传播所产生的作用和影响力。

与中国本土机构主导下的主动译出模式相比,英语世界出版机构有着自身的机制与特点。首先,在营销与宣传策略上,欧美出版公司对一本新书的宣传大多在该书面市之前的三个月就启动,出版社制作样书送给各大媒体,并邀请相关书评人撰写书评。如《纽约时报》(*The New York*

---

① Lefevere,A. *Translation,Rewriting and the Manipulation of Literary Fame*. London & New York:Routledge,1992:17.

② 吴赟. 译出之路与文本魅力——解读《解密》的英语传播. 小说评论,2016(6):114-115.

Times)、《经济学人》(*The Economist*)等主流媒体的书评文字往往就是大众读者获取图书信息的主要途径。一本图书能否激发大众的阅读兴趣，相关书评的评价就显得尤为重要。如果是出版社比较看重的图书，往往会提前六个月开始这样的营销程序。其次，在英美世界，出版经纪人制度已经运作得十分成熟而健全，其主要的职责是发掘并包装作者，帮助作者寻找合适的出版社，签订出版协议，协助作品宣传，并负责作品的海外版权等业务。简而言之，出版经纪人就是作家与出版社之间的纽带与桥梁。事实上，海外的出版机构大多不会直接和作者联系，而是通过出版经纪人来进行洽谈，这在某种程度上给我们的图书外译事业提出了一个十分重要的建设课题。此外，从原作到出版社推出译作的生产流程中，译者扮演了关键角色。虽然翻译是整个译介过程中，相对独立于出版之外的一个环节，但是从欧美出版社的运作体系来看，翻译的确也是促成出版的最为重要的因素。西方出版社对于中文作品的鉴定和甄选是基于译稿进行的，只有看到相当长度且质量上乘的译稿之后，他们才会支付翻译费用并签订协议。而从另外一个角度来看，如果没有预先支付翻译费用，就很难请到优秀的译者进行翻译。译稿的质量是决定能否获得出版合同的至关重要的因素。

通过对比和分析，我们发现这些来自英语世界国家的海外出版社在商业运作和市场推广等方面均具有一定的优势。改革开放政策的实施让英语世界国家更好地了解了一个开放和发展的中国，伴随而来的就是中西文学在交流和互动上的加强，这也使得英语世界出版社开始关注中国当代小说，很多作品由此得到出版与传播。具体而言，英语世界出版社对中国当代小说的译介主要呈现出三条较为明显的出版路径，即以高校为载体的学术性出版社路径、由市场驱动的商业性主流出版社路径和以中国文学作品译介为主的出版社路径。

一、以高校为载体的学术性出版社路径

在三种类型的出版机构中，以高校为载体的学术性出版社一直以来都是英语世界读者接触、了解和欣赏中国当代文学的重要渠道。以美国

为例,活跃于中国当代文学作品翻译出版阵营的出版机构有 40 多家,其中约四分之一是此类依托大学的学术性出版社,自改革开放以来,它们共译介和出版了约 30 部中国当代小说或小说集。这类出版机构主要包括夏威夷大学出版社(University of Hawaii Press)、哥伦比亚大学出版社(Columbia University Press)、俄克拉荷马大学出版社(University of Oklahoma Press)、杜克大学出版社(Duke University Press)、加利福尼亚大学(伯克利)出版社[University of California Press (Berkeley)]、西北大学出版社(Northwestern University Press)、路易斯安那州立大学出版社(Louisiana State University Press)和纽约州立大学出版社(State University of New York Press)。在上述 8 家学术性出版社中,夏威夷大学出版社最为多产,共译介出版了 10 部中国当代小说,哥伦比亚大学出版社和俄克拉荷马大学出版社次之,分别译介了 5 部和 4 部(含 1 部小说集),另外 5 家大学出版社则分别出版了 1 部单行本或 1 部小说集。

夏威夷大学出版社对中国当代文学作品的译介开始时间早,成果多,且具有连续性。仅在 20 世纪 90 年代,夏威夷大学出版社就已经译介出版了 5 部作品,分别为冯骥才的《三寸金莲》(1994)、刘索拉的《混沌加哩格楞》(1994)、白桦的《远方有个女儿国》(1994)、古华的《贞女》(1996)、竹林的《蛇枕头花》(Snake's Pillow and Other Stories, 1998)。21 世纪以来,夏威夷大学出版社在持续关注和译介中国现当代文学作品的同时,与中国出版机构的交流和合作也在不断加强。2015 年 5 月,夏威夷大学出版社与中国出版集团签署了关于"中国近现代文化经典文库"的出版合作战略框架协议,旨在全球范围内推出最具中国传统特色的文化经典专著。此举对夏威夷大学出版社进一步译介和出版中国现当代文学作品起到了很大的促进作用。如韩东的《扎根》(Banished!, 2008)和方棋的《最后的巫歌》(2017)就是代表性作品。

哥伦比亚大学出版社对中国当代文学作品的译介既包括中国当代名家名作的单行译本,也有汇集多名中国当代作家中短篇作品的小说集译本。自 2000 年至今,哥伦比亚大学出版社共译介出版了 5 部中国当代文学单行本,均列在哥伦比亚大学出版社的 Weatherhead Books on Asia 丛书之中。这 5 部作品分别是叶兆言的《1937 年的爱情》(2003)、韩少功的《马桥词典》(2003)、陈染的《私人生活》(2004)、王安忆的《长恨歌》(2008)和李锐的《无风之树》(2012)。除了单行本之外,哥伦比亚大学出版社还以小说集的形式译介中国当代文学作家作品,目前已经出版发行的小说集包括《狂奔:中国新作家》(1994,含 14 部短篇小说)、《哥伦比亚中国现代文学选集》(1996,含 2 部中篇小说)、《我爱美元》(*I Love Dollars and Other Stories of China* ,2007,含 6 部短篇小说)、《喧嚣的麻雀:当代中国小小说》(2006,含 91 篇小小说)、《来自古老的国度》(*From the Old Country* ,2014,含 16 部短篇小说)和《转生的巨人:21 世纪中国科幻小说选》(2018,含 15 部短篇小说)。这些小说集覆盖作家范围相对集中,多是中国当代最具代表性的知名作家,如莫言、苏童、余华、王蒙等。

俄克拉荷马大学出版社历史悠久,它对中国当代文学的关注和译介主要得益于与中国官方在文化领域的积极互动。早在 2006 年,《今日世界文学》(*World Literature Today*)杂志便与北京师范大学文学院以俄克拉荷马大学孔子学院为平台开展合作。2007 年 6 月,双方合作出版了《今日世界文学》的《中国当代文学专刊》(*Inside China Issue*),同期又在北京共同召开了"中国当代文学与世界"学术座谈会。这次座谈会的召开不仅是主办双方深化合作的标志,更为中国当代文学走进俄克拉荷马大学出版社的视野搭建了平台。2010 年,北京师范大学文学院与俄克拉荷马大学孔子学院合作创办了《今日中国文学》杂志,作为《今日世界文学》的副刊出版发行,顾问委员汇集了在中国文学研究领域富有影响的多位中美知名学者,原文的选材主要由中方学者负责。与香港中文大学出版社出版的《译丛》(*Renditions*)①不同的是,《今日中国文学》"转变为对文学和艺术的强调,包括小说翻译、诗歌翻译、学者及作者访谈,力图在历史和学

---

① 《译丛》由香港中文大学翻译研究中心主持出版,自 1973 年创刊至今已发行 88 册,内容涵盖从中国古典文学到现当代文学的各类诗歌、散文、小说等,其刊选的中国现当代文学侧重于作品的思想性与艺术性,有一定的权威性。然而《译丛》面向的读者群较小,主要集中在欧美汉学界,因此影响力有限,再加上版面原因,其选译的中国现当代文学多是节译,不便于读者从整体上把握作品的艺术效果与审美因素。

术宽度和深度里展现当代文学的广阔前景"①。随后,双方举办了一系列研讨会,这些成为中美两国文学交流的重要窗口。正是基于前期的合作,俄克拉荷马大学出版社随后在 2012 年、2016 年和 2018 年分别出版了莫言的《檀香刑》、贾平凹的《废都》和东西的《后悔录》3 部单行本小说。此外,它还于 2015 年、2016 年各翻译出版了 1 部小说集——《天南! 来自中国的新声》(内含 12 部中短篇小说,作者包括徐则臣、盛可以、任晓雯、阿乙等中国当代新锐作家)与《在河边》(*By the River: Seven Contemporary Chinese Novellas*,内含 7 部中短篇小说,作者包括韩少功、迟子建、王安忆等中国当代著名作家)。上述 3 部单行本和 2 部小说集都是在中国国家汉办、北京师范大学文学院、俄克拉荷马大学文理学院(College of Arts and Sciences)和《今日世界文学》杂志社的联合协作下出版发行的,其中 4 部作品英译本扉页上对此专门做了说明。北京师范大学的刘洪涛在为丛书选材时发现,许多被翻译成外文的且有影响力的中国小说,其内容多是充满对遥远过去的迷恋,对农村、土地的热爱,甚至是对残忍暴力的痴迷,所以他希望挑选出一些没那么夸张的、更加符合实际、更加贴近当今生活的作品,为西方读者呈现另一种关于当代中国的诠释。② 比如,《天南! 来自中国的新声》选择的是一些年轻的、知名度不高的中国作者,以此扩大"中国写作"的定义,丰富中国文学在海外接受的内涵。再比如,《在河边》这本中短篇小说集反映了中国人民日常的琐碎生活。不同于长篇小说的宏大叙事,这种没有戏剧化的日常生活故事富有独特的中国审美价值。美国弗吉尼亚大学东亚语言文学系教授罗福林(Charles A. Laughlin)在提到为什么选择"河流"作为书名和封面元素时解释道:"河流作为一种叙事元素的审美特点在这个意义上得以凸显。从人类学的视角出发,河流是族群的生命线,家乡和外面的世界在这里交汇,普通人的日常生活——洗衣、沐浴、煮饭——在这里展开,人们相聚、别离,各种变化也会在这里

---

① 罗福林. 当代中国文学在英文世界的译介——三本杂志和一部中篇小说集. 王岫庐,译. 花城,2017(3):204.
② 王岫庐. 当代中国故事的多元讲述与诗意翻译——罗福林(Charles A. Laughlin)教授访谈录. 中国翻译,2018(2):69.

发生。本书各个故事中所描绘的河流大多是无名的,河边并没有发生什么惊心动魄的大事,然而在日常琐事里,你会发现故事的意蕴正在不动声色地聚集起来,以至于动人心弦。"①待中国学者、国际汉学家将文本选定之后,再由外方联系译者翻译、出版作品,确保了所选作品的文学价值、翻译的文学质量以及作品的销售渠道。这种译介模式让译者和出版社能够立足目的语读者的阅读习惯和审美倾向,同时也能兼顾源语国的译介动机,能够在"自我"与"他者"之间做出较为合理的判断,建构作者、读者之间较为理想的共场,促成了多个保留原作文化他性并符合目的语阅读喜好的译本。中外合作的传播出版模式更好地融合了中西审美趣味,再现了充满活力、贴近实际生活的当代中国形象。

除了上述译介成果较多的 3 家大学出版社之外,另外 5 家美国大学出版社也涉足了中国当代文学译介活动,但是在译介成果上略显单薄,已经翻译出版的作品主要有小说集《中国先锋小说选》(1998)和《玫瑰与荆棘:中国小说百花再放》(*Roses and Thorns: The Second Blooming of the Hundred Flowers in Chinese Fiction*, 1984),单行本包括贾平凹的《浮躁》(1991)和王小波的合集《王的爱情与枷锁》(*Wang in Love and Bondage*, 2007)等。值得一提的是,美国的大学出版社对残雪作品的译介特别感兴趣,西北大学出版社于 1989 年、1991 年相继翻译出版了她的《天堂里的对话》(*Dialogues in Paradise*, 1989)、《苍老的浮云》(*Old Floating Cloud: Two Novellas*, 1991)。在英语世界的其他几个主要国家,仅有澳大利亚的 Giramondo 出版社属于具有教育背景的学术性出版社,而它仅出版了盛可以的《死亡赋格》(*Death Fugue*, 2014)一书。

无论是从译介数量还是从译介起始时间来看,以高校为载体的学术性出版社可被视为海外译介出版中国当代文学作品的主要渠道。何明星基于图书馆馆藏量对中国当代文学英译本的世界影响力进行了研究,其研究结果表明,学术性出版社不仅"翻译出版中国当代文学开始的时间最

---

① 王岫庐. 当代中国故事的多元讲述与诗意翻译——罗福林(Charles A. Laughlin)教授访谈录. 中国翻译,2018(2):69.

早",而且"所获得的影响力也最大"。①

究其原因,一方面是由于在这些高校中多设有以中国为研究对象的学术机构,如夏威夷大学的中国研究中心(Center for Chinese Studies)和哥伦比亚大学的东亚研究所(East Asian Institute)等。另一方面,这些高校或者学术机构里相对集中了一批汉学家群体,他们对中国文学情有独钟,积极从事中国现当代文学作品的研究和翻译工作。比如,1979年,杨宪益与戴乃迭夫妇应"英国汉学会"邀请,参加在利兹大学召开的年会,戴乃迭以"中国女性作家"(Chinese Women Writers)为题,系统而又全面地向听众介绍了张洁、王安忆、戴厚英等重要作家,"这一演讲也在很大程度上左右了英语地区的译介选材倾向……其中涉及的女作家及其作品渐次获得西方世界青睐并得到译介"②。正是在这段时间,英国知名汉学家吴思芳(Frances Wood)对戴厚英的《人啊,人!》产生兴趣,并将其翻译出版。再比如,杨绛的《干校六记》受到西方出版社的广泛关注,于1982年、1983年、1986年先后出现了三个英译本,分别由澳大利亚汉学家白杰明、美国汉学家葛浩文与留美学者章楚(Djang Chu)翻译。

更为重要的是,汉学家群体与作为赞助人体系中的出版社具有联络上的优势,在物质条件和出版发行方面均能获得有效保障,这为中国当代小说走进此类出版社的译介视野创造了有利条件。比如1982年,张洁、李準、蒋子龙、冯牧等中国作家访美,他们与阿瑟·米勒(Arthur Miller)、艾伦·金斯堡(Allen Ginsberg)等美国作家一起参加了在加州大学洛杉矶分校举办的中美作家讨论会,这些活动的举办在很大程度上增加了西方世界对中国改革开放后文学的兴趣。再比如,俄克拉荷马大学出版社不但是美国《今日世界文学》杂志的总部所在地,也是纽斯塔特国际文学奖的主办方。俄克拉荷马大学美中关系研究所还于2008年开始设立了美国纽曼华语文学奖,这是美国境内第一个专门为表彰对华语写作做出

---

① 何明星. 欧美翻译出版中国当代文学作品的现状及其特征. 出版发行研究,2014(3):16.

② 付文慧. 中国女作家作品英译(1979—2010)研究. 北京:对外经济贸易大学出版社,2015:16.

杰出贡献的文学作品及其作者而设立的文学奖项。截至目前,莫言、韩少功、王安忆等多名中国当代作家获此殊荣,王蒙、金庸、格非、余华、苏童、阎连科等作家曾获提名奖。文学奖的设立,不仅助推了中国当代作家在英语世界知名度的提升,同时也为海外出版社选择译介和出版对象提供了重要参考。

在引导英语世界的读者接触和欣赏中国当代文学作品的道路上,以高校为载体的学术性出版机构将会继续发挥重要作用,它们在学术研究和作品推介上的影响力也有助于推动中国当代文学在全球的交流和传播。

二、由市场驱动的商业性主流出版社路径

在中国当代小说走向英语世界的历史进程中,除了上述学术性出版机构,一大批商业性质的主流出版社也扮演着越来越重要的角色。尤其是近年来,它们在引进和出版中国当代文学作品方面呈现出不断增长的发展势头。作为翻译活动赞助人体系中的重要制约因素,商业性主流出版社主要以市场盈利为目标,力图追求最大的经济效益,一直在发挥着重要的商业化导向作用,甚至直接左右中国当代小说在英语世界译介中的原作选择、翻译主体、推广模式和传播效果等。

这类出版机构不仅包括如企鹅出版集团(Penguin Group)、亚马逊集团(Amazon)和拱廊出版公司(Arcade Publishing)等大型出版社,也包括像格鲁夫出版社(Grove Press)和霍顿·米夫林出版公司(Houghton Mifflin)等中小型出版机构。限于篇幅,下文仅选择美英两国在译介和出版中国当代小说数量排在前五位的商业性主流出版社,对其译介和出版情况进行介绍。这5家出版机构分别是企鹅出版集团①(13部)、亚马逊集团(9部)、拱廊出版公司(7部)、格鲁夫出版社(7部)与西蒙和舒斯特出

---

① 企鹅出版集团又分为企鹅图书(Penguin Books)、企鹅英国(Penguin UK)、企鹅美国(Penguin US)、企鹅澳大利亚(Penguin Australia)、企鹅加拿大(Penguin Canada)和企鹅中国(Penguin China)等出版品牌,其中企鹅中国归在第三类出版社类别进行统计,其他则统一归属于企鹅出版集团。

版社(Simon & Schuster)(7 部)。

企鹅出版集团是在全球享有盛誉的英语图书出版商,在全世界多个国家拥有子公司,其下属出版品牌主要众多。企鹅出版集团对中国当代小说的引入始于 1985 年对王安忆小说《小鲍庄》译本的出版。1988 年,根据莫言长篇小说《红高粱家族》改编的电影《红高粱》获得了柏林国际电影节金熊奖之后,企鹅出版集团开始逐渐关注莫言作品,并于 1994 年和 1995 年分别翻译出版了莫言的《红高粱家族》和《天堂蒜薹之歌》。在 20 世纪 90 年代,企鹅出版集团还出版了另外 2 部中国当代小说作品,分别是马波的《血色黄昏》(1995)和王朔的《玩的就是心跳》(1998)。进入 21 世纪以来,企鹅出版集团共出版了 7 部中国当代小说作品,分别是姜戎的《狼图腾》(2008)、王刚的《英格力士》(2009)、朱文的《我爱美元》(2008)、张翎的《金山》(*Gold Mountain Blues*,2011)、盛可以的《白草地》(*Fields of White*,2014)、莫言的《蛙》(*Frog*,2015)①和苏童的《红粉》(2018)。从译介对象来看,企鹅出版集团在选择上呈现出越来越多元化的特点,其关注和译介的作家群体逐步增多。

亚马逊集团主要以其下属的 Amazon Crossing 出版品牌译介外国文学作品,它在原文本的选择上所遵循的主要原则是"把国外叫好又叫座的畅销书翻译成英文,以此丰富翻译书籍的数量和种类"②,这实际上是为译介对象的选择立下了出版标准。为了在全球范围内征集译介和出版的对象,亚马逊集团还在线开通了作品推荐通道,并在小说和非小说两大类别下面详细列出了针对 9 个领域的作品需求,同时在信息征集内容中包含很重要的一项,即要求推荐人说明读者喜欢推荐作品的理由。③ Amazon Crossing 于 2015 年、2016 年和 2017 年共计翻译出版了 10 部中国当代小说作品,按照出版时间顺序分别是韩寒的《1988:我想和这个世界谈谈》

---

① 莫言的《蛙》最早是在 2014 年由企鹅中国(Penguin China)译介出版,企鹅维京(Viking)于 2015 年再版。

② 亚马逊再砸 1000 万美元,着力引进更多优秀外语书籍.(2015-10-21)[2020-11-11]. http://www.bookdao.com/article/96596/.

③ Propose a book for translation.[2020-11-11] https://translation.amazon.com/submissions.

（2015）、冯唐的《北京，北京》（2015）、路内的《少年巴比伦》（*Young Babylon*，2015）、秦明的《第十一根手指》（2016）、紫金陈的《无证之罪》（*The Untouched Crime*，2016）、唐七公子的《三生三世十里桃花》（*To the Sky Kingdom*，2016）、王晋康的《十字》（*Pathological*，2016）、贾平凹的《高兴》（2017）、路内的《花街往事》（*A Tree Grows in Daicheng*，2017）和周浩晖的《摄魂谷》（2017）。

拱廊出版公司成立于 20 世纪 80 年代末，进入 21 世纪以后开始翻译出版中国当代小说。从译介的对象来看，拱廊出版公司的选择相对比较集中，其译介出版的 7 部作品只涉及两位中国当代作家，分别是莫言和刘震云，译介的作品包括《酒国》（2001）、《丰乳肥臀》（2004）、《生死疲劳》（2008）、《师傅越来越幽默》（*Shifu, You'll Do Anything for a Laugh*，2001）、《我不是潘金莲》（2014）、《我叫刘跃进》（2015）和《温故一九四二》（2016）。在这些作品中，《丰乳肥臀》的英译本在亚马逊网站上被列为拱廊经典书目，且于 2012 年被再版。

格鲁夫出版社在译介中国当代小说作品的形式上比较多样化。它除了译介小说集《毛主席会不高兴》（包含 19 篇小说，1996），还翻译出版了多部小说单行本，包括阎连科的《丁庄梦》（2011）、《受活》（2012）和《炸裂志》（2016），刘恒的《苍河白日梦》（*Green River Daydreams*，2001）和贾平凹的《浮躁》（2003）等。

西蒙和舒斯特出版社总计翻译出版了 7 部中国文学作品，分别是卫慧的《上海宝贝》（2001）、徐小斌的《敦煌遗梦》（2011）、韩寒的《这一代人》（*This Generation: Dispatches from China's Most Popular Literary Star and Race Car Driver*，2012）、叶兆言的《别人的爱情》（*Other People's Love*，2016）、鲁敏的《此情无法投递》（*This Love Could Not Be Delivered*，2016），还有苏童的两部小说：《三盏灯》（2016）和《另一种妇女生活》（2016）。其中，《别人的爱情》和《此情无法投递》为在线出版，通过亚马逊的 kindle 电子书进行网上销售。

通过梳理主要商业性出版社的译介作品可以发现，它们在译介对象的选择上呈现出较为明显的以市场为驱动力的特征，即以能够吸引目标读者的文学作品为主要的译介对象。对于英美商业性出版社来说,这些能够吸引读者的中国当代作家和作品主要分为四个类别。

第一,能够走进商业性主流出版社视野的是经典作家的作品,对于经典作家的重视与推崇正是影响这些出版社选本的关键因素之一。那些在国内外均有较高文学地位和较大文学影响力的作家往往会成为商业性主流出版社选本的重点对象,其中拱廊出版公司最为明显,它所译介的对象之一莫言,其在中国乃至世界的文学地位及影响力毋庸赘言。2012 年,莫言荣膺诺贝尔文学奖不但是近年来中国文学作品译介成功的标志性事件,更为其作品进一步走进海外出版社的视野创造了契机。拱廊出版公司的另一译介对象是刘震云。刘震云是在国内外均获得过文学大奖的"新写实"作家代表,他在国内曾获得过"茅盾文学奖""人民文学奖"和"庄重文学奖";在国际上获得过埃及的"文化最高荣誉奖"、摩洛哥的"国家文化最高荣誉奖"和法国的"文学艺术勋章骑士勋位"。莫、刘作品获得的国际奖项一方面有助于提升海外普通读者对中国当代文学的兴趣,同时也间接推动了其他当代作家受到企鹅出版集团等英美主流出版集团礼遇的进程。如麦家的《解密》于 2014 年被"企鹅现代经典"(Penguin Modern Classics)收录,成为继鲁迅、钱锺书、张爱玲的作品之后,中国第一部被收进该文库的当代小说。

第二,描写和介绍当代中国,尤其是青年一代生活面貌和精神追求的文学作品对商业性出版社具有较大的吸引力。随着中国综合国力的不断提升,了解一个全面、真实的当代中国形象也逐渐成为这些出版社展开文学翻译的动力。因此,一大批真正书写中国当下主题各异的文学作品逐步进入商业性出版社翻译和出版的行列,尤其是那些在中国国内具有较高人气的青年作家及其作品。例如,亚马逊集团主要的译介对象之一韩寒是中国当代最具代表性的 80 后作家之一,2010 年 4 月成为美国《时代》(Time)周刊封面人物,①《1988:我想和这个世界谈谈》是他近年来创作的首部"公路小说"作品。该部小说以路途为载体,通过对当下和过去的描

① 韩寒上《时代》封面 自嘲被老美"下套". (2009-11-12)[2020-11-11]. http://news.sohu.com/20091112/n268156949.shtml.

述,呈现出当代中国青年一代在旅途中的精神迷茫和对信仰的追寻。译介对象之二冯唐则是荣登第八届中国作家富豪榜的 70 后代表作家,集诗人、作家、医生、商人等多重身份为一体,冯唐作品多以青春和成长为主题,描写当下青年一代的青春故事,《北京,北京》便是其中之一。

第三,英美商业性出版社也十分青睐出版中国当代类型文学作品,这类文学作品以科幻类小说和仙侠类小说为主要代表。其中,科幻类小说具有丰富的想象力和独创性,其精妙的讲述技巧、引人入胜的悬念设置、波澜起伏的情节冲突均是吸引大量读者的重要文学元素,因此也受到英美商业性出版社的偏爱。例如,刘慈欣的科幻小说《三体》(2014)由麦克米伦(Macmillan)出版公司旗下的托尔出版社(Tor Books)出版,并于 2015 年荣膺世界科幻协会颁发的"雨果奖",这为中国科幻小说走向世界奠定了良好的基础。唐七创作的首部长篇小说《三生三世十里桃花》则是一部仙侠类小说,它以上古神话中唯美的爱情故事荣登"2017 猫片·胡润原创文学 IP 价值榜"第 11 位,[①]堪称中国当代文学作品中网络小说的佼佼者,在国内享有很高的人气。这部作品被亚马逊集团收为译介对象。

第四,中国当代小说之所以能够吸引商业性出版社,也离不开以电影媒介形式在目标读者中的宣传和助推作用。电影的强大传播力是西方出版社出版文学文本的动因之一,其影响力不容小觑。尤其是当由文学作品改编而成的电影在国际上获得电影类大奖之后,便更容易吸引西方出版社的注意,继而促使它们推出了原著的英译本。如张艺谋根据苏童小说《妻妾成群》改编而成的电影《大红灯笼高高挂》于 1991 年荣获第 48 届威尼斯电影节银狮奖,纽约莫罗出版社(William Morrow & Co.)于 1993 年便推出了由著名汉学家杜迈克译介的 *Raise the Red Lantern*。电影的成功改编的确起到了很好的广告和宣传作用,提升了苏童在海外电影观众中的影响力,从而迅速推动了苏童其他小说作品在海外的翻译和出版,这些作品包括《米》《我的帝王生涯》《河岸》等。又如,根据莫言同名小说改编、由张艺谋导演的电影《红高粱》于 1988 年荣膺柏林国际电影节金熊

---

① 2017 猫片·胡润原创文学 IP 价值榜. (2017-07-12)[2020-11-11]. http://news.163.com/17/0712/17/CP5MBPKA000187VE.html? baike.

奖,随后,企鹅维京开始关注莫言的作品,于 1993 年推出了由葛浩文英译的 *Red Sorghum: A Novel of China*,出版后便受到西方读者的欢迎,此后该出版社又出版了莫言的其他作品,如《天堂蒜薹之歌》等。

三、以中国文学作品译介为主的出版社路径

在英语国家,还活跃着一批专门从事中国文学作品译介的出版社或期刊社,它们致力于挖掘中国文学的艺术价值和市场潜力,此类出版机构主要有企鹅中国、中国书刊社(China Books and Periodicals)和莫文·亚细亚出版社(Merwin Asia)等,它们构成了中国当代文学走向世界的第三条出版路径。

企鹅中国是企鹅出版集团设在中国的分公司,于 2005 年在北京成立。企鹅中国成立后的第一个重大举措便是购买了《狼图腾》一书的英文本销售权,并于 2007 年以四种不同版式的英文版在北美及欧洲同时发行销售,创下了中国当代作家作品海外版权的最高价位,也夯实了企鹅出版集团进军中国图书市场的基础。经过几年的前期准备和市场积累,企鹅中国从 2012 年开始进入中国当代文学作品的译介高峰期,共出版发行了 13 部中国当代小说作品,遥遥领先于其他海外出版社。从年出版量来看,在 2012 年到 2015 年之间每年至少出版 1 部,2014 年则是出版了 5 部。这些作品包括:盛可以的《北妹》(2012),王晓方的《公务员笔记》(*The Civil Servant's Notebook*,2012),何家弘的《血之罪》(*Hanging Devils*,2012)、《亡者归来》(*Back from the Dead*,2014)和《性之罪》(*Black Holes*,2014),老舍的《二马》(*Mr. Ma and Son*,2013)和《猫城记》(*Cat Country*,2014),毕飞宇的《推拿》(2014),莫言的《蛙》(2014),麦家的《暗算》(2015),阎连科的《耙耧天歌》(*Marrow*,2016),格非的《褐色鸟群》(*Flock of Brown Birds*,2016)。在这些作品中,老舍的两部小说均在英译本封面上标有"Penguin Modern Classics"(现代经典)字样,格非的《褐色鸟群》和何家弘的《亡者归来》则被列入"Penguin Specials"(企鹅特刊)系列作品。

中国书刊社现名中国图书(China Books),在经销中国图书、期刊和

其他媒体产品领域是美国历史最悠久的公司,也是"熊猫丛书"在北美的最大代理商之一。除了从事图书销售代理之外,中国书刊社还以自身名称作为出版品牌翻译和出版中国文学作品。2002 年,中国书刊社(中国图书)被香港联合出版集团(Sino United Publishing Ltd. Hong Kong)和中国国际出版集团(China International Publishing Group)并购;2012 年,又连同美国长河出版社(Long River Press)一起加盟美国华媒集团(Sinomedia International Group)。中国书刊社(中国图书)翻译和出版中国当代小说主要集中在 20 世纪八九十年代,作品主要包括:高晓声的《解约》(1981)、王安忆的《流逝》(1988)、程乃珊的《调音》(1989)、扎西达娃的《西藏,系在皮绳结上的魂》(1992)、程乃珊的《金融家》(*The Banker*,1993)和冯骥才的《"文革"口述历史:一百个人的十年》(*Ten Years of Madness: Oral Histories of China's "Cultural Revolution"*,1999)。

美国的莫文·亚细亚出版社是一家年轻的出版公司,成立于 2008 年,是一家独立的图书出版商,在出版对象选取上专注于东亚国家和地区的人文和社会科学作品,其出版宗旨是促进对东亚地区文化和历史的理解。自成立以来,它出版了多部中国当代小说,主要包括苏童的《刺青时代》(*Tattoo: Three Novellas*,2010)、刘震云的《手机》(2011)、须一瓜的《黑领椋鸟》("The Black-collared Starling",2013,出自 *Irina's Hat: New Short Stories from China*)和方棋的《最后的巫歌》(2017)。另外,莫文·亚细亚出版社还出版了多部小说集,包括马原的《喜马拉雅古歌》(*Ballad of Himalayas*,2011)、阿来的《西藏的灵魂》(*Tibetan Soul*,2012)和王芫的《北京女人》(*Beijing Women*,2014),其中前两部作品均以西藏故事为主题。从趋势上看,莫文·亚细亚出版社成立之初的出版重心集中于中国文学作品上,然而近年来它的译介范围不断扩大,对日本、韩国等国家以及中国台湾地区的译介数量逐渐增多,在出版领域也不再仅仅局限于小说作品。

通过比较,我们可以发现,在译介对象的选择上,上述三家出版社与学术性出版社以及商业性出版社有着较大的区别。专门从事中国文学作品译介的出版社在选择范围上更为广泛,涉猎的作家群体更大,目的性更强。以企鹅中国为例,它在购得《狼图腾》英文版权之后,便进行了有效的市场推广。正如企鹅中国董事兼总经理周海伦在接受记者采访时所言:"针对海外市场,在做《狼图腾》宣传时……我们着重对企鹅的针对性读者群做了大力宣传。""在海外,企鹅出版社的核心竞争力就是和读者的亲近关系。"①正是在这种专业化市场推广机制的影响之下,《狼图腾》在英语世界的传播取得了很大的成功,于2008年获得首届曼氏亚洲文学大奖,从而取得了较好的文学影响力,堪称中国当代文学海外出版的典范。不过,从数量上来看,目前专门从事中国文学作品译介的出版机构相对较少,在世界范围内尚未形成较大的文学影响力。因此,该类出版社还有待进一步挖掘和开拓。

四、结　语

文学作品是海外了解中国最为直观和便捷的方式,也是构建中国的全球大国形象的重要文化载体。在中国当代文学走向世界的过程中,出版社作为"一只看得见的手",从译介对象、翻译主体到翻译策略和营销手段的选择,始终在干涉甚至操控着译介的全过程,而且直接影响着译介作品在读者群中的接受程度和传播效果。通过上文对三类海外出版社译介中国当代文学作品现状的分析,我们不难发现,传统上以学术性出版社"一枝独秀"的译介出版局面正被三大类型出版社"三分天下"的趋势所取代,它们共同为推动中国文学走出国门和走进英语读者世界做出了重要贡献。

自新中国成立以来,中国对外译介现当代文学作品的努力一直没有间断过,《中国文学》杂志和"熊猫丛书"等都为中国当代文学的海外传播做出了重要贡献。不过,这些作品都是依托国内出版社出版,经由海外分销商销售之后大多进入了英美图书馆,未能如预期般通过书店流向普通读者。这种由内而外的出版模式并未达到预期的传播效果。中国当代文学如要真正走进英语读者世界,需要进一步鼓励并完善相关法规与举措,

---

① 景晓萌. 企鹅出版社:文化品牌的市场效应. 中国文化报,2012-11-17(04).

加大"借帆出海"的力度,立足海外出版社的本地传播渠道,利用它们在资金支持、营销手段和销售渠道等方面的地域优势,使中国文学和文化在海外产生更好的影响力。

　　具体而言,国内出版社要加强与海外出版机构的项目合作,扩大版权输出渠道,积极走国际化路线。从数量上看,中国当代文学已实现了对外译介的较快增长,但是中外语言差异、国内编辑的国际视野与国际合作能力不足、出版企业对于作品海外推广的手段不多等多重因素阻碍了中国小说在海外影响力的进一步提升。国内出版社与海外出版机构开展合作,可进一步加深战略合作伙伴关系,建立更为积极的国际化合作策略,开发和创新合作模式,利用各自在资源和市场方面的优势,协同开发出版项目;在版权输出渠道上可以通过版权代理机构来进行,以降低输出成本,扩大版权输出的渠道范围,提高对外译介效率;运用好当地的媒介资源,直接在国外开展中国图书的编辑、出版和发行,实现中国故事在海外的本土化。

第三节　译本内副文本的全面构建

　　翻译文本的正文构建了译本的主要形貌,但正文之外的副文本(paratext)同样为解读原作、解读译作、解读译者的翻译策略和翻译方法提供了全方位的注解。正是这些译本正文之外的副文本话语完善了译本形态,使得读者进入译作的通道更为通畅,对译作的认知更为准确而清晰。正文本与副文本一起构成了译本的完整形态。

　　"副文本"这个概念由法国当代著名的文学批评理论家热拉尔·热奈特(Gerard Genette)在20世纪70年代提出。在《广义文本之导论》一书中,热奈特认为,副文本包括内副文本(peritext)与外副文本(epitext)两大类。其中,内副文本主要包括书籍名称、副标题、作者简介、出版信息、前言、后记、致谢等;外副文本包括访谈、书评以及作者写作感悟或告读者书等内容,主要指由作者和出版商为读者提供的相关信息。本节所指的副文本为狭义范围的副文本,即热奈特所指的内副文本;而外副文本则属于文本接受效果环节的重要内容,不在此讨论。

一、翻译副文本构建的三重维度

副文本是附着、环绕及穿插在书籍正文之外的信息,不仅丰富了文本的内涵与旨趣,亦为读者阅读文本提供了必要的导向与辅助。副文本研究是多维度透视作品本身价值、剖析赞助人信息等内容的关键,已日益成为延续文本生命、解析文本内容的路径之一。正如热奈特的法文版研究专著名称——*Seuils*(1987 年,该词在法语中意思是"门槛")所暗指的那样,副文本为读者大众提供了走向文学文本本身的通道,读者可通过散落在文本之外的副文本信息抵达作者的精神彼岸,洞悉其所要传达的真正含义。另外,副文本往往集图像、题辞、广告等信息于一体,兼顾信息功能与美学功能,是吸引读者眼球、挖掘潜在受众、产生广泛影响的隐性信息。

对于翻译文本而言,副文本在文本的整个译介传播过程以及研究中都具有较为深远的应用价值与理论意义。从某种意义上来说,副文本是开启文本正文的一把钥匙,同时,它也削弱了作品本身带给读者的陌生感,丰富了所要传达的精神思想。图里认为,"重构翻译规范的重要翻译资源就是翻译作品中译者的个人陈述,也就是序跋,甚至译者附加的译注等副文本"[①]。分布在正文文本之外的信息往往能够凸显作者的写作过程,译者的翻译观念、标准以及策略,以及出版商的赞助模式等内容,这些都在较大程度上强化了读者对于源文本以及译文本的认知,有助于读者更加深入、全面地理解文本创作的思想轨迹与人物形象,因此,翻译研究不可缺失对于副文本的探讨。具体而言,翻译副文本构建主要体现在三个维度:

一是说明译者的翻译动机和选材标准。研读中国当代小说英译本的前言、后记和封面、封底页之后不难发现,众多译本都在前言或者后记等副文本中说明译者选择某部作家的某部作品进行翻译的原因。这些信息可让读者洞见译者的翻译动机以及在选材方面的喜好,进而为广大英语世界读者深入了解某个作家或者某部作品提供宝贵的材料,缩短读者揣

---

① Toury, G. *Descriptive Translation Studies and Beyond*. Amsterdam & Philadelphia: John Benjamins Publishing Co., 1995: 65.

摩原作意旨的时间,并在一定程度上消除由语言隔阂和文化背景障碍筑就的阅读壁垒,淡化文本的陌生化色彩。

二是彰显译者的翻译策略。副文本不仅可以令译者的身份通过前言、后记或者译者简介部分得以呈现,而且往往会明确地解释或说明译者在翻译过程中所采取的具体翻译策略。例如,由于中西方语言文化、价值观念等方面的差异,地名、人名等文化名词的翻译显得格外困难,译者稍不注意就有可能产生有歧义的译文表达,影响读者的阅读与理解,不利于整个译本在目标语国家的传播与接受。如译者在副文本中充分解释所采用的相关策略与方法,并对特定文化元素做一定的说明,则会大大降低读者的困惑,也可使读者了解译者选择特定翻译策略的原因,有助于进一步增强译本的可接受性。

三是增加正文阅读的兴味。对在当今世界文化传播中仍然处于弱势地位的中国当代文学而言,要使其真正地进入英语世界还存在着诸多困难。除了语言沟通上的障碍之外,还有中西方文化、思维、意识形态等各个层面上的巨大差异。要跨越差异,让读者在差异之中对中国当代文学产生阅读兴趣,副文本就成为不可或缺的辅助材料。封面、插图、序、跋、致谢、前言、后记,种种文字、图像糅合于一处,在作者、读者和译者之间搭建起沟通的桥梁,在正文之外增添了阅读的兴味和趣致。这些副文本往往是首先跃入读者眼帘的风景,甚至是左右读者是否购买此书、展开细品精读的决定性因素。

因此,研究中国当代小说的外译,不仅要研究英译本的正文,更要跳出正文文本本身,从文本资源丰厚的副文本——对位于译文正文周遭的序言、引言、后记、封面、出版信息等深耕细挖,且不能局限于对单个文本的考量,而应将其置身于宏阔的时代语境之中,梳理潜在规律,发掘译介本质。英译小说副文本的研究是当代中国小说译介研究不可或缺的一环。译本的正文本和副文本的结合能够完整呈现译本形态,"建设一个众生喧哗的多元、复杂而生动的翻译话语史"①。下面就从上述三个维度论

---

① 耿强. 副文本视角下 20 世纪中国翻译话语史的重写. 当代外语研究,2018(1):64.

述副文本在不同时期中国当代小说英译本中的构建作用,并依据世界最大的文献信息服务中心OCLC(Online Computer Library Center,联机计算机图书馆中心)的统计数据,分别聚焦各个阶段在全球图书馆馆藏量排名居前的英译本。

1. 1978—1991年(第一阶段)的小说英译本副文本

在这一阶段,在英语世界流通并能获得较广阅读量的中国当代文学英译本的副文本主要有以下几个特点:第一,封面设计以风景画、山水画或者中文汉字居多,中国元素较为明显,封面对于作品主题和时代背景关注较少,画面总体较为单调;第二,译者往往隐身,少有正式的介绍,对于原著作者都比较重视;第三,副文本内页内容丰富、形式多样,有引言,有后记,有主要人物列表,有尾注或译后说明;第四,内页多陈述原著故事发生的时代背景、故事梗概、小说主题及主要人物介绍。这些内容对英语世界读者快速进入小说主题、把握小说主要内容起到了较好的辅助作用。

OCLC 提供的数据检索显示,此阶段世界主要图书馆馆藏量排名靠前的中国当代小说英译本分别为:贾平凹的长篇小说《浮躁》的英文版 *Turbulence* ,馆藏量为 491 册;戴厚英的长篇小说《人啊,人!》的英文版 *Stones of the Wall* ,馆藏量为 449 册;王安忆的中篇小说《小鲍庄》的英文版 *Baotown* ,馆藏量为 372 册;王蒙的小说《一个布尔什维克的敬礼》的英文版 *A Bolshevik Salute: A Modernist Chinese Novel* ,馆藏量为 345 册。

《浮躁》是贾平凹"商周系列"的第一部,1988年,该小说荣获第八届美国美孚飞马文学奖(Mobil Pegasus Prize for Literature)。1991年,经由葛浩文翻译的《浮躁》英译本 *Turbulence* 由美国路易斯安那州立大学出版社在美国出版。该书英译本的出版前言(Publisher's note)中介绍了小说的内容概要、译者情况以及美孚飞马文学奖评选委员会构成。作为前言的副文本还为读者勾勒了中国改革开放之初的时代情绪和社会现实,还提到《浮躁》被中国作家协会选为过去十年中国最优秀的小说之一。此外,在封底刊印了相关权威书评和作家简介,专门用一段话介绍了原作者贾平凹,称他为荣誉等身的中国作家。《柯克斯书评》(*Kirkus Review*)认为,*Turbulence* 讲述了20世纪90年代发生在中国农村的一个曲折、精细的故事,给人留下了深刻印象。《出版商周刊》称该部小说主要展现了中国在市场经济转型时期中国农民的斗争。*Turbulence* 的副文本将小说的主要内容以及相关评价展现在英语世界读者面前,为读者理解作品正文信息提供了线索与桥梁。

小说《人啊,人!》的英文版 *Stones of the Wall* 于 1985 年由英国麦克·约瑟夫(Michael Joseph)出版社出版。英译本正文之前的"译者笔记(Translator's note)"、紧随其后的主要人物和主要人物关系介绍以及正文后的"脚注"(Footnotes)构成了重要的副文本信息,成为读者理解小说故事背景的主要通道。译者笔记长达 2 页,详细介绍了该小说的主旨信息和社会背景。"译后说明"长达 3 页,也为读者理解小说所描述的当时中国特殊的社会政治环境和故事情节提供了助力,如介绍了"文革"时期的主要人物以及"加速实现四个现代化"等重要口号的内涵意义等。

1989 年,《小鲍庄》的英文版 *Baotown* 在美国发行。*Baotown* 的前言简介了小说内容:鲍山的创立者是皇帝派来的一名朝中大臣,为治水和鲍庄的繁荣鞠躬尽瘁。译者还将故事的主人公与中国古代发生在夏朝的故事"大禹治水"中的"禹"进行了人物的对比介绍。

《一个布尔什维克的敬礼》的英文版 *A Bolshevik Salute: A Modernist Chinese Novel* 于 1989 年由华盛顿大学出版社出版。在英译本的内页,印有译者对父亲的致辞、作家王蒙为英译本所写前言的英文翻译、译者致谢以及译者写的引言与评论。在致谢部分,温蒂·拉尔森(Wendy Larson)介绍了自己在北京大学的求学经历,并说明该英译本是基于 1979 年 3 月《当代文学》杂志上的原文进行翻译的。在引言部分,拉尔森用 8 页笔墨介绍了作家王蒙,指出了作为当时中国知识分子代表人物的王蒙所使用的语言与当时通行的大众语言之间的差异,尤其着重说明了《一个布尔什维克的敬礼》作为现代主义小说的历史动因和社会意义。在此书的评论部分,译者以《布尔什维克的敬礼:中国知识分子和消极的自我定义》("Bolshevik solute: The Chinese intellectual and negative self-definition")为题,重点介绍了原著主题。这些副文本信息对帮助读者更好地了解小说的主题以及书中所描述的当时中国的特殊历史文化背景具有重要作用。

2. 1992—2000 年(第二阶段)的小说英译本副文本

90 年代,在西方英语世界传播流通的 60 余部中国当代著名小说主要涵盖莫言、冯骥才、苏童、马波(老鬼)和贾平凹等作家的作品。这一时期,世界主要图书馆对同期中国当代小说英译本的馆藏量最高已经上升至将近 700 册,这与 80 年代馆藏量最大的 491 册相比已经有了较大的提升。

这一时期英译本的封面都出现了原作者的名字,体现出对原作者充分的重视,但用整个封底对原著作者进行介绍的情况较少,仅有《红高粱家族》的英译本 Red Sorghum: A Novel of China 在封底出现过有莫言照片的一小段文字介绍;该时期的英译本封面对译者仍然少有提及,仅有《血色黄昏》的英译本 Blood Red Sunset 的封面上出现了译者的名字;封面以人物形象居多,中文汉字已极少出现;电影剧照开始融入封面设计当中,如《红高粱家族》的英译本 Red Sorghum: A Novel of China 和《大红灯笼高高挂》的英译本 Raise the Red Lantern 均是如此,这一做法有助于将电影观众转换为文学读者。此外,这一时期的封面和封底开始刊登知名作家和著名的书评机构对作品的评论,部分作品的封底还有对原著作者的详细介绍和原著小说在中国大陆的销售情况的介绍。比如,作家马波(老鬼)《血色黄昏》的英译本 Blood Red Sunset 的封底除了小说主要情节的介绍外,还专门指出该小说在中国大陆的销量已经超过 40 万。这是该时期英译本封面设计最为突出的一个特征。

OCLC 统计数字显示,在这一阶段被世界主要图书馆收藏最多的中国当代小说英译本是 1994 年葛浩文翻译的长篇小说《红高粱家族》,英译本 Red Sorghum: A Novel of China 的馆藏总量是 698 册。同年,冯骥才《三寸金莲》的英译本 The Three-inch Golden Lotus 由美国夏威夷大学出版社推出,在世界主要图书馆的馆藏量是 550 册。排名第三的是 1993 年美国莫罗出版社出版的《妻妾成群》英译本 Raise the Red Lantern,馆藏量为 540 册。

《红高粱家族》的英译本精装版早在 1993 年便由企鹅出版集团旗下的 Viking 出版社出版,1994 年企鹅出版集团推出了再版平装本。平装本一改之前精装本的大红色色调和两个男性人物为主体的封面设计模式，电影女主角巩俐的剧照头像和电影开篇的抬花轿场景印在了英译本封面的正中，其时该影片刚刚摘得第 38 届柏林国际电影节金熊奖，将女主角剧照和电影场面移用至封面可直接唤起读者的阅读兴趣，在电影上的艺术成功成为阅读同本著作文学文本的强力助推。英译本封底印着原著作者莫言的头像以及对该部小说的褒扬，称该小说为"中国的传奇故事"(A legend in China)①，并将作家谭恩美对该部小说的高度评价和《纽约时报书评》对该部小说的赞美一一列上。在小说的内封，除了相关的出版信息页面之外，还附有一小则"译者笔记"(Translator's note)，葛浩文在此处说明了该部小说的英文版是基于台湾出版的《红高粱家族》而非大陆的删节版本翻译的。

在《三寸金莲》英译本的副文本中，系列图书总编葛浩文专门对当代中国的系列小说进行了介绍。葛浩文指出，这一当代中国系列小说英文版的推出旨在以最新鲜、最权威的方式展现当今中国作家群体发出的新声音以及受到国际社会欢迎的中国当代经典作品。"这一系列中国当代小说的英文版专辑为西方英语世界读者打开了一扇扇通向 21 世纪中国的大门。"②《三寸金莲》英译本附有 2 页之长的"译者笔记"和长达 7 页的"译者后记(Translator's postscript)"。在"译者笔记"部分，译者大卫·韦克菲尔德(David Wakefield)阐述了自己的翻译策略，"对于大多数人物名称，都选择了用拼音直接标注，只是在名字前加入了一个破折号。对于小说中的女性名字，也做了大量的翻译工作，因为对小说中女性名字的翻译可以更好地让读者体会到原作的意味"③。在"译者后记"部分，译者对原著作者冯骥才的出身和家庭背景、创作过程以及作品主题进行了详细介绍和分析。译者还花了大量篇幅对中国女性裹脚的历史进行了详尽介

---

① 详见 Mo，Y. *Red Sorghum: A Novel of China*. H. Goldblatt (trans.). New York: Penguin Books，1994: back cover.

② Feng，J. *The Three-inch Golden Lotus*. D. Wakefield (trans.). Honolulu: University of Hawaii Press，1994: vii.

③ Feng，J. *The Three-inch Golden Lotus*. D. Wakefield (trans.). Honolulu: University of Hawaii Press，1994: 236.

绍,并指出该部小说是中国伤痕文学的代表作,小说以裹脚这个主题为引
子,促使读者对整个 20 世纪的中国社会展开深刻思考。

《妻妾成群》英译本的扉页刊有 2 页的"译者笔记",译者杜迈克在其
中阐明了自己的翻译原则和翻译策略,"我翻译该小说时最主要的目标就
是尽可能地保留原文所有的人物形象、比喻性语言和原文的语言艺术"①。
杜迈克详细地说明了其对作品可读性的重视以及对于原作写作风格的尊
重,为了避免加入脚注,他在译文中加入了解释性文字,以给予读者流畅
的阅读感受;同时,杜迈克认为,"对于译文中一些奇怪的表达方式,读者
应该明白是因为原文的中文表达本身就是怪异的"②。此外,杜迈克还介
绍了对原著人物姓名的处理方式,指出,"原作品中女士的名字往往带有
与作品主题有关的寓意,而男性的名字则与作品的主题关系不大"③。尤
要提到的是,译者对英译本为何取名为 *Raise the Red Lantern* 做了细致
解释。杜迈克指出该小说原来的直译英文名是"Wives and Concubines",
但香港和台湾第二版的中文小说名字均为《大红灯笼高高挂》,且 1992 年
根据该小说改编的电影《大红灯笼高高挂》曾获奥斯卡奖提名,"大红灯
笼"是电影中标志性的文化符号,于是在其英译本中,杜迈克用了"Raise
the Red Lantern"来翻译。译者在副文本中的种种阐述,对于读者深入理
解该部作品起到了重要的启迪作用,成为原著作品进入异域读者视野和
英语世界读者了解中国文化的重要桥梁。

从这几部具有代表性的中国当代小说英译本的副文本来看,中文汉
字逐渐从小说的封面上消失,入乡随俗的英文开始占据主导地位;对原著
作者的介绍除交代出身背景和社会背景外,开始加入较多带有译者个人
主观色彩的评论;另外,副文本中频繁出现译者本人对翻译策略和翻译方
法的自述,还有译者对所选原作版本的详细说明,译者开始渐渐现身;此

---

① Su,T. *Raise the Red Lantern* (*Three Novellas*). M. S. Duke (trans.). New
   York:William Morrow and Co.,1993:9.
② Su,T. *Raise the Red Lantern* (*Three Novellas*). M. S. Duke (trans.). New
   York:William Morrow and Co.,1993:9.
③ Su,T. *Raise the Red Lantern* (*Three Novellas*). M. S. Duke (trans.). New
   York:William Morrow and Co.,1993:9.

外,副文本中开始出现与原作相关的电影和所获文学奖项等信息,比如
Raise the Red Lantern 和 *Red Sorghum: A Novel of China* 就是两大典型
代表。

3. 2001—2012 年(第三阶段)的小说英译本副文本

进入 21 世纪的十几年里,中国众多当代作家如姜戎、阿来、铁凝等的
小说有了英译本,并在西方英语世界开始了传播与流通之旅,21 世纪的中
国当代小说外译迎来了一段高峰时期。OCLC 的数据统计显示,这一时
期在世界主要图书馆馆藏量最大的中国当代小说英译本排位居前的分别
是 2009 年企鹅出版集团出版的姜戎小说《狼图腾》英译本 *Wolf Totem*,
馆藏量达 862 册;2009 年 Pantheon Books 出版的余华小说《兄弟》英译本
Brothers,馆藏量为 742 册;2003 年 Anchor Books 出版的余华小说《活
着》英译本 *To Live*,馆藏量为 717 册。

《狼图腾》英译本副文本在展现该部小说的主题和创作动机方面起到
了较好的作用。*Wolf Totem* 的副文本有 3 页的译者笔记、2 页的词汇表
(Glossary)、1 页的作者介绍和 2 页的英文版中国地图。在译者笔记部
分,译者葛浩文以第三人称的叙事模式介绍了小说原作者的创作动机和
原作小说以"狼"作为小说核心的原因,并对作者姜戎 1969 年至 1979 年
的人生经历做了大致的简介;词汇表部分对英译本中出现的一些专有名
词,比如"四旧""资本主义道路"和"里"等原著中具有中国特色的词汇做
了详细的介绍;英文地图部分用英文形式标注了中国和蒙古的地理位置
关系;而作者简介部分则主要对原著作者姜戎的整个生平以时间为轴线
做了大致的介绍。这些都为英语世界读者理解该小说提供了便利。

《兄弟》和《活着》都是余华的代表作。《兄弟》英译本在封面写明该书
入选曼氏亚洲文学奖并获法国首届"国际信使外国小说奖",还在显著位
置引用了美国公共广播电台主持人莫林·克里根(Maureen Corrigan)的
评语:"鉴于这本书所呈现的辉煌文学成就,今年除了是牛年之外,更应该

是余华年。"①内页的副文本中介绍了作家余华的生平经历、著作情况,指出余华在 2002 年获詹姆斯·乔伊斯基金奖,成为第一位获得这一著名奖项的中国作家,并专页列出包括《纽约客》(The New Yorker)、《华盛顿邮报》(The Washington Post)等权威媒体的赞誉之词。在译者前言中,译者周成荫和罗鹏详细交代了该小说的创作背景和主题内容,尤其提到了翻译过程中译者与包括编辑在内的多方意见的角力。"一部译作往往既融合了作者和译者的声音,也包括了编辑的声音。每一种文学传统都有自己的写作规则和叙事手法,中国当代文学大量使用代词来表达观点,余华在《兄弟》中即大量使用第一人称代词,但英文编辑认为这种叙事技巧在英语中显得很格格不入,影响了作品的可读性,因此编辑强烈建议译文中去除第一人称的表达。"②副文本对于翻译过程中多方角力的阐释使得译者的角色与立场不再隐身,显化了译本形态背后的操纵元素。

综上所述,这一阶段馆藏量排名靠前的中国当代小说英译本的副文本主要有如下特征:第一,书籍封面设计日趋丰富多样,更加凸显文本精神。文本封面犹如音乐的序曲,是向导,更是桥梁。不仅可以使读者了解书评和所获奖项,还可以通过封面的图像色彩、构图等了解文本的主题,甚至情节,颇具直观性与趣味性。第二,内页形式多元、完整。综观中国当代小说英译本的副文本,内页信息更加完整、全面,除了常见的前言、目录、后记等信息,一些地图、词汇表、人名介绍、地名注释以及译者的感悟心得等都会出现在文本前后,这对目标语读者理解文本内容具有较大的辅助作用。第三,译者身份更加凸显。综观 20 世纪 80 年代、90 年代及之前的小说英译本,译者的信息总是处于相对隐身的状态,我们往往知道译本而不知译者的具体信息。进入 21 世纪,译者的地位不断提高,几乎所有的译本都会专门设置内页介绍译者,且译本的封面都会醒目地写出译者的名字。

---

① Yu,H. *Brothers*. E. Y. Chow and C. Rojas(trans.). New York:Anchor Books,2005.

② Chow,E.Y. and Rojas,C. Translator's preface. In Yu,H. *Brothers*. E. Y. Chow and C. Rojas(trans.). New York:Anchor Books,2005:ix-x.

4. 2013年至今（第四阶段）的小说英译本副文本

在这一阶段，目前根据OCLC数据，馆藏量居前的小说英译本分别是《三体》系列、《青铜葵花》和《蛙》。刘慈欣科幻小说《三体》的英文版 *The Three-body Problem* 于2014年出版，馆藏量已达1173册；《三体Ⅱ：黑暗森林》的英文版 *The Dark Forest* 于2015年出版，馆藏量为870册；《三体Ⅲ：死神永生》的英文版 *Death's End* 于2016年出版，馆藏量为872册。虽然与一些知名外国作品在国内的传播之盛相比，《三体》系列的馆藏数字还不足以与之媲美，但也算得上是中国小说在英语世界的一大突破了。2017年译出的《青铜葵花》在OCLC的馆藏量是864册，2015年出版的莫言小说《蛙》的英译本 *Frog* 的馆藏量为810册。

《三体》英译本 *The Three-body Problem* 的封面主要由图像（宇宙与冰山的交错）、权威评论（报刊与作家评论）以及获奖荣誉构成。译者刘宇昆（Ken Liu）以扉页、主要人物介绍、作者后记和译者后记等内副文本形式向英语读者介绍了该部作品。扉页印有2页的主要人物介绍，封底前也印有长达6页的"作者后记（Author's postscript for American edition）"和长达3页的"译者后记"。在"作者后记"部分，刘慈欣结合自己小时候的经历对整部小说的创作背景和创作动机进行了详尽的介绍，指出了科幻小说的世界性和无国界性。在"译者后记"部分，译者刘宇昆对翻译中所采用的翻译策略、"忠实"原则、遭遇的中西文化沟通障碍及中国特定历史语境等进行了详尽的介绍。内副文本的这些注解推动了该小说在英语世界的传播和流通。

《青铜葵花》英译本 *Bronze and Sunflower* 的副文本展现了原著的创作灵感、创作背景信息、原著作家的文学经历和所获得的文学荣誉以及译者的学术经历和翻译资历，并特别提到小说主题和主人公的名字"青铜"和"葵花"的由来。这些以内页形式出现的副文本不仅将小说的主题直接呈现在西方英语读者面前，也让读者更为清楚地了解小说的创作背景。

《蛙》英译本 *Frog* 的封面着意突出了作者莫言的姓名以及诺贝尔文学奖获得者的身份，封底印上了《纽约时报》《纽约客》《华盛顿邮报》《旧金山纪事报》（*San Francisco Chronicle*）、《华盛顿新闻报》（*Newsday*）、《西雅图时报》(*The Seattle Times*)等媒体对该书的褒扬性评价。文内副文本包括长达 3 页的主要人物列表、作者简介和译者简介,长达 3 页的对小说及原作者的褒扬性评论,其中有《华尔街日报》(*The Wall Street Journal*)、《出版人周刊》(*Publishers Weekly*)、《洛杉矶书评》(*Los Angeles Review of Books*)、《华盛顿邮报》《纽约客》《纽约时报》等著名纸媒和专业书评期刊,以及诺贝尔文学奖委员会、作家谭恩美、著名汉学家夏伟(Orville Schell)等久负盛名的文学评论机构及作家。

随着中外文学文化交流的日趋频繁,译出的中国当代小说副文本随原文本类型多样化而越加丰富多样。从馆藏量较大的作品副文本可以看出,类型小说渐获热评和关注,排名居前的《三体》三部曲为近年来科幻小说的代表作,其封面设计以科技元素为主,地球、宇宙、星空为主要意象;《青铜葵花》则为儿童文学作品。从中可见,译出的中国小说不再单一地以传统中国元素为传播特质,对于世界性元素的运用也表现了文本融入世界话语的适切性。

二、文学翻译选集副文本的衍变

副文本是翻译选集的重要组成部分。这里之所以将选集中的副文本分而论述,一个重要原因在于翻译选集是由不同的文本组合而成的。因此,与单行本主要围绕一部小说或某位作家的副文本不同,翻译选集的副文本常常将整个中国文学作为自己的叙述对象,是编者阐述自己的中国文学观——而不仅仅是对一部小说的解读——的重要场所,编者不必拘泥于一部小说的主题,这为他们提供了更大的方便。不仅如此,许多选集通常是为教学而编选,其潜在辐射面更广,影响更持久。还需指出的是,翻译选集的编者往往是所在领域的重要学者,他们对中国文学的阐释能产生更大的影响。因此,对翻译选集副文本的考察具有重要意义。从中国文学选集副文本的历时衍变中,我们可以清晰地窥见文学翻译选集编撰的特性。

改革开放初期,重新向外界打开国门的中国很快引起了其他国家的关注,经过冷战的长期隔绝,国际社会迫切想要了解当时的现实中国,而文学作品被认为是了解中国的重要窗口。在此背景下,其他国家译介中国文学的步伐明显加快,中国文学选集的出版速度也较先前迅速提升。综观该时期中国文学选集的副文本,一个显著的特征是编者的"醉翁之意不在酒":文学选集的出发点不是纯粹地"为文学",而是为了从文学作品中求索中国的现实,这其中,中国的政治现实最为外界所关注。因此,该时期多部小说选集的副文本带有比较明显的政治色彩。

选家在为选集命名时,多会选用一些具有隐喻意义的语词。"Stubborn Weeds""Seeds of Fire""Mao's Harvest""Roses and Thorn""Cultural Revolution"等是该时期选集名称中的高频词。可以看出,这些语词多是非文学性的,即这些语词并不是对选集中文本文学特征的提炼总结,而是指向了中国特定时期的历史政治。在读者进入文本之前,这种命名方式就已经为他们预设了解读选集内文本的特定框架,将读者引向文学中的"现实",而不是文学本身。

此外,多部选本的序言不是从文学的角度解读"text"(文本),而是从政治角度论析"context"(社会语境)。例如,《毛泽东的收获:中国新一代的声音》在引言中用大量笔墨介绍中国的政治制度、"文革"的发展过程、"文革"后的知识分子等;《倔强的野草:"文革"后中国流行的争议作品》长达 30 页的序言一直在谈论中国的文学控制机制。

20 世纪 80 年代末的文学翻译选集中,对中国现当代小说艺术价值的承认与肯定已初露端倪。例如,李欧梵在《春竹:当代中国短篇小说集》的副文本导言中说道:"这些作品值得关注的地方不仅在于意识形态和政治的缺席,更在于作家们在努力探索新风格,在情节、人物刻画和语言方面进行着实验。"[①]

还有部分编者批评了此前的部分选集漠视中国作品的文学价值、热衷对中国文学作品进行政治性解读的做法,正面反驳了将中国文学当作历史文献来对待的片面的、褊狭的视角。比如,面对 80 年代争议文学作品的密集译介对中国文学形象的影响,《中国先锋小说选》的编者认为,

① Tai, J. *Spring Bamboo: A Collection Of Contemporary Chinese Short Stories*. New York: Random House, 1989: xi.

"先锋派作家雄辩地表明,中国作家完全可以不去理会社会政治意识",这部选集就是"一份有力的宣言,即作家们始终在不断提高对文学形式的敏感性,并努力以有趣的方式讲故事"。①

90 年代末期,中国文学的学者——而非中国研究者——成了中国文学选集编者队伍的主体,这一变化使得文学选集开始转向关注中国文学本身,副文本中的意识形态色彩有所淡化,对作品艺术特色的关注逐渐加强。比如,《哥伦比亚中国现代文学选集》的编者认为:"如果斯诺今天编选(中国文学)的话,他不必做任何辩护②,因为,20 世纪 80 年代以来的中国小说和诗歌是无须道歉的。新一代作家尽管也如他们的前辈一样关心国家救亡,但他们充分展示了自己的才华,早已斩断与批判现实主义的联系……进入了一个充满各种叙事可能的崭新世界,从而可以运用丰富的形式和技巧(如寓言、拟戏、现代主义、先锋主义以及最近的魔幻现实主义)来解释现实。"③

进入 21 世纪,随着中国文学"走出去"战略的实施,英语世界的中国文学选集编选格局又有了新的变化,被译介的文学种类更加多元,越来越多的中国本土编者开始以选集的形式推介中国文学,期望借此丰富中国文学在海外的形象。由此,该时期选集的副文本也主要围绕"扭转中国文学形象"和"丰富中国文学图景"的逻辑展开。

为了更新其他国家读者对中国文学的固有认知,多位编选者提醒读者要重新审视自己对中国文学的解读偏好,克服关于中国文学的惯性认知,要从现实出发,摒弃成见去认识中国文学。南非诗人布雷滕·布雷滕巴赫(Breyten Breytenbach)在《裂隙:今日中国文学》的序言中写道,"缺

---

① Wang, J. *China's Avant-garde Fiction: An Anthology*. Durham: Duke University Press, 1998: 14.

② 斯诺编选《活的中国》时曾做过这样的辩护:"即便当代中国没有产生什么伟大的作品,总具有不少科学的和社会学的意义,就是从功利主义出发,也应当译出来让大家读读。"参见 Snow, E. *Living China: Modern Chinese Short Stories*. Westport, Conn.: Hyperion Press, 1937: 13.

③ Lau, J. S. M. and Goldblatt, H. *The Columbia Anthology of Modern Chinese Literature*. New York: Columbia University Press, 1996: xv.

乏经验的非中国读者必须特别注意,不要透过自己被调制过的眼镜去观看中国文学。由于'距离'造成的安全感,以及对'差异'的好奇,我们一直以来被'异国情调'等陈词滥调所蒙骗着",这部选集的优点"不仅在于它能擦亮我们的眼睛,让我们感受到现代性的'普遍',更在于它构成了一个表达当今中国文学创造性的平面。我们在这里看到的是对内心生活、外部生活、公共生活以及历史的多样描绘,但几乎没有道德说教,也没有刻意暗示自己的与众不同"。[①]

选集在文本选择方面日趋多元的同时,也适时利用副文本向目标读者介绍中国文学在主题和形式方面的多样性,重绘中国文学的世界版图。《看不见的星球:当代中国科幻小说》的编者认为,中国作家的视界如今已不再仅局限于中国自身,相反,"与世界各地的作家一样,今天的中国作家同样关注人文主义,关注全球化,关注技术革新,关注传统与现代,关注家庭与爱情……关注人生的终极意义",而西方读者"想当然地认为中国作家只关心政治,这不仅是傲慢的,也是危险的"。[②] 因此,编者一开始便提醒读者不要透过地缘政治的棱镜观看中国文学,不要将"亲西方式的颠覆"作为解读中国作品的标尺。[③]《新企鹅双语版中国短篇小说》不仅收录有表现农民诚实朴素的故事,也有揭露当代城市社会阴暗面的作品。《天南! 来自中国的新声》则聚焦徐则臣、盛可以、任晓雯等新锐作家。新兴中国小说充满了想象力与创造力,展现了当代中国的多样化发展活力,进一步打破了之前对中国同一化的认知与印象。

三、结　语

一部完整的小说英译本不仅有正文,还有附着、环绕与穿插在正文周围的副文本。综观新时期诸多中国当代小说英译本的副文本,包括封面

---

① Zhao，H. Y. H. *Fissures: Chinese Writing Today*. Brookline: Zephyr Press，2001: 12-13.

② Liu，K. *Invisible Planets: Contemporary Chinese Science Fiction in Translation*. New York: Tor Books，2016: 16.

③ Liu，K. *Invisible Planets: Contemporary Chinese Science Fiction in Translation*. New York: Tor Books，2016: 15.

设计、封底设计、引言、序跋、译者前言、译者后记等,虽然散落在小说正文文本的周边,却对再现原著小说主题、解读创作背景和创作意图、了解作者和译者身份、明晰作者翻译策略和翻译方法提供了非常重要的直观素材。从某种意义上来说,中国当代小说英译本的副文本也在很大程度上决定了读者是否会对小说产生阅读兴趣和选择偏好。对英译本副文本的研究也为中国当代小说在西方英语世界的传播提供了崭新的思路和视角,能让我们跳出对原著小说和翻译版本进行对比研究的传统局囿,得以从更宽更广的视野出发,研究构成译本的种种元素。

从历时角度看中国当代小说英译本的副文本变迁,不难发现,封面设计从风景和山水图案转变为对人的关注和对时代元素的捕捉,越来越能显现作品的主题与题材;权威读者和机构对于译本的推荐文字对小说的宣传亦起到了推动作用。此外,日趋多样化的副文本呈现形式,以及人们对翻译活动价值认知的提升,都令译者的身份更加凸显,并使其逐渐开始发出自己的声音。

2018 年,在"中国文学在海外的译介与接受"博士后论坛上,葛浩文曾指出:"比起中国国内的出版社,我们(葛浩文和林丽君夫妇)更愿意寻找美国的图书出版代理商去出版我们翻译的中国当代小说英译本,因为他们更了解美国的图书市场和读者的阅读喜好,他们在图书的封面设计、小说的标题,还有整部作品除了正文之外的其他方面的设计上都更有经验,也更具前瞻性,更能保证译本取得较好的译介效果。"①葛浩文和林丽君夫妇在这里所说的封面设计以及其他方面的设计就是指英译作品的副文本,这也印证了副文本建设之于翻译的重要性。

---

① Goldblatt, H. On the role of agents in translating Chinese literature. In 2018 International Symposium on Translated Chinese Literature and Its Reception outside China, Shanghai, 2018-09-26.

第五章　译介效果：
读者为本的多重维度考察

在作品译介的全过程中,传播者(who)、内容(says what)、渠道(in which channel)、受众(to whom)和效果(with what effect)构成了信息传播的基本要素。① 其中,效果是整个译介过程的着力点和其他四要素的最终指向,是译介功能的镜鉴,更是传播主体在一定场域内借助特定渠道的介质,对受众的认知甚至行为产生的效用和成果会反向辐射整个译介传播过程。对于译介过程要素的探讨,实则是为了考察译介效果。

译介效果指作品在流通过程中,借由读者的阅读与分享等一系列行为,了解读者对作品及其代表的审美趣味和价值体系的接受度,重在探寻跨文化语境下读者接受的共同点和规律性。中国当代小说在英语世界译介之后的境遇如何、是否被译入语国家接受等问题的解决离不开对以读者为中心的译介效果的考察。这是中国文学与中国文化"走出去"的重要命题。

译介效果研究关注中国文学"走出去"的核心要义,对于完善文学译介体系、提升文化软实力不可或缺。然而,累于受众群体的多样性、模糊性和动态性,又为场域时空所围,译介效果研究一直寥寥。现有研究路径包括以下三种:(1)分析图书馆藏情况和有影响力的报刊书评;(2)分析获奖情况、馆藏情况、专业人士受众量、媒体提及率、普通受众数量和销售量

① Harold, L. The structure and function of communication in society. In L. Bryson (ed.). *The Communication of Ideas*. New York: Institute for Religious and Social Studies, 1948: 117.

六个方面数据;(3)将读者分成大众读者、知识分子读者和汉学家等专业读者三种类型,依托读者来信、书评、历史文献等梳理不同时期的读者反馈。

本章以读者为中心,在现有技术条件允许的最大范围内,考察图书收藏馆数、亚马逊图书销量排名和读者评论三个方面,了解译作阅读渠道、阅读群体规模、读者阅读反馈以及专业机构的接受程度,尽可能全面衡量中国当代小说在英语世界的译介效果。

以读者为本的效果考察,首先要考察作品读者群体的大小。一般而言,读者数量越多,作品才有可能产生更广泛的影响。目前,读者的阅读手段主要集中体现在图书馆借阅或图书市场购买方面,因此,图书收藏馆数和图书销量成为考察译介效果的基本指标。图书收藏馆数是可供读者借阅的图书馆数量,一定程度上显示了读者借阅渠道的宽度,反映了以图书馆为代表的主流公共阅读渠道对作品文学价值的肯定和潜在读者群的预估。同时,图书销量是反映读者群体大小最直观的数据,是图书流通与市场检验的重要标尺,为读者个人的阅读兴趣留下了清晰的注脚。

此外,译介效果的考察还包括衡量读者群对作品的接受程度,即作品及其代表的价值审美体系产生的效度。读者群体是一个多元复杂的概念,因个体的家庭与社会背景、个人教育水平和兴趣爱好等不可控因素,读者会产生不同的阅读期待和偏好,对同一部作品的反馈和接受程度也会出现不同程度的差异。因此,本章拟从专业读者和普通读者入手,探究不同读者群体对中国当代小说在关注层面和接受程度上的差异。专业读者指专业从事写作、在纸质或在线书评期刊、网站、博客等媒体发表评论的书评人;普通读者指在网上书店平台和网络读书社区参与评分和发表评论的读者。书评人对作品的介绍与评判,虽难免掺杂主观成分,但在解析作品主题与人物、解读其美学价值方面具有较高的权威性,与普通读者评论相比更具专业性、说服力和影响力。普通读者评论包含参与评分的读者数量、读者评分和点评,直观地体现出作品及其代表的审美趣味和价值体系在普通读者群中的接受程度。普通读者经由评论提出的反馈通过甚少约束的言说和情感表达,较为真实地反映了读者做出选择的原因和情感以及认知层面的满足程度,是作品价值与接受效果评判的重要载体之一。通过词频统计结合文本细读对专业书评和普通读者评论进行分析,可以得出两大读者群体在关注层面、阅读感受和接受程度上的规律性特征。图书收藏馆数、销量和书评量、参评量是较为直观的数据,能够反映普通读者群体的规模,体现出译介效果的广度;专业书评、普通读者评分与点评折射出专业读者和书评机构、普通读者群体与译入语国主流文学系统对作品的关注与接纳程度,侧面反映了译介效果的深度。专业读者书评和普通读者评论在作品关注点和接受程度方面的异同对比有助于细化分析作品在不同读者群体中的译介效果。

改革开放以来,中国当代小说作品数量庞大,代表作家众多,译介作品的传播涉及诸多英语世界国家。囿于本研究现状及篇幅,本章选取余华、贾平凹和麦家三位当代作家,分析他们颇具代表性的单行本小说在美国的译介效果。余华一直被视为国内先锋派写作的代表、最具海外影响力的中国当代作家之一,其小说多以乡镇生活为背景,兼具严肃文学性和流行性,代表作品《活着》深受海内外读者喜爱;作为深具中国特色的乡土作家,贾平凹作品中强烈的故土情怀和乡音乡情对英语世界读者颇具挑战性,《浮躁》就是较为突出的案例;作为当代中国谍战小说的代表作家,麦家小说主要聚焦国共两党抗日这一特殊历史阶段,既有西方读者喜爱的悬疑特征,又有中国寓言式的革命传奇叙事风格,其中《解密》还打破了中国文学作品上市 24 小时内的销量纪录。下面将从图书收藏馆数、图书销量排名、读者评论三个维度出发,考察三位代表作家的译介作品在美国这一主要英语国家、全球最大图书市场的译介效果。

第一节　以《活着》为代表的余华小说译介①

余华是中国当代小说代表作家之一,至今共创作了 5 部长篇小说,12部中篇小说集和 20 余部短篇小说集。长篇小说《活着》和《许三观卖血

---

① 本节部分内容曾在《安徽大学学报》(哲学社会科学版)2021 年第 2 期发表(作者:傅悦、吴赟)。

记》入选 90 年代中国最具影响力的 10 部作品。他先后于 1992 年、2005 年和 2014 年获得庄重文学奖、中华图书特殊贡献奖以及华语文学传媒大奖年度杰出作家称号。

从 1996 年《往事与刑罚》英译本出版到 2018 年《四月三日事件》英译本出版，余华小说的译介共历时 20 余年，迄今共被译成 30 多种语言，在 40 多个国家和地区广为传播。这些作品是否真正走进译入语国读者的期待视野，是否有效地传播了中国文学和文化的精神气质与价值观念，可从对以译入语国读者为中心的译介效果考察中得知一二。

一、余华小说在美译介概览

迄今，在英语世界出版发行的余华小说英译本单行本共 8 部，包括 5 部长篇小说和 3 部中短篇小说集。除了 1996 年的《往事与刑罚》[安德鲁·琼斯(Andrew F. Jones)译]由夏威夷大学出版社出品，其他作品则被兰登书屋包揽，包括 2003 年的《活着》(白睿文译)和《许三观卖血记》(安德鲁·琼斯译)、2007 年的《在细雨中呼喊》[白亚仁(Allan H. Barr)译]、2010 年的《兄弟》[罗鹏(Carlos Rojas)译、周成荫(Eileen Cheng-yin Chow)]、2014 年的《黄昏里的男孩》(白亚仁译)、2015 年的《第七天》(白亚仁译)、2018 年的《四月三日事件》(白亚仁译)。具体出版信息如表 5-1 所示。

按照时间跨度来看，从 1996 年第一本短篇小说集《往事与刑罚》，到 2015 年长篇小说《第七天》，再到 2017 年加推的《活着》有声书以及 2018 年的《四月三日事件》，余华小说在美国的译介从 20 世纪末一直延续至今，呈现出稳步推进的态势。迈入 21 世纪之后，余华小说以平均五年内出版一本的速度出现于美国图书市场，出版频率较高。值得注意的是，在商业化运作的美国图书市场，纸质版问世 14 年后，《活着》有声书的发布佐证了这部小说在美国读者群中较好的接受程度。从选材范围来看，译介作品覆盖了余华的所有长篇小说和《往事与刑罚》《四月三日事件》等中短篇小说集。对于喜爱余华作品的美国读者而言，这一译介规模与选材广度便于其形成较为系统、连贯的阅读体验；另外，也有利于吸引更多的新读者，形成一定的规模效应。

表 5-1　余华小说在美译介出版信息

原著名	英文译名	类型	译者	出版社	出版时间
《往事与刑罚》	*The Past and the Punishments: Eight Stories*	平装/精装	Andrew F. Jones	University of Hawaii Press	1996-05
《活着》	*To Live*	平装/有声书	Michael Berry	Random House Anchor Books	2003-08
				Tantor Audio	2017-08
《许三观卖血记》	*Chronicle of a Blood Merchant*	精装	Andrew F. Jones	Random House Pantheon Books	2003-10
		平装		Random House	2004-11
《在细雨中呼喊》	*Cries in the Drizzle*	平装	Allan H. Barr	Random House	2007-10
《兄弟》	*Brothers*	有声书	Carlos Rojas，Eileen Cheng-yin Chow	Recorded Books LLC	2009-01
				Recorded Books LLC（再版）	2011-03
		平装		Random House	2010-01
				Picador（再版）	2010-02
		精装		Random House Pantheon Books	2009-01
《黄昏里的男孩》（中篇小说集）	*Boy in the Twilight: Stories of the Hidden China*	精装	Allan H. Barr	Random House Pantheon Books	2014-01
		平装		Random House	2014-10
《第七天》	*The Seventh Day*	精装	Allan H. Barr	Random House Pantheon Books	2015-01
		平装		Random House	2016-01
《四月三日事件》（中篇小说集）	*The April 3rd Incident*	精装	Allan H. Barr	Random House Pantheon Books	2018-11
		电子书			
		有声书		Random House Audio	2018-11

　　在译者方面,余华小说的译者构成秉承学院派路线。不同于葛浩文作为莫言小说的御用译者模式,余华小说的译者共有 5 位。他们均身兼大学教授和中国文学研究者的身份。加州大学伯克利分校的安德鲁·琼

斯侧重研究中国地方文学和音乐等流行文化形式,波莫纳学院的白亚仁主攻以蒲松龄为代表的明清小说,加州大学洛杉矶分校的白睿文是研究中国电影的专家,杜克大学客座教授周成荫对连载故事和流行文化颇有研究,同样来自杜克大学的罗鹏主要从事性别和影像艺术的研究。这些译者颇具学术素养,而且了解中国文化,其审美趣味和价值判断能力奠定了传达原作内涵与思想的基石。

此外,余华小说译介的出版渠道由最初的学术型大学出版社转变为商业出版社,扩大了其潜在受众群。除了早期《往事与刑罚》由夏威夷大学出版社出版外,后续7部小说(集)则悉数由兰登书屋旗下的公司负责,这种转变有利于拓展余华小说的目标读者群。目前,读者群体已从部分美国汉学家、对中国当代文学感兴趣的学者和学生等扩大到涵盖面更广的普通读者。综上所述,余华小说在美国的译介时间跨度长,涉及作品较全面,学院派译者构成多元,出版渠道由学术行为转向商业运作,整体译介呈稳步推进的态势,为余华小说在美国的接受夯实了基础。但其小说在美国接受情况究竟如何,在读者群中是否产生了一定影响力,还需要从三个维度进行较全面的考察。

二、余华小说在美译介效果

为了衡量余华小说美国读者群体的大体规模和读者接受情况,本研究首先统计8部小说(集)英译本在 OCLC WorldCat[①] 的馆藏情况及占比和美国最大网络书商亚马逊美国的销量排名,尽可能全面地搜集与分析相关书评、亚马逊美国和 Goodreads(好读网)[②]读者评分与点评情况。

1. 图书收藏馆数

通过对 OCLC WorldCat 的检索发现,英译余华小说在美国的图书收藏馆数为3295家,《往事与刑罚》的收藏馆数最高,共有978家美国图

---

① WorldCat 是世界范围图书馆和其他资料的联合编目库,同时也是世界最大的联机书目数据库,可以搜索112个国家的近9000家图书馆的书目数据。

② Goodreads (www.goodreads.com)相当于中文世界里的豆瓣网站,它是目前世界上最大的在线读书社区,是无数爱书之人的聚集地。

书馆收藏该书,在所有在库美国图书馆中的占比为 10.04%。其他作品按图书收藏馆数排名依次为:《兄弟》553 家(5.68%)、《活着》473 家(4.86%)、《第七天》400 家(4.11%)、《黄昏里的男孩》326 家(3.35%)、《许三观卖血记》270 家(2.77%)、《在细雨中呼喊》205 家(2.10%)、《四月三日事件》90 家(0.92%)。

由以上数据可知,余华小说在美国的图书收藏馆数有限,公众阅读渠道较为狭窄。除了《往事与刑罚》,其他作品的收藏馆数均低于 600 家;相对畅销的《活着》的收藏馆数不及村上春树《海边的卡夫卡》英译本收藏馆数的一半(同期美国的收藏馆数和占比分别为 1382 家和 14.20%)。

此外,作品的电子版、有声书的收藏馆数寥寥可数,在多媒体阅读比例上升的网络时代处于劣势。统计表明,2018 年"在流通量增长方面,(美国图书馆)小说类电子书已经超过了小说类纸质书"。而"(美国)图书馆各种多媒体资源(有声读物、DVD1/蓝光和流媒体)的购买经费占比达到了 30%,比 2017 年 27%的比例有所增加"①。在这样的背景下,余华小说电子版和有声书的收藏馆数相形见绌,无法满足倾向电子化阅读的读者期待。

2. 亚马逊美国销量排名

余华小说平装本在美国销量前三位依次为《活着》《往事与刑罚》和《兄弟》,电子书销量前三名则是《活着》《第七天》和《兄弟》,销量排名最差的分别是《四月三日事件》和《在细雨中呼喊》。结合有声书的排名可见,无论是平装本、电子书还是有声书,《活着》的销量排名均大幅领先。余华小说在亚马逊美国书籍类的销量排名如图 5-1、5-2 所示。

参考同期其他中国当代小说英译本在亚马逊美国上的销量排名(见表 5-2)②,尽管《活着》电子书落后于贾平凹的《高兴》,有声书稍逊于莫言的《红高粱家族》,但纸质版销量领先,这说明该小说在美国读者中具有相

---

① 2018 年美国公共图书馆图书采购结果出炉.(2018-04-20)[2020-11-11]. http://www.nlc.cn/newtsgj/yjdt/2018n/5y/201805/t20180504_168824.htm.

② 涉及作品均为该作家销量排名最佳的小说,其中纸质版不分精装与平装,取较高排名,"/"表示亚马逊美国上暂无该版本在售。

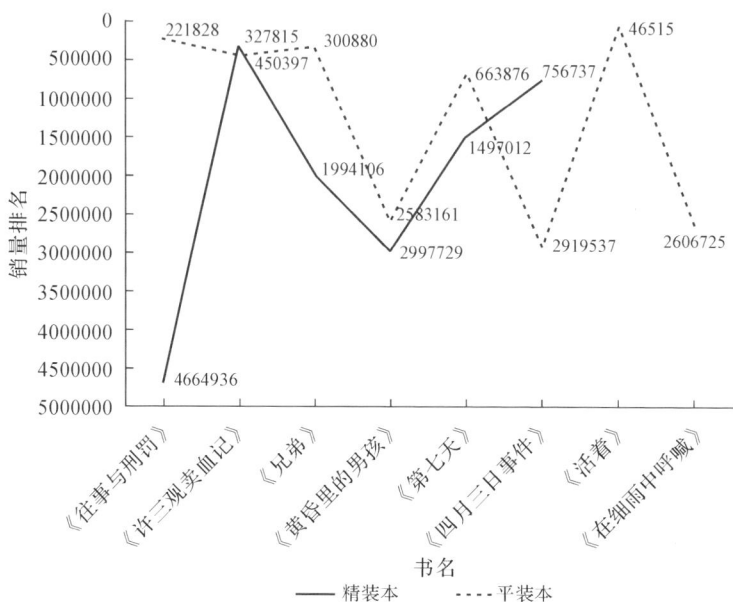

图 5-1　英译余华小说(纸质版)亚马逊美国销量排名

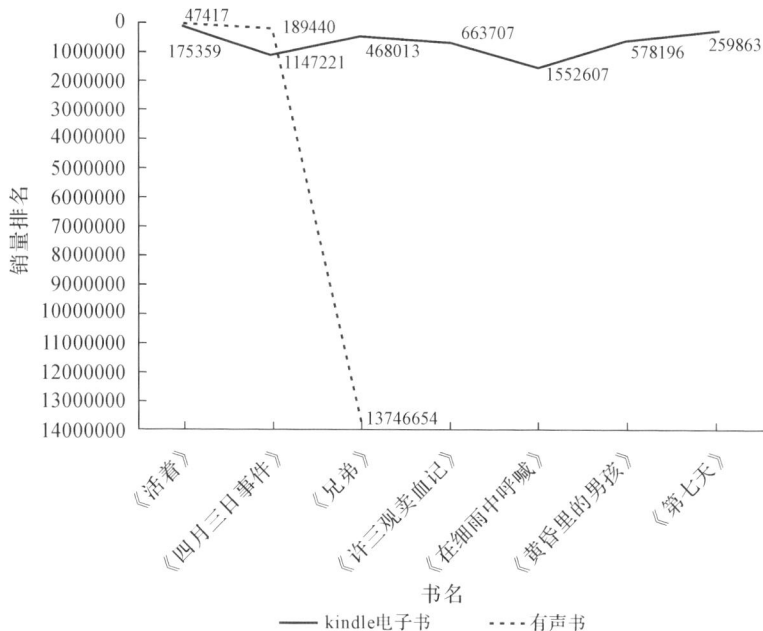

图 5-2　英译余华小说(非纸质版)亚马逊美国销量排名

对较高的受欢迎程度。不过,即便是排名位列 47417 的《活着》,也充分说明了中国当代小说在美国位属边缘的事实。

表 5-2　部分英译中国当代小说亚马逊美国销量排名(按纸质版排名)

作家作品	纸质版	电子书	有声书
余华《活着》	46515	175359	47417
阎连科《丁庄梦》	213860	568261	——
莫言《红高粱家族》	298783	494081	36928
麦家《解密》	419034	802615	222143
贾平凹《高兴》	493920	88948	105024
苏童《大红灯笼高高挂》	600120	——	——
王安忆《长恨歌》	903026	832415	

3. 读者评论

受众接受与反应是作品传播链的重要环节,受众对媒体渠道和传播内容的选择和反馈直接影响了对作品质量和效果的评价。1941 年,赫塔·赫尔佐格(Herta Herzog)提出的有关受众的"使用与满足"(uses and gratifications)观点,总结出广播肥皂剧受众的三种满足感:情感释放、人生感悟和良训谏言。这也成为评估作品是否能够达到良好接受效果的三个维度。评判英译小说的接受与反应可以分为专业书评和普通读者评论两个层面。专业书评是指通过专业期刊或电台等媒体发布的书评,其中对于书目的推荐或批判成为部分读者是否决定阅读的重要参考。读者通过这些书评判断是否能够通过阅读获得某种情感上的满足,或实现开拓视野、丰富人生的需求。普通读者评论则是指普通读者阅读之后撰写的评论,多以随意性和碎片化为标志,散见在各书评网站之中。

美国的书评类期刊包括《波士顿评论》(Boston Review)、《柯克斯书评》《出版人周刊》《纽约书刊》(The New York Journal of Books)、《纽约书评》(The New York Review of Books)、《书单》(Booklist)、《书签》(Bookmarks Magazine)、《图书馆学刊》(Library Journal)、《亚马逊在线

书评》(*Amazon.com Review*)等，严肃报刊、在线杂志包括《波士顿环球报》(*The Boston Globe*)、《国际先驱论坛导报》(*The International Herald Tribune*)、《华尔街日报》《华盛顿邮报》《洛杉矶时报》(*Los Angeles Times*)、美国国家公共电台(NPR)、美国合众社(UPI)、《明星论坛报》(*The Star Tribune*)、《纽约客》《纽约时报》《时代》《西雅图时报》《宪报》(*The Cedar Rapids Gazette*)等，流行杂志包括《奥普拉杂志》(*O，The Oprah Magazine*)、《亚太艺术》(*Asia Pacific Arts*)等。在美发表的关于余华小说英译本的专业书评共计 63 篇，其基本分布情况从高到低依次为《兄弟》13 篇、《黄昏里的男孩》12 篇、《第七天》11 篇、《活着》9 篇、《许三观卖血记》7 篇、《四月三日事件》6 篇、《往事与刑罚》3 篇、《在细雨中呼喊》2 篇。

专业读者的接受程度从高到低依次为《活着》《许三观卖血记》《第七天》《黄昏里的男孩》《四月三日事件》《往事与刑罚》《兄弟》和《在细雨中呼喊》。对所有专业书评进行词频检索后可以发现，专业书评普遍关注小说与中国当代社会(China，Chinese，modern)的关联、故事情节(story，stories)、主题传达(blood，family，death，life，people)和角色塑造(characters)等。专业书评中表示价值判断的词按词频从高到低依次有：史诗般的(epic)、重要的(important)、简单的(simple，simplicity，simplistic)、质朴的(unadorned)、优雅的(elegant)、悲剧的(tragic)、情感丰富的(sentimental，sentimentalism，sentimentalist)、难忘的(unforgettable)、有影响力的(influential)、悲伤的(sorrow，sorrowful)、伟大的(great)、尖刻的(mordant，sharp)、成功的(successful)、传统的(traditional)、生动的(graphic)、吸引人的(gripping)、乏味的(toneless)。结合细读，不难看出专业书评对余华小说褒贬两极分化、以褒为主的评价态势。

由上述评论可知，余华小说的普遍价值观和精神内涵获得了专业读者的好评。以销量最高的《活着》为例，《时代》书评如是写道，余华"至真至诚的笔墨将福贵塑造成了英雄,活着的意志成了唯一不能夺走的东西"①。《华盛顿邮报》指出,《活着》描绘的"人在欲望与人性之间的苦苦挣扎使其成为一部史诗般的作品"②。无独有偶,美国作家邝丽莎(Lisa See)将余华视为"当代中国最具思想的声音。《活着》不仅反映了中国和中国人的精髓,也洞察了人类共同的精神内涵"③。《西雅图时报》更是将《许三观卖血记》视为"不可多得的文学瑰宝。许三观不仅代表了一代人,也代表了他们的民族精神"④。

除了小说主题与精神内涵,专业读者比较关注小说的写作风格以及对社会现实的映照。《纽约时报》在评价《往事与刑罚》时认为,余华是"艺术造诣在 20 世纪八九十年代就已成熟的中国作家之一,该书中的八个故事将社会主义现实文学远远抛在了后面"⑤。流行期刊《奥普拉杂志》在评价《黄昏里的男孩》时,引用作家兼编辑艾比·莱特(Abbe Wright)的评论,指出余华这位"以现实主义写作著称的当代作家通过对日常生活的描述为我们勾勒了这个国家的图景"⑥。美国国家公共电台认为,《第七天》"文风典雅而尖锐,时而创新,时而戏谑,时而阴郁,时而又令人不安,讲述了当代中国的诸多故事"⑦。《出版人周刊》指出,尽管《在细雨中呼喊》"割

---

① 参考了亚马逊美国所列《时代》书评。

② 参考了亚马逊美国所列《华盛顿邮报》书评。

③ See,L. Review of *To Live*. (2013-08-26)[2020-11-11]. https://www.amazon. com/Live-Novel-Yu-Hua/dp/1400031869/ref = sr _ 1 _ 1? ie = UTF8&&qid = 1529457032&sr = 8-1&keywords = to + live + yu + hua.

④ Praise of *Chronicle of a Blood Merchant*. (2004-11-09)[2020-11-11]. https://www. penguinrandomhouse. com/books/83704/chronicle-of-a-blood-merchant-by-yu-hua/ 9781400031856.

⑤ Ferguson,W. Leaving the past to die. *The New York Times Book Review*,1996- 10-27(07).

⑥ Homepage of *Boy in the Twilight: Stories of the Hidden China* at OPRAH. COM. http://www. oprah. com/book/boy-in-the-twilight-stories-of-the-hidden-china? editors_pick_id = 48706.

⑦ Dark,disturbing and playful,*Seventh Day* takes on modern China. National Public Radio. (2015-01-19)[2020-11-11]. https://www. npr. org/2015/01/19/ 376093937/dark-disturbing-and-playful-seventh-day-takes-on-modern-china.

裂的结构有时显得不那么连贯,译者的翻译完美地诠释了变革时期社会的起起落落"①。詹妮弗·罗斯柴尔德(Jennifer Rothschild)在《四月三日事件》的书评中这样写道:"就结构而言,这本小说集揭示了文学是如何与增长的中国经济一起迎来开放和经历变化的,而内容上则由人物驱动,更多着墨于人性而非政治……它展现了作家从创作初期就具备的文学素养和高超技艺。"②

对英译余华小说的负面评价也同样见于纸面,除了《在细雨中呼喊》中不够连贯的情节结构,被诟病的还有《兄弟》的叙事风格。在发表于《纽约时报》的关于《兄弟》的一篇书评中,美国小说家耶斯·罗(Jess Row)借用《礼记》中的典故将这部作品称作"遗音"之作,即需要读者自己参悟的作品。他进一步指出,中西语言差异和小说叙事风格上的模糊性使得他这样的专业读者也备感费力和沮丧。③ 此外,《柯克斯书评》质疑《活着》不符合余华作为知名作家的水准,直接将书的知名度归功于电影的成功,而将矛头对准了"译者(抑或是原作者)空洞的语言与美式俚语的混杂文风"④。

另外,专业读者的认知也呈现出差异化。《波士顿环球报》《华盛顿邮报》《纽约客》纷纷称赞《兄弟》是"史诗般"⑤的作品,而《纽约时报》则认为《兄弟》最后"马拉松式冗长的性爱场景乏味到了极点"⑥。专业读者对故

---

① Review of *Cries in the Drizzle*. *Publishers Weekly*. (2007-08-06)[2020-11-11]. https://www.publishersweekly.com/9780307279996.

② Rothschild,J. Review of *The April 3rd Incident*. *Booklist Online*. https://www.booklistonline.com/The-April-3rd-Incident-Allan-H-Barr/pid=9707388.

③ Row,J. Chinese idol. *The New York Times*,2009-03-05(BR15).

④ Review of *To Live*. *Kirkus Review*. (2010-05-20)[2020-11-11]. https://www.kirkusreviews.com/book-reviews/yu-hua-2/to-live/.

⑤ 《波士顿环球报》的评价信息参见:Graham,R. In a sprawling satire of China,a bit of sweetness and light. *The Boston Globe*. (2009-02-04)[2020-11-11]. http://archive.boston.com/ae/books/articles/2009/02/04/in_a_sprawling_satire_of_china_a_bit_of_sweetness_and_light/?page=full.《华盛顿邮报》《纽约时报》的评论信息参见:https://www.amazon.com/Brothers-Novel-Yu-Hua-ebook/dp/B001NLL4Y6.

⑥ Row,J. Chinese idol. *The New York Times*,2009-03-05(BR15).

事的负面评价集中于作品中割裂的结构和模糊的叙事风格。《出版人周刊》指出,《在细雨中呼喊》"割裂的结构有时显得不那么连贯"①。不可否认,这些专业读者对于主题、语言及艺术风格的探讨丰富了小说意义的多元建构,维持了文本在美国意识形态与诗学规范中虽艰难却活跃的存在。

概而言之,专业读者群体关注英译余华小说反映的社会现实和作者的个人风格,认为作品在美国专业读者心中架构了中国当代小说的价值归属和人文精神。其中的正面评价主要集中在小说的主题意义、普遍价值和作者的艺术风格;负面评论主要针对部分作品如《在细雨中呼喊》中割裂的叙事结构和《兄弟》模糊的叙事风格。因为阅读习惯和审美趣味的差异,针对同一部作品也难免出现两极分化的评论。但无论是正面评价还是负面评价,它们都在一定程度上巩固了文本在译入语国家意识形态与诗学规范中的存在。

在普通读者接受方面,英译余华小说的评分和参评人数如表 5-3 所示。从中可以看出,普通读者对余华小说有相对较高的喜爱程度。其中《活着》的参评人数和加入待阅读栏读者人数均处领先地位,不同网站、不同版本的评分保持在 4.20 分以上,在普通读者中接受程度最高。而《在细雨中呼喊》和《四月三日事件》的读者数量较少,评分相对较低。

除了《四月三日事件》,好读网上其他作品电子书的读者评分均高于纸质版,但读者数量并未呈现出和销量排名相符的态势,这说明电子书或许可以带来更加便利的阅读体验,但沉寂的读者有待被"激活",进而助力作品形成更加广泛的社会影响力。

对亚马逊美国和好读网上每一部余华小说英译本的所有英文评论进行词频检索后可以发现,普通读者主要关心的是小说的故事性(stories 和 story)、小说的背景(China、Chinese、"Cultural Revolution"和 time)、小说主题的普遍性(people、family、blood、death、childhood 和 youth)和小说人物的角色塑造(character、characters)等。

---

① Review of *Cries in the Drizzle*. *Publishers Weekly*. (2007-08-06)[2020-11-11]. https://www.publishersweekly.com/9780307279996.

表 5-3　英译余华小说亚马逊美国和好读网评分①

原著名	亚马逊美国评分/参评人数	好读网评分/评分人数/评论人数	好读网加入待阅读栏读者人数	好读网版本
《往事与刑罚》	5.00/1	3.90/94/8	470	平装本
		3.33/3/0	3	精装本
《活着》	4.40/95	4.25/3912/396	9982	平装本
		4.28/205/13	495	电子书
《许三观卖血记》	3.90/22	4.00/1245/105	3101	平装本
		4.02/43/2	86	精装本
		4.33/33/2	66	电子书
《在细雨中呼喊》	3.10/9	3.70/200/18	479	平装本
《兄弟》	3.90/36	3.84/76/20	171	平装本
		3.95/1349/162	3857	精装本
		4.04/51/4	79	电子书
		3.00/1/0	2	有声书
《黄昏里的男孩》	3.70/34	3.71/14/2	22	平装本
		3.52/298/49	1104	精装本
		4.29/17/1	24	电子书
《第七天》	4.20/39	3.93/15/7	30	平装本
		3.84/775/101	3056	精装本
		4.02/60/4	94	电子书
《四月三日事件》	暂无	3.17/54/12	1044	精装本
		5.00/1/0	5	平装本
		3.00/1/1	5	电子书
		5.00/1/0	2	有声书

---

① 评分人数为所有参与评分的读者数量,评论人数为所有参与打分并写出评论的读者数量。亚马逊美国评论人数和参评人数相等,虽然评论中包含不同版本信息,但网站没有提供各版本的评分数据。好读网上的评论针对不同版本,参与评分的人数远多于发表文字评论的人数。

和专业书评相比,普通读者更加关注个人的阅读感受和情感体验。相关描述中,褒义词和中性词的使用频率远远高于贬义词。其中使用最频繁的词为"有趣的"(interesting),其他褒义词按频次从高到低包括:很棒的(great)、不错的(good)、优美的(beautiful)等;中性词有:悲伤的(sad)、简单的(simple)、不同的(different)、复杂的(complex)、黑暗的(dark);贬义词按出现频率从高到低排列包括:令人抑郁的(depressing)、困惑的(confused)、感到气愤的(annoyed)。这些数据在一定程度上反映了普通读者对余华小说的多元阅读感受和褒大于贬的肯定态度。

三、整体译介效果分析

与其他中国当代小说相比,余华小说的 8 部英译本无论是在图书收藏馆数、亚马逊美国销量排名方面还是读者评价方面都取得了相对不错的成绩。除去文本本身的魅力,余华小说英译本在美国获得较好的译介效果主要得益于译介体系中原作者的积极参与、译者的专业决策、出版商等机构和组织的推介,以及电影等多模态媒介的推动。具体而言:

原作者的积极参与。在译本的构建与传播过程中,余华积极参与了译者与出版商的选择、译文的编辑修改和作品的宣传发行。原作者与译者之间良好的互动关系推动了译本的形成。譬如,小说集《往事与刑罚》由余华的朋友安德鲁·琼斯翻译;《黄昏里的男孩》的译者白亚仁也是余华的好友;余华在纽约与《活着》的译者白睿文会面讨论,这在一定程度上加深了译者对原作的理解;《兄弟》的译者周成荫和罗鹏则是余华在哈佛大学访问时结识并选定的。在出版社的选择上,《活着》译稿屡遭出版商拒绝,正是在余华的不懈努力下,2003 年兰登书屋旗下 Anchor Books 终于落实翻译协议。在译文的编辑修改阶段,作者也起到了关键作用。2008 年,编辑拿到《兄弟》英译稿时说道:"曾和余华商量做一些删节,最终因为余华不同意而放弃。"[①]在作者和译者的共同努力下,该书"最大限度保留了余华笔下嬉笑怒骂、口水味十足的笔调,是难得的在英语文学界传

---

① 曾玲玲. 余华作品英语译介中的编辑行为研究. 出版科学,2017(5):33.

播广泛且备受好评的中国小说译本"①。此外,余华于 2002 年至 2003 年参加了美国爱荷华城的国际写作项目(IWP),为期 3 个月,活动主要包括在爱荷华大学的讲学、座谈会和阅读会以及赴美国各地的访问与旅行。② 在此期间,为配合《活着》和《许三观卖血记》英文版的发行,余华到耶鲁、哈佛、杜克等 20 多所美国名校巡回演讲。③ 作者的参与,特别是和潜在读者之间的互动能够唤起读者的阅读预期,激发其阅读兴趣,对于作品的接受有着一定的促进作用。

译者的专业决策。 余华小说的 5 位译者全部为就职于美国知名院校的汉学家,都具有深厚的中文造诣和文学功底,对中国当代文学和流行文化充满兴趣。他们一方面非常喜爱和欣赏余华的作品,另一方面也清晰地明白目标读者的需求。譬如,白亚仁选择《黄昏里的男孩》的原因之一是小说反映的社会现实,如"日常生活中经常出现的感情问题、婚姻危机和代沟等",在西方读者群里容易引起共鸣。④ 1997 年,白睿文暑假给余华写信,毛遂自荐翻译《活着》,并获得了余华的同意书,在没有赞助人甚至没有找到出版商的情况下,完全出于热爱完成了翻译的工作。⑤

除了原作的选择和目标读者的定位,译者的专业决策还体现在调节原作者和编辑之间的矛盾方面。白睿文指出,自己和兰登书屋的编辑曾就译文的修改进行过拉锯战,最终各有胜负。⑥ 周成荫和罗鹏为了说服编

① 杨宝宝.《兄弟》英文版译者罗鹏夫妇:如何让美国编辑接受余华的风格. (2018-08-13)[2020-11-11]. http://www.chinawriter.com.cn/n1/2018/0813/c404092-30225868.html? from = singlemessage&isappinstalled = 0.

② 邓如冰. 当代汉语写作"国际化"研究的可能性. 海南师范大学学报(社会科学版),2014(5):52-55.

③ 爱荷华国际写作计划. (2012-04-17)[2020-11-11]. http://cul.sohu.com/20120417/n340785124.shtml.

④ 白亚仁. 略谈文学接受的文化差异及翻译策略. (2014-08-26)[2020-11-11]. http://www.chinawriter.com.cn/2014/2014-08-26/215845.html.

⑤ 白睿文. 暑假不找工作,我去翻译余华的《活着》. (2010-08-14)[2020-11-11]. http://blog.sina.com.cn/s/blog_a8364c360101fynd.html.

⑥ 吴赟. 中国当代文学的翻译、传播与接受——白睿文访谈录. 南方文坛,2014(6):48-53.

辑,在与余华沟通之后,特地写了一封长信告诉编辑,详细说明了重复是《兄弟》最大的特色,绝对不能删掉。① 优秀译者在翻译过程中争取更多决策权,能够制约来自编辑层面的个人喜好、诗学规划以及意识形态影响,有效扭转原作者语言障碍、译者话语权有限造成的不平等状况。

此外,译者参加的各类学术活动也在一定程度上扩大了作者和作品的学术影响,吸引了潜在读者。譬如,2016 年 10 月 27 日,加州州立大学北岭分校中国研究院与人文学院联合主办了面向大众的"翻译余华"学术讲座,主讲人白亚仁介绍了与余华合作的点点滴滴、在翻译其小说时遭遇的困难,以及如何调解作者和编辑之间的矛盾等。这些作品背后的故事对于满足读者好奇心、激发读者兴趣颇为有益。

出版商等机构和组织的推介。出版机构对英译本的认可是决定译本最终是否能够进入译入语市场的关键步骤。翻译作品在美国的文学市场中占比极小,每年仅达到 3% 左右,②加之中国文学作品与译入语国家文化之间的差异巨大,其被认可的过程也就越加艰难。从 1997 年《活着》英译本初稿完成到 2003 年最终出版,历经 6 年时间,直到 2002 年,兰登书屋旗下 Anchor Books 的主编卢安·瓦瑟(Lu Ann Walther)主动联系译者白睿文,《活着》的英译本才得以出版。③

在余华小说的出版由夏威夷大学出版社转到兰登书屋、作家在美国的影响由学术界推广到普通读者群的进程中,出版机构的推介尤为重要。出版商往往邀请权威书评人在重要期刊撰写书评为译本推广。在兰登书屋出版《兄弟》英文版之前,2006 年 9 月 4 日的《纽约时报》读书版就在头条刊登了大卫·巴博萨(David Barboza)对余华的采访,题为《癫狂中国的画像》,其中回顾了余华的主要作品如《活着》《许三观卖血记》的梗概,并概述了《兄弟》的创作背景和故事主线。文章特别强调了"文革"和经济

① 杨宝宝.《兄弟》英文版译者罗鹏夫妇:如何让美国编辑接受余华的风格.(2018-08-13)[2020-11-11]. http://www.chinawriter.com.cn/n1/2018/0813/c404092-30225868.html? from = singlemessage&isappinstalled = 0.
② 温泉. 美国加州大学教授白睿文:汉语影响力的见证者. 瞭望,2014-02-11(02).
③ Standaert,M. Interview with Yu Hua. MCLC Resource Center.(2003-08-30)[2020-11-11]. http://u.osu.edu/mclc/online-series/yuhua/.

改革大潮对作者创作主题和风格的影响,突出了小说的现实意义,并特别强调因为电影《活着》获得了戛纳评委会大奖,使得余华声名远播,并促使小说在中国成了畅销书。文章还特别聚焦了小说关于性的书写,并类比《上海宝贝》和《北京娃娃》。① 类似活动的预热一定程度上能够激发潜在读者的阅读兴趣,从而扩大作品的受众范围。

除了出版商,其他机构和相关组织在推广作品上也发挥着重要作用。例如,《活着》入选的 2006 年美国"全民阅读计划"项目,由美国国家人文艺术基金会、美国中西部艺术基金会、美国博物馆和图书馆服务学会等机构联合发起,旨在提升全民阅读兴趣,建设阅读社会。在其专门网站上,除了有详细的作者介绍、简短的译者介绍,以及关于《活着》的情节、风格特点的简介之外,还设计了关于故事情节和主题理解的 14 个问题,以鼓励读者阅读与互动,促进读者更好地理解小说主题及其风格特征。

电影等多模态媒介的推动。与图书相比,电影是更加大众化、更具视觉冲击力的媒介。譬如,《飘》用了大约 40 年才售出 2000 万册,而它的电影版一个晚上就有超过 5000 万人观看。② 电影虽然无法像书本一样给予读者自由的想象与诠释空间,但是作为一种视觉媒介,能够轻易吸引受众的注意力,具有独特而显著的传播效果。电影《活着》对小说在美国读者中的传播与接受有着积极意义。笔者分别以"film"和"movie"为关键词,在共计 85 条亚马逊美国读者评论和 3434 条好读网读者评论中进行检索,共找到 40 条评论提及了电影。其中,有 17 条明确指出因为喜爱电影而选择阅读书籍,16 条提到电影和书均有涉猎,另有 7 条是读完书计划去看电影或将书和其他相似主题电影的类比。爱荷华大学的海伦·芬格(Helen Finken)教授在采访余华时,提到美国很多高中和大学会在亚洲研究和世界历史课上给学生们播放《活着》这部电影。③ 而在上文中提到

---

① Barboza,D. A portrait of China running amok. *The New York Times*(Books),2006-09-04(06).

② 多米尼克. 大众传媒动力学:数字时代的媒介. 7 版. 蔡骐,译. 北京:中国人民大学出版社,2009:139.

③ Finken,H. EAA interview with Yu Hua, the author of *To Live*(*Huo Zhe*). *Education About Asia*,2003(8):20-22.

的美国"全民阅读计划"《活着》网站专栏上登有对译者采访的播客音频,其中小说简介和译者采访都提到了根据小说改编的电影,一定程度上反映了包括电影在内的流行文化对小说译介的推动作用。

作者、译者和出版商及其他组织的协同努力,保证了余华小说译文的质量。基于文本本身的魅力,加之形式多样的推介活动,以及电影等流行文化元素的推动,余华的小说在读者群中形成了一定的良性互动,因而在美国赢得了相对广泛的读者和较为正面的赞誉,产生了深远的影响力。

四、结　语

本节借助美国图书收藏馆数、亚马逊美国销量排名以及读者评论等指标绘制了余华小说在美国的接受图景,以期全面分析余华小说在美国的传播情况。通过相关数据可知,作者、译者与出版社等相关方通力协作,使余华小说在美国的译介获得了不俗的成绩。这为中国当代文学的对外译介带来了一定镜鉴,即要重视原作者在译入语国家的推介作用,加强译者与译入语国家读者之间的沟通与讨论,注重出版社及相关机构、组织的推广与宣传活动,同时,也要拓展译本的宣传渠道,充分利用电视剧、电影、广告等传播、营销媒介,提升译本的曝光度及与读者之间的联系度。

余华小说在美国的译介活动实现了与读者之间的良性互动,影响了读者对中国当代文学发展现状的认识,是一次颇为成功的译介之旅。中国文化"走出去"战略实施以来,对外译介实践并不欠缺,但成功的译介经验乏善可陈。从成功的译介经验中总结、借鉴"亮点",改善、规避"不足",进而在今后"走出去"实践中加以运用,是我们相关研究者需要反思的重要内容。

第二节　《浮躁》之后的贾平凹小说译介

贾平凹是中国文坛的重要人物和新时期乡土文学的代表作家,其长篇小说展现了中国现代化进程的时代画卷,映射了社会变革中的思想困顿和人性挣扎。从 1987 年的《商州》到 2016 年的《山本》,他笔耕不辍,共创作了长篇小说 17 部,屡获国内外文学奖,其市场价值和文学价值早已得到国内外公认。如 1991 年《浮躁》获美国美孚飞马文学奖,1997 年《废都》获法国费米娜外国小说奖(Prix Feminaétranger),2006 年《秦腔》获红楼梦·世界华文长篇小说奖(首奖),2008 年《秦腔》获茅盾文学奖,2011 年《古炉》获施耐庵文学奖,2012 年再获红楼梦·世界华文长篇小说奖(决审团奖),2018 年《极花》获北京大学王默人—周安仪世界华文文学奖等。那么,在中国当代文学"走出去"语境下,贾平凹小说对外译介情况如何?是否达到预期的译介效果?其译介历程又会给中国当代小说外译提供怎样的镜鉴?这些问题的解决有赖于我们对贾平凹小说英译的整体剖析。本节拟从贾平凹小说英译概览、译介效果以及整体译介效果分析等方面详细勾勒贾平凹小说在英语世界的传播图景。

一、贾平凹小说英译概览

与其国内文学地位和读者认可度相比,贾平凹长篇小说的英译情况要逊色不少。《高兴》的译者韩斌指出:"贾平凹是和莫言齐名的伟大作家,然而在翻译文学中的知名度仍然不高。"[①]造成这一现状的原因是多方面的,既有作品本身的因素,也与宣传、翻译及出版等传播环节密切相关。贾平凹长篇小说英译概览如表 5-4 所示。

从表 5-4 可知,贾平凹小说英译始于 1991 年的《浮躁》,但之后即陷入了长达十余年的停滞,直至 2016 年其作品才重新走入英语世界,之后的 3 年内相继翻译出版了《废都》《带灯》《高兴》《土门》和《极花》。不过,尽管近年来译介速度明显提升,但总数仅占贾平凹全部长篇的三分之一左右,尤其是"三部曲"之一《秦腔》的缺席使得译介作品在叙事主题和精神内涵上欠缺体系化的完整表达。

① Interview:Nicky Harman,translator of the week.[2020-11-11]. https://bookblast.com/blog/interview-nicky-harman-translator-of-the-week/.

表 5-4　贾平凹长篇小说英译概览

原著名	英文译名	类型	译者	出版社	出版时间
《浮躁》	*Turbulence*	精装本	Howard Goldblatt	Louisiana State University Press	1991
		电子书			
		平装本		Grove Press（重印）	2003
《废都》	*Ruined City*	平装本	Howard Goldblatt	University of Oklahoma Press	2016
		电子书			
《带灯》	*The Lantern Bearer*	精装本	Carlos Rojas	CN Times	2017
《高兴》	*Happy Dreams*	平装本	Nicky Harman	Amazon Crossing	2017
		电子书			
		有声书		Brilliance Audio	2018
《土门》	*The Earthen Gate*	平装本	胡宗峰,Robin Gilbank，贺龙平	Valley Press	2018
《极花》	*Broken Wings*	平装本	Nicky Harman	ACA Publishing Limited	2019
		电子书			

　　整体来讲,经过十余年的沉寂之后,贾平凹长篇小说在美国的译介正逐步复苏,不过其译介活动仍处于零散的状态,缺乏系统的组织与规划。其后的译介活动可依托赞助人、版权代理人、国内出版社等机构科学地选择译者和出版社,运用更加体系化的推介手段让作品更好地进入美国读者的视野。

二、贾平凹小说在美译介效果

　　市场反应和读者接受是文学作品"走出去"现状的核心指征,前者主要体现在图书收藏馆数和图书销量两个方面,后者则通过读者评论结合读者评分进行考量。整体来看,贾平凹小说的图书收藏馆数和销量并不理想,和其他翻译文学作品在美国图书市场的境遇类似。

1. 图书收藏馆数

通过对 OCLC WorldCat 的检索发现,《浮躁》在美国的图书收藏馆数为 352 家,《废都》和《高兴》分别为 122 家和 123 家,《带灯》28 家,《土门》和《极花》仅为 2 家,贾平凹小说在美国的图书收藏馆数呈下降趋势。

在电子图书阅读量日益增加的时代背景下,《废都》电子版的收藏馆数为 27 家,《浮躁》电子版的收藏馆数仅为 4 家,《带灯》《高兴》《土门》的电子版均没有。数量有限、类型单一的馆藏制约了贾平凹小说在美国的传播。要扭转这一不利局面,就要拓宽公众阅读的渠道,加强机构间的合作,依靠海外出版社的主导作用;同时,还要增进与高校、公共图书馆的合作,增加收藏馆数,丰富馆藏类型。

2. 亚马逊美国销量排名

图书销量作为传播环节的重要数据,直观反映了读者的阅读兴趣和潜在规模。迄今,除《土门》暂无销量排名数据之外,《高兴》的销量排名位列 200 万名之内,《浮躁》《废都》《带灯》和《极花》等几部小说均在 200 万名之外。《高兴》一度闯进了前 40 万名,这对于在美国被边缘化的翻译文学而言是来之不易的成绩。电子书在售的仅有《高兴》和《废都》,不过,其在 Kindle Store 中的排名相差甚远,分别列 12 万名之内和 130 万名之外。海外出版社与销售网站之间的携手运作助力《高兴》走进了更广泛的读者群。2017 年 8 月,亚马逊跨文化出版事业部通过全球 14 大站点同步发行《高兴》纸质书和 kindle 电子书,这是亚马逊第一次为中国作家作品的英文版举办全球性的首发活动。之后,被亚马逊收购的好读网推出了旨在鼓励大众阅读的 Goodreads Giveaways 活动,《高兴》被列入其中,这大大提升了《高兴》在英语世界读者中的知名度。上述 4 本小说在亚马逊美国图书类的销量排名如图 5-3 所示。

3. 读者评论

截至目前,6 部贾平凹小说英译本共有书评 42 篇,其中《高兴》23 篇、《浮躁》10 篇、《废都》5 篇,《带灯》和《极花》各 2 篇,《土门》暂无书评,《高兴》的专业读者关注度最高。书评来源为专业书评期刊、学术期刊和在线

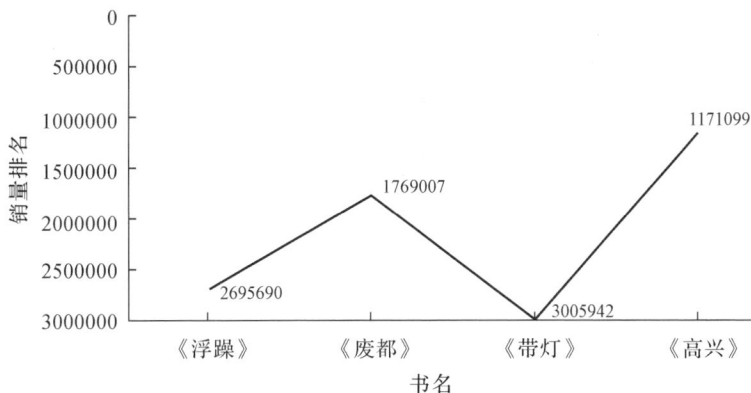

图 5-3　英译贾平凹小说亚马逊美国销量排名

书评网站等。通过 Wordsmith 4.0 对比所得 5 部小说专业书评的主题词,再比较词频,结合文本细读后可以发现:

专业读者对贾平凹作品的接受态度基本一致。除《带灯》的书评未涉及明显的褒贬词外,其他作品的专业读者接受均呈现褒大于贬的趋势。《浮躁》被普遍认为是史诗般(epic)的巨作,情节巧妙(adroitly, brilliantly),语言幽默(humor, humour),但稍显粗俗(earthy, dirty)和枯燥(uninspired);《废都》则是出色(remarkable)和生动(graphic, vivid),堪称经典(classic),不过,有些描写难逃琐碎之感(inconsequential, mundane, putter);《高兴》不乏幽默(humor, humour, interesting, hilarious),文字优美(beautiful, beautifully),但偶尔也会有乏味(boring, bore)和令人失望(disappointing)的地方;《极花》译文质量上佳(excellent),然而语言有时会显得造作(turgid)难懂(tough)。

专业书评注重探寻小说中反映的中国社会现实。这类书评的高频主题词有"贾平凹(Jia)""他(he)""西安(Xi'an)"和"政治(political)",专业读者的期待视野更加宏观(China),注重探究作品的社会背景(he, city, their)、作者的成长背景和写作风格(Jia, Xi'an)。如 1991 年,哈里森·索尔兹伯里(Harrison E. Salisbury)在题为《永恒的中国》的书评中认为,《浮躁》"表现了中国的穷乡僻壤中农民贫穷、粗俗、迷信和无知的生

活……于我而言,它就像是中国的纪实片:贪婪却永恒"①。作为 20 世纪
90 年代贾平凹小说在美国译介的主要推手之一,索尔兹伯里将《浮躁》中
的人物视为中国形象,其中难免有意识形态二元对立的僵化思维。2016
年的《废都》书评作者杰斯·罗这样写道:"我们既要感悟其博大的主题,
又要体会细节赋予的乐趣,就像一个装着各式奖品的抽奖袋,而奖品就是
(了解中国的)瞭望点和(作者的)写作技巧……小说几乎完全漠视故事的
历史时代,虽然'文革'时有提及,但贾显然是想让笔下的人物既非政治的
受害者,也对政治毫无兴趣。"②2019 年,《极花》的书评《争议中的贾平凹
小说:揭秘人口买卖和中国乡村》在分析拐卖人口这一全球普遍存在的问
题时,书评作者迪伦·列维·金(Dylan Levi King)数次提及故事隐含的
政治背景,并借作者之名将罪恶归因于 40 年来中国城市的超速发展,挤
压了农村的发展空间,导致农民面临生存的窘境。③

　　从普通读者评论来看,《高兴》的普通读者关注度也远超其他小说。
该小说在亚马逊美国上参与评分的人数为 444 人(不分版本),好读网上
的参评人数为 822 人(电子书)和 320 人(平装本),而其他小说评论人数
均在 30 人以内,《土门》和《带灯》未有读者评论。此外,2017 年 9 月,《高
兴》经读者投票入选好读网的 Kindle 月度流行榜,④佐证了它在普通读者
群中具有较高的受欢迎程度这一事实。《浮躁》在亚马逊美国上的评分最
高(4.50 分),其次是《废都》和《高兴》(3.60 分),最低为《极花》(2.50
分)。《废都》(电子书)在好读网上的评分位居榜首(4.33 分),其他依次
为《浮躁》(平装本,3.57 分)、《高兴》(电子书,3.51 分)和《极花》(电子
书,3.21 分)。

　　普通读者对《高兴》的接受度最高。普通读者对《废都》和《极花》的评

---

① Salisbury, H. E. Eternal China. *The New York Times*,1991-11-10(67).

② Row, J. Banned in Beijing. *The New York Times*,2016-03-18(06).

③ *Broken Wings*:Jia Pingwa's controvesial novel explores human trafficking and
rural China. (2019-07-11)[2020-11-11]. https://supchina.com/2019/07/11/
broken-wings-jia-pingwas-controversial-novel/2019-07-11.

④ Kindle first September 2017. https://www.goodreads.com/list/show/115235.
Kindle_First_September_2017.

价呈两极分化的态势,对《浮躁》和《高兴》的接受以褒为主,其中《高兴》的读者褒扬程度最高。有的读者认为《废都》故事真实(meticulous)、令人印象深刻(impressed),有的则认为节奏缓慢(slow)、情节怪异(weird)。《极花》给部分读者带来了愉悦的(delightful)阅读体验,但也有读者认为其语言含混难懂(unclear,confusing,tough)。普通读者对《浮躁》和《高兴》的接受以褒为主,对《高兴》的接受度更高。《浮躁》的部分读者认为故事视角有趣(interesting)、译文优美(beautiful translation),但个别读者觉得枯燥晦涩(unreadable)。《高兴》的读者使用了更丰富、强烈的褒义词来表达自己的阅读感受,如喜欢(enjoy,enjoyed,enjoyable,like)、有趣(funny)和幽默(humorous)等,还有语气强烈的喜爱(love),可见该书在读者心中具有较高的接受程度。对《高兴》的褒奖主要集中在故事异质性带来的趣味体验(interesting,entertaining)、感人的故事情节(touching)和幽默的语言风格(humorous),但也有个别读者认为它节奏缓慢(slowly,slow)、过于压抑(depressing)。

除了主题、情节和人物,普通读者还一直关注作品对社会现实特别是个人生活的映照,注重阅读带来的情感体验。普通读者评论的高频主题词包括"我(I,me)"和"有趣(interesting)"。普通读者的视角相对微观,更关注情节发展和人物活动的细节,更希望探寻情节与个人生活的关联,获得强烈的共情体验(I,me,my),体现出与其他读者互动的心理需求(you)。

综上所述,从贾平凹小说在美国接受的几大指标来看,小说的图书收藏馆数和销量均不甚理想,除《高兴》外,其他小说的读者寥寥,这一现象验证了包括中国当代小说在内的翻译文学在美国图书市场的现实境遇。不过,也不难看出,两大读者群体的评论都反映出读者对中国故事潜在的阅读兴趣。

三、整体译介效果分析

从1991年的《浮躁》到2019年的《极花》,贾平凹6部小说的英译本在翻译文学被边缘化的美国图书市场经历了艰难的生存之路。《高兴》的异军突起让我们看到了希望,它在读者的关注度和接受度方面大幅领先,使得整体读者接受度得到了积极改观。尽管如此,一个不可忽视的事实是中国当代小说仍然没有走进英语读者阅读实践的中心舞台。就贾平凹小说在英语世界的译介而言,其语言风格给翻译带来了较多的困扰。陕西方言俗语的运用是贾平凹系列作品的显著标志,体现了中国独特的文化精神和美学精神。小说语言在乡土风情、人物性格、作品主题等各个方面都弥漫着浓郁的乡土气息,刻画了陕西独特的人情世故、民族情感与地域风格,体现了贾平凹寻根文学创作中独特的民间视角和民间关怀。这种以方言俗语为特点的语言风格使得翻译成为艰巨的任务。① 相比于更接近西方创作叙事手法的莫言,译者在面对贾平凹的小说时,受到的挑战更大。文学评论家李星认为,贾平凹"采用的是中国传统的白描手法创作,还有很多独特的情绪色彩,而民间话语更是村俗俚语,怎样才能保留作品的原汁原味,这对翻译家来说,太难了!"②方言创作俨然成为翻译的一大掣肘。贾平凹的译者之一尼克·斯坦博(Nick Stember)提到:"翻译贾老师的作品有一定的难度,首先就是方言。我们阅读的时候,要借助各种方式。看懂了以后表达不出来又是更大的一个问题。"③"中国图书对外推广计划"办公室主任吴伟坦言:"我们有些地域作家,用方言写东西,一般说普通话的人都看不大明白,再变成外文,在表达和理解上就是一大衰减。"④

此外,贾平凹小说的译者构成分散、译文质量参差不齐,这使得英语世界对贾平凹小说的认知不够连贯。贾平凹的译者共有 6 位之多,不同译者的风格大相径庭,质量也相去甚远。纸托邦创始人、翻译家陶建和美

① 吴赟.《浮躁》英译之后的沉寂——贾平凹小说在英语世界的译介研究. 小说评论,2013(3):75.
② 转引自:张静. 评论家称贾平凹也有获诺奖实力:作品难翻译得多.(2012-10-13)[2020-11-11]. http://www. chinadaily. com. cn/dfpd/shehui/2012/10/13/content_15815310. htm.
③ 贾平凹《高兴》英文版全球发行,小说是向农民工致敬.(2017-08-31)[2020-11-11]. http://www. chinawriter. com. cn/n1/2017/0831/c403994-29507210. html.
④ 吴伟. 向莎士比亚学习传播. 时代周报,2009-09-16(13).

国汉学家徐穆实等质疑《土门》三人合作的翻译方式及其译文质量。① 此外,《带灯》英译本存在多处误译,如将王中茂女儿出嫁的"过事"译成了过世(pass away),把陕西方言"囊哉"(舒坦)译成身无分文(won't have a cent to her name),将男女的"相好"译成认识我的人(those who know me)等。

尽管如此,21 世纪以来,贾平凹长篇小说英译本无论是销量排名还是读者评论方面都呈现出曲线向好的态势。这与作者、译者以及赞助人、出版社等机构之间的共同努力密不可分。近年来,贾平凹在保持本土写作风格的同时,积极参加各种国内外相关学术交流。2017 年 11 月,他应邀参加北师大国际写作中心举办的"通向世界文学之路:东西方的不同视角"学术交流大会,与瑞典文学院终身院士埃斯普马克、著名作家余华等人就世界文学背景下的中国文学进行了深入探讨。贾平凹提出,在当今时代背景下,中国作家必须具有全球视野,聚焦民族问题,同时要建立自己的写作谱系,并借助西方的视角更好地认识自己。②

译者是作品审美价值的捍卫者,有时也发挥着宣传者的角色。譬如,韩斌定期为纸托邦的 Read Paper Republic 开出书单,其中包括她自己翻译的贾平凹短篇小说《倒流河》;另一位译者尼克作为贾平凹翻译项目的参与者和协调者,创办了英文网站"丑石:翻译中的贾平凹"(Ugly-stone:Jia Pingwa in Translation)。这些都有助于英语读者更好地了解贾平凹及其作品。

出版社及研究机构是作家作品外译传播的重要推手。由陕西省文化厅主办的贾平凹文化艺术研究院是目前国内唯一研究贾平凹文化艺术成就的学术机构,主要研究贾平凹在小说、散文、诗歌、书画、收藏等方面的艺术成就,并广泛开展国内外学术交流活动。2017 年,研究院与陕西禧福

---

① Comments. UK publisher signs 7 authors from Shaanxi!.(2017-05-28)[2020-11-11]. https://paper-republic.org/links/uk-publisher-signs-7-authors-from-shaanxi/.

② 中瑞作家共话文学——通向世界文学之路:东西方的不同视角.(2018-01-05) [2020-11-11]. http://www.chinawriter.com.cn/n1/2018/0105/c403994-29746563. html.

祥集团达成战略合作协议,以贾平凹作品翻译推广为首要目标。① 2018年9月15日,研究院承办了2018年国际青年汉学家研修班,贾平凹和来自7个国家的9位汉学家一起就中国文学、陕西文化以及作品翻译等进行了深入交流和互动。一系列的文化活动加深了译者对中国文化的理解,有利于其翻译工作的开展。赞助人既是对外交流活动的组织者和承办者,也是作者和译者沟通的桥梁和纽带。在《浮躁》之后,贾平凹作品英译经历了30年的沉寂,之后,贾平凹和葛浩文之间隔断的联系就是由贾平凹文学艺术馆馆长木南重新连接上的,②于是就有了后来的《废都》英文版。除了研究院组织的相关活动和文学艺术馆的牵线搭桥,人民文学出版社也一直致力于贾平凹作品版权的海外推广,并带领作家参加国际书展,直接走进国外大学、文化机构,直接面向海外读者;此外,还聘用对中国文学有着浓厚兴趣和一定素养的外籍人士作为海外版代理人。同时,人民文学出版社始终坚持聘请海外最优秀的母语译者,寻找海外最有实力的文学出版社进行合作。③

正是在各方的共同努力下,贾平凹的小说在英语世界的译介才能迎来复苏和曲线向好的态势。2017年12月,亚马逊中国授予贾平凹"2017年亚马逊海外最具影响力中国作家"④称号。从贾平凹小说译介可见,推进中国小说的外译传播,需激活并联动译者、作者、出版机构等多个介入主体。除了市场化运作中的译者挖掘模式,也可以借助包括贾平凹艺术研究院在内的文学机构、人民文学出版社和亚马逊、纸托邦等平台组织相关翻译赛事或作家、汉学家、翻译家多方论坛等,遴选并培养优秀译者。作者、译者和编辑间需建立有效沟通机制,重视语言文化和读者阅读习惯的差异,在文学风格和故事节奏中求得最佳平衡。为此,需要做到机构层

① 贾平凹文化艺术研究院与陕西禧福祥集团战略合作签约仪式西安举行. (2017-10-26)[2020-11-11]. http://www.news168.cn/html/2017/10/268628.html.
② 贾平凹第2部长篇小说英译本英文版《废都》问世. (2016-01-25)[2020-11-11]. http://jiangsu.china.com.cn/html/2016/sxnews_0125/3632989.html.
③ 坚持良性发展 人民文学出版社助力贾平凹版权输出. (2018-09-29)[2020-11-11]. http://www.cnpubg.com/news/2018/0929/40798.shtml.
④ 详情参见:http://ymxkj.blogchina.com/910318123.html.

面与译者等个体运作层面更好的融通,建立更有效的国家机构和非国家机构间的协作机制,加强文学机构、出版社、企业赞助人之间的信息共享和资源优化。同时注重海外出版社的国际影响力和流行期刊对普通读者的引导作用,拓宽与图书馆的合作渠道,组织更加丰富的推介活动。

再者,要区分对象国和目标读者,根据目标读者选定题材类型,联系相应出版社,提高译介的针对性。如专业读者更青睐反映中国时代变迁、体现中国传统诗学的继承与创新、文学风格鲜明的作品,普通读者则更喜爱贴近大众生活、能获得情感共鸣的作品。

此外,还需有的放矢地发挥出版社和赞助人的强大推手作用,需要深入研究其市场化运作机制,优化重组机构、组织、企业的资源,加强信息共享,提高协调合作的针对性和时效性;加强与高校和社区图书馆的合作,同时积极发挥流行刊物在普通读者中的引领作用,倡导更加多元的阅读互动活动。在多元融通和多方合力下,中国当代小说的地域特征和文化意象才能成为中国文化"走出去"的传声筒而非绊脚石。

四、结 语

本节主要介绍了《浮躁》之后的贾平凹小说译介情况,从美国的图书收藏馆数、亚马逊美国图书销量排名以及读者评论三个维度分析了贾平凹小说在美国的译介效果。整体而言,贾平凹小说在美国的英译传播现状与其在国内的知名度不相符,在《浮躁》之后经历了较长时间的沉寂,直至这几年才较有起色。《高兴》是贾平凹作品中取得较好译介效果的一部作品,一定程度上改变了贾平凹小说在美国相对低迷的译介现状。

贾平凹的小说充满了浓郁的乡土情结,文中将文言、方言、现代汉语杂糅在一处,语言集自然、平易、含蓄、怪拙与空灵等特点于一体,这使得贾平凹小说中的乡土文化很难被翻译。此外,出版社的运作、原作者自身的推广与宣传、译者的推介等都是译本能否在译入语国家被良好地接受的影响因素。从贾平凹推及他人,中国其他当代作家作品的对外译介之路也会遭遇同样问题,如何着力化解这种种障碍与困难,是中国当代小说外译完成这场艰难旅行的关键所在。

第三节 以《解密》为主的麦家小说译介[①]

在 1986 年刊登于《昆仑》的第一篇小说《私人日记本》之后,麦家连续发表了 5 部长篇小说,分别为《解密》《暗算》《风声》《风语》和《刀尖》。此外,还有中短篇小说 30 余篇。谍战的题材,奇诡的情节,麦家小说对历史、家国与人性的书写使作品充满了经久的魅力。其中《解密》获第六届国家图书奖和第六届茅盾文学奖提名,《暗算》获得第七届茅盾文学奖,《风声》获得第十二届巴金文学奖,这些奖项的获得都直指麦家小说的文本价值与社会意义。根据其长篇小说改编的影视作品,更是深受广大观众的喜爱,掀起了谍战影视剧的收视热潮,激发了读者对中国当代谍战小说的阅读热情。

《解密》作为中国当代谍战小说的代表作,不仅在国内备受欢迎,其英译本在海外也获得了成功。该书的英译本由米欧敏(Olivia Milburn)和克里斯托弗·佩恩(Christopher Payne)合译,由企鹅出版集团旗下 Allen Lane 和美国 FSG 出版公司(Farrar, Straus & Giroux)于 2014 年 3 月联合出版精装本,同时推出电子书,在全球 21 个国家同步上市,"上市 24 小时即创造中国文学作品(销量——笔者注)排名最好成绩:英国亚马逊排 385 名,美国亚马逊排 960 名,列世界文学图书榜第 38 位"[②]。2015 年企鹅经典和麦克米伦旗下的 Picador 分别发行了再版的平装本。在基于 OCLC 图书馆馆藏量的排名中,《解密》位列"2014 年世界影响力最大的中国当代文学译作"首位。[③] 同年被《经济学人》评为"2014 年度十大最佳小说"[④],获 2014 年美国 CALA 图书奖,2017 年被英国《每日电讯报》选入"全球史

---

① 本节主要内容曾在《小说评论》2016 年第 6 期发表(作者:吴赟)。

② 麦家《解密》海外出版大事记. (2014-04-16)[2020-11-11]. http://cul.qq.com/a/20140416/016835.htm.

③ 何明星. 中国文学国际影响力. 人民日报海外版,2014-12-02(07).

④ 《经济学人》2014 年度书单:麦家《解密》上榜. (2014-12-09)[2020-11-11]. https://www.thepaper.cn/newsDetail_forward_1284329.

上 20 部间谍小说"①。其后,《解密》被录入 2015 年英国"企鹅经典"文库,这是该文库第一次收录中国当代作家的作品。出自同样两位译者的英文版《暗算》由英国企鹅出版集团(Penguin)于 2015 年推出了平装本和电子书。2018 年年底,麦家获得该年度人民文学奖·海外影响力奖。由以上数据,我们可大致感知《解密》英译本的国际影响力。本节主要考察《解密》英译本的海外销量、专业认可与读者反馈情况,以期通过麦家小说的对外传播,从侧面探查中国当代小说在英语世界的译介效果。

一、麦家小说在美译介概览

迄今被翻译成英文并出版发行的麦家小说包括两部长篇:《解密》与《暗算》。这两部小说的英译本出版概览如表 5-5 所示。

表 5-5 麦家小说英译本出版概览

原著名	英文译名	类型	译者	出版社	出版时间
《解密》	*Decoded*	精装	Olivia Milburn, Christopher Payne	Allen Lane	2014-03
				FSG	
		电子书		Allen Lane	
				FSG	
		有声书		Random House	2014-03
		平装		Allen Lane	2014-03
				Picador	2015-05
《暗算》	*In the Dark*	平装	Olivia Milburn, Christopher Payne	Allen Lane	2015-08
		电子书		Allen Lane	

不同于余华、贾平凹小说英译本以大学出版社为主体的学术出版路线,《解密》和《暗算》的出版走的是商业运作路径。两家出版商均享有国际声誉,这反映出出版商对该小说较为乐观的市场销量预判。其中,英国 Allen Lane 是企鹅出版集团的子公司,以企鹅创始人命名,为世界顶级出版机构。美国 FSG 公司是一家以出版文学作品为主要特色的精英出版

---

① 孙珺. 麦家《解密》上榜英国间谍小说 20 强. 广州日报,2018-02-06(03).

社,非常注重图书质量,号称"诺奖御用出版社",曾先后出版过 21 部诺奖得主的作品。

两部小说的出版均由译者联系中国版权代理人,然后通过书探朋友联系企鹅出版集团的编辑,其成功译介可谓是各种条件下的机缘巧合。两位译者均是韩国首尔国立大学中文和中国文学系的教授、汉学家和翻译家,也是麦家小说的忠实粉丝。米欧敏选择翻译麦家作品是因为她祖父在二战时期担任过密码破译员,因此,在机场书店偶然看到《解密》和《暗算》这两本小说之后,便想把中文里的密码破译世界展示给祖父看,由此展开翻译。之后,米欧敏向麦家的版权代理人谭光磊毛遂自荐,经由英国的书探朋友联系了企鹅出版集团,而出版社找来的著名汉学家蓝诗玲不仅给出了好评,而且蓝诗玲碰巧还是米欧敏的大学同学,对她比较了解,于是企鹅出版集团一次就签下了两部小说的版权。①

二、麦家小说在英语世界的译介效果

这部分将以读者为中心,从图书收藏馆数、亚马逊美国销量排名、读者评论三个维度考察麦家两部小说的译介效果。

1. 图书收藏馆数

通过对 OCLC WorldCat 的检索发现,《解密》和《暗算》纸质版在美国的收藏馆数分别为 499 家和 10 家,两本小说的收藏馆数相差较大。与其他中国当代小说相比,如余华的《往事与刑罚》(美国的收藏馆数为 978 家)和《活着》(473 家)以及莫言的《红高粱家族》(638 家),《解密》的收藏馆数比较令人满意,而《暗算》则太少。此外,《解密》和《暗算》的电子书均未被收录进 OCLC WorldCat 美国图书馆,这在一定程度上限制了读者的阅读渠道。

2. 亚马逊美国销量排名

《解密》和《暗算》在亚马逊美国上的销量排名如图 5-4 所示。

---

① 谭光磊. 从《追风筝的人》到《解密》,我的版权之路. (2016-07-14)[2020-11-11]. http://www.360doc.com/content/16/0714/10/2369606_575389192.shtml.

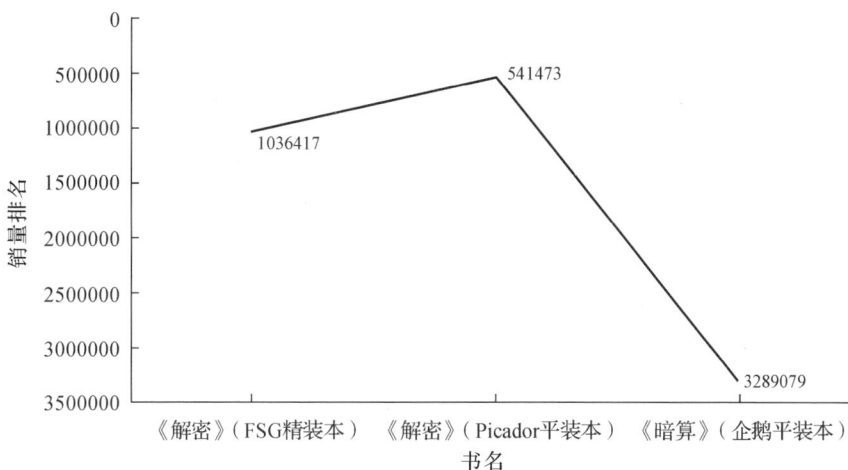

图 5-4　英译麦家小说亚马逊美国销量排名

　　尽管《解密》销量在 2014 年上市之初闯入亚马逊美国的前 1000 名，打破了中国文学作品的销售纪录，成了名噪一时的畅销书，但数年之后，在竞争激烈的美国图书市场，且翻译文学被边缘化的形势下，目前亚马逊在售的英译麦家小说销量排名并不理想。和截至同一时间余华的《活着》（平装本）销量排名（第 152745 名）相比，还有着不小的差距。

　　3. 读者评论

　　不同的读者群对同一部文学作品的反馈和接受程度不尽相同。本部分尽可能全面地搜集公开发表的专业书评和发布在亚马逊美国以及好读网上的普通读者评论，总结专业读者和普通读者对麦家小说的接受情况，并尝试分析两者异同，细化对译介效果的分析。

　　通过检索，共找到 12 篇发表在美国报刊上关于《解密》的专业书评，而关于《暗算》则没有找到相关书评。两部小说的专业书评在数量上差别甚大，显示出专业读者在态度上的天壤之别。《解密》的 12 篇专业书评分别来自《出版人周刊》《华尔街日报》《纽约时报》《纽约客》《芝加哥论坛报》（*Chicago Tribune*）、《书单》《书签》《书页》（*Book Page*）、《图书馆杂志》《新共和》（*New Republic*）等知名报刊。

　　通过检索可以发现，专业读者普遍关注（按词频从高到低排列）小说的故事性和主题、主人公的人物塑造、小说中反映的中国时代社会背景、人物家庭背景和爱国情怀以及翻译的质量等方面。专业书评普遍认为，麦家小说反映了人心和人性的永恒主题，其故事性和人物塑造较为成功。大多数书评分析了小说中的具体时代背景和社会环境，并在这样的宏观环境下考量了人物的家庭背景和家国情怀。此外，绝大部分专业读者对小说的翻译给予了肯定，仅一篇书评分析了小说最后一句话可能存在的误译。具体而言：

英国《经济学人》称《解密》为"一部每个人都应该读的中国小说"，"迄今为止，虽然已经有几千本中国小说被翻译，但是如果外国读者对中国没有特别兴趣的话，这些小说几乎没有一本令人读得下去。但《解密》却打破了这个定式。它节奏很快，充满活力，故事新意十足，在众多中国小说中脱颖而出，从第一页开始就扣人心弦"①。《纽约客》认为，"这个与众不同的间谍悬疑故事既没有让人欲罢不能的情节反转，也没有大反派……（不过，）麦家娴熟地应用了他对这种文学类型和写作技巧的掌握，既有博尔赫斯（Borges）②式的精妙和复杂性，又和革命年代中国的政治和特殊性紧密相连"③。《新共和》也将麦家的写作和博尔赫斯进行了类比，"正如博尔赫斯经常在作品中探讨'民族主义'的概念和结果一样，麦追溯了容氏家族和祖国之间的关联。麦将容（金珍）的祖先视为'伟大的爱国者'，这个称呼和概念在中国动荡的政治斗争和时局转折中看似光荣辉煌却逐渐变得令人难以捉摸"④。《金融时报》写道："很容易把麦家看成中国版的约翰·勒卡雷：都曾在国家的情报部门和间谍、密码破译员一起工作，作家把这种经历融入小说创作，使之兼具文学的细腻和商业的魅力。两人的

① New Chinese fiction：Get into characters. *The Economist*.（2014-03-24）［2020-11-11］. https：//www.economist.com/books-and-arts/2014/03/24/get-into-characters.
② 豪尔赫·路易斯·博尔赫斯（Jorge Luis Borges，1899—1986），阿根廷诗人、小说家、散文家兼翻译家，他的作品被普遍认为反映了"世界的混沌性和文学的非现实感"。（引自百度百科）
③ Briefly noted. *New Yorker*，2014-04-07（02）.
④ Fan，J. China's Dan Brown is a subtle subversive. *New Republic*.（2014-03-25）［2020-11-11］. https：//newrepublic. com/article/117138/mai-jia-chinas-dan-brown-subtle-subversive.

作品也都被改编成电视和电影。然而,相似之处仅止于此。容金珍和勒卡雷世界里的特工史迈利截然不同。这是一个不走常规的间谍小说,充满了元小说和后现代意味的峰回路转。"①《纽约时报》认为,《解密》"扣人心弦之处在于有关容金珍的心理剖析、跌宕起伏的情节、超离现实世界的氛围和精心构思的细节"②。该书评还分析了麦家和中国文学传统以及其他作家之间的关联,"麦家很大程度上继承了早期中国故事的叙事方式,学者们会很喜欢这部小说的层次。《解密》中对心理描写的偏爱源自 1910 年到 20 世纪 30 年代,尤其是五四时期作家们对弗洛伊德和其他西方学者的研究。对于金珍的大头这一特征和特殊家庭背景的描写与当今的苏童和余华非常相似,作家偶尔对元小说的应用又呼应了后现代最近的潮流"③。该书评同时指出,小说"深入探讨了人类境遇……虽然颇具可读性,但在道德批判的深度上,还无法企及鲁迅和张爱玲的短篇小说"④。

　　另一方面,专业书评对《解密》的叙事节奏评价褒贬不一。《出版人周刊》认为,"麦精心安排了故事节奏和类似民间故事的叙事,成就了一个绝妙的故事,与其中涉及的复杂数学理论相得益彰"⑤。《芝加哥论坛报》肯定了它宏大历史叙事的丰富性,指出:"如果读者想要寻找类似阅读斯蒂格·拉森(Stieg Larsson)或者丹尼·席尔瓦(Daniel Silva)作品时的紧张感,那这个故事的节奏和松散的聚焦会使得他们非常困惑。前半部分几乎都在追溯金珍的家族历史和他的孩提时代。横跨了六代人,还有诸多各种关系交织的人物,这种叙事让人联想起中国古典小说诸如《红楼梦》的丰富性。"⑥

① Evans,D. *Decoded*,by Mai Jia. *Financial Times*.(2014-03-28)[2020-11-11]. https://www.ft.com/content/0ac50c66-b343-11e3-b09d-00144feabdc0.

② Link,P. Spy anxiety. *New York Times*,2014-05-02(BR13).

③ Link,P. Spy anxiety. *New York Times*,2014-05-02(BR13).

④ Link,P. Spy anxiety. *New York Times*,2014-05-02(BR13).

⑤ Review of *Decoded*. *Publishers Weekly*.(2013-12-16)[2020-11-11]. https://www.publishersweekly.com/978-0-374-13580-5.

⑥ Chen,P. Review:*Decoded* by Mai Jia. *Chicago Tribune*.(2014-03-28)[2020-11-11]. https://www.chicagotribune.com/entertainment/books/chi-decoded-mai-jia-20140328-story.html.

通过高频词检索和细读可以发现，所有专业书评对《解密》的故事情节和写作手法均未提出负面的评价，这体现出专业读者较为中立偏褒扬的接受程度。此外，对小说进行价值判断的词按词频从高到低排列分别是：非同寻常的（unusual）、流行的（popular）、畅销书（bestseller）、巧妙地（brilliantly）、复杂的（intricate）、扣人心弦的（gripping）、有趣的（interesting）。书评中甚少涉及负面的反馈，仅《新共和》认为，"将出版商的推介放到一边，麦家的小说并不能和丹·布朗（Dan Brown）的相提并论"①，不过随即将原因归于"《解密》非常大胆而有目的地打破了读者对类型小说的期待"②。流行在线杂志 *Bustle* 写道："大部分美国读者之前没有读过类似这样的间谍悬疑小说……《解密》和西方的此类型小说完全不同……情节复杂，设计精巧的故事能够吸引读者，并维持阅读的兴趣。"③

从普通读者评价来看，亚马逊美国的读者评分虽然区分版本，但并未给出每个版本的具体得分，而好读网则提供了按照版本评分的数据，其中《解密》FSG 精装本的点评人数最多，为 159 人。两部小说不同版本在亚马逊美国和好读网上的评分如表 5-6 所示。

两本小说的评分基本相当，在普通读者中的受欢迎程度偏低，和专业读者几乎一边倒的零差评形成了鲜明对比。两本小说评分均低于两大网站上美国丹·布朗的作品得分，和英国间谍题材小说家约翰·勒卡雷（John Le Carre）的《完美的间谍》（*A Perfect Spy*，亚马逊美国和好读网得分别为 3.70 分/193 人和 3.99 分/13985 人）相比也较低。结合销量数据可以看出，尽管同属谍战悬疑题材，且出自同样的译者，推出的时间也相差无几，但在读者数量上《解密》远胜《暗算》。

---

① Fan，J. China's Dan Brown is a subtle subversive. *New Republic*. (2014-03-25) [2020-11-11]. https://newrepublic.com/article/117138/mai-jia-chinas-dan-brown-subtle-subversive.

② Fan，J. China's Dan Brown is a subtle subversive. *New Republic*. (2014-03-25) [2020-11-11]. https://newrepublic.com/article/117138/mai-jia-chinas-dan-brown-subtle-subversive.

③ Cueto，E. *Decoded*：A whole different kind of spy thriller. *Bustle*. (2014-02-14) [2020-11-11]. https://www.bustle.com/articles/15137-mai-jias-decoded-is-a-spy-thriller-like-none-youve-ever-read.

表 5-6　亚马逊美国和好读网读者评分

原著名	亚马逊美国评分/参评人数	好读网评分/参评人数/评论人数	好读网版本
《解密》	3.5/133	3.24/959/189	FSG 精装本
		3.49/87/14	Allen Lane 精装本
		3.38/37/8	Allen Lane 平装本
		2.85/13/1	Picador 平装本
		2.73/11/0	Penguin Classic 平装本
		2.33/3/0	Random House 有声书
		3.34/106/3	FSG 电子书
		3.53/59/6	Allen Lane 电子书
《暗算》	暂无	3.31/58/7	Allen Lane 平装本
		3.67/3/0	Allen Lane 电子书

　　交叉检索两部小说的全部评论,结合细读发现,普通读者比较一致的关注点(按词频由高到低排列)主要集中在小说的故事性与主题、中国元素、角色的塑造、主人公的家庭背景、翻译的质量和作者的写作手法等方面。大部分普通读者对中国故事表现出了强烈的兴趣,比较关注《解密》涉及的时代背景和中国的社会变迁。

　　对《解密》做出的评价中,褒义词按词频从高到低分别是:妙趣横生的(interesting)、吸引人的(fascinating)、喜欢(enjoyed,liked)、热爱(love,loved)、很棒的(brilliant)、最佳的(best)、扣人心弦的(compelling,intriguing,captivating,engrossing,absorbing)、更好的(better)、不错的(good)、美丽的(beautiful)、独一无二的(unique)、令人激动的(exciting)、生动的(vivid);中性词包括:不同的(different)、复杂的(complex)、奇怪的(strange)、不一般的(unusual,special)、神秘的(mysterious,enigmatic,mysteriousness)、重复的(repetitive)、难以琢磨的(elusive);贬义词包括:节奏缓慢的(slow)、令人乏味的(boring,tedious,dry)、失望的(disappointed)、糟糕的(bad)、隐晦的(opaque)、令人困惑的(confusing)、难以理解的(difficult)。

另一部小说《暗算》仅有 7 位读者发表了评论,做出的评价中按词频从高到低包括:陌生的(strange)、更好的(better)、有趣的(interesting)、令人愉快的(enjoyable)、乏味的(bored)。大家普遍认为,《暗算》虽然在主题和语言上分别比较接近约翰·勒卡雷和村上春树,但明显不同于西方小说和他们习惯的叙事方式,其故事情节、写作手法包括涉及的隐喻等比较陌生,部分文化色彩强烈的地方如中国的谚语等有些晦涩难懂。由此可见,普通读者对《解密》和《暗算》的评价两极分化、毁誉参半,褒奖的方面主要包括故事的主题、人物的塑造和对传统叙事的颠覆,批判则集中在情节推进缓慢和其冗长反复的语言风格。部分读者质疑译文的质量,但是没有具体分析。

综上所述,我们可以看出专业读者和普通读者都将麦家和西方作家进行了对比,对中西方小说的差异均表现出了较高的敏感度。此外,他们在对《解密》的关注点上亦保持了较高的一致性,包括小说的人性主题、小说的故事性、角色的塑造、人物的家庭背景和翻译的角色等。两大读者群在接受上的不同主要体现在以下两个方面:(1)在故事本身和译文质量的接受程度方面,专业读者对《解密》表现出基本一致的褒扬态度,而普通读者则是褒贬参半。专业读者对小说的故事性给予了较高评价,普遍认为其可读性较强,情节引人入胜,对其语言风格则不予置评。普通读者的褒扬主要集中在情节的设置和人物的塑造上,批评之处则包括较为缓慢的叙事节奏和冗长重复的语言风格。(2)在反馈的表达方式上,专业读者显示出比普通读者更加谨慎的态度,主要体现在谨慎用词和较少提及个人化的情感体验。为了维持批判的公正性和合理性,专业读者没有使用诸如"最佳的""独一无二的""热爱"和"糟糕"等经常出现在普通读者评论中的词语,同时对自身的情感体验只字未提。

三、整体译介效果分析

《解密》之所以在西方大获成功,主要原因在于它既符合了英语读者群对一部优秀小说的阅读经验和认同感,又在叙事内容和叙事手法上推陈出新,兼具中国本土的深刻内涵与西方文学精神,实现甚至超越了英语世界对中国文学、文化及现实的期待与想象。《解密》的类型叙事与西方读者普遍流行的阅读经验十分契合。以推理/悬疑为主题的文学书写历来是西方大众文学叙事中的强势类型,阿加莎·克里斯蒂(Agatha Christie)、丹·布朗、约翰·勒卡雷等广受欢迎的西方作家均属此类。二战之后,这一大众文学类别已经越来越多地进入纯文学场域,演绎重点从理性地分析谜团转向对于人性、心理、伦理的探求,众多著名作家如美国的威廉·福克纳(William Faulkner)、欧内斯特·海明威(Ernest Hemingway)、英国的塞西尔·戴-路易斯(Cecil Day-Lewis)、格雷厄姆·格林(Graham Greene)等均在严肃文学创作中融入推理叙事的元素,同时赋予作品深刻的历史意义及文化内涵。《解密》的成功之处就在于小说演绎的并不仅仅是西方常见的间谍小说包含的惊险刺激,而是将间谍惊险小说、历史传奇和数学谜题糅合为一个强大的有机体。企鹅出版公司总编亚历克斯·科什鲍姆(Alexis Kirschbaum)在接到译稿时说,她之前从来没有看到哪一本书中能把这几种文学题材融合在一起。但恰恰是这样的独辟蹊径给西方读者提供了迥异的阅读感受,令他们耳目一新。

《解密》区别于传统推理/悬疑小说之处在于它颠覆了传统叙事中典型的英雄塑造,在历史复杂的秘境中拷问英雄形象与自我本体之间的统一与对立。数学天才容金珍成为特情机构 701 的一名电报密码破译员,创造了惊人的奇迹,然而这个英雄形象却因为机密的笔记本遗失而精神崩溃。正如麦家自己所说:"琐碎的日常生活(体制)对人的摧残,哪怕是天才也难逃这个巨大的'隐蔽的陷阱'。"①文本中高大化的英雄在细碎的日常生活中陷入了难以自我认同的悲哀与迷局。密码的符号意义与宏大的历史背景结合起来,以个人信念与行为、身份与秩序的隐喻在战争世界中的起承转合,展现了作者对生命与自我的思考、对人性与社会的关怀和批判。

此外,与如何解密、如何掌握解码技巧等传统推理小说中的主要内容相比,《解密》中的非惊险元素在阅读作品、接受作品时更为重要。作者在

---

① 转引自:邢玉婧. 谍战剧:麦家制造. 军营文化天地,2011(1):16.

一大堆迷宫式的细节中完成了对人物及人性的深刻探索。例如,《纽约时报》认为:"麦家的小说并没有展示给我们多少真实的密码学或者间谍工作。读它的乐趣——让人实在不忍释卷的原因在于其对容金珍的心理研究。全书情节紧张,气氛脱俗,细节华丽。"①《泰晤士报文学副刊》(*Times Literary Supplement*)则说:"《解密》对密码、政治、梦境和各自的意义做了细致、复杂的探索。从奇异、迷信的开篇到 20 世纪容氏家族的逐步衰落,全书引人入胜。但是归根到底,揭示人物的复杂才是本书永恒的旨趣所在。"②

《解密》的创作变革了西方推理小说这一类型文学的基本原则和传统,开拓了新的文学意义和价值,也使其具备了被纯文学场域接纳的条件与资本。这也是麦家和他的小说成为雅俗文学之争焦点的原因。而在数十年的创作后,麦家的小说《暗算》于 2008 年获得茅盾文学奖,这说明主流文学圈给予了麦家较高的文学地位,同时也标志着畅销性与经典性、通俗性与文学性在麦家小说中实现了较为理想的统一。"国内文学评论界普遍认同麦家作品主流文学、主旋律文学和纯文学的定位,从纯文学走向商业文化,体现了主旋律与文化消费的结合。进入国内的茅盾文学奖和国外企鹅文学经典,是麦家作品文学经典属性的最好注解。"③该评论为解读《解密》在英语世界的成功提供了有效的佐证。

《解密》对一个中国故事的表现手法与叙事方式是该小说在英语世界大受欢迎的另一主要原因。在吸收西方悬疑文学特质的同时,麦家以中华人民共和国成立后至 70 年代这一时期的红色经典为文学题材。他把解密学、人性心理的隐秘世界以及 20 世纪的中国世界熔铸在一起,在强大的叙事张力中重塑了 1949 年之前中国在世界历史上的地位,并巧妙地实现了对中国国家与民族形象的爱国主义表述。推理悬疑的抽丝剥茧中充满着典型的中国经验和中国记忆,这让英语读者体验了引人入胜的、充

---

① Link,P. Spy anxiery. *The New York Times*,2014-05-02(BR13).

② Walsh,M. *Decoded*(a review). *The Times*,2014-03-15(02).

③ 陈香,闻亦. 谍战风刮进欧美:破译中国文学走出去的"麦家现象". 中华读书报,2014-05-21(06).

满魔力而又神秘的中国之旅。

中国当代小说多以战争和世俗沉沦为背景的大历史、乡土叙事、以身体书写为主导的个体叙事为主题,大多呈现对人性阴暗和道德沦丧的描述。麦家对此颇不以为然:"回头来看这将近20年的作品,大家都在写个人、写黑暗、写绝望、写人生的阴暗面、写私欲的无限膨胀。换言之,我们从一个极端走到了另一个极端。以前的写法肯定有问题,那时只有国家意志,没有个人的形象,但当我们把这些东西全部切掉,来到另一个极端,其实又错了。"①这也解释了为什么在《解密》中我们看到了对英雄和国家民族命运的书写、对文学精神力量和审美理想的勾画。然而,《解密》对英雄的构建不同于五六十年代意识形态控制下声势浩大的红色叙事,而是侧重充满诗意与传奇性的悲剧叙事。小说对于传统红色英雄的祛魅显示了文本对于人性的深刻探索,也构成了小说叙事的魅力所在,在探索国家、政治、社会等宏大命题的同时,透视出作家对于伦理、生命与人性的思考。

相比于其他大多数中国作家,麦家更加重视如何讲好故事。他认为:"其实真正小说的文学性就体现在故事性。"②而兼顾大众读者和具有阅读经验的专业书评人和学者的审美趣味,是他的写作准则之一,也是《解密》被英语世界接受和认可的重要原因。

从叙事方式来看,一方面,小说融入了多种西方写作技巧,在艺术表现手法上符合世界文学的经验和标准。《华尔街日报》认为:"《解密》的可读性和文学色彩兼容并包,暗含诸如切斯特顿、博尔赫斯、意象派诗人、希伯来和基督教经文、纳博科夫和尼采的回声。"③麦家自己也承认受到卡夫卡、克里斯蒂等作家的影响,其中对他影响最大的则是博尔赫斯。④ 从主题、结构、情节、语言等诸多方面都可以看出,《解密》的叙事化用了博尔赫

① 麦家,季亚娅. 麦家:文学的价值最终是温暖人心. 文艺报,2012-12-12(02).
② 转引自:吴凡. 博尔赫斯的中国传人——论麦家小说的叙事特色. (2009-11-14)[2020-11-11]. http://www.chinawriter.com.cn/bk/2009-11-13/39423.html.
③ Russell,A. Chinese novelist Mai Jia goes global. *The Wall Street Journal*,2014-04-03(08).
④ 冯源. 麦家:"谍战小说之王"走出国门. 国际先驱导报,2014-03-21(28).

斯的小说手法,大量的历史、数学、文学、哲学、传说乃至风水学、天文学、佛学纠集在二战、抗战、冷战、抗美援朝等政治风云之中,形成了一个博尔赫斯式的文学迷宫结构和叙事机制。

另一方面,麦家在营构《解密》这个中国故事的时候,在叙事模式上挪用和改造了中国古典和先锋小说的各种技巧与资源。包括《纽约时报》在内的众多外媒指出,《解密》吸收了很多早期的中国叙事风格。不过,这种陌生化叙事并没有让读者感到疏离,相反,值得深思的是,艺术表现形式上的巨大文化差异反而成为《解密》热销的一个主要原因。如《金融时报》认为:"它用曲折、多头并绪的中国古典小说构架,层层展开与情节息息相关的故事和人物。西方读者会觉得小说开头读起来十分受挫,但是这种背离常规、恍惚、懒散的开篇把作品带出了紧张的惊险小说的藩篱,带读者走入更为离奇、难以预料的世界。"①麦家对整个故事的解剖、重组与整合让西方读者认识到中国当今的思维方式,实践了一个世界对另一个世界窥视的阅读期待。

除了文本对读者的吸引力,译介体系中出版社、作者、译者、代理人,以及宣传媒体的积极参与和有效配合也有力推动了小说在美国的传播。如前文所述,麦家代理人谭光磊从 2009 年开始推介《解密》,其在小说出版过程中的努力十分关键。而出版社和媒体积极参与、相互配合的推介活动贯穿了《解密》出版、发行和流通的整个过程,采取了样书征订、权威书评先行和作者专访全方位的推介手段。早在小说正式出版前,英国企鹅出版集团和美国 FSG 出版公司就同时推出了样书,启动了长达 8 个月的宣传征订期,并于 2014 年 3 月 1 日正式投放宣传片,开始了为期半个月的预售。如 2013 年年底,美国权威书评杂志之一《书单》刊登了星号书评文章,将《解密》视为中国文化的瑰宝,对该书进行了积极的推介。这一系列推介活动为小说的出版面市做好了有效的预热和充分的铺垫。从 2014 年 3 月 18 日《解密》正式全球同步上市开始,美国《纽约时报》《新共和》和《纽约客》等纷纷刊登书评,《芝加哥论坛报》、美国具有广泛影响力的午间

---

① Aw，T. *Decoded* by Mai Jia (a review). *Financial Times*，2014-03-05(07).

新闻节目"Lunch Break"、《华尔街日报》等媒体分别进行了新闻报道。
2014年年底,《华尔街日报》对麦家进行了专访。

尽管小说取得了一定成绩,但我们也要看到成绩背后不尽如人意、喜忧参半的小说译介效果。虽然有了《解密》珠玉在前,但《暗算》未能接续创造奇迹,相反几乎销声匿迹。《暗算》目前销量排名比较靠后,图书馆馆藏十分有限,需要加强与美国图书馆尤其是公共图书馆的合作。

四、结 语

余华、贾平凹和麦家作品的对外译介之路各有特点。余华小说的译介最为系统,不仅作品覆盖面较广、出版周期合理,而且学院派译者构成多样、出版社合作稳定,因此,整体读者数量相对较多,评分和读者评论较为理想,读者接受相对成功,尤以《活着》最受读者喜爱;贾平凹小说的对外译介借由《高兴》迎来了复苏,但译者和出版社较为分散,不利于形成集聚效应;麦家的《解密》商业运作之路较为成功,译者和出版社固定,但整体尚未形成规模,后续市场和读者接受反应平淡。

以读者为中心,从OCLC WorldCat美国的图书收藏馆数、亚马逊美国销量排名、读者评论三个方面考察了三位作家的小说在美国的译介效果之后,可以发现三者具备以下两点共性特征:其一,三位作家的小说拥有一定数量的读者,专业读者和普通读者均表达了对中国当代小说的阅读兴趣,并从同中有异的视角进行了主题分析和角色解读,在小说的评价和阅读感受上呈现出差异化、褒贬不一的反馈。这说明专业读者和普通读者均积极参与了小说文本意义的建构,因而可以说小说取得了一定的译介效果,其中以余华的《活着》读者数量最多、销量最好、获得的反馈褒扬程度最高。其二,总体而言,译介效果远未达到理想的程度,主要表现在图书收藏馆数普遍较低,公共阅读渠道严重受限;销量排名落后,读者群体数量有限;专业书评总体数量偏少,接受存在褒贬不一的情况,关注和接受程度有待提高;参与评分的普通读者数量也普遍较少,尚未形成规模效应;除了《活着》各版本的评分均超过4分之外,三位作家的小说整体而言得分差强人意,呼应了部分普通读者因为阅读期待、文学传统差异和作者个人风格等导致的接受困难问题。

三位作家作品译介效果的差异主要表现在读者接受程度方面。从讨论的三个维度来看,图书收藏馆数的前三位依次是余华的《往事与刑罚》、麦家的《解密》和余华的《活着》,贾平凹的小说收藏馆数相对有限;就美国亚马逊图书销量而言,《解密》创造了单日销售纪录,《活着》累计销量最佳;从读者评论来看,专业读者接受程度较高的是《解密》,依次为《活着》和《高兴》,普通读者关注度和接受程度最高的是《活着》。总体而言,余华作品的译介效果虽有起伏,但读者的关注度和接受程度是最高的,尤以《活着》的译介最为成功。贾平凹借由《高兴》,告别了《浮躁》译介之后的沉寂和《废都》的波澜不惊,重新获得了较高的关注度和接受度。麦家的《解密》突破了销量纪录,得到了专业读者的一致好评,但普通读者的评价与接受度不够理想。

针对译介效果考察过程中暴露出的共性问题,本书尝试给出如下几点建议:一是针对中国当代小说在海外的图书收藏馆数较少、读者的公共阅读渠道严重受阻的现实,出版社可以加大与图书馆尤其是公共图书馆的合作力度,结合销量数据,重点收藏较受欢迎的作品,全面补足其他类型的作品。二是针对严肃报刊与通俗类报刊的专业书评比例不均的现实,可以适当注重通俗类报刊和网络平台在普通读者中的影响力,扩大合作报刊的类型,加强和通俗类报刊之间的合作。三是针对当下译介体系尚不完善的现实,既要依靠国家翻译规划和战略的实施,也要加强中外文学系统和机构之间的交流,更要培养自己的译者队伍。良好译介效果的取得归根结底需要借由译者呈现的原文本魅力,有效传递作品中的普遍价值和民族特性。四是更好地梳理译介过程中作者、译者、赞助人、代理人、出版社等不同因素之间的关系,从而使得各因素之间的协作和配合更加高效。

第六章　经典建构：
中国当代小说的世界之路

　　文学经典(canon)是经得起历史检验的作品,具有重要而持久的阅读价值。文学经典是在时间的逐浪淘沙之中,历经庞大的文学生产、消费、吸收和反馈,积淀下来的不朽之作,是文学秩序共同运作的结果。它们具有重要的文学经验与价值。"'经典'问题涉及的是对文学作品价值等级的评定。某个时期确立哪一种文学'经典',实际上是提出了思想秩序和艺术秩序确立的范本,从'范例'的角度来参与、左右一个时期的文学走向。"①

　　翻译文学经典的形成与确立是一个动态的过程,其生产、消费、吸收和反馈受到原文与译文文学价值、译入语国意识形态与主流诗学的价值取向等权力关系,以及译入语国读者的阅读诉求等多重因素的制约与作用。它们能满足当下流行的文学规范,为译语文化和文学系统接受、认同并确立地位,使其从区域走向世界,从边缘走向中心。对于获取经典地位的翻译文学作品而言,它们能够吸引译入语世界读者的阅读兴趣,获得关注与肯定,这不仅与原文本相关,更反映了译入语国的文学信仰、文学价值与思想意识形态,"如果原文获得经典地位,译文便成为汇集各种阐释的场所,承载着对经典及其解读、社会流行标准和意识形态的各种支持性或挑战性阐释"②。

---

① 洪子诚. 问题与方法:中国当代文学史研究讲稿. 北京:生活・读书・新知三联书店,2002:233.
② Venuti, L. Translation, community, utopia. In L. Venuti. *Translation Changes Everything: Theory and Practice*. New York: Routledge, 2013: 20.

译入语国的意识形态与主流诗学导向是翻译文学能否被接受的首要准则。原著作品经翻译进入译语文化之后,受到译入语国意识形态与主流诗学价值取向的影响与制约,也就是说,译入语国国家话语参与并影响翻译文学经典的遴选与确立。被推选的翻译文学经典以及推选背后的一整套价值标准,与意识形态所承载的意图、内涵以及判断密不可分,诸如审美、抒情等属性则往往让位于或者至少需要兼容于实用的文学观念与文学诉求。同时,经典文本的认定受到主流诗学价值取向的制约与影响。译作的文学风格、内容与社会意义是否符合诗学观念与准则是经典资格获取的主要条件。

从经典建构的主体来看,译者和读者都是推动经典形成的要素。译者作为译作形成的主要单位,其在翻译过程中做出的选择与决定是翻译文学经典建构至关重要的元素。翻译文学文本产生之后,就经由流通与传播到达读者手中。"如果没有读者参与,翻译就会退化为一个封闭的过程。"①读者的阅读、阐释与接受程度检验并决定了作品的价值成色与经典资格。"确定一部文学作品是不是经典,并不取决于普通读者,决定它在文学史上地位的主要有这三种人:文学机构的学术权威、有着很大影响力的批评家和拥有市场机制的读者大众,其中前两种人可以决定作品的文学史地位和学术史价值,后一种人则能决定作品的流传价值,有时也能对前两种人做出的价值判断产生某些影响。"②

作为文学领域的话语权操控者,学术权威和批评家们主导着文学作品的出版、批评、教育等,在该领域中,他们积极发挥自身功能和价值,在和主流意识形态并行不悖的前提下,以精神探索的深度和文学艺术的精美为标准进行文学经典的遴选,实现精英话语对作品传播的引导与约束。

同样,普通读者大众也有他们自己对文学的观点和要求。一般来讲,作为读者大众,他们更注重文学的可读性、娱乐性和消遣性——他们要求文学要通俗易懂,生动有趣,能让人从中获得消遣和娱乐,甚而抛开琐碎的现实和人生的烦恼,进入理想的生命境界。作为读者大众,他们能自由

---

① 刘宓庆. 文化翻译论纲. 北京:中国对外翻译出版公司,2007:271.
② 王宁. "文化研究"与经典文学研究. 天津社会科学,1996(5):91.

决定读什么和不读什么,他们也借此来表达自己对文学的意愿,因而他们也在对文学经典作品进行选择。没有读者的文学作品很少被认为是文学经典,被大众所认可、流传的文学,拥有最广泛读者的文学是文学经典产生的基石,因此,读者大众对文学经典的遴选同样拥有强大的话语权。

综览中国当代文学在改革开放40余年中的译介现实,中国小说能否走入世界文学谱系并被认定为经典,取决于译入语国国家话语对中国文学的解读和定位、精英话语的推行和诠释、读者的认同与接受等能否合谋共力。本章将以莫言小说、刘慈欣《三体》和韩少功《马桥词典》的译介作为示例,从国家话语的意识形态与诗学价值取向、精英话语的出版运作与批评以及读者大众的接受与推广等角度入手,分析原文创作、译者操作、译入语文化传播接受在中国当代小说经典化构建过程中的作用。

第一节　诺贝尔文学奖情结与莫言小说英译

莫言是中国当今最具国际影响力的作家之一。自1988年莫言首部英译作品《民间音乐》刊载于《中国文学》,至90年代初首部英译单行本长篇小说《红高粱家族》推出,再到2012年荣获诺贝尔文学奖,其小说译作以每年一部的速度在英语世界出版,得到国际学界以及世界读者持续的关注,逐步从中国本土文学跻身世界翻译文学经典之列,成为域外学者以及普通读者管窥中国,特别是当代中国社会变迁以及人情风貌的窗口,也为中国文学在整个世界文学体系内赢得一定的话语权。

由于世界文学体系的运作原则与秩序由西方主导,加之中西方文化及语言体系差异巨大,中国文学作品走向世界并取得成就并非易事,获得诺贝尔文学奖更是中国文学界长久以来挥之不去的情结。莫言作品从遴选、翻译、传播到获得国际社会的赞誉,直至获得诺贝尔文学奖,其经典化的路径能够为中国文学与文化进一步向世界输出提供多维度的借鉴与参考。基于此,本节从莫言作品译介总述、原文本建构、译介主体、传播路径等方面展开,梳理莫言作品对外译介的诸多重要环节,以展示其在世界文学之林的经典建构过程。

一、莫言作品译介总述

迄今为止,在中国当代文坛中,莫言的作品被翻译得最多,他的小说被译成至少 40 种语言在世界范围内发行流通。仅就英文版小说而言,莫言就有 8 部长篇单行本、3 部中篇单行本出版,另有香港《译丛》编选的 1 部中短篇小说集和多部收录于杂志、文学选集的短篇。详细译介出版信息如表 6-1 所示。

表 6-1　莫言作品译介出版信息

年份	原著名	英文译名	编译者	出版形式	出版社
1988	《民间音乐》	*Folk Music*	Janice Wickeri	短篇,刊登于《译丛》	The Chinese University of Hong Kong Press
1989	《断手》	*The Amputee*	Janice Wickeri	短篇,刊登于《译丛》	The Chinese University of Hong Kong Press
1989	《养猫专业户》	*The Cat Specialist*	Janice Wickeri	短篇,刊登于《译丛》	The Chinese University of Hong Kong Press
1989	《白狗秋千架》	*White Dog and the Swings*	Mei Zhong	短篇,刊登于《中国文学》	Chinese Literature Press
1989	《大风》	*Strong Wind*	Mei Zhong	短篇,刊登于《中国文学》	Chinese Literature Press
1989	《枯河》	*Dry River*	Jeanne Tai	短篇,收录于选集《春竹:当代中国短篇小说集》	Random House
1991/1993	《爆炸及其他故事》	*Explosion and Other Stories*	Janice Wickeri	中短篇小说集	The Chinese University of Hong Kong Press
1994	《红高粱家族》	*Red Sorghum: A Novel of China*	Howard Goldblatt	长篇单行本	Penguin Books
1994	《神嫖》	*Divine Debauchery*	Andrew F. Jones	短篇,收录于选集《狂奔:中国新作家》	Columbia University Press
1995/2012	《天堂蒜薹之歌》	*The Garlic Ballads*	Howard Goldblatt	长篇单行本	Hamish Hamilton/Arcade Publishing
1995	《秋水》	*Autumn Waters*	Joseph S. M. Lau & Howard Goldblatt	短篇,收录于选集《哥伦比亚中国现代文学选集》	Columbia University Press

年份	原著名	英文译名	编译者	出版形式	出版社
1996	《苦胆记》	*The Cure*	Howard Goldblatt	短篇,收录于选集《毛主席会不高兴》	Grove Press
2001	《酒国》	*The Republic of Wine*	Howard Goldblatt	长篇单行本	Arcade Publishing
2001	《师傅越来越幽默》	*Shifu, You'll Do Anything for a Laugh*	Howard Goldblatt	中篇单行本	Methuen/Arcade Publishing
2004	《丰乳肥臀》	*Big Breasts and Wide Hips*	Howard Goldblatt	长篇单行本	Methuen/Arcade Publishing
2006	《奇遇》	*Strange Encounter*	Aili Mu, Julie Chiu & Howard Goldblatt	短篇,收录于选集《喧嚣的麻雀:当代中国小小说》	Columbia University Press
2006	《马说》	*Horse Talk*	Aili Mu, Julie Chiu & Howard Goldblatt	短篇,收录于选集《喧嚣的麻雀:当代中国小小说》	Columbia University Press
2008	《生死疲劳》	*Life and Death Are Wearing Me Out*	Howard Goldblatt	长篇单行本	Arcade Publishing
2010	《变》	*Change*	Howard Goldblatt	中篇单行本	Seagull Books
2012	《四十一炮》	*Pow*	Howard Goldblatt	长篇单行本	Seagull Books
2012	《檀香刑》	*Sandalwood Death*	Howard Goldblatt	长篇单行本	University of Oklahoma Press
2013	《与大师约会》	*A Date with the Master*	Howard Goldblatt	短篇,刊登于杂志《路灯》	Foreign Language Press
2014/2015	《蛙》	*Frog*	Howard Goldblatt	长篇单行本	Penguin China/Viking
2016	《透明的胡萝卜》	*Radish*	Howard Goldblatt	中篇单行本	Penguin Books

　　文学作品经翻译进入其他文化场域时,会受到译入语国或地区意识形态的制约。莫言小说能够获取世界经典的地位,首先在于其能够跨越

译出语国与译入语国或地区之间的意识形态差异,获得译入语国或地区主流诗学价值取向的认同。瑞典文学院诺奖委员在莫言获奖时发表的颁奖词可以充分说明这一点:"高密东北乡体现了中国的民间故事和历史。鲜有真实的记叙能像其作品一样,带我们走进这样一个国度……莫言的幻想翱越了整个人类……中国 20 世纪的疾苦从来都没有被如此直白地描写……莫言的人物充满活力……打破命运和政治规划的牢笼。他对于中国过去一百年的描述中,没有跳舞的独角兽和少女,但是他描述的猪圈般的生活却让我们觉得非常熟悉。意识形态和改革运动来来去去,但是人类的自我和贪婪却一直存在,所以莫言为所有的小人物打抱不平。"①由此可见,民间故事的运用、丰富的想象力、鲜活人物的塑造、现实生活的展现,莫言作品中蕴含的这些特质和世界主流文学规范是共通的,进而引起了异国他者的熟悉感与共鸣。

莫言小说经典化最为显著的特征是精英话语对其作品的认可。作家在国际上所获奖项的数量可以佐证作家在国际文坛的地位。《红高粱家族》(英译本)于 2001 年入选《今日世界文学》"75 年来(1927—2001 年)40 部顶尖名著",并在 2000 年《亚洲周刊》与全球学者作家联合评选的"20 世纪中文小说 100 强"中名列第 18 位;《酒国》(法译本)荣获 2001 年法国儒尔·巴泰庸外国文学奖(Prix Laure-Bataillon)、2004 年法兰西文学艺术骑士勋章(Ordre des Arts et des Lettres)和 2005 年意大利诺尼诺国际文学奖(Premio Nonino);《生死疲劳》(英译本)除获纽曼华语文学奖外,其日译本也摘得 2006 年日本福冈亚洲文化奖(福冈アジア文化賞);2012 年,莫言荣获诺贝尔文学奖。尽管作家的成就不可仅以获奖多少衡量,但上述种种来自国际社会的肯定与认同帮助确立了莫言小说经典的地位。

除获奖外,精英话语的肯定还包括来自学术界与主流媒体的认同。美国俄克拉荷马大学主办的文学期刊《今日世界文学》于 2000 年 6 月号上集中刊发了多篇介绍、研究莫言作品的文艺批评,其中汉学家金介甫称赞《红高粱家族》或许是最好的 20 世纪中文英译小说;期刊的执行主编罗

---

① The Official Website of the Nobel Prize. http://www.nobleprize.org/nobel-prizes/Literature/Laureates/2012/presentation-speech.html.

伯特·戴维斯–安迪亚诺(Robert C. Davis-Undiano)则将莫言的作品与西方经典名著拿来比较,称"《红高粱家族》在西方读者的心目中是可以媲美托尔斯泰的《战争与和平》或者陀思妥耶夫斯基的《罪与罚》的作品"①;早在2000年,弗吉尼亚州伦道夫–梅肯学院(Randolph-Macon College)英文系教授托马斯·英奇(Thomas M. Inge)就发文预言"(莫言)有望作为一个世界级的作家迈入21世纪更广阔的世界文学舞台"②。2005年,评论家陆敬司(Christopher Lupker)在美国德克萨斯大学主办的专业翻译批评期刊——《翻译评论》(*Translation Review*)发文,预测莫言是"诺奖的有力争夺者"③。2009年,莫言凭借《生死疲劳》获美国俄克拉荷马大学主办的纽曼华语文学奖,《今日世界文学》再次于当年7月、8月号刊载莫言自述、作品获奖提名致辞(葛浩文撰)、莫言其他小品文鉴赏(葛浩文译)等系列文章,专门探讨莫言作品。2012年,英国伦敦大学亚非学院中国研究中心主任贺麦晓(Michel Hockx)在接受英国广播公司新闻频道(BBC News)采访时解读莫言获诺奖:"他的作品让人印象深刻……有庞大的读者群,讲述人类生存状态的方式适合诺贝尔奖的口味。"④

除了学术界的认可,西方主流媒体对莫言小说同样赞赏有加,这使得精英话语体系的接受与认可更为完整。以《蛙》的英译为例,2014年及2015年两版英译本相继问世,诸多影响力大、销量广的报纸上均对该部作品大加赞美与推介。如《纽约时报》认为,"这是一部内容丰富又令人扼腕的史诗——一个非常人性的故事,充满创意,令人着迷"⑤;《金融时报》称,

---

① Davis-Undiano,R. C. A Westerner's reflection on Mo Yan. *Chinese Literature Today*,2013,3(1-2):25.

② Inge,M. T. Mo Yan through western eyes. *World Literature Today*,2000,74(3):501-502.

③ Lupker,C. Review of *Big Breasts and Wide Hips* by Mo Yan. *Translation Review*,2005(1):70.

④ Chinese author Mo Yan wins Nobel Prize for Literature. *BBC News*.(2012-10-11).[2020-11-11]. https://www.bbc.com/news/entertainmert_arts_19907762.

⑤ Homepage of *Frog* at Amazon. https://www.amazon.com/Frog-Novel-Mo-Yan/dp/0143128388/ref = sr_1_2? s = books&ie = UTF8&qid = 1546323595&sr = 1-2.

"小说发人深省,令人难以释卷,莫言证明他是最高水准的小说家"①;《华盛顿邮报》称,"莫言将他为人熟知的魔幻现实主义风格带了回来,再一次展示了他迷人又大胆的叙事风格。诺贝尔奖委员会做了很英明的推荐"②。

不过,需要指出的是,西方世界对莫言作品的评价并不都是溢美之词。比如美国汉学家林培瑞就认为莫言作品中的社会批判意识具有局限性;③德国汉学家顾彬(Wolfgang Kubin)认为莫言之所以能获得诺奖不过是因为"遇到一个杰出的翻译家葛浩文"④。且尽管诸如《天堂蒜薹之歌》《酒国》《丰乳肥臀》等作品的推荐和书评多次出现在《纽约时报》《泰晤士报》(The Times)、《经济学人》等主流媒体上,在言辞褒扬的同时,往往也以"禁书"标签来博得读者关注,作品始终难逃争议性的意识形态评判。但即便毁誉参半的评价难脱历史与政治的成见,莫言在世界范围内受到关注与认可已是不争的事实。从这个角度看,英译已助推他的作品走向世界文学体系的中心位置。

普通读者群体也是推动经典形成的重要元素。虽然权威奖项和学界评论决定作品的文学史地位和研究价值,但作品的流传价值往往由大众话语决定。文学作品只有成为目标社群阅读实践的一部分才能算作真正的主流文学,而普通读者对于作品的积极评价可以促进作品在目标社群内的广泛传播。就莫言各译作在普通读者群体中的反响而言,以亚马逊的读者评分为例,莫言主要译作平均得分达 3.67 分(满分 5.00 分,其中《红高粱家族》3.70 分、《天堂蒜薹之歌》3.50 分、《酒国》2.90 分、《师傅越来越幽默》4.00 分、《蛙》3.60 分、《丰乳肥臀》3.20 分、《生死疲劳》4.00

---

① Homepage of *Frog* at Amazon. https://www. amazon. com/Frog-Novel-Mo-Yan/dp/0143128388/ref = sr_1_2? s = books&ie = UTF8&qid = 1546323595&sr = 1-2.

② Homepage of *Frog* at Amazon. https://www. amazon. com/Frog-Novel-Mo-Yan/dp/0143128388/ref = sr_1_2? s = books&ie = UTF8&qid = 1546323595&sr = 1-2.

③ Link,P. Does this writer deserve the prize?. *New York Review of Books*,2012-12-06(25).

④ 没有译者葛浩文,莫言就不可能获得诺奖. (2013-05-07)[2020-11-11]. http://news.ifeng.com/gundong/detail_2013_05/07/25008740_0.shtml.

分、《变》3.30 分、《四十一炮》3.60 分、《檀香刑》4.00 分、《透明的胡萝卜》4.50 分);而国外知名大众书评网站好读网上更是有 19972 人为这些作品打出 3.70 分的平均分(《红高粱家族》3.73 分、《天堂蒜薹之歌》3.71 分、《酒国》3.49 分、《师傅越来越幽默》3.58 分、《蛙》3.69 分、《丰乳肥臀》3.74 分、《生死疲劳》3.96 分、《变》3.41 分、《四十一炮》3.48 分、《檀香刑》4.17 分、《透明的胡萝卜》3.74 分)。这些数据说明莫言作品在大众话语内获得了较好的认同。

莫言小说的译介篇目全面、形式丰富、时间跨度长,其在域外的成功传播正是以译介活动为基础而展开的。接下来,本节以原作文本建构为起点,对莫言作品成为世界文学经典的各译介环节进行考察。

二、原作文本建构:域外吸纳与立足本土

莫言作品的经典性首先源自原作自身。总体而言,莫言小说的叙事风格具有世界性与开放性,符合当代西方世界的审美情趣;而同时,作者的创作内核皆是中国本土的历史、社会、政治故事,满足了世界对一个未知神秘中国的好奇与探求。

莫言小说深受 20 世纪西方现代主义和后现代主义思潮影响。20 世纪 80 年代,中国文学处于既希望参与全球化,以加速自身发展,但又尚未找到可行路径的尴尬时期,其时,西方盛行的后现代主义连同之前的现代主义思潮进入中国,莫言的创作之路也在此时开启(处女作是 1981 年发表在《莲池》期刊第 5 期上的短篇小说《春夜雨霏霏》)。莫言通过"阅读和借鉴西方文学作品"给自己"补课",从而了解"域外同行们"都"做了什么、怎样做的"。[①]

就叙事风格而言,莫言小说中清晰可见加夫列尔·加西亚·马尔克斯(Gabriel García Márquez)《百年孤独》的印记与福克纳"文学地理""时空颠倒与多角度叙事"的特征,也有对英国后现代语言哲学家路德维希·

---

① 莫言. 莫言作品精选. 武汉:长江文艺出版社,2012:313.

维特根斯坦(Ludwig Wittgenstein)"语言实验"和"语言游戏论"①的映照。在诺奖的颁奖词中,莫言作品被界定为"魔幻现实主义与民间故事的融合"。

魔幻现实主义(magic realism)指通过虚构的魔幻、怪诞、奇异的表现形式,反映现实社会中人的生活状态与精神世界。魔幻现实主义大师马尔克斯可以算作莫言的前辈,莫言自己曾提到其在 80 年代中期时初读《百年孤独》时"只读了几页,便按捺不住写作的冲动"②。有了对前人的借鉴和对中国古典与民间文化中神、鬼、巫、妖等元素的挖掘,也就诞生了具有创新性的优秀作品。《生死疲劳》是较为经典的例子,这部小说以土地改革时被镇压的地主西门闹死后投胎变成驴、牛、猪、狗、猴、弱智儿的"轮回"经历为主线,透过动物的视角和评价,记录了半个多世纪以来中国农村环境的变迁和农民的生活困境。作家通过超现实的手法揭示了人性和社会环境对思想的影响。同时,马尔克斯与福克纳笔下的文学疆域"马孔多(Macondo)"与"约克纳帕塔法县(Yoknapatawpha County)"也为莫言构建自己的"高密东北乡"提供了样板。

莫言作品也受"多维叙事"与"语言游戏"的启发。《酒国》在结构设计上突破了之前我国小说惯常的单一线性模式,以内嵌小说和作家间书信往来的形式,将两条主线平行推进,铺陈出复杂的叙事框架;《红高粱家族》在叙事策略上以"我"爷爷余占鳌、"我"奶奶戴九莲等人的多重视角,使作者直接参与作品叙述。上述种种受西方文学影响的叙事方式契合西方读者的阅读习惯,有利于他们对小说的接受。这也是《爆炸及其他故事》的译者兼主编魏贞恺(Janice Wickeri)评价莫言的作品"特别适合西方读者"③的原因。

就人物塑造而言,莫言以独特的视角关注"人"本,思考人性。莫言曾

---

① 术语取自:胡铁生. 全球化语境中的莫言研究. 北京:社会科学文献出版社,2017:32-35.
② 莫言. 影响的焦虑//林建法. 说莫言. 沈阳:辽宁人民出版社,2013:5.
③ Wickeri, J. *Explosion and Other Stories*. Hong Kong: The Chinese University of Hong Kong Press, 1991: vii.

坦言福克纳对其的影响主要体现在"对人性思考的现代小说表现形式"①方面。其笔下人物模糊了美与丑、圣洁与世俗的角色参与,重构了"高密东北乡"的文学印象。比如《红高粱家族》中的"我"爷爷余占鳌,既是劳动者、抗日英雄,同时又是杀人通奸的土匪,这样矛盾的聚合体反映了人性的复杂,突破了传统抗战小说和"文革"时期小说"好与坏""善与恶"的二元对立范式,为英语世界读者提供了更为真实丰满的中国人物形象和社会印象。

就主题内容而言,莫言作品讲述的是典型的中国故事。对于历史、政治及社会的关切是文学的首要任务。虽然莫言在创作风格上吸纳了域外文学经验,但他的故事内核却都离不开中国的历史、社会与政治。他认为,"社会生活、政治问题始终是一个有责任感的作家不可不关心的重大问题"②。《红高粱家族》《丰乳肥臀》《生死疲劳》《四十一炮》和《檀香刑》都充满厚重的历史感,而《天堂蒜薹之歌》《酒国》《蛙》是典型的社会问题小说。故事的中国化和民族性固然会构成异域读者理解的困难,但文学的特殊性恰恰是文学的魅力所在,其与世界文学的普遍性不断冲撞、吸纳、再生、反复递进,形成民族写作的佳作,也进而为世界文学所接纳。百年间诺贝尔文学奖颁奖词中出现率最高的十个词依次为"理想、历史、社会、政治、思想、人道、人性、人生、生活、民族"③,说明体现本民族历史、社会、政治和人文理想的作品正是能体现普遍价值与意义的世界文学作品。

三、译介主体:译者的资本积累与翻译实践中的主体性

莫言小说在域外的成功译介,诚然归因于作品本身深厚的文化内涵和超越民族局限的表现形式,但若缺失优秀的译介来打破语言壁垒,文学输出便无法实现。因而,可以毫不讳言,翻译在莫言作品走向世界文学的路上起着关键作用。

---

① 转引自:胡铁生. 全球化语境中的莫言研究. 北京:社会科学文献出版社,2017:85.
② 莫言. 莫言作品精选. 武汉:长江文艺出版社,2012:310.
③ 胡铁生. 全球化语境中的莫言研究. 北京:社会科学文献出版社,2017:167-168.

在莫言小说的多语种版本中,英译本的影响力最大,一些其他语种的译本(如部分德语译本)是在英译本基础上转译的。葛浩文是英译本的主要成就者。在莫言作品的所有英语译者中,葛浩文翻译得最多(共翻译 8 部长篇、2 部中篇和 5 部短篇)。莫言本人认为:"如果没有(葛浩文)杰出的工作,我的小说也可能由别人翻成英文在美国出版,但绝对没有今天这样完美的翻译……他的译本为我的原著增添了光彩。"①

莫言小说从文本选取到译本完成的过程是译者资本不断作用的结果。根据皮埃尔·布迪厄(Pierre Bourdieu)的社会学理论,"资本(capital)是一种积累而来的以实体化或内化的形式体现的劳动,当主体或主体群以私有或排他性的方式占有这种劳动时,它反过来会使主体占有具体的社会资源"②。资本是决定主体在场域中地位的重要符码,社会资本、文化资本与文学译作接受之间的关系十分密切。社会资本也称作社会关系资本,主要以行为体在场域内的声望以及社会头衔为符号。文化资本以内化(如一个人的审美能力、语言能力等)、客观化(如一位作家出版的作品)和制度化(如文凭、奖项等)的方式存在,是所有资本中最为重要的。③ 另外,文化资本有象征性功能,即人们通常会认为文化资本高的人能创造更多的价值,他们也更容易被认可。

在异质文化交流过程中,翻译并非只是源语与目的语间单纯的语码转换,更意味着不同文化间的碰撞与交融,因而,译者应当有足够的文化及社会资本来应对源语文化进入他者文化时所面临的各种情况。译者的文化资本在于扎实的双语能力,经大量翻译实践所得的直接与间接经验,以及充分的跨文化意识;社会资本则以其在翻译及相邻领域内拥有的社会声望和社会头衔为标志。

---

① 引自莫言 2000 年 3 月在科罗拉多大学的演讲。
② Bourdieu, P. The forms of capital. In J. G. Richardson (ed.). *Handbook of Theory and Research for the Sociology of Education*. Santa Barbara: Greenwood Press, 1986: 241.
③ Bourdieu, P. The forms of capital. In J. G. Richardson (ed.). *Handbook of Theory and Research for the Sociology of Education*. Santa Barbara: Greenwood Press, 1986: 243.

葛浩文深谙西方读者的审美趣味,对翻译选材有着敏锐的目光。在他看来,"美国读者更注重当下改革发展中的中国……更希望了解文学家怎么看中国社会"①,而"中国小说在西方并不特别受欢迎",与当代中国小说在叙事风格、创作手法上"有着太大的同一性"和"小说人物缺少深度"有关。② 而莫言小说在叙事方式和叙事内容上的创新性,是葛浩文选译莫言作品的一大原因。

在翻译过程中,葛浩文与原作作者莫言始终沟通密切,这使得他能够深刻理解莫言的创作意旨,准确把握作品产生的文化语境。葛浩文在谈及莫言对其翻译工作的支持时,直言莫言会"很体贴、和善地给我解释作品中一些晦涩的文化和历史背景"③,而莫言也曾表示:"葛浩文为了准确翻译作品,曾写信上百次、通话无数。有时为了一个字或他所不熟悉的内容而反复切磋。"④

除译者身份外,葛浩文作为汉学家与文学评论家,在文学研究与批评领域也颇有造诣。他的文学评论屡现于西方学术期刊,如《今日世界文学》《现代中国文学》(*Modern Chinese Literature*)、《世界文学》(*World Literature*)及各大报纸杂志,如《华盛顿邮报》《时代》《洛杉矶时报》《泰晤士报》等;同时,他还是《现代中国文学》的创刊主编,并参与编译了多部中国文学选集,如《春竹:当代中国短篇小说集》《狂奔:中国新作家》《哥伦比亚中国现代文学选集》《毛主席会不高兴》等;葛浩文也应邀担任如纽曼华语文学奖等文学奖项的评委。作为有着相当成就的知名学者,葛浩文在其文章、采访以及颁奖致辞中对莫言作品的评价与推荐会为译本赢得更多关注,这是译者社会与文化象征资本赋予译作的附加价值。

在具体的翻译过程中,译者运用语言能力,能动地选择翻译策略,对作品内容进行变形、删减、增添等。原文本是翻译的源头,忠实成为翻译的本旨,然而,语言自身的不确定性和差异性无疑给翻译带来巨大挑战,

---

① 葛浩文. 美国人喜欢唱反调的作品. 罗屿,译. 新世纪周刊,2008(10):121.

② 葛浩文. 我行我素:葛浩文与浩文葛. 史国强,译. 中国比较文学,2014(1):38.

③ 美国翻译家葛浩文:我只译我喜欢的小说. (2013-12-10)[2020-11-11]. http://www.chinanews.com/cul/2013/12-10/5601163.shtml.

④ 胡铁生. 全球化语境中的莫言研究. 北京:社会科学文献出版社,2017:256.

也因此赋予了译者充分的主体性,既要忠实,也要创造。在前面有关葛浩文翻译策略的论述中,我们已知葛译以"我译故我在"为翻译宗旨,存在连删带改的现象,如在翻译莫言早期作品《红高粱家族》《天堂蒜薹之歌》与《酒国》时,葛浩文"在译本里加上了一些……原著中没有的东西,譬如性描写"[1]。再比如,《丰乳肥臀》的英译本是基于 2002 年的再版本,而葛浩文在翻译中删去十几页内容,最终的英译版还剩 500 多页。[2] 此外,葛浩文在翻译《生死疲劳》时也删除了一些"比较露骨的性描写"[3]。葛浩文的这种做法在学界引发了热烈讨论,如顾彬等支持他的删改,认为这样一来规避了长篇小说因篇幅冗长产生的诸多弊病,但也有不少评论对葛浩文的背离原文提出质疑。不过,整体而言,葛浩文的译本仍是以原文为基准,尽量在译文中实现辩证性的忠实。他的删改也得到原作者莫言的支持与信任。再者,翻译是异质文化的交锋与碰撞,原文有所损失在所难免,而创造性的价值生成也是无可避免。因第四章中已经详细论述了葛浩文的翻译策略,此处不再赘言。

四、传播路径:赞助人运作与多模态渠道

除了作品本身魅力和译者作用,莫言小说在域外的成功译介还得益于作为赞助人的出版机构的市场运作和作品内容传播的多元渠道。莫言英译小说单行本主要由以下四家出版机构发行:企鹅出版集团、拱廊出版公司、海鸥图书(Seagull Books)和俄克拉荷马大学出版社。其中企鹅现已与兰登书屋合并成为全球最大跨国出版集团企鹅兰登书屋(Penguin Random House),每年出版发行不同作品一万五千部,堪称出版界之最;[4]拱廊是天马(Skyhorse Publishing)出版公司旗下专门出版文学艺术作品的出版商,迄今天马的图书荣登《纽约时报》畅销书榜(*The New York*

---

① 莫言. 我在美国出版的三本书. 小说界,2000(5):170.

② Goldblatt, H. Blue pencil translating:Translator as editor. *Translation Quarterly*,2004(33):23.

③ 邵璐. 莫言小说英译研究. 中国比较文学,2011(1):47.

④ Homepage of Penguine Random House at Wikipedia. https://en. wikipedia. org/wiki/Penguin_Random_House♯Penguin_Publishing_Group.

Times Bestsellers)的达 48 本之多;①而俄克拉荷马大学则是《今日世界文学》和美国汉学研究的大本营。可见,出版莫言小说的几大书商在出版界原本就有雄厚的经济资本和社会资本,这使被其选中发行的作品更易获得期待与关注。此外,这些出版商(尤其是前两者)运用丰富的商业运作手段为莫言作品进入英语市场进行了良好的宣传,除了挖掘莫言"诺奖得主"名号的经济与社会效应外,他们还邀请文坛、学界名家为莫言的小说撰写评论和推荐,通过官网和社交媒体进行宣传造势;为提升读者接受度以及作品畅销度,出版社有时会参与译文甚至是原文的修改,以使作品更符合英语读者的口味,比如葛浩文在采访中就曾透露,在翻译《天堂蒜薹之歌》时,出版社编辑表示译文的最后一章内容欠妥,在莫言本人完全重写了最后一章后,小说才最终出版。②

另外,一个不能忽略的事实是,电影等其他媒介形式的多模态传播也让莫言作品的成功译介如虎添翼。由莫言小说改编的知名电影包括《红高粱》(1987 年出品,改编自《红高粱家族》,导演张艺谋)、《幸福时光》(2002 年出品,改编自《师傅越来越幽默》,导演张艺谋)、《暖》(2003 年出品,改编自《白狗秋千架》,导演霍建起)等,它们在莫言原著受到广泛关注之前便已走进西方人的视野:《红高粱》获 1988 年柏林国际电影节(Internationale Filmfestspiele Berlin)金熊奖、1988 年悉尼国际电影节(Sydney Film Festival)电影评论奖等,《幸福时光》获 2002 年西班牙巴利亚多利德国际电影节(La Semana Internacional de Cine de Valladolid)评委会大奖,《暖》获 2003 年东京国际电影节(東京国際映画祭)金麒麟奖、2004 年德国曼海姆·海德堡国际电影节(International Filmfestival Mannheim-Heidelberg)独立电影业主奖。电影经典化与文学经典化是相辅相成的,电影从文学文本中获取原始的艺术材料,而文学则借助电影这一直观、便捷的流行媒介扩大受众,提升影响力,而上述电影成为经典本

① The Official Website of Skyhorse Publishing. https://www.skyhorsepublishing.com/about/.
② 美国翻译家葛浩文:我只译我喜欢的小说.(2013-12-10)[2020-11-11]. http://www.chinanews.com/cul/2013/12-10/5601163.shtml.

身也是对莫言原著小说较为有力的宣传,所以在企鹅出版的图书《红高粱家族》以电影版中女主人公戴九莲的剧照为封面。

五、结　语

通过本节论述可知,莫言作品最终可以成为世界经典,经历了复杂多维的译介过程,原作者、原著、译者、赞助人与文化语境一起构建了贯穿翻译过程、影响译本形态的各个要素。在英译的完整运作体系中,社会资本、文化资本、象征资本等多重资本元素共同构建译本生成的场域并形成深厚的文学与文化影响力。译者的语言文学素养、文化意识及翻译能力,与作家及出版社之间的互动关系在很大程度上决定了译者的翻译策略,有效地调节了译介的各个要素,实现了整体意义上的忠实,既保留了原著的优雅与吸引力,也避免译文因文化差异而丧失清晰的可读性。

从中也可看出,一部文学翻译经典的形成既要求原作蕴含民族文化魅力,具有开放性和世界性,把人性的、命运的、时代的因素熔铸在一起,将人生的悲喜、奋斗与追求赋予普遍性的意义,也需要译者具备丰厚的跨文化意识和资本积累,能够有效选择适切的翻译方法与策略,更需要赞助人体系具备多维商业运作能力和多模态传播渠道。

第二节　《三体》与中国科幻小说的跨国旅行①

2015 年,刘慈欣《三体》的英译本 *The Three-body Problem* 斩获科幻文学界具有奥斯卡奖之称的"雨果奖",引起了媒体和学术界的广泛关注,成为最受欢迎的中国当代小说作品。《三体》能够进入世界文学,赢得世界读者的认可与追捧,与它本身蕴含的艺术与文化价值密不可分,但在其成为译介经典的过程中,翻译是必不可少的一环,所以《三体》在怎样的背景下开始其跨文化旅行、在旅行中又经历了什么、在目的地是被如何接受

---

①　本节主要内容曾在《外国语》2019 年第 1 期发表(作者:吴赟、何敏)。

的等问题十分值得关注。正如刘慈欣所言:"《三体》作为新中国建立后第一部输出到美国的长篇科幻小说,一下赢得这么多关注,又得到这么多奖项,其中的原因很难仅从作品本身去分析。"①

的确,一部文学作品的跨文化传播是一项复杂的活动,译作的生产、传播和接受等会受到文本内外各种因素的制约,单一地从语言、语篇层面难以洞察影响译作命运的多重动因和变量。翻译活动发生时的具体语境是解释译介活动的重要基础,译介主体的能动作用是影响译作在译入语国接受的重要因素,而恰当的翻译策略是保证译作被顺利接受的重要条件。因此,若能在着眼译本内部的同时,充分考虑翻译活动发生时的语境,以及主要译介主体发挥的作用,则有助于我们得出更加可靠的结论。鉴于此,本节考察《三体》的译介语境、译介主体的能动作用以及译者的翻译策略,以期尽可能全面、客观地诠释《三体》英译本在美国被积极接受以至成为经典的主要原因。

一、译介语境:中美科幻文学系统的衍变与互动

翻译活动总是在一定的时空语境中展开的,非语境化的诠释无法弄清翻译活动之所以发生,以及译作之所以呈现特定面貌的原因,也无法说明翻译在当时具有何种意义。只有将翻译活动置于具体语境,并充分认识到语境本身的复杂性,才能做出符合逻辑的阐释。

语境的范围有广狭之分,就《三体》在美国译介的发生语境而言,从宏观视角来说,过去数十年来,中国在各个方面取得了举世瞩目的成就,世界想要了解当下现实的中国,阅读文学作品不失为比较有效的途径之一。走出国门的中国文学作品成为海外读者心中构建中国形象的重要来源。比如,托尔出版社在决定要不要出版《三体》时,编辑利兹·高瑞斯基(Liz Gorinsky)试图说服同行所依仗的一个重要现实,就是美国读者对今日中国的兴趣和好奇,她说:"《三体》是一部优秀的小说,人们会对它感兴趣,因为此刻的美国人对中国在世界文化格局中的角色充满好奇,但事实上,

---

① 王瑶. 我依然想写出能让自己激动的科幻小说——作家刘慈欣访谈录. 文艺研究,2015(12):74.

来自中国的真正意义上的文艺作品仍然相对稀少,所以许多文化游客可能会对这本书产生兴趣。"①

就狭义视角而言,《三体》经翻译后进入美国,在一定意义上来说,其实是它从原来的文化语境进入新的异质文化语境的跨文化实践。若想解释这一实践,就需要关注译介活动的发生语境和译作的接受语境。换言之,需要考察中国科幻文学是在怎样的背景下具备了"走出去"的条件,而美国科幻文学界对域外科幻作品持何种态度。这就涉及中美科幻文学的各自衍变与现状,或曰中美科幻文学在所属文学多元系统(佐哈尔语)中的位置,以及彼此之间的互动,同时还要关注翻译文学在目的语文学系统中的地位。此外,科幻文学作为一种类型文学,有其自身的独特性,因此往往会在大的文学系统中形成具有一定独立性的子系统,所以和译入语国的整体文学系统相比,《三体》在异域的接受更多地受制于科幻文学在译入语国文学系统中的地位,以及译入语国科幻文学子系统本身的现状。因此,可取的办法是分而考察中美科幻文学在各自文学系统中的位置,以及翻译文学在美国文学系统中的地位。

中国科幻文学肇始于晚清,至今已有百余年的历史。但整体来看,中国科幻文学仅出现过三次短暂的繁荣,即清朝的最后十年、新时期的最初四年以及从 21 世纪至今,而与繁荣期交替出现的则是漫长的休眠期。这一现象的主要原因在于科幻文学缺乏宽松自由的生长环境,常常会受到来自不同方面的干涉而无法按照自身规律发展。"科普"长期被视为科幻文学的根本使命,20 世纪 50 年代科幻文学被视为儿童文学的一支,到 1983 年被视为"毒草",以致除了《科学文艺》之外的所有科幻杂志全部遭

---

① O'Neill, J. Cixin Liu the superstar: How taking a risk on a Chinese author paid off big for Tor. (2015-09-04)[2020-11-11]. https://www.blackgate.com/2015/09/04/cixin-liu-the-superstar-how-taking-a-risk-on-a-chinese-author-paid-off-big-for-tor/.

到查封。① 直到 21 世纪前后,我国科幻文学才逐渐恢复了一定的独立性,不再肩负被强加的"科普"使命,而是生发出自身独有的魅力,也因此涌现出了一大批颇有建树的科幻作家,如刘慈欣、韩松、王晋康等。这些作家相继推出了一系列颇具影响力的大部头著作,陈楸帆、宝树、夏笳等青年作家也崭露头角,成为中国科幻界的新生力量。

换言之,伴随社会进步与思想解放,科幻文学在中国文学系统中又重获其合法地位,这直接促进了科幻文学创作的繁荣,中国当代科幻文学创作呈现出一派蓬勃发展的景象。不仅如此,中国科幻文学在取得骄人实绩的同时,其与世界科幻文学加强交流的渴望也日益强烈,作家们纷纷在国外期刊发表自己的作品,中国科幻文学"走出去"的步伐明显加快。早在 1964 年,老舍的《猫城记》就由詹姆斯·杜(James E. Dew)翻译后在美国出版,不过在其后的半个多世纪,仅 14 部(篇)科幻小说被翻译成了英语,而从 2010 年至今,英译中国科幻小说达到了 90 余部(篇),比此前译介总数的 6 倍还要多。美国著名的科幻杂志《克拉克斯世界》(*Clarkesworld*)从 2011 年开始定期刊登中国作家的作品。2012 年,宋明炜在香港英文刊物《译丛》上组织刊出了中国科幻文学专号 *Special Issue：Science Fiction from China*(《中国科幻:两个世纪初》),翻译了吴趼人的《新石头记》等 4 篇 20 世纪初的中国科幻作品,以及刘慈欣的《乡村教师》等 9 篇 21 世纪初的作品。2013 年,由吴岩组织编辑的中国科幻文学专号在国际知名的学术期刊《科幻文学研究》(*Science Fiction Study*)刊出,这是国际学术期刊对中国科幻文学的首次集中介绍。总之,中国科幻文学在新的发展环境下取得骄人实绩的同时,其在美国的知名度也逐渐提升,美国读者对中国科幻文学,特别是中国当代科幻文学的了解日益加深,也就是说,《三体》英译本到来之前,美国读者对中国科幻文学已经有了一定

---

① 1979 年著名科幻小说家叶永烈的科幻小说《世界最高峰上的奇迹》因为讲述了一个恐龙蛋成功孵出恐龙的故事而被批判为"伪科学",并由此引发了一场关于科幻文学姓"文"还是姓"科"的大论战,最终后者战胜了前者,科幻文学因为无法仅仅围绕科学事实而被贴上了"精神毒草"的标签。1983 年 11 月开始,科幻小说的发表和出版受到了严格限制。参见:艰难发展的科幻文学. (2018-01-24)[2020-11-11]. https://www.神秘网.com/thread-17062-1-1.html.

的接受基础。

如前所述,《三体》进入美国之后的命运与科幻文学在美国文学系统中的位置以及美国科幻文学子系统的现状息息相关。科幻文学的发展与科学技术的进步密不可分,而美国是二战后科技最为发达的国家,因此,当时美国的科幻小说创作十分繁荣,在美国文学系统中占据了重要地位,"至20世纪60年代人类首次进入太空,科幻小说在大众心中已经稳稳占据了一席之地"①。著名文学评论家雷·沃尔特斯(Ray Walters)认为,科幻小说"在美国已经进入了时代的文学主潮之中"②。然而,今天美国本土的科幻文学创作却在逐步丧失活力,"在文学表现手法越来越前卫、越来越精致的同时,那种来自黄金时代的想象力本身的激情变得越来越淡薄"③,其结果是作品更趋碎片化,也更加晦涩难懂,而故事内容本身却并没有太多亮点,以致最近几年,美国科幻界关于"科幻是否已死"的讨论也屡见不鲜。④ 美国白人男性科幻作家在"雨果奖"中的统治地位不再,取而代之的是,曾经处于美国科幻文学系统边缘位置的作家(比如女性作家、有色人种作家和移民作家等)和非英语作家开始受到读者的更多关注,他们的作品在"雨果奖"方面的表现甚至开始盖过美国白人男性作家,以至于部分较为保守的美国科幻作家公然发起拉票活动,试图收复白人男性作家的失地。⑤ 美国科幻文学系统内的这一变化为科幻文学译作进入美国提供了重要机遇。

---

① Robert,S. and Martin,H. G. *Great Tales of Science Fiction*. New York: Galahod Books,1994:2.

② 转引自:李公昭. 20世纪美国文学导论. 西安:西安交通大学出版社,2000:484.

③ 王瑶. 我依然想写出能让自己激动的科幻小说——作家刘慈欣访谈录. 文艺研究,2015(12):77.

④ 近年来美国不时有关于科幻已死的大讨论,最近一次是在2013年,《洛杉矶时报》上一位著名科幻评论家评论美国最佳科幻选集时表示,选集里的作品显示了科幻文学的疲态。大部分作品,除了重复以前的创意,少有新的想法。

⑤ 比如,2013年和2015年,分别由美国白人男性科幻作家拉里·科雷亚(Larry Correia)和沃克斯·戴(Vox Day)领导的"悲伤小狗"(Sad Puppies)和"愤怒小狗"(Rabid Puppies)这两个美国科幻圈内部的保守组织,公然为他们自己挑选的作品拉票,排挤女性作家、少数族裔以及用非英语写作的作家。

　　根据埃文-佐哈尔(Itmar Even-Zohar)的多元系统理论,当一种文学系统尚处于"幼嫩"时期、一种文学在多元系统中处于弱势地位或者一种文学出现了转折点和危机的时候,翻译文学就有可能在译入语文学的多元系统里占据中心位置。由于自身供给不足,美国科幻文学创作正处在一种转折期,虽然他国科幻文学译作也许还不足以在美国科幻文学系统占据核心位置,但它们在进入该系统时受到的阻力却会大大降低,这客观上为《三体》在美国的接受创造了条件。

　　但是,美国科幻文学处于转折期这一事实只能助推(但并不能保证)《三体》等来自其他文学系统的科幻文学能成功进入美国科幻文学系统。需要注意的是,对目标读者而言,《三体》首先是一部翻译作品,因此,翻译文学在美国的接受语境也是需要考虑的因素之一。

　　与法国等欧洲国家相比,美国对翻译文学的接受度并不高,翻译作品在美国图书市场的所占比例很低。例如,韦努蒂研究发现,翻译作品在美国出版物中所占的份额在2%—4%之间,因此,外国文学在进入美国的过程中会遇到不小的阻力。① 然而,从发展的角度来看,这种情况也在发生变化。就中国文学在美国的译介而言,虽然总体上中国文学在美国的接受情况与我们的期待有不小的距离,但随着中国文化"走出去"战略的实施,越来越多的中国文学作品得以进入美国,得到了海外读者更多的关注,创建了一个较为友善的接受语境,部分作品更是取得了不俗的成绩,麦家的《解密》被收入"企鹅经典文库",以及莫言获得诺贝尔文学奖等就是明证。

　　另一个需要注意的事实是,不同类型的中国文学在美国的接受语境差异明显。与严肃的纯文学相比,中国玄幻小说、武侠小说、科幻小说等类型文学在美国的表现十分抢眼。② 这其中的原因是多方面的,但可以指

---

① Venuti,L. *The Scandals of Translation*. London & New York:Routledge, 1998:88.

② 以网络文学为例,由海外民间团体或个人自发创办的文学翻译网站和论坛社区已达上百家,并引起广泛热议。据网络文学网站 NovelUpdates 统计,源语言标记为"中文"标签的作品多达 3500 余部,中国网络文学目前在英语世界的译介数量、传播规模和受众范围可见一斑。

出的是,中国当代小说多采用以战争和世俗沉沦为背景的大历史叙事,如莫言、苏童、余华等著名作家的小说大多如此,这种写作主题往往沉重而单一,过于时代化和语境化,文本内中国的独特生存体验很难唤起跨文化的阅读认同。而网络文学、科幻文学等在虚拟世界展开故事的类型文学虽然没有以现实生活为蓝本,却以成人童话的书写剖析人性,关注人类的共同发展,形成了迥异于常却又反映现实的文学空间,并因科学属性和童话属性具备了跨国界与文化交流的价值与资本,使得作品更具可读性,读者的阅读体验也更加轻松,读者对源语文化了解的多寡对其阅读体验的影响相对较小,因此译作也更容易被接受。正如刘慈欣所言:"说到翻译作品,我一直认为科幻小说应该是一种最具世界性的文学。优秀的科幻小说可以跨越语言与文化区隔,在其他国家的读者那里引起共鸣。"①

二、译介主体:出版社和译者的资本累积

世界对中国的关注度不断上升、中国科幻文学在中国文学系统地位的确立,以及美国科幻文学日渐丧失活力和由此而来的对翻译科幻作品接受可能性的提升等,共同为《三体》创造了良好的译介语境,更为《三体》进入美国提供了有利条件。但这里的条件只是必要条件,而非充分条件,因为译作成为经典是多方合力的结果,这其中,参与翻译活动的主体所发挥的作用是不能忽视的。译介主体主要指翻译的发起者,既可以是国家政府、出版社等组织机构,也可能是个体译者。就《三体》在美国的译介来看,托尔出版社和译者刘宇昆为译作的积极接受贡献了重要力量,他们的这种力量主要来源于自身所占有的社会和文化资本。

首先,负责《三体》在美出版的托尔出版社在美国科幻文学界享有崇高声誉,连续 20 年被评为最佳科幻小说出版社,出版过许多"雨果奖"和"星云奖"得主的作品。托尔出版社长期积累起来的社会资本和文化资本为《三体》顺利进入美国市场奠定了必要的基础。另一方面,托尔出版社还利用自身的关系资源,邀请美国的著名科幻作家金·斯坦利·罗宾森

---

① 王瑶. 我依然想写出能让自己激动的科幻小说——作家刘慈欣访谈录. 文艺研究,2015(12):74.

(Kim Stanley Robinson)等在《纽约时报》《华尔街日报》《出版人周刊》等颇具影响力的刊物上为《三体》撰写书评,这十分有助于提升《三体》的知名度。

其次,译者刘宇昆自身的资本累积是《三体》在美国取得成功的重要因素。一般而言,译者的文化资本主要包括出色的双语能力、充分的跨文化意识、过往的翻译经验以及对相关领域的了解程度等,就翻译《三体》来说,刘宇昆在以上方面都具有独特的优势。

长期以来,关于中国文学应该"由谁来译"的问题在学界多有争论。一方面,中国本土译者的译入语语言功底总体欠佳,且很难准确把握译入语读者的审美习惯和阅读偏好。另一方面,汉学家虽然对目标读者和译入语文学系统较为熟悉,但有学者对他们准确解读中国文学文化的能力持怀疑态度,因为他们大都专门研究中国文学或文化的特定领域,因此"对整体的中国文化还是把握不了,一旦涉及他研究的专题之外,他们往往就会捉襟见肘了"[①],而《三体》的译者模式并不存在以上问题。

其一,译者刘宇昆自己用英语创作科幻小说,其作品深受美国读者喜爱,这说明他拥有出色的英语能力,非常了解译入语读者,尤其是科幻小说读者的阅读趣味。

其二,刘宇昆汉语功底扎实,在中国古代文学和文化方面造诣尤深,中国文化也是他自己作品中的重要元素。比如,在 2015 年出版的长篇英文科幻小说处女作《国王的恩典》(*The Grace of Kings*)中,刘宇昆充分融合了中国传统的历史演义、抒情诗歌和武侠奇幻,全书围绕汉朝崛起的历史传说展开,整部小说从词汇到意象都有着丰富的中国元素:小说中,将战士带向空中的不是氢气球而是高腾的风筝;飞船由竹子和丝绸制作而成;挖掘机性能的提升依赖于本草学;幻术师则需要借助烟雾来窥探他人的内心世界;用来解释宇宙万象的法则既有布莱恩·阿瑟(W. Brian Arthur)的科技理论,也有古代中国数理论著的思想;小说的叙事既糅合了唐诗、明清演义、中国武侠小说,也掺杂了荷马史诗、中世纪英语诗

---

① 谢天振. 中国文学、文化走出去:理论与实践. 东吴学术,2013(2):54.

歌等。

此外,刘宇昆虽然首先是一位科幻作家,但在翻译《三体》之前已经积累了不少翻译经验,且在翻译领域取得了一定的实绩。从 2011 年开始,刘宇昆持续译介中国科幻小说,为很多中国科幻作家走向世界搭桥铺路。译介《三体》之前,刘宇昆已先后翻译了中国科幻作家的 40 多篇中短篇小说,如夏笳的《百鬼夜行街》、陈楸帆《丽江的鱼儿们》、马伯庸的《寂静之城》等,部分译作多次再版或被收入科幻选集。由他翻译的《丽江的鱼儿们》更是荣获了"最佳科幻奇幻翻译奖"(Science Fiction & Fantasy Translation Awards)[①]。

相比雄厚的文化资本,刘宇昆拥有的象征资本同样值得关注。译者在相邻场域,尤其是文学场域获得的象征资本往往会使他的译作得到同行的广泛认可,受到读者的更多关注,正如卡萨诺瓦(Casanova)所指出的,"当译者被高度神圣化之后,原作者的神圣化也会变得更加有效,从而促使他(原作者)得到整个文学场域更广泛的关注"[②]。刘宇昆的象征资本主要来源于其在美国科幻创作界赢得的声誉。刘宇昆于 2002 年正式开始科幻文学创作,目前已推出了两部长篇小说(*The Grace of Kings* 和 *The Wall of Storms*)和超过一百篇短篇小说及微小说。2012 年和 2013 年,刘宇昆分别凭借创作小说《手中纸,心中爱》(*The Paper Menagerie*)和《物哀》(*Mono No Aware*)接连斩获"雨果奖"。如今刘宇昆已获得了较高的文学名声,有着强劲的市场号召力,成了美国科幻界声名日隆的新星。《三体》的编辑利兹·格林斯基就认为,虽然美国读者之前对刘慈欣所知不多,但"他们或者会对刘宇昆的翻译很好奇,要知道在他的第一部长篇小说出版之前他就已经有了不小名气了,因为他是唯一一位凭借一部作

---

① 该奖项由美国"科幻奇幻翻译认可协会"(Association for the Recognition of Excellence in SF & F Translation)主办,旨在奖励翻译成英文的优秀科幻小说,著名科幻文学学者 Gary K. Wolfe 教授担任协会主席。

② Casanova,P. Consecration and accumulation of literary capital:Translation as unequal exchange. In M. Baker (ed.). *Critical Readings in Translation Studies*. London:Routledge,2009:300.

品同时获得'雨果奖''星云奖'和'世界奇幻奖'的作家"①。显然,利兹对作家刘宇昆的象征资本所能赋予译作的价值具有清醒的认识。

三、翻译策略:他异性与可读性的兼顾

《三体》能够跨越国界,走入美国文学系统,获得权威评论和大众的广泛认可,与译本置身的美国文学系统和所拥有的文学资本息息相关。美国科幻文学的运行现状以及中国翻译文学的热潮兴起为《三体》英译本建构了较为有利的社会空间,并赋予其十分积极的力量关系。而译者所掌握的文化资本和象征资本则意味着较为丰厚的文学价值和坚定的文学信仰,有效地助推了译本在文学语境里的流通与传播。然而,一部翻译作品,要想真正成为世界经典,就必须得到目标读者的普遍认可,使他们有读下去的兴趣(对于科幻文学等通俗文学尤其如此),甚至有推荐给他人的冲动,这就涉及译本翻译策略以及读者对这一翻译策略的反应。

考察翻译策略的一个较为可靠的观测点是译者对文化负载词和文化意象的保留与更改,因为文化负载词或意象话语的翻译较少受到外部干预,主要取决于译者自身的翻译观,所以我们将译者对原作文化特有项或意象话语的翻译作为考察对象,来辨析《三体》的翻译策略。

从刘宇昆早期的翻译实践来看,他十分注重对原文"异"的保留。他曾表示并不赞同"译文应该读起来像是用英语写成的原文"这一主张,他认为,"阅读译作的乐趣就在于听到原文的回音,在于从目的语中看到另一种语言的节奏和世界观"②。比如,他并没有将"惊蛰""大暑""寒露""冬至"转换成与西方日历大致相当的日期,而是分别直译为"Awakening of Insects""Major Heat""Cold Dew"以及"Winter Solstice"。对此,他解释说:"这种选择意味着英语读者必须借助语境提示才能大致确定所指时

---

① O'Neill,J. Cixin Liu the superstar:How taking a risk on a Chinese author paid off big for Tor.(2015-09-04)[2020-11-11]. https://www.blackgate.com/2015/09/04/cixin-liu-the-superstar-how-taking-a-risk-on-a-chinese-author-paid-off-big-for-tor/.

② Liu,K. Gathered in translation. *Clarkesworld*.(2013-04-13)[2020-11-11]. http://clarkesworldmagazine.com/liu_04_13.

令,但这些译名也让读者能更好地理解中国日历是如何与自然界的循环和运动、与农民生活的节奏相联系的。"①再比如,他将"投鼠忌器"译为"just like how one wouldn't throw a shoe at a mouse sitting beside an expensive vase"。"投鼠忌器"本来可以译为已有的英语谚语"those who live in glass houses should not throw stones",但译者拒绝用套语译套语,而是选择能凸显源语文化特性的表达,这样一来,译文就让英语读者贴近了源语语言和源语文化,给英语读者带来新鲜的阅读体验。可见,存异一直是刘宇昆翻译策略的一个重要方面,在《三体》的翻译中,刘宇昆延续了以保留他异性为主的译法。

由于《三体》以"文革"为背景,因此,文本内有大量"文革"时代的特殊话语,且在译入语中大多没有对等项。在翻译这类话语时,刘宇昆对原作的"异"保持着充分的尊重,他坚持"做一名忠实的译者"②,原文中的绝大多数文化意象都得到了保留。具体来说,其一,译者对部分中国特有的文化项做了音译处理,且没有添加注释,比如"大刀"(dadao)、"馒头"(mantou)、"屯"(tun)、"炕"(kang)、"旗袍"(qipao)等。其二,对"文革"话语的翻译多采用直译。比如将"知青"译为"educated youth","大字报"译为"big-character poster","黑五类"译为"Five Black Categories","牛棚"译为"cowshed"。此外,对于原作中那些目标读者业已熟悉且在译入语中有所谓的"对等项"的语汇,刘宇昆并没有奉行简单的"拿来主义",而是力求剔除这些语汇在跨文化旅行中被追加的意义,尽量还其原貌。这方面很典型的一个例子便是对《三体Ⅲ:死神永生》中"中山装"这一词的翻译。

"中山装"在西方通常被译为"Mao Suit",但刘宇昆却将其译为"Zhongshan suit",并在注释中做了这样的解释:"这种风格的中国服装在西方通常叫作'Mao suit',我这里选择直译是为了避免产生该词本不具有的联想意义。"③查阅相关资料,我们会发现这样的改动绝非小题大做。在

① Liu, K. Gathered in translation. *Clarkesworld*. (2013-04-13)[2020-11-11]. http://clarkesworldmagazine.com/liu_04_13.

② Liu, C. *The Three-body Problem*. K. Liu (trans.). New York: Tor Books, 2014: 398.

③ Liu, C. *Death's End*. K. Liu (trans.). New York: Tor Books, 2016: 152.

出版界素有名声的劳特里奇(Routledge)出版社曾推出一本专门介绍中国文化的著作 *Encyclopedia of Contemporary Chinese Culture*,里面收入的"中山装"词条下是这样描述的:"毛泽东为了共产主义革命也沿用了这种着衣风格,虽然有所改变,同时也从中国农民的长裤、短袍和黑棉鞋中获得了灵感。因此毛装象征着革命传统,象征着社会军事化和革命禁欲主义。这种风格在整个 60 年代都处于主导地位,至'文化大革命'达到了顶峰。"[1]可见,"中山装"在跨文化旅行中被赋予了额外的联想意义,而百科全书式的诠释会让读者将对"Mao suit"的过度解读和文化联想当作固化的知识接受下来。刘宇昆这种陌生化的译法则会让目标读者把目光停留在字面本身,拉长对陌生文化意象的感受时间,冲击在这一文化特有项上的固有认知,激活译入语读者对该文化项的再理解和再联想,从而——用刘宇昆自己的话说——"避免在有关中国文化历史的段落留下西方式解读的影子"[2]。

刘宇昆以异化为主导的翻译策略的确有利于保留原著风格,但译本价值的最终实现有赖于读者的顺利接受,而读者的阅读体验是实现这一目标需要考虑的重要因素,这就要求译者必须兼顾译本的可接受性。《三体》英译本也不例外:在存异的同时,刘宇昆运用增补副文本等多重语言及文学手段来增强译本的可读性。

首先,在《三体》英译本扉页处,他增加了原作中并没有的人物关系表以帮助读者顺利理解译作。在译本的腰封上,增加了对全书内容的导读,简要地描述了故事发生的背景和故事发展的大致方向,以厘清小说的叙述逻辑;但导读并未透露全部情节,而是在渐进高潮时,以一句"于是有了这部视野开阔的科幻杰作"戛然而止,促使读者开卷阅读。

添加注释是刘宇昆使用副文本增强译本可读性的主要策略。如前所述,《三体》中有众多的"文革"时代的特殊中国话语,假若将这些表达略去

---

[1] Davis, E. L. (ed.). *Encyclopedia of Contemporary Chinese Culture*. New York: Routledge, 2005: 522.

[2] Liu, C. *The Three-body Problem*. K. Liu (trans.). New York: Tor Books, 2014: 398.

不译,必然会让作品的意义和艺术效果大打折扣,如若一一简单直译必然会增加读者的阅读负担。于是,为了帮助读者理解,译者为译文添加必要的注释。以"五七干校"为例,原著中"红岸"项目负责人之一的雷志成在谈到寻找科研人员的困难时说:

> 原文:找到的两个合适的候选人宁肯待在五七干校也不来。①
>
> 译文:I did find two possible candidates,but both would rather stay at the May Seventh Cadre Schools rather than come here.②

作为特殊时代的存在,"五七干校"对多数域外读者而言无疑是极为陌生的,但在引文处,乃至在整部作品中,"五七干校"又有着重要意义,如若省去不译,必然有损原意。而如若仅仅直译而不做解释,目标读者必然会感到疑惑:"五七干校"和科研人员有何关系? 为什么作者要以"宁愿待在五七干校"来突显科研人员难寻的情况? 于是,为了让读者理解其中的逻辑,译者在直译之外,选择添加注释:The May Seventh Cadre Schools were labor camps during the "Cultural Revolution" where cadres and intellectuals were "re-educated."("五七干校"是"文革"时期干部和知识分子接受再教育的场所。)这样,原文的多层意义得以充分传达,读者也不致陷入陌生、茫然的阅读体验之中,全然不知所云。

再来看刘宇昆对"二锅头"的翻译。他先将"二锅头"音译为 Er guo tou,然后添加了注释:Er guo tou is a distilled liquor made from sorghum, sometimes called "Chinese vodka."(二锅头是一种用高粱制成的蒸馏酒,被称作"中国的伏特加"。)③这里译者将二锅头类比为伏特加,使之产生与伏特加一样丰富且相似的文化意涵——历史悠久、价格便宜、社会下层人的最爱,反映饮酒者的身份(社会下层人)或某种情绪(如怀旧、思乡等),这样一来,读者既通过对伏特加的已有认知去除对"二锅

---

① 刘慈欣. 三体. 重庆:重庆出版社,2008:82.
② Liu, C. *The Three-body Problem*. K. Liu (trans.). New York:Tor Books, 2014:44.
③ Liu, C. *The Three-body Problem*. K. Liu (trans.). New York:Tor Books, 2014:131.

头"的异域陌生感，又通过副文本的形式保留了正文中"二锅头"的他异性。

值得一提的是，《三体》英译本的章节安排与原作也有所不同。《三体》最初从 2006 年开始连载于《科幻世界》杂志，但在 2008 年出版时，原本位于开篇章节、有关"文革"的故事背景被拆解后挪至全书中间部分，而《三体》英译本则严格按照连载顺序编排，将作为故事底色的"文革"内容在开篇做了交代，这一改动会让"对中国历史了解不多的读者也能理清思路"①。

译者为增强译本可接受性所做的种种努力收到了很好的阅读效果。该书在美国亚马逊网站热销，美国亚马逊官方网站已经有近 2000 名用户对该作品进行了评论，而在亚马逊满分为 5 星的点评中，4 星以上评率达到 77%，其中 5 星评率接近 60%。著名科幻作家金·斯坦利·罗宾森评价说："刘宇昆译笔了得，全书流畅而明晰，能让我们始终窥见中国人的世界观。他的翻译让作品更加有趣，不愧为一部顶级科幻作品，让人觉得陌生而又熟悉。"②民间话语的认同也进一步巩固了这部中国翻译小说的经典地位。

综上，译者刘宇昆注重对《三体》中源语文化意象的保留，努力传达源语文化的异质性，力求贴近原文的风格。这种译法有助于较好地再现原作的艺术魅力，让译作体现出原作的光芒和色彩，但同时也给读者提出了较高要求。因此，译者也借助注释等副文本手段，为读者提供了必要的背景知识，帮助他们更加充分有效地理解文本，将语言的异质性控制在主流诗学规范可以接受的范围内。这种以保留他异性为主，同时兼顾可读性的做法使得原作独特的特质得以再现，又在很大程度上让英语迸射出火花四溢的陌生力量和新鲜质感，以一种充满想象的冲击力挑战并愉悦了读者，把他们带到了遥远的海岸和奇异的地平线，展开了一次中国科幻小说之旅。

① Nusinovich，Y. Culture shock. *Science*，2015，350(6260)：505.
② Liu，C. *The Three-body Problem*. K. Liu（trans.）. New York：Tor Books，2014：back cover.

四、结　语

本节从文本内外两个层面展开对《三体》文学经典地位形成的探讨。中国国际地位的提升、中国科幻文学的蓬勃发展以及美国科幻文学系统的转型等,为《三体》在美国的接受创造了有利的语境;知名出版社以及译者刘宇昆依凭各自的资本为《三体》进入美国科幻文学系统发挥了必要的助推作用;《三体》英译本总体上侧重于保留异质,呈现出异化倾向,同时译者也借助副文本等手段兼顾到了译本的可读性,增强了译本的可接受性,而把对原文本的干预降到最低,从而保证了原文文学价值的有效保留。

诸如《三体》这样的文学作品虽然存在着鲜明的中国文化特色,但是这种鲜明特色也恰恰是文学的美与魅力所在。以刘宇昆为代表的译者既熟稔汉语文本中的微言深意和言外之声,也深谙目标读者的阅读期待和审美心理,在翻译过程中没有简单地迎合预设的目标语读者的期待视野,相反让文本中的源语国文化尽量显出本真面目,让中国科幻文学在世界科幻文学的舞台上发出了独特声音,并努力将这种声音的原来形态和风貌传达到英语世界,形成新的文学经典。

对《三体》译介的思考启示我们,翻译研究始终需要秉持一种历史的眼光,并在充分语境化的基础上展开。翻译活动的复杂性要求译者考虑到影响翻译过程和结果的方方面面,包括翻译活动的发生语境以及译介主体的能动作用。在句比字栉地研读文本内的蛛丝马迹的同时,要将译者的翻译活动置于当时的历史语境中加以考察,充分关注文本外宏大的文化场域所建构的大千世界。

第三节　《马桥词典》与民族书写的世界认可①

韩少功的小说《马桥词典》以马桥土语为标记,将其中的历史、地理、

---

① 本节主要内容曾在《小说评论》2014 年第 2 期发表(作者:吴赟)。

人物、民俗、物产等 115 个乡土符号进行词条格式的编目，一一解读、引申、阐发，构建了一个由马桥村落演绎而来的中国文化寓言。自 1996 年出版以来，《马桥词典》即成为讲述民族及时代集体记忆的代表作之一。值得关注的是，该书的英文版 *A Dictionary of Maqiao* 也在英语世界获得了经典的地位。这样一部书写中国独特本土经验和社会现实的小说能够在殊异的文化语境中获得新生，让本土文化的价值立场融入世界文学的观念与标准之中，既归功于文学译介、传播过程中各个主体的运作，也和《马桥词典》作为民族书写本身所具有的超越历史情境、民族语境的文学观念、艺术风格、人文理想密切相关，同时也揭示了文学文本中的差异性和不可通约性并不会成为异域接受中不可跨越的障碍，相反会构成意蕴丰厚、鲜明、独特的文学印记，彰显民族文学文本自身的价值和力量。

一、以"创造性直译"为原则的英译本

2003 年，《马桥词典》的英译本 *A Dictionary of Maqiao* 由美国哥伦比亚大学出版社推出后，得到了英语世界的广泛热评，这与译者——英国汉学家蓝诗玲——有着密不可分的关系。她对原文本的忠实阐释以及文本生命在新语境下的创造性延续与再生造就了一个成功的译本。该书扉页上援引了《泰晤士报文学副刊》的评价："《马桥词典》是一部杰出的、多层次的小说，聪明、富有同情、有趣……蓝诗玲的翻译是了不起的成就，精细地反映了这本复杂的书。"[1]扉页上还有《出版人周刊》的评价："蓝诗玲完美地翻译了这本小说，爱好文学的人绝不能错过它。"[2]

译入语读者对译作的认同接受程度决定了翻译的成功与否，《马桥词典》的英译个案为中国当代文学走向世界提供了可资借鉴的翻译策略和操作路径。蓝诗玲曾总结说，自己在翻译过程中信守"忠实化再创造"(faithful recreation)的原则，即"忠实于原文，但在一些特别的地方，绝对

---

[1] Han, S. *A Dictionary of Maqiao*. J. Lovell (trans.). New York: Columbia University Press, 2003: i.

[2] Han, S. *A Dictionary of Maqiao*. J. Lovell (trans.). New York: Columbia University Press, 2003: i.

的忠实会严重伤害英文的流畅度"①。换言之,她的翻译强调以原文为基点,追求最大化地传承和再现原文的意义与风格,同时努力调试译文,使之适应西方读者的认知能力、阅读习性和审美感受。

《马桥词典》不以典型人物的塑造为小说的根本,而是将语言作为全书的本体和主体,作者捕捉并编纂的词条汇聚了马桥当时当地的人情、社会、政治、经济等方面。这些鲜活、独特的语言构成了浓重的马桥乡土社会,讲述了人类在震荡的历史变革中的思想、情感和民族文化心理,同时也成为翻译中是否能够再现原作风味的焦点和难点问题。其中人、事、物的专名与术语勾勒了马桥的地理环境和历史传统,如九袋(Nine Pockets)、津巴佬(Old Forder)、亏元(Kuiyuan)、马同意(Agreed-Ma)、马疤子(Bandit Ma)、红花爹爹(Red Flower Daddy)、打车子(Riding a Wheelbarrow)、枫鬼(Maple Demon)、满天红(Light the Sky Red)、莴玮(Lettuce Jade)、荆界瓜(Bramble Gourd)、朱牙土(Purple-Teeth Soil)、清明雨(Qingming Rain)等;指代马桥风俗习惯的民俗用语揭示了马桥的文化传统和民族渊源,如蛮子(Savages)、三月三(Third of the Third)、同锅(Same Pot)、撞红(Striking Red)、煞(Clout)、晕街(Streetsickness)、背钉(Nailed Backs)、走鬼亲(The Ghost Relatives)、嘴煞(Mouth-Ban)、结草箍(Knotted Grass Hoop)、魔咒(Curse-Grinding)、飘魂(Floating Soul)、放藤(Presenting the Vine)、隔锅兄弟(Separated-Pot Brothers)等等;反映马桥人思维方式的日常用语沉淀了马桥的价值观念,如乡气(Rough)、下(Low)、不和气(Rude)、龙(Dragon)、打起发(On the Take)、归元[Beginning(End)]、问书(Asking Books)、呀哇嘴巴(Hey-Eh Mouth)、肯(Ken/Will)、话份(Speech Rights)、宝气(Precious)、贵生(Dear Life)、贱(Cheap)等。蓝译本在处理这些词语时,循着忠实为先的原则,不删除、不改写,多用音译、直译,充分地体认和尊重这些词语所代表的精神气质和民族特征。

事实上,"忠实"并不仅仅意味着字词之间的全盘复制,一部译作成功

---

① Abrahamsen,E. Interview:Julia Lovell.(2009-11-10)[2020-11-11]. http://paper-republic.org/pers/eric.abrahamsen/interview-julia-lovell/.

与否取决于文本在全局视角的忠实度,这其中包括语调、语域、清晰度、吸引力、表达的优雅度等多个层面的审视。要实现这个意义上的忠实度,就不能止于不加修饰的简单移植,必须在忠实原意的前提下承担起对读者的责任,加入再创造的考量和策略,对译本的接受环境做出科学合理的考量,避免译文因晦涩难懂而丧失可读性和审美性。在蓝译本中,带有"忠实化再创造"的巧译现象比比皆是,试举一例:

> 原文:县城里的小贩有时为了招揽顾客,就特别强调地吆喝:"买呵买呵,荆界围子的荆界瓜呵……"有人把这种瓜写成"金界瓜",写在瓜果摊的招牌上。
>
> 译文:Sometimes, in an effort to drum up customers, the peddlers in the country capital would yell with particular vigor, "Get your Brambleland Embankment Brambleland Melons!"
>
> Some people wrote this as "Baubleland Melons" on the sign for their melon stalls. ①

从"荆界瓜"到谐音异义的飞白修辞"金界瓜",蓝诗玲的翻译处理是以直译而来的"Brambleland Melon"变字化入"Baubleland Melons","Brambleland"与"Baubleland"音似形似,而"bauble"一词带有"闪耀,美丽"的意思,和"金"意义也十分贴合。这样具有等值效果的创造性处理在译本中随处可见,流畅的译文既实现了高度的忠实,同时也使译语充满了文学所特有的生动、睿智的美感。

不过,单纯依靠字词层面的创造性直译并不能有效完成翻译的艰巨使命。中国在特定时代中的民俗、人情与社会构成了英语世界对文本理解的困难,语言与文化的陌生化和障碍性给英语读者带来了巨大的阅读困惑。为了让外国读者群更好地接受这些陌生的文化意象,蓝译本的"创造性直译"同样也体现在对语言信息的适当增补解释和说明上,将确实必要的信息巧妙地融入正文文本中。值得注意的是,她并没有在译本中诉

---

① Han, S. *A Dictionary of Maqiao*. J. Lovell (trans.). New York: Columbia University Press, 2003: 101.

诸解释性的脚注,因为"那会使小说读起来带着社会政治的道德意味,而不是一部文学作品"。相反,她在正文中直接补充原著文本中隐含的文化内涵,使得读者无须中断阅读,翻到页面底部的脚注来寻求解释。在蓝诗玲看来,"对大多数非中文读者而言,将真正必要的信息融入正文更能再创造出近似母语读者阅读原作的感受"①。这样的处理方法使遥远而又别具异域特色的异质他者融入英语的言说方式之中,让原著对特定时代中国乡村的描写、对个体和社会面貌的展现都较为忠实地呈现在译者的笔下,再现了极具地域文化性的中国文化风貌。

除了正文内部的增补之外,正文之前的"译者前言""翻译说明""音译汉语的发音指南",以及正文之后的"词汇"和"主要人物指南"都对译本进行了必要的补充和说明。这些对于接受环境的考虑使得译文避免因晦涩难懂而丧失可读性。《纽约时报》的评论文章认为:"在这本主题为理解失落的书中,译者蓝诗玲面临着一个特别重要的任务;她的前言、发音指南和其他辅助手段增加了这本小说在英文中的力量。……翻开书本就进入了一个满是土匪和鬼魂的世界,在那里'不和气'是'漂亮','同性恋'是'红花爹爹',人们不是'死',而是'散发'。意义的相互对照比比皆是,小说慢慢地浮现为一则恢宏的习语。这是对语言界限和词语中微历史的思考。"②显然,这些翻译处理能够在一定层面上去除英语读者的阅读障碍,帮助他们更好地理解韩少功小说中的异国情调,从而领会并欣赏原著中奇特的中国世界。

另外值得注意的是,中文所特有的文学修辞和文化内涵使得原文文本带有一些极致的语言特征,给翻译过程造成巨大的困难。《马桥词典》的英译也遭遇了这一困境。蓝诗玲在"翻译说明"部分特别解释:"小说原文中有五个词条在方言和普通话之间存在强烈的双关,如要翻译的话,就必须在英语中增加语言学方面的大量解释性词语,而这将分散读者在阅

---

① Han,S. *A Dictionary of Maqiao*. J. Lovell (trans.). New York:Columbia University Press,2003:7.

② Wolff,K. *A Dictionary of Maqiao* (a review). *The New York Times*,2003-08-31(17).

读过程中的注意力。因此在得到作者的允许之后,我决定在译本中略去以下词条:'罢园''怜相''流逝''破脑'以及最后一个词条'归元'的最后一段。"①

对原著的删减是十分危险的行为,中国当代文学的英译往往因此而遭到诟病。德国汉学家顾彬曾评价说,有些译者"只用了头脑中的几把'剪刀'就完成了他的'秘密使命',即民主、文学和美国伦理观"②。这种"暴力改写"会大大地淡化、消解和改造汉语的陌生感、民族性及其背后所蕴含的文化基因和审美方式。但是,从另外一个方面来看,译者总是要在原文的陌生化与译文的可读性这两难之间做出权衡和选择。从蓝诗玲的删减和她的说明可以看出,原文的文化与语言差异有时会给译语系统带来巨大冲击,而过于激进的存异行为则会阻碍目的语读者的阅读和理解,不为他们所接受,这样也会违背译者对读者所负有的责任。毕竟要充分传达原文本异质他者的各个方面是不现实的,读者的感受和利益、目的语文化的规范和他者性都是翻译伦理中必须实现的元素。在这种情况下,适度的变通和节制必不可少,否则通过翻译所移植的形象和概念就会沦为一纸空谈,甚至产生负面影响,使目的语系统变得混乱无序。另外,蓝诗玲与韩少功在翻译过程中的交流证明了删减词条得到了作者方的认可,这为消减差异的译法找到了合法的依据,同时也证明译者与作者之间存在相互尊重与良好互动,这也在一定程度上保证了翻译能在可读性和陌生化之间获取平衡,让作者与读者彼此的写作观和阅读观在相异文化的碰撞中较为和谐地共处,从而创建了一个较为优秀的译本,帮助这部小说更好地走入英语视阈。

二、一部融合民族性和世界性的佳作

2012 年年底,《华尔街日报》向英语读者介绍了五本不容错过的中国

---

① Han,S. *A Dictionary of Maqiao*. J. Lovell(trans.). New York:Columbia University Press,2003:5.

② 顾彬. 括号里的译者——对翻译工作的几点思考(在美国达拉斯翻译会议上的讲话). 苏伟,译. (2012-12-27)[2020-11-11]. http://miniyuan.com/read.php?tid=2071.

图书,其中一本就是《马桥词典》。① 推荐词这样写道:"与众多陈腐的中国当代文学作品不同,《马桥词典》是一部清新之作。整部小说将史诗般的历史叙事融入一系列厚重的小故事中,结构紧凑,语言精警。"文中尤其着重指出:"词典的叙事文体使这本书别具魅力。虽然很多中国小说都自诩继承了魔幻现实主义的传统,但《马桥词典》才算做得到位:将熟知的世界描绘成一幅异乡的模样,通过对每个词条进行耐心、细化的定义来深化语义的神秘意蕴,以这样的方式引领读者在字里行间探索领悟。"②

《马桥词典》的叙事方式以及对于魔幻现实主义的继承和发展成为外媒关注的焦点。同样,在英语世界的多个专业书评中,这两点也被反复提及,如《出版人周刊》认为:"对于韩的魔幻小说来说,马桥,这个……不起眼的虚构乡村,就好比马孔多对于《百年孤独》的意义——在这里,各种残忍的故事和当代历史的演进在大众观念的'化石层序'中变了形。韩把词典的规则套用进小说的规则里,在马桥版对词语的特殊定义中,韩讲述了乡村土匪、疯道士等各色人物的一个又一个小故事。"③

正如这些外媒书评中提到的,以《百年孤独》为代表的拉美魔幻现实主义文学对韩少功创作《马桥词典》影响深远。1982 年,马尔克斯获得诺贝尔文学奖让中国作家看到中国文学走向世界的契机。魔幻现实主义借用超现实主义等西方现代派技巧,用拉美特有的文学形式来反映拉美文化与生活,这一糅合传统文化、现实生活以及西方表现手法的文学模式给中国的许多作家开启了文学创作的新思路。《马桥词典》在叙事技巧和借文本反思历史文化方面都对魔幻现实主义有所借鉴。

《马桥词典》最迥异于其他长篇小说的地方就在于它的叙事方式,小说并没有围绕某一个核心人物或某一个核心故事来展开艺术构思,而是

---

① 这五本书分别为莫言的《天堂蒜薹之歌》、阎连科的《丁庄梦》、韩少功的《马桥词典》、余华的《活着》、北岛的英译本诗集 *Endure*。

② Morse,C. Found in translation:Five Chinese books you should read. *The Wall Street Journal*,2012-10-15(08).

③ *A Dictionary of Maqiao*. *Publishers Weekly*. (2003-06-16)[2020-11-11]. https://www.publishersweekly.com/978-0-231-12744-8.

通过当年插队知青和词典编写者的视角,把马桥的民俗、人物、故事等符号编撰成一本乡土词典,根据词条的排列和索引,再一一编排和阐释成一个个文学故事。在这种独特叙事方式下,传统的人物情节被消解,事件的完整性、时间的连续性和情节的起承转合纷纷被打破,读者可以不再遵循传统长篇小说从头到尾的线性阅读方式,而是可以像翻阅词典一样,进行散点式的阅读。这样小说避免了单一的宏大或私人叙事的套路,避免了众多的人物纷繁出场带来的阅读压力,这也是这部小说在英语世界被成功接受的一大原因。

在借文本反思历史与文化方面,《马桥词典》通过马桥这个乡村文化符号来体现对民族文化的思考。事实上,魔幻现实主义的艺术形式必须加载民族性的内涵,才能真正体现其艺术价值。如果只是在艺术技巧和创作思维层面停留在简单的模仿和因袭之上,作品很难真正取得立足之地。《马桥词典》虽然具有魔幻现实主义的筋脉,但是血肉气韵却都是地道乡土的中国文化。这和韩少功大力推广的寻根文学宗旨一脉相承:"文学有根,文学之根应深植于民族传统文化的土壤里,根不深,则叶难茂。"①在《马桥词典》的乡土词条背后,是传统中华民族的思想、情感以及文化心理;将马桥鲜明、深刻的民族性和地域性放大,就可以看到对普遍人性的解读和揭示。整部小说充满了作家对自己民族文化的历史和现状的思考,这是任何西方文学形态或者意象都无法取代的,同时也是该小说吸引西方目光的一大缘由。

在英译本的前言部分,蓝诗玲这样评价韩少功和这本小说:"《马桥词典》和韩少功一样,既是国际的,也是地域的、独特的。韩把自己置身于从儒家到弗洛伊德的多种文化影响之下,在语言的探索中,他毫无畏惧地游走在不同国家与不同时代之间,他认为建立普适性、规范化语言是不可能的,这样做会带来各种荒诞与悲剧。他的文学参照体系包括中国和西方历史与文化——道家、十字军东征、美国反共产主义思潮,现代主义艺术和文学——这样产生的小说既有迷人的中国色彩,也有颇受西

---

① 韩少功. 文学的"根". 作家,1985(4):2.

方喜欢的艺术手法。无论是传统文学还是魔幻现实主义,哲学思辨还是讲述故事,他都游刃有余。韩笔下的马桥居民就像任何读者期待的那样具有普适意义,而且立体鲜活。虽然韩少功的人物住在马桥,'这个小村庄,几乎在地图上找不到',但是我们要记住爱尔兰现代诗人派屈克·卡范纳的断言:'地域性文学具有世界意义,它处理人性的基本要素。'就像韩少功的词典所探索的,方言、生活和马桥人完全值得占据世界文学中的一席之地。"①

2010年,《马桥词典》获得了纽曼华语文学奖,蓝诗玲的这一段话被引作该小说得奖的具体理据,这也说明了《马桥词典》将自身的民族性和世界性的视角融合在一起,实验性和先锋派的叙事风格和对中国文化、语言与社会的深刻洞察构成了一部为世界所认可的中国文学经典之作。

三、有关中国文学走向世界的思考

中国当代文学如何走向世界是目前热议的话题。改革开放以来,"越来越多的中国当代小说被译介出去,书写了中国小说翻译的繁荣景象"②。在莫言获得诺贝尔文学奖之后,这一话题引发了更为广泛的关注与讨论。中国文学在世界总体文学的格局中应该占据什么样的位置? 文学的民族属性与世界意识应该如何合作,完成文学自我更新、走向世界的历史过程?

我们不能忽视的是,中国文学的世界文学之路除了涵盖文本、创作主体、译者等各方元素外,还必须包括接受群体的反馈,即读者的审美趣味、价值取向和阅读效应,而这也是检验世界文学进程的一个重要标准。从英语世界来看,像莫言、韩少功等被成功接受的中国作家仍屈指可数,英语读者对于中国文学作品的接受不力是普遍事实。撇开翻译问题不谈,仅从创作实践上来说,中国文学的海外接受曾经遇到过何种障碍? 英语

---

① Han,S. *A Dictionary of Maqiao*. J. Lovell(trans.). New York:Columbia University Press,2003:4.

② 吴赟.《浮躁》英译之后的沉寂——贾平凹小说在英语世界的译介研究. 小说评论,2013(3):76.

世界的读者需要并且能够接受什么样的中国文学文本？

美国翻译家杜迈可认为，中国小说在世界接受不力的主要原因是"作家们太想对中国社会现实做出评价或影响，与此同时他们缺乏出色的艺术表现形式"①。而另一位翻译家詹纳尔对这一问题有过更为细致的论述，她认为，中国小说普遍"书中人物太多；性与暴力的描写十分隐晦，不够明晰；叙事者采用全知视角；强调复杂情节，而不是人物或环境；对社会的展示胜过对人物的挖掘；不敢挑战既定的价值观和世界观；篇幅太长；叙事技巧多借用中国古代白话小说或者已经过时的西方文学模式"②。文学批评家李欧梵早在 1985 年就批评过当时的中国现当代文学过分强调社会现实主义，缺乏文学想象，他呼吁中国作家寻求写作灵感时，可以求助于威廉·福克纳小说创作的神话范式，加西亚·马尔克斯等的魔幻现实主义作品，米兰·昆德拉（Milan Kundera）的东欧政治超现实主义作品。③

这些批评和建议一定程度上总结了近百年来中国文学创作在世界文学道路上所遇到一些问题。从"五四"到新中国成立前的小说创作背负着"以天下为己任"的儒家思想，感时忧世、文以载道的文学使命感融合于这种文化传统中，成为一种挥之不去的社会教化和道德功用的情结，虽然作品大多闪耀着为中华民族命运忧虑的人性光辉，但总体来说话题过于褊狭，缺乏文学审美的独特性，在艺术形式上充满了对西方 19 世纪和 20 世纪西方文学模式的简单模仿抑或改编。诚然这些作品是构建 20 世纪中国文学面貌的重要力量，但是如果把这些作家的作品呈现给英语读者，他们很难找到高昂的阅读兴趣。正如詹纳尔所言："为什么一个对 19 世纪

---

① Duke，M. S. The problematic nature of modern and contemporary Chinese fiction in English translation. In H. Goldblatt（ed.）. *Worlds Apart：Recent Chinese Writing and Its Audiences*. New York：M. E. Sharpe，1990：201.

② Jenner，W. J. F. Insuperable barriers? Some thoughts on the receptions of Chinese writing in English. In H. Goldblatt（ed.）. *Worlds Apart：Recent Chinese Writing and Its Audiences*. New York：M. E. Sharpe，1990：180.

③ 李欧梵. 世界文学的两个见证：南美和东欧文学对中国现代文学的启示. 外国文学研究，1985(2)：44-51.

二三十年代不感兴趣的人要去读曹禺、茅盾或巴金？既然他们能读到伊夫林·沃(Evelyn Waugh)的讽刺作品原著,为什么他们要费神去读钱锺书的《围城》？"①

相比于新中国成立前注重表达意义、较少关注艺术形式的中国文学创作,新中国成立后到新时期初的文学创作过分关注对政治意识形态的表达,话语言说方式太过高亢激昂。这种文学表达虽然能够振奋当时中国读者的情感与思绪,但是与英语世界习惯阅读的文学语言格格不入,再加上历史、政治的种种原因,中国文学充其量是被当作阅读中国的政治信息,甚至是枯燥的宣传资料,在英语世界几近无声,而同期的日本文学却已经收获了一大批英语读者。"2000 年,英国一个主流文学评论期刊认为一部日本小说是'对人性不屈精神的赞美诗',而同时却将所有的中国小说随意地贴上了'社会主义现实主义'的标签。"②事实上,这一文学风格在80 年代就已经不能代表中国文学创作的主流了。

习惯性的偏见使得中国文学的世界之路更加艰难。不过,在当前中外文学交流日益频繁的大语境中,中国文学越来越多地加入与世界各国的对话之中,越来越多的中国作家开始具有世界意识、世界眼界以及世界性的知识体系。包括魔幻现实主义在内的多个文学流派给中国文学创作带来了全方位、多角度的冲击与影响,也让相关学者对中国文学走向世界有了新的认识和内涵:既不能故步自封,囿于民族文学的自我发展;也不能丧失自我,简单地借鉴与模仿西方文学。如果中国文学作品不能给英语世界的读者提供新鲜的、迥异的,或者更好的作品,就很难得到异域读者的青睐和欣赏。而像《马桥词典》这样同时兼具民族特色和世界情怀的小说之所以能够得到认可,也就不难理解了。简言之,中国文学走向世界就应该兼具世界性和民族性,在独特性的基础上努力寻求人类共有的文学主题和艺术表现形式。

---

① Jenner,W. J. F. Insuperable barriers? Some thoughts on the receptions of Chinese writing in English. In H. Goldblatt (ed.). *Worlds Apart: Recent Chinese Writing and Its Audiences*. New York: M. E. Sharpe,1990:181.

② Lovell, J. The great leap forward. *The Guardian*,2005-06-11(05).

在杜迈可看来,英语世界的读者"希望一部优秀的小说在表现形式和内容意义上都充满艺术性,能清晰明了、生动简约,能让自己情感投入、思维活跃,他们习惯阅读并且期待阅读神秘、复杂且充满暗示、矛盾、讽刺和暧昧的作品。他们期待作家的表达恰如其分,达到艺术效果,最重要的是,他们期待阅读想象丰富、思想深刻的作品。最后,他们期待小说能在想象探索的基础上,喻示个人对当代内心世界和外部世界的独立见解"①。从这段话可以看出,英语读者对于一部优秀文学作品的要求具有放之四海而皆准的普适性标准:需要优秀的表现手法、文学技巧,同时需要探索人性的基本诉求和理念。这为民族文学的接受提供了充分的理据。无论多么民族性的作品,在恰当的表现手法和艺术技巧的运用下,归根到底都直指人性,直指人类共有的情怀与梦想。这些主题能够跨越国界,让全世界的读者领会并欣赏原著中迷人的小说世界。诸如《马桥词典》这样的文学作品正是立足在本民族的土壤之中,吸收世界文学的表现手法和写作特质,从而构建起自我的民族文学特色,并进而得到他国读者的喜爱与认同。

四、结　语

《马桥词典》的英译本 *A Dictionary of Maqiao* 自 2003 年出版之后,在英语国家获得了热烈反响。这要归功于译者蓝诗玲对原文文本的翻译,将原作的写作特性和文化异质移植进英语文学和文化之中,以地道的现代英语彰显出《马桥词典》独特、乡土的本真面貌。同时,也要归功于韩少功在文学创作中将魔幻现实主义的艺术表现手法融入对中国乡村叙事之中,民间方言词汇串联成词典词条,讲述并阐释了马桥的地方故事、文化心理乃至中国的民族精神。

《马桥词典》在英语世界的成功为中国民族文学获得世界认可提供了镜鉴和启示。自"五四"以来,中国文学在世界格局中一直面目模糊,近于

---

① Duke, M. S. The problematic nature of modern and contemporary Chinese fiction in English translation. In H. Goldblatt (ed.). *Worlds Apart: Recent Chinese Writing and Its Audiences*. New York: M. E. Sharpe, 1990: 201.

无形,这既与简单因袭西方过时的文学模式相关,也与中国文学自身发展的政治意识形态等多种因素相关。改革开放以来,中外文化交流与交融日益频繁,中国文学话语在世界的缺席状态渐渐得到弥合,《马桥词典》等优秀文学作品在世界文学中获取了认可和褒扬,这为中国文学走向世界提出了一条可资借鉴的道路:文学创作应该兼具世界意识和民族本质,将文学的世界元素内化为民族写作的创新动力,在中国文学独特性的基础上寻求人类共有的文学主题和艺术表现形式,从而表达出中国文学的真正声音。

第七章　女性书写：
英语视域下的建构与认同[①]

　　女性小说是中国当代文学的重要组成部分。自新时期以来，女性作家群体的创作在现代主义、后现代主义等文化思潮的影响下，呈现出一幅丰富、多元、宽广的图景，无论在艺术成就或作品数量上都攀升到了前所未有的高度。这些女性作家的写作透过独特的女性视角和经验来建构自我的生命感受和价值场域，审视父权话语下的历史和世间百态，成为表达当代中国社会的一大文化符号，也是英语国家了解中国民族特质、文化心理乃至社会面貌的重要载体。梳理并剖析新时期中国女性小说在英语世界译介、传播与接受的路径、图景和内涵，可以让我们看到英语读者对中国女性文学世界的认识与理解的面貌，揭示文本建构过程中的对抗、融合及其背后深层次的影响因素，从中不仅可以解析两种文学体系中那些具有普遍人性和普遍价值的人文元素，尤其能够了解中国文化和中国女性的本土经验是如何超越民族国界，在新的文化空间内实现与世界的认同和交流。

　　英语世界对于中国女性小说的关注很大程度上根植于西方的女性主义思想。自 18 世纪女权意识觉醒到 20 世纪的女权运动，书写女性经验的女性文学已经成为当代西方文学体系的重要构成，也成为一种基本的文学话语方式。因此，当英语文学界关注中国的女性文学领域，在其中寻找具有认同感的作品时，那些具有鲜明女性立场、对于女性个人经验的直

---

① 　本章开始部分的内容曾在《中国翻译》2015 年第 4 期发表（作者：吴赟）。

接书写就很容易进入其文学翻译和文学批评体系。

改革开放之前的中国文坛虽然不乏女性作家的身影,但是她们的作品往往遮掩了女性身份,对女性真实境况的表达存在一定的隔膜,这既与传统儒家思想将女性排斥在公众生活之外有关,也与新中国成立后的社会风气有关。改革开放以来,女性作家的创作拥有了更为平等、开放的生存空间,开启了对于男权中心话语的反叛以及对于女性自我意识和身份建构的书写。女性开始实践并完成对女性生存境况和思想意识的表达,这成为当代女性小说中最完整也是最重要的一个特质。女作家的身份认同和性别立场成为清晰、明确的能指,也成为这一类别小说在海外传播与接受最核心的关键词。

作家的女性书写及对女性主体从形象到精神的全面建构,可以看作被译介到英语世界的中国女性小说的普遍特征。从铁凝、王安忆为代表的 50 后女性写作,到陈染、卫慧、棉棉为代表的专注女性个人化隐秘经验的写作,再到盛可以、春树为代表的 21 世纪女性写作,身份认同都成为她们在英语世界获得翻译和认可的重要标签。相比于男性作家所专注的战争、革命、国家等大政治主题,女性小说的引入为英语读者开拓了另一种新鲜而宽广的阅读空间。此外,相比于男性作家的叙事风格,中国女性作家更为重视刻画个人情感和个体生活,人物心理的捕捉更为细腻而透彻,而由于这些情感大多具有普泛式的通感与认同功能,因此,不会因地域的界限而产生巨大的文化疏隔,不会令英语读者产生遥远的距离感。

女性小说对中国社会的刻画是此类小说在海外受到欢迎的另一要因。和中国文学主流的大历史叙事不同的是,女性作家对现代中国的观察敏锐而富有同情,她们的叙述往往投射在细小的常态生活之上,注目于寻常巷陌、邻里之间的起居行走和鸡毛蒜皮。宏大的叙事退居幕后,她们在城市和乡村的历史建构中铺陈了琐碎支离的个人倾诉,并以此来折射大历史和社会的变迁,从而获得西方读者群的关注。

中国当代知名女作家如王安忆、铁凝、徐小斌、张洁、迟子建、陈染等的代表作基本都被译出,《沉重的翅膀》《长恨歌》《额尔古纳河右岸》等都是茅盾文学奖获奖作品,这些中国当代文坛的重要作品被选译表明了英语世界对于中国主流文学现实的尊重。本章主要以王安忆、残雪、铁凝的小说为例,阐述中国女性文学在英语世界的译介、传播与接受等情况,以期为中国女性文学的对外传播提供镜鉴。

第一节 《长恨歌》的海外叙述与西方接受①

作为当代中国最具影响力的作家之一,王安忆备受西方世界读者关注。她的作品被译为多国语言文字,在崭新、迥异的阅读空间内延续着文学生命。特别是被李欧梵誉为"史诗"的《长恨歌》,不仅在国内引发了如潮的好评,在西方世界也受到了主流社会的广泛关注和热烈讨论。

2008 年,《长恨歌》的英译本由哥伦比亚大学出版社出版。一经推出,就被视为当代中国小说"真正的经典"②,得到了以《纽约时报》为代表的主流媒体的积极报道和热情评价,王安忆也屡屡被称为"当代中国最优秀的作家之一"③。剖析这部书写上海的文学经典在海外译与介、翻译与接受的过程和内涵,不仅可以让我们领略翻译对语言乃至文化所具有的重塑力,更让我们看到英语读者对中国文学世界的认识与理解面貌,从中了解两种美学趣味和文化意识的异同,尤其了解在新的文化空间内,英语文化视域和意识形态对文学作品的接受所产生的影响,从而也使得这部小说在整个中国当代文学、文化的对外译介中成为一个具有讨论价值和典型意义的案例。

一、译介者的在场

英语世界对王安忆的认知并非仅限于《长恨歌》这部作品。自 20 世纪 80 年代起,她的一系列重要短篇小说集《小鲍庄》(1985)、《流逝》(1988)、《小城之恋》(*Love in a Small Town*,1988)、《荒山之恋》(*Love on*

---

① 本节主要内容曾在《社会科学》2012 年第 5 期与《中国翻译》2012 年第 3 期发表(作者:吴赟)。

② Winterton,B. Wang Anyi's *The Song of Everlasting Sorrow* aims unambiguously for the status of literature. *Taipei Times*,2008-08-31(07).

③ Prose,F. Miss Shanghai. *New York Times*,2008-05-04(09).

a Barren Mountain,1991)等就已经陆续得到翻译。不过,真正确立她在西方文学界声誉的还是《长恨歌》的英译本。

《长恨歌》的主要译者白睿文是美国新锐中国现当代文学翻译家、文学及电影评论家,现任加州大学洛杉矶分校东亚系教授。作为在中国文学翻译与研究领域颇有建树的学者,白睿文曾翻译了余华、叶兆言、张大春、王安忆等多位中国著名作家的作品,而且译作在英语世界的反响都相当不错。他的著作包括《光影言语:当代华语片导演访谈录》(Speaking in Images: Interviews with Contemporary Chinese Filmmakers)、《痛史:现代中国文学与电影的历史创伤》(A History of Pain: Trauma in Modern Chinese Fiction and Film)、《乡关何处:贾樟柯的故乡三部曲》(Jia Zhangke's Hometown Trilogy)与《煮海时光:侯孝贤的光影记忆》。译作包括王安忆的《长恨歌》(2008)、余华的《活着》(2003)、叶兆言的《1937年的爱情》(2003)、张大春的《我妹妹》与《野孩子》合集(Wild Kids: Two Novels About Growing Up,2002)。此外,白睿文还担任过红楼梦文学奖的评委、台湾电影金马奖的评委,也在包括《新京报》等在内的众多报刊发表过文章,这也足以印证他的翻译水准。白睿文所翻译的作品,作家写作风格都很不一样,如张大春极富想象力,余华是写实主义,而王安忆是细致的女性叙事。在谈及作家及作品的差异时,白睿文认为译者应该扮演透明人的角色。通过译者,原作可以在英语环境中开口说话,来表达原作的精神世界。每一个作家都不一样,译者不应该让读者在译本中感觉作品有共同点,不应该让读者通过译者的文字风格把作家联想在一起。每次开始翻译一本新作品的时候,白睿文都要努力去寻找每一本作品的声音和风格,以及切入它们的视角。①

2000年,王安忆的长篇小说《长恨歌》获选90年代最有影响力的中国作品②和第五届茅盾文学奖。小说的翻译从2000年开始,英译本 The Song of Everlasting Sorrow 忠实地呈现了王安忆文学世界里的力与美,同

---

① 吴赟. 中国当代文学的翻译、传播与接受——白睿文访谈录. 南方文坛,2014(6):48-53.

② 百名评论家推荐90年代最有影响的作家作品. 出版参考,2000(19):8.

样被誉为"是一部真正的经典"①。2008 年经美国哥伦比亚大学出版社推出后,即荣获了美国现代语言协会"洛伊斯·罗斯翻译奖"(Lois Roth Award for a Translation of a Literary Work)荣誉提名,这是全美翻译界最高的荣誉之一。这一成功翻译直接促成了作者王安忆荣获 2011 年英国"曼·布克国际文学奖"提名奖,这也是其时中国作家首次入围这一重要的世界文学大奖。《长恨歌》的英译主要由白睿文完成,其间陈毓贤(Susan Chan Egan)加入,两人合力译完该部长篇巨著。陈毓贤是美籍菲律宾裔,华盛顿大学比较文学硕士,研究中国现当代历史。《长恨歌》的英译本能在译语文化中大获好评,使原著的文学生命在空间和时间上得以延展,很大程度上在于译者白睿文和陈毓贤对于翻译策略的选择与成功实践。两位译者均为熟悉中国文学与文化的汉学家,这一身份有助于其较好地权衡译者对作者和读者的责任,从容地往返于"自我"与"他者"之间,在多元文化场域做出较为合理的判断,在以尊重异质他者、突显异质他者为宗旨的同时,实践作者、读者之间的理想共场,协调源语和译入语环境下所关联的各方责任,促成一个能够反映原作文学风格、保留原作文化异质性的译本的产生。

在长达八年的翻译过程中,身处西方文化背景的两位汉学家译者,一方面尊重原著、保留其中独特的文学个性和写作风格,使得这部译本以充分的忠实而著称,字里行间洋溢着文化他者的意识;另一方面又不失普适的可读性,跨越语言与文化层面的局限与障碍,使得原文本中的陌生元素适应西方读者的认知能力和审美习惯。作者和读者、原文与译本、陌生化与可读性之间的角力在译者的笔下消解为十分和谐的共场,为我们重新审视中国当代文学译介的可能性与伦理观提供了思考的源泉。

在庞大的空间架构和历史流程中,《长恨歌》以日常细节、物质生活的市民哲学作为迷茫人生的生命体验,描绘了主人公王琦瑶悲喜无常的一生际遇。作者王安忆曾说:"《长恨歌》的写作是一次冷静的操作:风格写实,人物和情节经过严密推理,笔触很细腻,就像国画里的'皴'。可以说,

---

① Winterton,B. Wang Anyi's *The Song of Everlasting Sorrow* aims unambiguously for the status of literature. *Taipei Times*,2008-08-31(07).

《长恨歌》的写作在我创作生涯中达到了某种极致的状态。"①汉英语言文化的差异、作者独特的文学风格,加之这种极致的写作状态使得原文本呈现出强大的异质性。对"他者"的错置、误读与歪曲都可能使原作流失自我的面目,甚至令翻译的合法性招致质疑。

在《长恨歌》的翻译过程中,"白睿文和陈毓贤既遵守文学翻译的种种藩篱制约,又尽可能地尊重、还原原著"②。他们以严谨的翻译态度,奉原著为中心,努力去理解作者王安忆的写作用心。在译本的"后记",白睿文和陈毓贤历数了王安忆的写作历程、《长恨歌》的文学价值以及荣获的种种荣誉,将王安忆称为"中国文学界最富有活力和想象力的小说家"③。译者对原作者的推崇,以及对《长恨歌》原文本的充分尊重使得译本保留了原作的文学文化特性和语言风格。

事实上,白睿文最初与王安忆讨论翻译时,两方决定合作但文本未定。白睿文虽将《长恨歌》作为第一选择,但也十分犹豫。这本书相比于王安忆的其他小说,翻译难度极大,语言"绵密饱满,兼容并蓄,其极致处,可以形成重重叠叠的文字障,但也可以形成不可错过文字的奇观"④。但在白睿文看来,"面对《长恨歌》中的巨大挑战是最有意义的事情"⑤。他花了半年时间来做翻译试验,最终确定下来翻译这本著作。为了尽可能熟悉原著文化,领会城市生活的精髓,白睿文曾多次到上海,走访小说中描述的地点和场景,切实感受里弄、街巷之间的都市气息,以尽可能地熟悉原著中氤氲的海派文化。除此之外,他还努力去了解王安忆风格多变的创作轨迹——从"伤痕文学"到性解放题材,又从"先锋实验"到后现代色

---

① 徐春萍. 我眼中的历史是日常的——与王安忆谈《长恨歌》. 文学报,2000-12-26 (10).

② Hockx,M. *The Song of Everlasting Sorrow: A Novel of Shanghai* (a review). MCLC Resource Center,Oct. 2009. [2020-11-11]. http://mclc.osu.edu/rc/ pubs/reviews/hockx.htm.

③ Wang,A,*The Song of Everlasting Sorrow: A Novel of Shanghai*. M. Berry and S. C. Egan (trans.). New York: Columbia University Press,2008:431.

④ 王德威. 海派文学又见传人. 读书,1996(6):37.

⑤ Berry,M. Translating sorrow. (2008-06-04)[2020-11-11]. http://www.pri. org/theworld/node/18537.

彩,对作者风格衍变的认知可以帮助译者更好地贴近作者的文学思路和语言风格。再者,白睿文还广泛比对了原著的多种再生生态——电视剧、电影、舞台剧等衍生的艺术改编。在他看来,"这些对王琦瑶的再创作为小说提供了更多的艺术形式",但"这些影视改编最致命的缺陷在于,为制造戏剧效果,保证故事流畅,不断地对人物进行发挥和创造"。① 这一评价也从侧面反映出,译者抵制对原著的改写,对原著抱以信实和尊重的态度。所有这些由表及里、由内而外的铺垫性研究工作,帮助译者从不同角度和层面去理解王安忆的每一处写作用心,使他们对原著有深度的了解和切实的把握,同时展现出译者为积极承担对作者的伦理责任所付出的努力,也对翻译过程的展开和译本的最终形态产生了不可忽视的影响。

《长恨歌》的开篇并没有出现具体的情节和人物,而是以长达一万二千多字的篇幅绵绵絮絮地铺叙"弄堂""流言""闺阁"和"鸽子"。这四种典型的上海意象贯穿小说的始终,承载了大都市中寻常生活的基本格局和沧桑巨变下的永恒体验,为故事的开启定下了理性探索的基调。这种看似乏味的创作手法恰恰体现了王安忆匠心独运的写作才华。但是,这种开局却和西方读者的阅读习惯迥然不同,也致使许多美国出版商对此书反应冷淡。《芝加哥论坛报》曾评论这部小说"既引人又枯燥。有情节但并非由情节推动……催眠式的散文和忧伤的故事使读者仿佛在令人昏昏欲睡的跑步机上慢慢行走"②。

译者在面对这种因审美差异和创作手法不同所产生的矛盾时,并没有质疑作者或是直接大幅度删减原作,相反,他们尊重、认同并努力适应这种差异。在接受专访时,白睿文说:"虽然这种开局令不少读者颇不适应,但是作者笔触十分优美。更重要的是,这些散文性篇段告诉我们,小说讲述的并不只是王琦瑶的故事,而是整个上海的故事。而随着故事推进,王安忆将这种优美的散文化作段落融入小说之中,与情节交织在一

① Wang, A. *The Song of Everlasting Sorrow: A Novel of Shanghai*. M. Berry and S. C. Egan (trans.). New York: Columbia University Press, 2008: 433.

② Thomas, C. *The Painter from Shanghai* by Jennifer Cody Epstein and *The Song of Everlasting Sorrow* by Wang, A. *Chicago Tribune*. (2008-06-21)[2020-11-11]. http://www.chicagotribune.com/news/ct-xpm-2008-06-21-0806190382-story.html.

起,浑然一体。"①译者能够充分领会作者的意图,积极适应陌生的文学手法和迥异的思维方式,在翻译时向作者靠近,不删除,不改写,将这种迥异的创作手法全然复制到译文之中,使之迥异于英语文学系统中的惯常阅读体验。

事实上,这种以他者为依归的翻译策略在整部小说中随处可见,且看下面的例子。

> 原文:王琦瑶说了个"地"字,康明逊指了右边的"也"说是个"他",她则指了左边的"土"说,"岂不是入土了"。②

> 译文:Wang Qiyao had picked the character for "earth", whereupon he pointed to the right half and said it could be construed as "he". Impulsively, she pointed to the left half, made up of the "dirt" radical, exclaiming, "This shows that 'he' is buried, doesn't it?"③

此处涉及对汉字字形的解构。汉语方块字形自身蕴含着强大的指事、会意功能,在译为英语这种抽象字母文字的过程中,往往会丢失其形象的联想和辐射意义,造成相当程度的不可译。在处理这一难题时,译者并没有消极地对原文进行削减或是篡改,而是忠实地取出汉字的各部字义,分别用"earth""he""dirt"三个词,大胆地再现汉字拆解重组过程中的意义转换,之后用"'he' is buried"将原句的文字游戏做一归结,在字里行间完成从"他"到"地"的汉字拆解。译者并没有掩饰差异,相反用英语的抽象语言重组了汉语的具体形象,将原文的"他者"充分地表露并加以突出,这也恰恰体现出对原作异质文化的尊重,对读者异域期待的关怀。

> 原文:这想象力是龙门能跳狗洞能钻的,一无清规戒律。④

---

① Berry, M. Translating sorrow. (2008-06-04)[2020-11-11]. http://www.pri. org/theworld/node/18537.

② 王安忆. 长恨歌. 海口:海南出版社,2003:173.

③ Wang, A. *The Song of Everlasting Sorrow: A Novel of Shanghai*. M. Berry and S. C. Egan (trans.). New York: Columbia University Press, 2008: 205.

④ 王安忆. 长恨歌. 海口:海南出版社,2003:10.

译文：With the imagination completely free from all fetters, gossip can leap through the dragon's gate and squeeze through the dog's den.[①]

丰富的比喻往往能够展现渗透于不同文化体系中的认知与思维差异，第二个例子就充分反映了汉语极富敏感性的话语特征。这里作者借"跳龙门"和"钻狗洞"比拟那种上下驰骋、屈伸自如的姿态。译者并不介怀"龙"(dragon)在西方语境的负面形象以及意识形态的制约，最大限度地维持了中国文化对高高在上的"龙"的传统认识。而在西方人眼中，"狗"不仅是值得信赖的朋友，还因其忠诚勇敢而受到宠爱，但中国传统文化中有关"狗"的词汇显然多具贬义色彩，一如"狗洞"便是卑微低贱的代名词，译者并未将其加以粉饰，而是忠实地在译文中还原了这一文化差异。

英国学者贺麦晓在其评论文章中，就《长恨歌》英译时对异质他者的处理给予了正面支持："这部小说的'实验性'就在于它故意违背'可读性'原则，使阅读变得十分费力。……对西方读者而言，译作中许多元素都背离'可读性'的原则，如人名、地名、事件等等。……这种处理使得翻译变得分外有趣，也为从事翻译研究的学者们提供了灿烂的前景。"[②]翻译中对"他者"的阅读和体验"能展现出翻译行为最非凡的力量：显示异域作品别具特色的核心，最深藏不露，和自身最切近，但又最'遥远'的部分"[③]。以上几例中的异质他者，经由强有力的译介姿态，被纳入译入语系统。而在全书中，众多的中国文化元素和王安忆的文学创作特征也同样得到尊重和承认，遥远而又别具异域特色的"他者"融入"自我"的言说方式之中，确保了译文的真实性，打破了英语语言文化的普遍陈规，构建出陌生、新鲜

---

① Wang, A. *The Song of Everlasting Sorrow: A Novel of Shanghai*. M. Berry and S. C. Egan (trans.). New York: Columbia University Press, 2008: 12.

② Hockx, M. *The Song of Everlasting Sorrow: A Novel of Shanghai* (a review). MCLC Resource Center, Oct. 2009. [2020-11-11]. https://u. osu. edu/mclc/book-reviews/song-of-everlasting-sorrow/.

③ Berman, A. Translation and the trials of the foreign. In L. Venuti (ed.). *The Translation Studies Reader*. London & New York: Routledge, 2000: 240.

的文化空间。

在《长恨歌》的译介过程中,汉学家王德威起到了十分关键的作用。王德威主要从事中国现当代小说研究,是北美汉学领域中极有影响力的学者。从 2000 年起,他与哥伦比亚大学出版社合作,筹划出版"中国文学翻译系列",《长恨歌》便被收编为其中之一。作为主编,他负责文学作品的选取和翻译质量的审核。他特意谈到《长恨歌》,说:"如果二三十年以后有一个读者从书架上找到王安忆的《长恨歌》,知道这是 20 世纪 90 年代中国文学的经典作品之一,那我会觉得很高兴。我觉得不需要急功近利,这是一个慢慢积累的结果,我会持续做下去的。我看重的是文学史的意义,未必一定会有文学市场的意义。"①经典文学的这一研究视角和文学身份决定了整个翻译过程中的策略取向,也为译作在英语世界获得认可和肯定奠定了基础。虽然中国当代文学在英语国家,尤其在美国仍是一种相对边缘的外国文学,但是在一个为主流诗学形态所接受又体现出鲜明异国特色的译本的依托下,中国文学在异域的接受已然成为可能。

二、一个城市的叙述

尽管中国当代文学在美国的阅读群体并不庞大,但是《长恨歌》在美国的出版却让王安忆走出汉学家的小众研究群体,来到美国文化精英面前,以"20 世纪中国文学经典"的身份引起主流阅读群的关注,其中一个重要的原因在于它的城市主题。

总体来看,美国对中国当代文学的译介往往受好奇心理的驱使。"文革"后,中国急速发展,城市的变迁、社会的现状乃至细小生活的体验都引起了西方强烈的了解欲望。以个中现实为背景的文学作品很容易受到译介者的青睐,也能够获得主流读者群的关注。这样的阅读趋势使《长恨歌》成为近年来最受关注的中国文学作品之一。

美国文化评论家李欧梵在评价《长恨歌》时说:"王安忆描写的不只是

① 季进. 当代文学:评论与翻译——王德威访谈录. 当代作家评论,2008(5):77.

一座城市,而是将这座城市写成在历史研究或个人经验上很难感受到的一种视野。这样的大手笔,在目前的世界小说界来说,仍是非常罕见的。"①王安忆通过对一个女人一生的描摹,叙述了一座城市的人世变化;也在日常、微不足道的民众历史之下,呈现了大历史叙事的城市文化和时代风景。这部小说给西方提供了一个了解中国当代社会的独特视角,可以让他们借此了解上海,了解中国这个遥远而又重要的国度,了解其中表露的民族特质、文化心理乃至中国存在的诸多社会问题。正是因为在表现中国城市和社会时具有的特殊性和重要性,这部小说在海外形成了较为广泛的关注度和影响力。

王安忆笔下的王琦瑶崛起于选美,是上海彼时彼地的商业消费产物,但她沉浮的人生,恰也书写了一个天长地久的警世寓言。小说从 1945 年写起,终结于 1995 年。50 年的时间跨度里,上海历经了磨难和制度变迁,在闪烁的色彩和波纹中成为一种延续性的奇迹。美国作家弗朗辛·普罗斯(Francine Prose)在《纽约时报》的书评中认为,小说最重要的主题在于"那些持久性的元素"②,急剧变迁的时代风向与相对稳定的市民生活紧密交织,这两种相生相伴的历史体验构成了独特的"上海寓言"。小说中这样写道:"她走进去,先是眼睛一暗,然后便看见了那个布幔围起的小世界。这世界就好像藏在时间的芯子里似的,竟一点没有变化。……王琦瑶不知道,那大世界如许多的惊变,都是被这小世界的不变衬托起的。"③

虽然小说横跨了当代中国的数段重要历史时期,但许多历史大叙事的关键词——内战、解放、大跃进、"文革"、毛泽东、邓小平、改革开放——在小说的叙事中都被一一隐去。王安忆转向邻里起居,以工笔的叙述,层层叠叠地在上海的历史建构中铺陈了细碎的个人陈述,以此来折射大历史的变迁,重现三段不同历史时期的上海——新中国成立前的东方之珠,

① 在《星洲日报》举办的第六届"花踪"世界华文文学奖中,王安忆荣膺"最杰出的华文作家"称号。这一评论是李欧梵代表 18 位评审的致辞。见:中国作家协会理论批评委员会. 中国文学理论批评文选 2006—2007(上). 北京:作家出版社,2008: 357.

② Prose,F. Miss Shanghai. *New York Times*,2008-05-04(09).

③ 王安忆. 长恨歌. 海口:南海出版公司,2003:244-245.

60 年代的黄金岁月以及 80 年代改革中的上海。

全书开篇用 20 多页的篇幅描绘了上海文化中独特而神秘的风景,而事实上,这些持久性的风景元素作为故事的背景和外延,正是上海城市风景的主要构成,也是故事真正的格调所在。在精致的细节中,无数的上海生活画面被连缀起来。王安忆借助自身对上海的理解和叙述成为上海的记录人,也为西方人了解上海提供了重要渠道。在细水长流的"不变"的同时,那些历史的巨变同样投射在细小的常态生活之上。女人的穿着从旗袍到列宁装到蓝布衫到高跟鞋、玻璃丝袜,政治的起落寓含在时尚的几进几出之间;李主任飞机失事,程先生跳楼自杀,历史依然笼罩着生活,然而宏大的叙事退居幕后,成为日常生活的投影。王安忆所谱的这一曲悲歌在弄堂和街巷中一五一十地展开。普罗斯认为:"当小说进入尾声部分,读者对小说中的逝水流年产生普鲁斯特式的怀旧和伤感,这种情绪既是王琦瑶的写照,也是上海那迷人、几近消失的弄堂的映照。"①。

正是由于了解《长恨歌》的创作意图,同时也知悉西方读者对当代中国的猎奇心态,在译介这部作品时,白睿文和陈毓贤尽可能地还原王安忆笔下的上海。其中,书名的英译过程便是明例。当时一家出版社提出要把书名改成《上海小姐》,因为在之前曾有卫慧的《上海宝贝》英译本出版,而沿用"上海小姐"做噱头,销路应该会好。而白睿文则拒绝了这种为达到销售目的而采用的媚俗化译法。他在将书名《长恨歌》直译为 *The Song of Everlasting Sorrow* 的同时,特意加上副标题 *A Novel of Shanghai*。加上副标题之后,译本就点出了小说真正的中心——上海。城市的现代历史构筑了小说的筋骨。将一个简单的故事通过生活的陈屑和哀伤延展到四百多页的长度,这样就有效地注解了城市居民所承担的文化身份,突出了小说的主体结构特性,也使得英语读者对文本有了较为直接的认识和感知。

至于小说在进入正题前冗长的叙述与描写,译者也照直译出,不作删减。白睿文在译完《长恨歌》之后,找了二十来家美国的主流出版公司,却

---

① Prose,F. Miss Shanghai. *New York Times*,2008-05-04(09).

屡屡碰壁。"每一家都看过王安忆的小说大纲,也看过前面的两个chapters,就是没有一家明确表示要来出版。"①有的出版公司说第一章讲述上海的弄堂、鸽子,让人看不懂;有的则建议将第一章删掉。即使这样的直译会消磨美国读者的阅读兴趣,译者也认为这是书中相当重要的一部分,它展示了一个活生生的现实上海图景,于是他们尽量以相当真实的手法重塑上海以及在上海生活的人。

从《长恨歌》英译本所获的认可也可以看出,即便大量保留中国当代文学中的异国情调,也仍然能够让众多的读者领会并欣赏原著中迷人的小说世界。这部小说不仅让西方读者认识了中国,而且解读了欲望、情感与平常生活的撞击,时间与历史对个人的影响,尤其让读者了解了作者所编织的独特的上海寓言。同时,英译本的成功使得《长恨歌》成为中国"城市文学"的样本之作。

三、西方中心式的接受

早在 2005 年 6 月,蓝诗玲在题为"The great leap forward"的文章中,回溯了中国现当代文学在西方的传播历程。长久以来,西方读者们普遍认为"中国文学就是枯燥的政治说教",几乎所有中国大陆小说都被贴上"社会主义现实主义"的标签,充其量是"中国的宣传教育资料"。文化、历史、地理、社会等因素的迥异与阻隔,对中国现代文学阅读经验的欠缺,使得这种负面的认知和判断一直循环下去。尽管过去 20 年来,中国文学"走出去"的数量一直在稳定增长,但是主流媒体和社会大众仍然认为"中国当代小说不仅少有人知,也缺少文学价值,很难吸引读者,因此,可以毫无顾虑地不予重视"②。

蓝诗玲的描述和分析一方面说出了中国当代文学在海外几近无声的尴尬现实,另一方面,也凸显了西方文化中心主义长期以来的高傲姿态。西方立场代表了文化与审美价值的审视者和裁判员,而中国文学则只扮演了资料员的角色。在这种"中心"与"边缘"的不平等关系支配下,中国

---

① 季进. 当代文学:评论与翻译——王德威访谈录. 当代作家评论,2008(5):77.
② Lovell,J. The great leap forward. *The Guardian*,2005-06-11(05).

文学被弱化为西方世界予取予求的文本来源,在随心所欲的解读和扭曲之后,落到意识形态和权力取予的陷阱之中。

近几年来,随着一大批中国当代文学作品走出国门,西方对中国当代文学的偏见和漠视得到了一定程度的消解。但是西方中心主义的文化霸权依然有着强势的影响。《长恨歌》英译本虽然构建了一个较为成功的东方都市形象,但是它在海外的接受过程中,也仍然可见被涂抹和被改造的痕迹,既有断章取义的切割和扭曲,也有对异己文化的简化和漠视。

1. 审美形态的消解

在文学作品翻译过程中,译者的翻译选择往往既代表一种个人性的阐释,也反映了译入语文化对源语文化的阐释态度和接受倾向。白睿文和陈毓贤在翻译过程中,竭力去理解原著的每一处写作用心,努力做到尽量尊重和忠实于原著。但是当原著文化和译语文化发生激烈对抗时,位于边缘地位的文化形式就不得不屈从于位于中心地位的主流文化,不得不对原作风格和文本形态进行必要的改变。对《长恨歌》中文学审美形式的处理便是一个明例。在英译本的前言——"译者说明和致谢"部分,白睿文和陈毓贤特意提到"和原著在文体风格处理上有一些不同"①。

王安忆的原著中许多段落篇幅甚长,句子如流水不断,而且,她去除标记对话的引号和段落划分,将对话隐入大段的陈述性叙事之中。这种特殊的写作手法正是王安忆有意为之。她的写作有著名的"四不"政策:"一不要特殊环境、特殊人物;二不要材料太多;三不要语言的风格化;四不要独特性";为了不纠缠于细枝末节,不局限于构思的精致和巧妙,使读者能够关注到大的悲恸和大的欢乐的情节,她不希望在写作中"过于强调局部、特征性的东西、带有趣味的倾向"②。《长恨歌》中的对话处理和句式

---

① Berry, M. Translators' notes and acknowledgments. In Wang, A. *The Song of Everlasting Sorrow: A Novel of Shanghai*. M. Berry and S. C. Egan (trans.). New York: Columbia University Press, 2008: vii.

② 王安忆. 我的小说观//于可训. 小说家档案. 郑州:郑州大学出版社,2005:30-31.

形态都着意体现这种创作思想。王安忆有意识、有目的地将小说语言朝着全面叙述化的方向发展,用心理时空去替代故事展开的现实时空,传达社会环境和故事情节。这种特殊的写作手法也是《长恨歌》最为鲜明的文学标记。

然而,英译本在原文出现第一人称的对话时细分了段落,添加了引号,在第三人称的对话时则保留原文形式,将对话糅合在篇幅较长的段落中。另外,还特地使用了中文中鲜见的斜体标记,来反映人物的内心活动。在译本前言中,白睿文特别说明对原作审美形式的消解是为了满足"英语的可读性"。西方叙事中人物对话需要用标点符号来标记,为了适应英语读者的阅读习惯,译者就不得不去改变文本,增加译文的阅读效果。在就《长恨歌》的翻译接受专访时,白睿文也特意提到了这一改译,"我们努力尊重这种特殊的叙事手法,可是最终出于对英语可读性的考虑,我们还是加上了引号,并划分了段落"①。

事实上,王安忆的这种特殊叙事手法在汉语中也是违反常规的。陈思和曾评论道:"王安忆所追求的新的小说诗学,似乎正是建立在一般小说艺术规律的反面,那势必要冒很大的风险:不仅与 80 年代中国小说叙事的整体风格相违,也不同于 90 年代出现在文化边缘区域的个人化叙事话语。"②这说明即使是在本土语境中,王安忆的创作形式也是背离常态的,与一旦移译到英语中可能引起的"陌生化"反应应该基本相同,而英语中的句式形态和段落划分与汉语也无太大区别。这说明《长恨歌》中的这种审美形态并非无法移植到英语中去,但是,即使译者意识到这种特殊形式的重要性,最终的选择还是将其略去。

上述翻译处理显然能够去除英语读者的阅读障碍,使译作的情节感和可读性大大增强,形成更为贴近的阅读趣味。而之后白睿文再三提及这一改译,也充分说明译者在忠实度和可读性之间曾经历过艰难的挣扎。

---

① Berry, M. Translating sorrow. (2008-06-04)[2020-11-11]. http://www. pri. org/theworld/node/18537.

② 陈思和. 营造精神之塔——论王安忆 90 年代初的小说创作. 文学评论,1998(6): 51.

这一对原著审美形态的消解,在某一层面上证实了西方中心主义的文化操纵。文学的阅读与翻译在西方文化的标准和尺度之下,不得不将其中异质性的"他者"改头换面,去迎合强势文化的固有思维模式。即使是译者认同《长恨歌》的经典文学地位,也不得不牺牲其中具有独创意义的文学风格,使得原著中的"王安忆特质"无法在译作中得以完整地呈现。而实际上这种"牺牲"正是满足了英语读者的思维形态和阅读需要,这样才能较好地被西方的主流社会所接受,虽然他们所接受的美学趣味和社会现实已经是片面的、不完整的。这也证明翻译的价值已经跨越了语言与文本本身,走向文化功用以及对文化权力的诠释。

2. 读者的接受形态

从西方当代主流的美学标准来看,文学作品必须体现出纯粹的文学目的和人性的审美意义,被附加了道德判断和功利价值的作品则背叛了文学的本质。新中国成立以后的文学,尤其是"十七年"文学和"文革"文学就因为强烈的政治效用和工具性质一直大受诟病。而新时期以来,中国文学作品渐渐回归到文学本身,越来越具有创作的独特个性和主体性,也愈加符合西方的审美价值观。

《长恨歌》运用不厌其烦的笔法,细致、精确、冷静地描写了上海乃至中国人的日常体验和生存状态,这成为该小说吸引西方兴趣的一大原因。再加上在西方的文化语境下,《长恨歌》英译本的叙事游离在宏大的历史之外,充满了个人化的独立表达,与西方主流的文学审美十分契合,因此,这部作品得到了诸如《纽约时报》《今日世界文学》《出版人周刊》《芝加哥论坛报》等主流媒体的高度关注。这些评论都不惜笔墨地赞美王安忆的写作技巧,赞美王安忆对于大历史的抽离,关注怀旧、上海、女性体验和日常生活等主题。

不过,虽然王安忆特意隐去了对历史和政治大叙事的描写,西方的一些评论文章中却依然遵循意识形态的文论路线,刻意突出了政治性的解读。如《对话季刊》(*Quarterly Conversation*)的书评一开篇就指出,"长恨歌的英译本大大改变了西方文人,尤其是美国文人看待中国的方式"①,全文的视角和立场都立足于政治。对于王安忆隐去历史大叙事的写法,他认为作者是刻意地用一种委婉和隐晦的方式在展开政治批评,而这种委婉的批评自始至终贯穿全书的始终。至于作为上海特征之一的"流言"是"对女人世界的一种去政治化的控制",更是"展示了不同于李主任的一种迥然不同的权势","常常体现在中国当代史的种种革命和政治运动之中"。在文末,他更指出,王安忆的这种委婉的写法正在为了使"庞大的读者群能够参与到政治批评中来"。② 在另一篇评论中,贺麦晓将王琦瑶的死和白居易长诗中杨贵妃的死进行了一种类比,认为都是暗示了动乱的结束和秩序的回归,是作者所允许自己传递的最为强烈的政治信息。

这些政治性的解读充满了牵强附会的自以为是。一直以来,西方对中国当代文学的接受总免不了受到政治意识形态的驱使。虽然许多作品充满细腻的心理描写和强烈的时代意识,也富于文学普遍性的美感以及对人性哲理性的反思,但是一旦"走出去",便总会落入被政治性解读和判断的窠臼。一些西方媒体习惯从自我主流社会价值观和意识形态出发对原作进行阐释。这种对"他者"居高临下、随心所欲的阐释角度往往有意强化原作意识形态的指向性,使得对中国文学的理解变得褊狭、走样。

除了政治性的肆意解读之外,这些海外的书评往往特别青睐《长恨歌》的第一部分。正是因为这一部分写的是 20 世纪 40 年代充满殖民色彩的上海,在以西方为中心的"精英"视角看来,这一部分无疑写的是最好的上海。如《今日世界文学》的一篇书评中处处可见对于"殖民"的优越感,特意写道:"当王琦瑶渐渐衰老,成为'旧上海'的象征,上海也从闪耀着殖民光芒的 40 年代衰落到弄堂拥挤、河水污染的 80 年代。而王琦瑶在保卫第一个情人给她的金饰盒时的惨死,也预示了上海作为'东方巴

---

① 转引自:*The Song of Everlasting Sorrow* in the *Quarterly Conversation*.(2008-12-05)[2020-11-11]. https://www. cupblog. org/2008/12/05/the-song-of-everlasting-sorrow-in-the-quarterly-conversation/.

② 转引自:*The Song of Everlasting Sorrow* in the *Quarterly Conversation*.(2008-12-05)[2020-11-11]. https://www. cupblog. org/2008/12/05/the-song-of-everlasting-sorrow-in-the-quarterly-conversation/.

黎'时代的终结。"①

普通大众在阅读过程中也同样充斥着以西方为中心的价值判断。从 Amazon 和 Goodreads 这两个权威网站的记录来看,那些来自普通读者的评论也多次着重提到新中国成立前"光鲜"的上海和王琦瑶代表的怀旧情思。

王安忆本人对这一误读情况耿耿于怀。她认为书中对 20 世纪 40 年代老上海的描写,招致了很大的误解和困扰。"由于对那个时代不熟悉不了解,这段文字是我所写过的文字当中最糟糕的,可它恰恰符合了海内外不少读者对上海符号化的理解,变成最受欢迎的。"②

在西方受众接受过程中,虽然《长恨歌》中那些可以引起英语世界读者兴趣的异国情调元素得到了很大程度的重视和褒扬,但是,对《长恨歌》中异质性文学因素的消解、意识形态化的解读以及对书中第一部分人为性的放大,都说明英语世界读者对小说立意仍然进行着狭隘化、过度政治化的阐释。这种解读并非从小说的超验层次入手,而是建立在对中国政治、文化的固有观念之上,也建立在自我中心主义的价值取向之上。这样的阅读立场也说明,虽然英语世界读者对中国文学产生了一定兴趣,但仍然摆脱不了处于中心地位的文学体系对位于边缘地位的文学的接受态度和定位。

四、结　语

在西方"东方主义"式的注目中,中国文学不断地被想象、审视与阅读。文学中迥异的异域风貌、文化趣味和政治特征被当作与西方不同的存在,引起了关注。《长恨歌》能在西方获得高度认可,其中一个重要原因就是小说书写了上海的人世风景,从而使西方读者得以管窥中国的城市和社会。然而,一个无法否认的事实是,在相当长的时间内,包括在以后相当长的时间里,中西文学交流仍会以西方为中心,处于一种不平等的状

---

① Chiang，B. and Rollins，J. B. *The Song of Everlasting Sorrow: A Novel of Shanghai*. *World Literature Today*，2009(3)：64.

② 王安忆语出惊人　称《长恨歌》被读者长期误读. 半岛都市报,2008-03-26(07).

态中。这种不平等尤以美国为最。在西方中心主义的文化态势之下,像《长恨歌》这样的文学作品,由于中西方在政治意识形态和文学审美方面存在差异,很难在异域获得很好的市场效果,而往往是以文学史的意义走进大学图书馆,成为了解当代中国的一扇窗户。在这种语境下,即使视原著为经典,翻译水平再高,译者作为传播媒介也不能完全忽略译本的可读性和接受度,因此只能在某些方面屈从于文化霸权,无法使"他者"完成对"本我"的无条件接受。

白睿文曾说:"中国当代小说中强大的故事情节和娴熟的写作手法归根到底都直指人性,直指人类共有的希望、梦想、欲望、恐惧、悲伤和梦魇。这些主题放之四海而皆准。虽然王安忆、余华、莫言、苏童在海外的读者群远不如国内庞大,但是希望在将来,越来越多的海外读者能够发现这些作家所创造的迷人的小说世界。"①中国当代小说作为世界文学一个重要而不可或缺的组成部分,用自己独特的文学话语表达了对人性、社会乃至世界的感受。这些独特的话语同时也具有普遍性的特质和意义,从这些文学作品屡屡在国际获奖就可见一斑。而要让这些文学作品在拥有文学史意义的同时,为更多的海外读者所接受,就需要更为积极地促进不同文学文化形态之间的相互了解和尊重,去除既定的民族中心主义的文化定式和偏见,在翻译中保护原著中含有的异质文学文化因素。

第二节 从边缘到"世界级艺术"的残雪小说②

残雪小说因另类、独特的创作风格一直处于中国文坛的边缘,其追奇骛新的艺术形式很难为普通读者所接受,20世纪八九十年代的中国主流文学圈对残雪及其作品或集体失语,或谴责抨击,很多国内出版社都不敢出版残雪的作品。从1987年到1997年,残雪有20部作品得到出版,其中

---

① Berry,M. Translating sorrow. (2008-06-04)[2020-11-11]. http://www.pri.org/theworld/node/18537.

② 本节主要内容曾在《外语教学》2015年第6期发表(作者:吴赟、蒋梦莹)。

海外出版社出版 15 部,中国大陆出版社出版仅 5 部。① 残雪因其另类的创作风格一直处于中国文坛的边缘,正如她自己所言:"我处在(中国文坛)最边缘。现在我已同大多数人划清了界限,我注意到一些批评家都不敢提到我了。"②研究残雪的学者卓今也曾写道,作为先锋派的主要作家之一,从政治和主流意识这个角度来看,残雪是最疏远、最边缘的一位作家。她的创作艺术形式和风格被认为是追奇骛新,向一贯受到尊重的文化标准挑战,破坏了既定的秩序,使常规读者感到惊异。③

然而,相较于其他当代作家,残雪在英语世界却获得了颇高的声誉。"从某种意义上说,残雪是当代中国文学中,唯一一个几乎无保留地被欧美世界所至诚接受的中国作家。"④自 1987 年起,残雪的小说就开始在 *Formations*、*Conjunctions* 等海外文学杂志上发表,并且被不少国外出版的文学选集所收录。残雪作品的英译单行本包括《天堂里的对话》(1989)、《苍老的浮云》(1991)、《绣花鞋》(*The Embroidered Shoes*, 1997)、《天空里的蓝光》(2006)、《五香街》(2009)、《垂直运动》(2011)、《最后的情人》(2014)、《边疆》(2017)以及《新世纪爱情故事》(2018),这些作品基本上为英语读者展现了残雪式艺术风格的全貌。

从汇总的译作即可看出,残雪是作品在海外被翻译得最多的作家之一。一项基于作品在欧美国家图书收藏馆数以调查中国现当代女作家在欧美世界影响力的研究中,残雪位列第三,仅次于张爱玲和张洁。⑤ 她的作品屡屡入选哈佛、康奈尔、哥伦比亚等大学的文学教材,短篇小说《陨石山》曾在纽约文化景点"交响空间"的剧院里由著名戏剧演员朗诵并在全美广播。许多美国作家对其追捧不已,如苏珊·桑塔格(Susan Sontag)指

---

① 卓今. 残雪评传. 长沙:湖南文艺出版社,2008:140.
② 残雪. 文坛很多人在卖假药.(2008-01-05)[2020-11-11]. http://www.fx361. com/page/2008/0105/5534983.shtml.
③ 卓今. 残雪评传. 长沙:湖南文艺出版社,2008:94-97.
④ 戴锦华. 残雪:梦魇萦绕的小屋. 南方文坛,2000(5):16.
⑤ 何明星. 独家披露中国现当代女作家作品之欧美影响力. 中国出版传媒商报, 2014-03-07(09).

出:"如果中国有作家能获诺贝尔文学奖,这个人就是残雪。"①著名后现代主义小说家罗伯特·库弗(Robert Coover)认为:"如果我们中有人称得上一位新的世界级大师,她的名字就是残雪。"②文学评论家夏洛特·英尼斯(Charlotte Innes)则说:"就中国文学来说,残雪是一次革命。她是多年来出现在西方读者面前最有趣、最具创造性的中国作家之一。"③美国小说家布拉福德·莫洛(Bradford Morrow)更是指出残雪已经进入了自己的小说。

  译介书目的数量、精英话语的推崇以及在大众读者中的积极传播都说明残雪小说在经历了庞大而复杂的文学翻译生产、消费、吸收和反馈之后,完成了经典建构的历程,积淀了重要的翻译文学经验和价值。一位在中国频受冷遇的作家却在英语文学界获得认同,其小说文本经译介后在海外数十年来持续出版并屡获好评,既归功于文本自身独特的文学特性,也归因于文本在异域文学场域重构过程中,译介所涉的各个主体充分运用各自的文化资本进行再生产,并确保了作品的文学审美价值,使之符合异域读者的期待规范和文学想象。具体来说,主要表现在以下四点:译者用娴熟优美的文字将作品译为富有感染力的英文小说;一些重要的美国出版社出版这些英译本,且这些英译本被一些重要的文学选集选入;美国汉学家和文学批评家奠定了这些小说的文学地位;一些美国著名作家畅言其成就及影响力。这四点所涉及的,即译本在异域文学场域中的传播与翻译体系——作者、作品、译者、受众、效果这五大要素④的协同作用。

---

① Homepage of Can Xue at The Contemporary Chinese Writers Website. http://web. mit. edu/ccw/can-xue/appreciations-quotes. shtml.

② Homepage of Can Xue at The Contemporary Chinese Writers Website. http://web. mit. edu/ccw/can-xue/appreciations-quotes. shtml.

③ Innes, C. Foreword. In Can Xue. *Old Floating Cloud: Two Novellas*. R. R. Janssen and J. Zhang (trans.). Evanston: Northwestern University Press, 1991: 3.

④ 美国社会学家拉斯韦尔1948年在题为《传播在社会中的结构与功能》的文章中提出了构成社会传播的结构、过程和要素:谁(who)、说什么(say what)、通过什么渠道(which channel)、对谁说(to whom)、取得了什么效果(with what effect)。该模式随即成为解析传播过程的奠基性的理论依据。

译者这一译介主体在译本生产过程中确保了译介内容具有审美价值并符合读者的期待规范。原作者作为另一译介主体也密切关注小说的翻译、出版和接受,在整个译介过程中发挥了巨大的能动作用。各赞助人打造较好的译介途径,对作品文学价值进行再生产。主要负责文学象征性生产的各大主流报纸期刊、文学评论家、汉学家、学者利用自身的文化资本对作品文学价值进行评估,向译本受众撰文推介小说并探讨其独特的艺术形式和创作风格,这样就保证了残雪的文学作品在英语文学界获得认可,达成了令人瞩目的文学效果。

本节剖析残雪小说在英语世界译介和传播各个环节中的特征,以此说明其从国内的另类边缘小说走向世界级艺术的过程。

一、原文本:跨越国界的"新实验"小说

残雪的小说在国外取得成功离不开其作品本身的世界性和开放性。残雪将自己的小说定义为"新实验"文学,这类文学意在探索人类深层本质,将解剖自我、认识自我作为小说创作的要旨,注重追求纯艺术、纯文学的体验。[1] 这种向内性的文学往往跳离"民族""国家"这些有边际的概念,驱使读者面向人类共同的精神与艺术的家园。

在叙事层面,她的小说中通常没有具体的故事情节,没有连贯的叙事,也没有宏大的历史和社会背景,有的只是一些奇特、超现实的意象碎片。其中的人物性格诡异,行为荒诞,似乎永远在黑暗的迷宫中独行。小说中有半夜三更在邻居家搜寻绣花鞋的女人,有满肚子都是针的男人,有如鬼魅般纠缠着主人公的猫,有常年锁在房间里照镜子的 X 女士等奇异的人物,叙述中还充斥着各种恶臭、焦虑、偏执、堕落,普通读者很难进入她所构造的那种噩梦般的世界。在国内,由于大多数读者受中国文学传统的熏陶,不能摆脱传统审美的钳制,并且已经习惯于中国小说的叙事模式和传统的审美定式,所以无法很好地欣赏残雪的小说,很难对作者产生认同感。

---

① 残雪. 残雪文学观. 桂林:广西师范大学出版社,2007:20.

在文学传承层面,她的作品中几乎看不到中国文化的身影,相反,却处处充满了与西方文学的互证与互识。她不赞成中国作家和汉学家持有的民族乡土文学能够真正"走出去"的观点,也不认为越是原汁原味,外国人越喜欢读;在她看来,纯靠地域性传奇和奇风异俗撑起来的作品不会长期拥有读者,只有作品里那种共性、通约的东西才能赋予文学最大的价值。① 她自己能阅读英文版的西方经典作品,也不断地从西方文学和哲学中吸取养分。残雪曾在采访中指出,在自己接触并受益的文学作品中,中国作品占 10%,外国作品占 90%,尤其是西方的经典文学和俄罗斯文学。② 要阅读残雪的作品,读者必须读过大量的西方经典小说和现代主义作品,否则就难以适应那种特殊的结构和故事性。她认为:"我的思想感情像从西方传统中长出的植物,我将它掘出来栽到中国的土壤里,这株移栽的植物就是我的作品。"③这样的叙事和语言风格在翻译层面具有高度的通约性和可传递性,能够很好地在翻译过程中保留下来,并被译入语读者理解和接受。

在语言层面,残雪小说的语言抽象模糊,作者逃离了常规的语言表述习惯和语言编码过程。虽然残雪的语言表达方式特殊,但这并不影响翻译,因为她的作品里几乎不存在特有的中国元素,不存在不可翻译的异质,正如残雪自己所言:"我那个东西最适合用外语表达,因为是全人类共同的东西。我很少地域性在里面,就是小地方的东西少,基本上都是表达那个可以共通的、流通的那种情感。"④

在西方文学评论界,"残雪"这个名字经常与卡夫卡、布鲁诺·舒尔茨、卡尔维诺、博尔赫斯列在一起。对于自己小说在国外的成功译介,残雪曾经解释道:"我想,像我这种杂交成功的例子在国内应该不是太多,所以在国外也比较显眼。对于外国人来说,我的作品具有东西方两种风味。我将东方文化丰富的色彩美同西方的层次感糅合在一起,既激发人的冥

① 残雪. 残雪文学观. 桂林:广西师范大学出版社,2007:5.
② 残雪. 文坛很多人在卖假药.(2008-01-05)[2020-11-11]. http://www. fx361. com/page/2008/0105/5534983. shtml.
③ 残雪,邓晓芒. 关于中西方文学、哲学与文化的对话. 东吴学术,2010(3):28.
④ 残雪. 残雪文学观. 桂林:广西师范大学出版社,2007:73.

想又给人带来形式逻辑思维的愉悦。"①正是残雪本人浓厚的西方意识以及更深层次的文学渊源成就了她在英语世界的名声。

二、译介主体:译者、作者与赞助人体系的合力

残雪小说的译介主要采用的是以中美译者合作为主导的译介主体结构。在她的 9 部英译单行本中,早期的 3 部由美国汉学家罗纳德·简森(Ronald Janssen)和纽约州立大学萨福克郡社区学院的教师张健合作翻译,后期的 4 部由美国南俄勒冈大学退休教授葛凯伦(Karen Gernant)和福建师范大学教授陈泽平合作翻译。这种"中美合璧"的译介主体结构可以让译者充分发挥两种语言文化的优势,在具体翻译过程中做出有效的决策,在保证译文质量的同时能够尽量照顾西方读者的阅读习惯,确保进入传播渠道的内容符合译语读者的期待。"让中国文学在英语世界焕发生命是一个复杂的过程,既需要译者像学者一样了解中国语言和文化,同时也需要他对英语有深刻的理解,拥有用英语创作的天分。"②中国译者深谙汉语和中国文化,美国译者能用自己的母语进行创作,他们的合作可谓是中国文学对外译介中较为理想的主体范式。

葛凯伦对翻译中国文学作品有着极大的热情,她和陈泽平合作出版了 50 多部译作,大多是中国当代文学作品,翻译经验可谓相当丰富。这一合作方式可以让译者充分发挥两种语言的优势。两组译者的译笔流畅,翻译时尽量尊重原文本,向作者靠拢,将原文中那些令人不快的内容都保留在译本之中。译者对原作的尊重让原作得以完整地呈现在读者面前,为阅读提供了丰富的阐释空间。据葛凯伦所说,残雪很喜欢他们的翻译,所以每次美国编辑要发表她的小说,她都会找他们翻译。③

另外,值得一提的是,残雪本人也参与到了自己作品的译介过程中,

---

① 舒晋瑜. 残雪——为了报仇写小说. 中华读书报,2007-11-21(03).

② 转引自:Balcom,J. Translating modern Chinese literature. In P. Bush and S. Bassnett (eds.). *The Translator as Writer*. London:Continuum,2006:119.

③ 转引自:Balcom,J. Translating modern Chinese literature. In P. Bush and S. Bassnett (eds.). *The Translator as Writer*. London:Continuum,2006:119.

成为译介主体的构成部分,为作品译介发挥了巨大的能动作用。除了前两组她一直信任和尊重的译者外,她还积极寻找新的年轻译者。她曾提到自己后来又发现了两名优秀的年轻翻译,能很好地传达作品中的意蕴。其中一位译者是耶鲁大学出版社(Yale University Press)的编辑,中英皆擅;另一位译者具有深厚的理论素养,能透彻理解她的文学评论,所以负责翻译她的理论著作。[①] 残雪对翻译质量的重视和对译者的精挑细选充分体现出她对自己作品长期在国外译介的重视。这种作者与译者之间的良好沟通和彼此信任是译介过程中极其重要的一环,既保证了译本的高质量,也使得认知、理解和阐释文本的本质与内涵成为可能。

残雪小说的译介之所以十分顺畅,还因为作者自身与出版社的良好互动。多年来,残雪在美国已拥有相对固定的读者群,其中包括一些期刊和出版社编辑,在多个译本的副文本中可以发现,不少编辑曾帮忙修改、润色译介内容。乔纳森·布伦特(Jonathan Brent)曾是耶鲁大学出版社的总编辑,帮助残雪出版了 3 本书,还协助她出版了新的长篇小说《最后的情人》和评论集 *Book-length Commentary on Franz Kafka*。布伦特十分喜爱残雪的作品,除帮忙修改、润色译稿外,还给出自己的编辑意见。新方向出版社(New Directions)的编辑也曾对译本提出自己的修改意见;*Manoa*、*Conjunctions*、*Turnrow* 等发表过残雪短篇小说的美国文学杂志也一直关注并积极推荐残雪小说的译介。

此外,她直接参与译本的审校修订、与出版社的联系洽谈,以及与目标读者的积极沟通。她对自己小说的接受难度有着清晰的认识,所以采取了各种方式积极向读者靠拢。在麻省理工学院提出为她建立一个面向读者的网站时,她主动表示要不断地给网站提供自己的创作信息。如今,该网站(http://web.mit.edu/ccw/can-xue/)上有关残雪的资料已日趋完整。除此之外,残雪还在国外接受由多个国际文学期刊举办的文学访

---

① 卓今. 关于"新努斯的大自然"——残雪访谈录. 创作与评论,2013(3):11-23.

谈,参加由知名大学主持的读书会,回答读者问题,帮助读者理解小说。[①]
为了让更多的美国读者理解并接受她的文学风格,残雪还尝试推出自己
文学评论集的英译本,希望读者能通过文学评论更加理解她的作品。残
雪内心对"走出去"的强烈渴望以及她在国外参与的一系列活动,扩大了
她在读者群中的知名度和影响力,这也有利于其小说在美国的译介。

三、译介内容:多重要素下译者的把关与抉择

残雪诗化的语言每句读来都不难理解,但却蕴藏着叙述深度,每个故
事都充满了排斥读者的力量。这种独特的叙事风格成为残雪小说非常鲜
明的个性标签,也成为翻译中最大的挑战。残雪小说的两组译者在译介
过程中一直让作者处于重要的显性位置,强调对原作整体艺术气质的把
握,充分践行对原作和作者的道德和责任。译者在翻译时并没有刻意对
故事进行诠释,只负责传达故事的表层逻辑,以免破坏原作独特的叙事风
格。葛凯伦认为:"我们译者的责任就是忠实于原文,让读者自行理解。
我们认为读者必须进入残雪的故事才能理解她的创作,但我们没有义务
引导读者阅读。"[②]译者对原作的这种尊重让原作的风格得以完整地呈现
在读者面前,为阅读提供了丰富的阐释空间。

同时,对于译介内容的把关也体现在对目的语读者的关照方面。残
雪小说的语言和段落偏离了常规理性的语言习惯,潜意识的写作手法和
不加修饰、随意自然的语言风格驱使作者用无逻辑、非理性的文字形式来
表达。面对晦涩难懂的文本,面对排斥翻译文学的英语读者,译者如何把
握分寸,在不损害原文整体气质的基础上提高译文的可读性显得尤为重

---

① 如 2009 年访问耶鲁大学时,残雪在读书会上朗读了作品《五香街》,并与学者就作
品进行了讨论;在 2013 年接受了国际翻译文学杂志 *Asymptote* 的采访,并在雷克
雅未克(Reykjavik)国际文学节上与公开信出版社的总编进行对话,讨论自己的
文学创作。

② Post,C. W. Interview with Karen Gernant and Chen Zeping,translators of
Vertical Motion. Three Percent(a Resource of International Literature at the
University of Rochester).(2011-08-04)[2020-11-11]. http://www. rochester.
edu/College/translation/threepercent/.

要。两组译者均发挥了英语为母语的语言优势,从英语读者的角度进行把关和审视,理清并优化了作者、译者、读者之间的复杂关系,根据目标文化视野对原作进行微调和修饰,对一系列翻译策略做出各种决策,使得语言变得更为流畅耐读,保证了译文对英语读者的吸引力。

短篇小说《天堂里的对话》除了有罗纳德·简森和张健的合译本之外,还有戴乃迭的译本,收录在中国文学出版社于 1991 年推出的"熊猫丛书"《中国当代女作家(二)》之中。这也是一篇由国内出版机构主导下对外译介的残雪小说。对比这两个译本,我们会清晰地看到不同翻译策略下迥然不同的译介内容。戴译本十分忠实地复制了原文的整体结构和内容,而简森与张的合译本(以下简称"合译本")则有意识地对原文的篇章结构进行了一定调整,对局部内容进行了改写和修正。《天堂里的对话》原文共有 8 段,由于残雪的实验性写作源于潜意识,整篇故事的结构不够紧凑,有些段落篇幅稍长并且由好几层不相干的意思组成,晦涩难懂。戴译本遵循原文,将其译为 8 长段,而合译本则有意识地对原文结构进行调整,将故事拆为 18 个精短有致的段落。这一处理使得行文更加明朗,条理更加清晰,原文的阅读难度有所降低。在篇章语言方面,戴译本按照原文,基本上一字不漏地译出,而合译本则是修正甚至改写了若干行文逻辑不清之处。虽然残雪小说有其自身奇特的风格,但过于怪诞的句子出现在文章中会给读者带来巨大的阅读困难。译者在把关过程中,体现出十分清晰的读者意识,据此对原文进行了改写,以提高可读性。

两个译本之所以会形成迥异的译介内容,原因并不在于译者翻译水平的优劣之差。戴乃迭同样来自英语国家,和杨宪益合作翻译多年,两人是中国最为著名的译坛伉俪。两个译本真正的区别在于在包括赞助人体系在内的多重要素制约和影响下,译者不断地对译介内容进行的把关与抉择。就《天堂里的对话》而言,"熊猫丛书"的译介模式是以国家赞助为主导,旨在对外展现中国文学面貌。中文编辑的权力较大,译者则无权改动原文,对译文的处理始终以尊重、忠实原文为主,而对目标市场接受程度的考虑则并非译介考量的重点,因此,"熊猫丛书"译介模式下产生的译介内容将原文奉为圭臬,欠缺自然流畅的表达美感。相反,由美国西北大学出版社出版的罗纳德·简森和张健的合译本则以英语读者为依归,译者具有较强的主体意识和主动选择的权力,英语读者的阅读感受成为翻译决策选择的依据,因此,译者在翻译过程中不断地进行再创造,从而直接影响了最终翻译内容的形态。

四、译介途径:多层面的协同努力

残雪作品的译介路径既包括中国的主动译出,也有美国、英国、澳大利亚等英语国家出版社的主动出版。两篇小说《天堂里的对话》和《山上的小屋》也曾被编译并收录在"熊猫丛书"之中。不过该主动译出的出版路径一直局限于以大学图书馆为主体的小众化学术体系,很难走入海外大众阅读市场,大多没有引起西方主流社会的广泛关注。

残雪在美国出版的 9 部单行本中,2 部由西北大学出版社出版,3 部由耶鲁大学出版社出版,2 部由罗彻斯特大学的文学译著出版社——公开信出版社(Open Letter Books)出版,1 部由亨利·霍尔特出版社(Henry Holt)出版,1 部由专门从事文学译介的新方向出版社出版。前两者为大学出版社,公开信出版社是罗彻斯特大学旗下专职出版文学译著的出版社,这三家出版的作品主要进入图书馆和学术圈,虽然在商业市场上的竞争不占优势,但出版的作品均具备一定的文学史意义和价值。亨利·霍尔特出版社是美国最老牌的出版社之一,出版过赫尔曼·黑塞(Hermann Hesse)、诺曼·梅勒(Norman Mailer)、罗伯特·路易斯·斯蒂文森(Robert Louis Stevenson)等众多著名作家的作品。新方向出版社由埃兹拉·庞德(Ezra Pound)促建而成,致力于出版先锋性、实验性的作品,旗下众多作者曾获得的文学奖项数不胜数,在英美国家的主流出版界具有不容小觑的影响力。可以发现,除了学术出版机构,残雪小说主要是由致力于推广翻译文学的出版社出版,这类出版社不会过于注重作品的经济效益,它们更关注的是作品本身的文学价值。

除了出版社的单行本发行之外,进入文选或大学教科书也是译介文学作品在海外得到传播的重要途径,残雪小说被多次收入文学选集,如葛浩文编的《哥伦比亚中国现代文学选集》(2007)、杜迈克编的《中国现代小说大观》(1990)、王静编的《中国先锋小说选》(1998)等。另外,丹尼尔·哈雷鹏(Daniel Halpern)编的《小说的艺术:国际短篇小说选本》(*The Art of the Story: An International Anthology of Contemporary Short Stories*,1999)和布拉福德·莫洛编的《新世界的写作》(*New World Writing*,1994)选入的中国作家只有残雪。

在作品的发行渠道上,残雪的版权输出没有任何专门的经纪人或版权代理公司操作,前期多半是由译者寻找出版社,后来都是作者自己通过电子邮件联系出版社。残雪的优势在于,她自己懂英语,作品在国外又有一定知名度,所以一提,别人就知道是谁。在残雪作品的对外译介上,残雪早期的译者罗纳德·简森和张健做了大量的工作。如今在 Google 上,只要键入张健的汉语拼音"Jian Zhang"就会有很多条目与残雪的汉语拼音"Can Xue"粘在一起。① 国外还有很多学者、作家非常喜爱残雪的小说,如美国后现代作家罗伯特·库弗、学者乔恩·所罗门(Jon Solomon)、小说家布拉福德·莫洛等也在不遗余力地宣传残雪的小说。在小说出版方面,残雪的好朋友、耶鲁大学出版社的总编辑乔纳森·布伦特也发挥了重要作用,他帮忙出版了残雪的 4 本小说及 1 本评论集。作为一位优秀的作家,布伦特对纯文学有深刻的洞察力,正是残雪一直在寻找的"同谋人"。

由于残雪的作品基本上是由学术出版机构和致力于推广翻译文学的出版社出版,属于学术化、专业化的小众类别,作品卖得不是很多,主要依靠赞助。残雪在采访中说:"《五香街》他们说印了 4500 册。卖得很少,靠资助。那个人我见了他,跟我同龄,用赚大钱的项目补贴。赞助商是一个希腊人,他家里是造船的,船王,很有钱,捐了个几百上千万给出版社,专门扶持外语文学翻译,两夫妇都不错。他们觉得美国这样的国家要多吸收这样的东西。"② 由此可见,如果没有赞助人对文学翻译的经济支持,国外文学作品译本的出版也会遇到瓶颈,尤其是像残雪的这种缺乏经济效益的作品。

---

① 卓今. 残雪评传. 长沙:湖南文艺出版社,2008:94-97,107,137,140.
② 卓今. 关于"新努斯的大自然"——残雪访谈录. 创作与评论,2013(3):21.

随着文学传播媒介的多样化,除了传统媒介,不少国外的文学网站和杂志也对残雪及其小说进行了推介。2011 年,旨在介绍世界杰出女作家的文学网站 Belletrista 发表了残雪的短篇小说《红叶》(*Red Leaves*);2007年,国际文学网络杂志 *Words Without Borders* 发表了残雪的短篇小说《索债者》(*The Bane of My Existence*);罗彻斯特大学文学翻译网站 Three Percent 也一直在关注残雪,还曾发表残雪在国际文学节上的采访。网络媒介的普及性和便利性让更多读者能接触到残雪的小说,从而扩大了残雪小说在美国的传播范围。

五、译介效果:权威评论与普通大众的认可与接受

从中国文学的对外译介来看,只有当一部作品为西方受众所接受,中国文学作品的对外传播才算达到译介目的。残雪小说的对外译介符合主体、内容、途径、受众各个要素的不同要求,因此取得了较好的译介效果。

残雪曾称,她的文学比任何其他类型的文学都更依赖于读者而存在。她的每一部作品都是一个谜、一个诱惑,要等待知音来解开它、完成它。假如读者看她的小说不努力,不开动脑筋,就根本不可能进去。[1] 残雪小说打破了中国读者原有的审美情趣和阅读习惯,不少国内读者对她的小说持排斥、恐慌、怀疑、厌恶的态度。作家王蒙曾说,尽管残雪的小说给他留下了深刻印象,但他无论如何也没有耐心读下去。[2] 虽然国内一些读者正在慢慢接受并习惯残雪的风格,但评论家曾犀利地批评过残雪的创作:"残雪所谓的现代派不过是意象的罗列而已","我们不能不怀疑作者故意构造和罗列过多的意象只不过是在有意地掩饰作品内蕴的浅露","至于作者为什么要写这样一大堆似梦非梦、令人作呕的意象,这样拼凑起来的一篇小说究竟要说明什么? 这整个都是一笔糊涂账"。[3] 邓善洁甚至认为,残雪的某些作品难免带有一些赶时髦、故弄玄虚甚至沽名钓誉的色

---

① 残雪. 残雪文学观. 桂林:广西师范大学出版社,2007:116.
② 王蒙. 读《天堂里的对话》. 文艺报,1988-10-01(04).
③ 卓今. 残雪评传. 长沙:湖南文艺出版社,2008:121-122.

彩。① 由此可见,如果读者不善于发挥想象,积极阅读作品,成为作者口中的"同谋者",残雪的作品就难以摆脱被冷淡、被误读的命运。

虽然残雪的实验性写作在中国遭受冷遇,但它却符合译入语文化中的主流诗学规范,作品里那种共性、通约的东西成为吸引西方受众的根源所在。从西方专业读者和普通读者的接受反应可以看出,大多数读者都提到残雪的小说"晦涩难懂"②、"排斥读者"③,阅读过程就像是一次"艰难的跋涉"④。但也正是文本和读者之间所形成的这股张力,让小说对西方读者有着奇特的吸引力。残雪小说的阅读难度确实很大,但是西方读者却并没有因此而离之远去。

英语读者的阅读趣味和审美倾向使他们能更好地领略残雪小说的文学价值,他们"享受文字游戏的乐趣和将生命视为旅行的感觉,喜欢阅读那些能够从中发现世界、发现自我的小说"⑤。正如美国学者乔恩·所罗门所言:"残雪小说的创新性难以被中国文学传统所认可,只有在创新土壤上成长起来的西方读者才能给予残雪小说应得的关注。毫无疑问,如今残雪小说的理想读者仍是受过良好教育的西方读者。"⑥在西方受众眼中,残雪跨越国界的"新实验"小说确实达到了某种艺术高度,符合他们的文学审美趣味,进而推动了小说在海外的接受。不少读者在残雪作品中

---

① 邓善洁. "先锋小说"不再令人兴奋. 文学自由谈,1990(2):49.

② Review of Can Xue's *The Embroidered Shoes*. *Publishers Weekly*. (1997-07-07)[2020-11-11]. https://www.publishersweekly.com/978-0-8050-5413-2.

③ Post,C. W. Review of *Five Spice Street*. Three Percent (a Resource of International Literature at the University of Rochester). (2009-03-11)[2020-11-11]. http://www.rochester.edu/College/translation/threepercent/.

④ Hughes,B.P. Can Xue's *Five Spice Street*. *Words Without Borders*(The online magazine for international literature),June 2009.[2020-11-11]. https://www.wordswithoutborders.org/book-review/can-xues-five-spice-street.

⑤ Jenner,W. J. F. Insuperable barriers? Some thoughts on the receptions of Chinese writing in English. In H. Goldblatt (ed.). *Worlds Apart: Recent Chinese Writing and Its Audience*. New York: M. E. Sharpe,1990:184-185.

⑥ Solomon,J. Review comments on *Five Flavour Grove*,published as *Five Spice Street*. (2018-09-21)[2020-11-11] http://web.mit.edu/ccw/can-xue/appreciations-jon-solomon.shtml.

读出了西方文学传统中某种亲切或熟悉的东西,发现了文学间的互证和互识。小说中的各种元素让读者联想到不同时代、不同国籍、不同风格的西方作家、哲学家和艺术家,比如,埃德加·爱伦·坡(Edgar Allan Poe)、托马斯·克莱顿·伍尔夫(Thomas Clayton Wolfe)、艾萨克·巴什维斯·辛格(Isaac Bashevis Singer)、莉迪亚·戴维斯(Lydia Davis)、米歇尔·莱利(Michel Leiris)、陀思妥耶夫斯基(Фёдор Михайлович Достоевский)等。《纽约时报书评》称,"小说令人想起艾略特的寓言、卡夫卡的妄想、马蒂斯噩梦般的绘画"①;《书单》则认为残雪的小说让西方读者联想到"埃斯库罗斯和索福克勒斯的黑暗预言、卡夫卡作品中的偏执和神秘、伍尔夫的意识流"②;《哈佛校报》(*The Harvard Crimson*)称,"残雪在语言描述上的创新堪比美国作家雷·布莱伯利和约翰·斯坦贝克……小说的曲折复杂让人想起德勒兹与迦塔里就根源体系提出的文学概念化……小说中的魔幻现实主义独树一帜,她的风格让人想起了加西亚·马尔克斯"③;《巴尔的摩太阳报》(*The Baltimore Sun*)称,"她神秘离奇的幻想,颇具独创性,让读者脑海中同时出现了博尔赫斯和麦克唐纳"④;《文学评论》(*The Literary Review*)则认为,"即使是读英译本,读者也能惊喜地发现故事从对事物天真无邪的好奇完美过渡到人类的初始欲望,这种过渡让欧洲和美国读者想起了陀思妥耶夫斯基或弗兰纳里·奥康纳"⑤。

众多海外权威媒体的溢美之词表明,残雪以异于同辈作家的创作手法给西方读者带去了独一无二的文学体验,为自己找到了一把开启西方世界大门的钥匙。西方对这位充满神秘气息的中国作家青睐有加,她的

---

① Innes,C. A book review of *Dialogues in Paradise*. *The New York Times Book Review*,1989-09-24(48).

② Mesic,P. Review of *Dialogues in Paradise*. *Booklist*,1989(85):1866.

③ Cheng,N. A. Despite striking images,Xue's magical realism disappoints. *The Harvard Crimson*.(2011-11-15)[2020-11-11]. https://www.thecrimson.com/article/2011/11/15/cheng-vertical-motion-review/.

④ Oppenheimer,R. "Hypothermia" and other chillers for your Halloween bag. *The Baltimore Sun*,2011-10-25(07).

⑤ Calvert,D. Review of Can Xue's *Vertical Motion*. *The Literary Review*,2011,54(4):207.

小说被选入哈佛、康奈尔、哥伦比亚等大学的文学教材,她荒诞和特有的叙事逻辑是大学生用来写论文的好题材。

　　除了上述符合作者原意的积极阅读之外,也有西方读者违背作者原意,在阅读小说时加入了政治联想。尽管残雪一再强调她的创作无关政治,尽管小说没有具体的故事情节,没有具体的社会背景,但小说里的阴暗、猜忌、嫉妒、疑虑和不安恰好契合了西方读者对中国政治社会环境的肆意猜想,所以读者不由自主地将自己的政治解读强加给作品。对小说的政治解读在残雪早期作品的书评中尤为突出。《纽约时报书评》称,"作者有女权主义和政治目的"①。《出版人周刊》则认为:"残雪之所以用如此模糊的创作手法将对当代中国的政治社会评论暗藏在各种荒诞的意象之中,主要是为了反抗当时的社会现实主义。"②诸如此类的评论将残雪的创作与中国的社会和政治联系起来,明显违背了作者的原意。这种理解与作者的创作主旨背道而驰,完全是读者对作品接受的一种创造性叛逆。美国知名杂志《村之声》(The Village Voice)上刊载的一篇题为《残雪,现代中国的布鲁诺·舒尔茨?》的文章更是指出,正如中国寓言故事"矛和盾",残雪越是想解释自己的小说不是政治评论,西方评论家越是认为作品是对中国社会的讽刺。③ 这些精英话语有意的政治性解读恰恰说明,对文学的阐释与接受无法脱离政治和社会而单独存在。

六、结 语

　　残雪的小说似乎是独立于中国当代文学体系之外的异类,她的写作在中国未能引起多数读者的共鸣,但在国外却遇到不少的知音,成就了其作品在英语世界的经典地位,并在一定程度上动摇了西方读者对中国当

---

① Domini, J. A nightmare circling overhead: Review of Can Xue's *Dialogues in Paradise*. *The New York Times Book Review*,1991-12-29(06).

② Review of *Old Floating Cloud: Two Novellas*. *Publishers Weekly*,1991-09-20 (01).

③ Epstein-Deutsch, E. Is Can Xue the Bruno Schultz of modern China?. *The Village Voice*.(2009-04-22)[2020-11-11]. https://www.villagevoice.com/2009/04/22/is-can-xue-the-bruno-schultz-of-modern-china/.

代文学的偏见。在残雪小说的对外译介过程中,各影响要素对主体、内容、途径、受众、效果等因素均进行了有效的评估、把关和操控,因其符合西方诗学准则、意识形态、文学审美、阅读习性等制约翻译文本接受的条件,因此成功地在英语世界构建了较为瞩目的文学地位。

此外,残雪本人对自己作品在国外译介所持的开放和积极态度也推动了小说在英语世界的传播和接受。尽管西方以自我为中心的强势文化心理还是给小说强加了政治解读,尽管小说仍局限于小众读者,但是随着译介过程中各方的努力和合作,小说的艺术性得到了更多西方读者的认可。目前,对外译介成功的中国文学作品并不多,在国家大力推动中国文化"走出去"的进程中,残雪小说的个案能够为实现这一重要战略提供有益的借鉴。将原文文本、译介主体、译介内容、译介途径、译介受众、译介效果作为整体性研究的各个关键环节,可以构建一个切实可行且行之有效的译介模式。

第三节　中外合译下《大浴女》的文化杂合①

作为当代文坛最具影响力的女性作家之一,铁凝以其作品中蕴含的鲜明女性意识而著称。在她的众多小说中,她对中国女性的生存境遇与命运起伏始终充满着深切的人文关怀。她以诗意而感性的笔触细致地描摹了中国当代女性在道德与情感上遭遇的惊涛与微澜,《大浴女》便是其代表作品之一。这部作品借女主人公尹小跳成长、历练走向成熟的故事,铺排了一个女孩到女性自我建构和社会主体获得的历程。通过女主人公的经历与感触,小说在日常生活的细碎叙事中,向我们展现了女性在情爱的洪流中挣扎、渴求与自我救赎,不断沐浴苏生,洗涤一新,解析了女性与男性、女性与时代之间的矛盾与冲突,重新审视并拷问了亲情、爱情与友情等永恒性的宏大人性命题。2000 年,《大浴女》成为当年文学图书市场一道抢眼的风景:作为著名品牌"布老虎丛书"之一,它在春季全国文艺图

---

① 本节主要内容曾在《小说评论》2017 年第 6 期发表(作者:吴赟)。

书集团订货会上以 20 万册的辉煌业绩位居榜首。① 由此可见,中国读者对这部小说的期待与热爱程度甚高。

尽管铁凝的作品一直深受中国读者喜爱,然而,相比于同时代的王安忆、池莉、残雪等其他中国女性作家,她的作品在英语世界的传播相对滞后。自 2006 年《大浴女》由人民文学出版社出版之后,直到 2012 年,美国斯克里博纳出版社(Scribner)才推出了由张洪凌和杰森·索默(Jason Sommer)合译完成的英文译本 *The Bathing Women*。在译本封底,出版社这样介绍铁凝和《大浴女》:"2006 年,49 岁的铁凝成为'中国作家协会'有史以来最年轻的主席,她的作品曾被翻译成俄语、德语、法语、日语、韩语等语言。而《大浴女》则是铁凝第一部被翻译成英语的小说。"②虽然铁凝的部分作品曾由"熊猫丛书"、《人民文学》期刊翻译并出版,但一直以来并未有西方主流出版社对其主要作品进行翻译推广。从中国知网上查询"铁凝小说英译",目前也并未有任何学者探讨铁凝小说的英译情况。因此,对铁凝代表作品《大浴女》的英译本研究有着很重要的现实意义和学术价值。通过探讨海外出版社的翻译选材、《大浴女》的英译模式、译者的翻译策略以及其出版后在英语世界的接受情况,可以一窥中国当代女性文学在海外传播的历程和呈现的镜像。

一、文本选择:对女性自我的审视和关怀

中国文学经由译介走向世界,其中所涉不只是简单的文字或文学的双语转换。翻译文本的选择、翻译过程的建构、译本产生后的传播路径与交流方式、进入目的语国家之后的接受情况和形成影响,这诸多方面构成中国文学外译的完整图景与研究重点。

就文本选择来说,从总体来看,西方对中国当代文学的阅读往往受着

---

① 参见:新书报,2000-04-28(01).

② 这个言论并不准确。经笔者从 MCLC 上查阅,在《大浴女》英译本问世前,铁凝的《麦秸垛》《永远有多远》《孕妇和牛》《蝴蝶发笑》曾被译为英语,由外文出版社"熊猫丛书"和《人民文学》期刊发行。这也在很大程度上从侧面证明,美国(甚至西方)对中国政府组织的"主动译出"活动并不待见。

好奇心理的驱使。"文革"以后的中国快速发展,经济的腾飞、城市的变迁乃至生活起居的差异都给西方带来了全新的文化体验。其中以女性视角展开的现实性文学作品充满对女性个人经验的直接书写,呈现了鲜明的都市文化和时代气息,再加之性爱以及政治元素的渲染,因此尤为容易引起西方读者的阅读兴趣。

如蓝诗玲在谈及这本小说时说:"中国一些卓有成就的、颇有见地的女性小说家带给我们阅读的快感——人物刻画细致、对话观察入微——和莫言、余华那种粗糙的、拉伯雷式的讽喻迥然不同。铁凝的《大浴女》充满了温婉的人性光辉,相比那些男性同行近作中的喧哗,实在令人眼前一亮。"①《出版人周刊》则认为:"故事发生在一个文化价值观发生转变的时代,精巧地描绘了四个女性的心理,她们努力满足自己对于美食、同伴、家庭、社会、性和爱的需求。"②《图书馆学刊》认为:"铁凝文笔流畅,捕捉到了人类无论处于何种境况,都想要出人头地的欲望……有些读者喜欢阅读那些能够直视困境中复杂人性的文学作品,这本书一定会受到这类读者的喜爱,尤其是其中热衷亚洲文学的读者。"③

这样的阅读趋势使得《大浴女》的翻译成为可能。译者张洪凌在接受采访时就为何选择《大浴女》进行翻译做了如下阐释:"我基本上遵循的是文学史上女性主义的写作传统,特别想表现女性在现代中国特定历史时期的精神成长,她们的自我意识如何在一个广阔的背景下得到丰富和发展的。翻译对我来说一直是个学习和深度阅读的过程,……我选择能够让我学到很多东西的作品。……其实在选择翻译铁凝之前我也考虑过刘震云和韩少功,翻译过刘震云的《我叫刘跃进》的前四章,但我的文学代理商不无遗憾地告诉我们,美国的阅读市场大部分由女性读者组成,如果我

---

① Lovell, J. *The Bathing Women* by Tie Ning—review. *The Guardian*. (2013-03-22) [2020-11-11]. https://www.theguardian.com/books/2013/mar/22/bathing-women-tie-ning-review.

② Hunter, S. *The Bathing Women*: A novel. (2012-10-09)[2020-11-11]. https://www.amazon.com/Bathing-Women-Novel-Tie-Ning/dp/1476704252, n.d.

③ Hunter, S. *The Bathing Women*: A novel. (2012-10-09)[2020-11-11]. https://www.amazon.com/Bathing-Women-Novel-Tie-Ning/dp/1476704252, n.d.

们想寻求商业出版社,最好是选择女性读者感兴趣的作品。"①《大浴女》对"文革"的自我批评、移民美国、现代中国繁荣的都市生活都有生动、恰当的描述,但这些并不是铁凝笔下人物的全部精彩之处,她们的人生情感、灵魂纠结与其说是强调历史与社会语境,不如说是刻画了女孩成为女性的历程中所经历的苦难、冲突和令人心醉的美。铁凝透过笔下几个女性人生的描写,透过尹家姐妹的成长、生活、命运,叙述了一个时代的人世变化。对于女性自我的鲜明审视和人文关怀,以及在描述中国城市和社会时具有的独特性和表现力,是《大浴女》能够走入西方世界的主要原因。

除译者外,出版社也是文本是否能够获得认可的决定性因素。张洪凌的文学代理人在了解《大浴女》的情节后,认为这正是他们可以推介到西方的文学作品,因此很快就与斯克里博纳出版社签署了出版协议。该出版社成立于 1846 年,属于出版体系中具有权威地位的"赞助人"——许多耳熟能详的美国作家如海明威、弗朗西斯·斯科特·基·菲茨杰拉德(Francis Scott Key Fitzgerald)、托马斯·克莱顿·伍尔夫、斯蒂芬·金(Stephen King)的众多作品均由该出版社出版,这样就为《大浴女》英译本的海外传播开辟了行之有效的通道。

二、英译模式:初译加润色的中外译者合译

"优秀的翻译可以促进一部文学作品在不同的语言文化中的经典化过程,反之,拙劣的翻译则有可能使本来已列入经典的优秀作品在另一种语言文化中黯然失色甚至被排除在经典之外。"②《大浴女》英译本由张洪凌和杰森·索默合译完成。两位译者的合作保证了译本既具有忠实性和准确性,又具备可读性和文学性。

张洪凌 2000 年毕业于华盛顿大学小说创作系英文小说创作专业,如今在美国路易斯市芳邦大学(Fontbonne University)讲授小说写作。而索默是英语教授兼诗人,曾出版过多部诗集,如《亚当与夏娃的笑声》(*The*

---

① 张洪凌,Jason Sommer,李想. 关于铁凝《大浴女》英译的访谈. 作家,2017(10): 11.

② 王宁. 翻译研究的文化转向. 北京:清华大学出版社,2009:51.

Laughter of Adam and Eve)、《他人的烦恼》(*Other People's Troubles*)与《睡在我办公室的人》(*The Man Who Lives in My Office*)等。此前,两位译者曾选取王小波的《2015》《黄金时代》和《东宫西宫》这三部代表性作品进行翻译,编成合集《王的爱情与枷锁》,于 2007 年由纽约州立大学出版社出版。

在王小波逝世 16 周年的专访中,张洪凌介绍了他们翻译王小波作品时的合作模式:先由她本人翻译初稿,而后索默与张洪凌一起在初稿基础上修改润色。[①] 在翻译《大浴女》的过程中,这种模式基本没有改变。由于索默不懂中文,因此由张洪凌翻译初稿,随后索默再对译文进行文学润色,两位译者的合译各有侧重,在各司其职的基础上协力合作。这种合译模式与另一种较为普遍的分块承包式合译有着显著不同。分块承包式是将原文本切分为不同板块,同时推进翻译,时间的同步性与化整为零的空间性虽然能保证翻译的效率,但是不同的译者各有自己的翻译特色,因此整体译本中很难形成统一的翻译风格。而在张洪凌与索默的合译模式中,初译者来自源语国并且精于源语,而润色者以译语为母语且精于译语。两人按照时间的先后推进,两人的责任也各不相同,各自主导初译与润色,这样就能保证两位译者在合作过程中不断修正译文,去除突兀的格格不入的翻译词句,使得合译的各个部分构成和谐的一个整体。

具体而言,张洪凌与索默的这种翻译合作模式在两个方面具有优势。

其一,中美译者的不同分工与职责保证了翻译的质量。译者总是置身于两种文化和语言之间的矛盾与互动之中,一方面要为原著负责,尽可能保留原作在源语文化中的文字和艺术特色;另一方面,译者也要兼顾译入语读者的接受能力,让读者欣赏到原著译入目的语之后具有的艺术魅力。索默同绝大多数英语读者一样,不懂中文,作为《大浴女》译本的第一位读者,他除了译者身份之外,同时也是一位普通读者。如果索默感觉译文难以理解,译本也就同样很难为大众读者所接受。在谈及翻译过程时,张洪凌指出:"我在把初译交给他修改润色后,两人还会在再稿的基础上

---

① 王小波逝世 16 周年:专访著作英文版译者. (2013-04-12)[2020-11-11]. http://edu.sina.com.cn/en/2013-04-12/131273489.shtml.

继续讨论定稿。他是一个诗人,对文字有非常精细的感觉,所以我们的讨论是冗长甚至可能是痛苦的,因为有时候他遇到的理解障碍非常微妙,连我都不明白他的障碍是什么,需要很多次的讨论举例才能沟通。"①这样一来,初译者首先能确保对原文内涵以及政治、社会、文化等方面的精确解读,而润色者则在阅读译作过程中尽量去除译文的翻译腔,并增强译文的文学性和可读性,从而确保目的语读者对译文的接受。两位译者之间的不断沟通和交流保证了译文能够兼顾原文和读者的不同诉求,使之具备较高的翻译质量。

其二,两位译者的作家身份使得译本具备了文学的美感和洞察力。在一些西方汉学家看来,当代中国文学界之所以出不了一流作家,很大程度上可以归因于大多数当代中国作家都不懂外语。②《大浴女》的两位译者则不然,两人不仅是学者,同时也是作家。张洪凌专攻英文小说创作,曾在英文刊物上发表过短篇小说,也完成了一部英文长篇小说的创作。而另一位译者索默不仅是英文系的文学教授,同时也是一位卓有成就的诗人,他曾于 2001 年荣膺美国"怀丁作家奖"(Whiting Writer's Award)中的诗歌系列奖。因此,作家身份决定了他们的翻译不同于其他译者。作家身份赋予他们的敏锐洞察力和表现力使得他们在理解作者意图和写作策略方面具有天然的优势,而在译文的措辞选择上也会更接近目标读者的阅读旨趣;同时,他们所设想的读者群不仅仅局限于小范围的学术界,而是普通的大众读者,这不仅确保了译文的流畅性和文学性,同时也扩展了读者群,让更多的英语读者欣赏到原著的美。

三、翻译策略:中英两种文化的杂合

中英语言与文化的巨大差异使得翻译过程无可避免地出现高度的文化杂合现象。在《大浴女》英译本中,译者一方面尽量传递原著语言与文化的异质性;另一方面则尽量靠近英语读者,让语言在接受度和表

---

① 张洪凌,Jason Sommer,李想. 关于铁凝《大浴女》英译的访谈. 作家,2017(10):12.

② 顾彬. 从语言角度看中国当代文学. 南京大学学报,2019(2):70.

现力上符合英语习惯。这种较为鲜明的文化杂合使得译作以尊重原作内容和风格为依归,但在策略选择上兼有异化与归化,也就是说,中文与英文在翻译的过程中碰撞融合,通过译者的选择处理呈现出兼具中文与英文特色的语言风格。张洪凌作为中国人,其特定的文化身份对译本的最终成型影响显著。索默在访谈中的一段话则清晰地表明了文本贴近英文的特征:"我的位置让我更倾向于忠实于原著。不过,既要忠实于原著,又要译成流畅的英文(包括自由地使用惯用语),其间的张力一定是时刻都存在的。但我们总是尽力再创造原著的艺术效果。"[1]既信守对原文语言的忠实,又努力实现地道的英文表达,在翻译的这两端诉求中,译者在坚守原则的基础上不断地妥协、折中,努力达到一种较为理想的和谐状态。

一方面,两位译者尽量靠近原文的中国文化特质。读者在阅读由翻译引入的异国文学作品时,本身就有责任去包容异国文化,适当的陌生感能够提醒读者开放视野,接受自己不曾接触过的东西。试看一例:

> 原文:他们来到老马家卤肉店,60 年代中期以后,这家卤肉店已改名叫"革新"。唐菲花六分钱在"革新"买了两只酱兔头,递给尹小跳一个。[2]

> 译文:They went to Old Ma's Spiced Meat Shop. In the mid-sixties, the shop had changed its name to Innovations. Fei spent six cents on two marinated rabbit heads and handed Tiao one of them. [3]

在《大浴女》中,铁凝花了大量笔墨来写美食与食谱,这给译者带来了巨大挑战,因为饮食文化集中体现了中西方价值观念分歧与冲突。最广为人知的例子当属"狗肉"可不可吃。中国人并不视吃狗肉为禁忌,但海

---

[1] 张洪凌,Jason Sommer,李想. 关于铁凝《大浴女》英译的访谈. 作家,2017(10):13.

[2] 铁凝. 大浴女. 北京:人民文学出版社,2006:80.

[3] Tie, N. *The Bathing Women*. H. Zhang and J. Sommer (trans.). New York: Scribner, 2012: 87.

外读者却将狗视为同伴,"吃狗肉"与"吃人"无异,甚至有人用"dog eaters"来辱骂华人。同理,"酱兔头"一词要不要译、该怎么译便成了个棘手的问题。张洪凌和索默也就此问题进行了长久的讨论——是该打破"忠实"原则,贴近读者,还是冒着无视读者反感的风险,尊重原著,两位译者无法决断,在征求铁凝本人意见、经过多方沟通交流之后最终达成一致,还是译作"marinated rabbit head"。再者,"酱兔头"不仅仅是一个文化意象,它还是贯穿重要人物唐菲整个人生的线索,有着重要的意义。因此,译者最终决定尽可能地还原原作的本真面目,让陌生的异质他者融入英语的言说方式之中,再现了极具地域文化性的中国色彩。

一个优秀译本的杂合程度既受到原文本的制约,也受到语言交际效果的制约。如果异质成分过多,就很容易使译入语读者丧失阅读的乐趣。因此,译本必须具备较强的社会传真功能,必须充分考虑译本读者的阅读习惯,让读者的主体世界有足够充分的显现。试看一例:

原文:一个坏男孩站在门口,拿着一只形状酷似元宵的猪胰子*对尹小帆说你舔舔,你舔舔这是元宵,甜着那。(脚注*:猪胰子:元宵形状的肥皂,主要成分是碱。)①

译文:Once, a boy, at the entrance to the building, held out a piece of soap that looked like a rice ball, and he said to Fan, "Lick it. Lick it. It's a rice ball and tastes very sweet." ②

脚注的使用会使得文本的意义更为精确、明晰,但是由于脚注独立于正文之外,会切断读者的阅读行为,在一定程度上破坏读者的阅读体验。铁凝在《大浴女》写作的若干地方,使用了脚注,上文所示就是其中一个例子,作者特意加注来解释"猪胰子"这一词。猪胰子此处实指"猪胰子皂",由猪的胰脏经处理后混合豆粉、香料制成,去污能力强,旧时生产水平较为落后,人们常用猪胰子代替香皂洗手、沐浴。生产水平提高后,鲜少有

---

① 铁凝. 大浴女. 北京:人民文学出版社,2006:118.
② Tie, N. *The Bathing Women*. H. Zhang and J. Sommer (trans.). New York: Scribner, 2012:125.

人继续使用猪胰子皂。对于生活在 21 世纪的中文读者来说,这一词语极为生僻,作者不得已牺牲了一部分可读性,解释了猪胰子的形状与用途,保留了词语的历史感与年代感。而在翻译中,译者选择了解释性翻译的策略,将脚注直接化入原文中,译为"a piece of soap looked like a rice ball"。英文若字字对应翻译"猪胰子",则无法译出中文特殊的文化内涵,因此并没有特别大的留存价值。译者在此处进行了适当的增补,这样既传达了作者意图,让读者明白该物品的形状与用途,又避免中断读者的阅读过程,保持了行文的流畅和阅读体验的完整性。再看一例:

> 原文:他们两人就这么混着,直到白鞋队长高中毕业去了乡下插队,唐菲又认识了福安市歌舞团的一个舞蹈演员。①

> 译文:Fei and Captain Sneakers continued this way until he graduated from high school and was sent down to the countryside for peasant's reeducation. Then Fei met a dancer from the Fuan Song and Dance Troupe. ②

《大浴女》着力描绘了从"文革"后期到 21 世纪初的中国,向读者展现了那一特殊历史时期的生活图景,因而不可避免地会使用具有强烈时代色彩的词语,"插队"便是其中一个。"插队"本意指排队时不遵守秩序,而在中国城市知识青年"上山下乡"时,则逐渐用来指代"安插到农村生产队"这一模式。如果按照字面意思译成"cut in line",不但让读者不知所指,也背离了作者的真正指代,因而译者在此处直接译为"接受农民再教育",直接解释出了特殊历史背景下的特殊举措的目的,使译文更容易被海外读者理解与接受。这样做正是因为译者将可接受性作为翻译活动的重要依归,适度削弱并修补因文学陌生元素而引起的阅读困难。

译者在双语转换的过程中,始终表现出鲜明的文化立场,这一立场是

---

① 铁凝. 大浴女. 北京:人民文学出版社,2006:103.
② Tie, N. *The Bathing Women*. H. Zhang and J. Sommer (trans.). New York: Scribner, 2012: 112.

由译者的文化身份所决定,不可能完全客观中立,对原文的体现也不可能全无遮蔽,因此在很大程度上影响着翻译策略的选择。在一些情况下,译者会刻意改写译文,这样的文化杂合处理达到了维护本人文化身份乃至本民族的形象与尊严的目的。例如:

原文:尹小跳早就发现很多从美国回来的中国人脸色都不好看。在白种人成堆的地方,他们的黄脸仿佛变得更黄。①

译文:Tiao had noted long ago that many Chinese from America didn't look very healthy; their faces seemed to have turned browner among the hordes of white people. ②

在"启蒙运动"后期,随着西力东渐,往昔《马可·波罗游记》《曼德维尔游记》所描绘的"繁荣富庶、高度文明"的中国形象已成为过眼云烟,中国形象逐渐走向破败。对中国的全面否定于 19 世纪初期达到高潮,手拿大刀、头缠红布的义和团使西方猛然间看到了一个觉醒的中国,这让西方人惊恐万分,他们意识到中国是一个潜在的巨大威胁,于是"黄祸"(Yellow Peril)一词在此期间应运而生。由英国作家萨克斯·罗默(Sax Rohmer)创作的"傅满洲"(Fu Manchu)系列小说正是"黄祸"思想的典型代表。傅满洲这一形象刻板丑陋,被西方人视为"黄祸"的拟人化形象,是中国人奸诈取巧的绝佳象征。这一人物形象也被视为"辱华观念"中典型的"东方歹徒形象",再加之 yellow 本身在英语中含有"胆小,懦弱"的意思,因此,在《大浴女》中,译者为了回避 yellow 的负面内涵,特意将其改写为 brown。从这一改译中,译者张洪凌的文化身份与文化立场鲜明可见,为不迎合西方对中国人的刻板印象,译者摒弃了忠实翻译的立场,对译本的接受环境做出了合理性和普遍性的考虑,使得西方读者不至于再次形成对中国形象的负面认知。

---

① 铁凝. 大浴女. 北京:人民文学出版社,2006:202.
② Tie, N. *The Bathing Women*. H. Zhang and J. Sommer (trans.). New York: Scribner, 2012:219.

四、西方接受:政治化与人文化掺杂的解读

《大浴女》出版后在国内广受赞誉,后被陆续译为俄语、德语、法语、日语等多国语言,英译本则于 2012 年问世。不过,不同于国内的一路褒扬,《大浴女》在海外的接受却呈现了以政治化述评与人文化解读掺杂的格局。

《大浴女》用感性、充满诗意的语言描写了中国社会变迁之时的爱欲纠缠和人性纷争,再加之女性书写独有的写作视角,呈现了一个不同于惯常西方认知的中国文学作品,因此被译介到西方社会之后,在一定范围内形成较好的接受景观。诺贝尔文学奖得主大江健三郎盛赞该作,认为:"如果要让我选出过去十年内世界上最好的十部文学作品,《大浴女》毫无疑问会在其中。"①蓝诗玲认为,《大浴女》作为典型的女性作品,文笔细腻,人物刻画精致,运用了大量的心理描写,风格与莫言、余华等男性作家作品形成了鲜明的对比,这在一定程度上填补了中国女性作家作品在英语世界的空缺,让西方读者得以窥得此类作品的冰山一角。蓝诗玲还称赞道:"她(铁凝)是敏锐而富有同情心的观察者,观察着中国社会,技法娴熟地捕捉着每日生活中的不适、伪善和粗鄙,以及侵蚀着人与人之间关系的嫌疚与怨怼。"②书评期刊《书单》称:"铁凝通过娴熟的笔法精准地刻画了每个人物行为背后的千般情绪,那些痛苦与冲突的片段中充满了令人心痛的美感。"③2012 年,这部小说获曼氏亚洲文学奖提名。《大浴女》能够凭借英译本入围该奖项,在一定程度上说明了西方社会对该部作品的积极认可与评价。

不过,在这些肯定与褒扬的声音中,仍有一些西方评论文章着力淡化

① Tie，N. *The Bathing Women*. H. Zhang and J. Sommer (trans.). New York：Scribner，2012：cover.

② Lovell，J. *The Bathing Women* by Tie Ning—review. *The Guardian*. (2013-03-22) [2020-11-11]. https://www.theguardian.com/books/2013/mar/22/bathing-women-tie-ning-review.

③ Hunter，S. *The Bathing Women*：A novel. (2012-10-09)[2020-11-11]. https://www.amazon.com/Bathing-Women-Novel-Tie-Ning/dp/1476704252，n.d.

文本中的人性关怀和人文思考,刻意突出了对小说的政治性解读。如《纽约客》的评价着重强调"文革"的影响:"书中三个女性生活的年代里,甚至沙发都被视为对人的身心产生坏的影响。……女主人公的行为举止由'文革'塑造,在那段充满无知和压迫的岁月里,处处弥漫着格格不入可能带来的危险。"①《多伦多星报》(Toronto Star)的评论认为:"这部作品成功地给我们展现了那个痛苦多难的年代。""这部中国小说对书中人物的生活叙述自'文革'起一直到时髦的 90 年代,令人自然而然地将它视为一则寓言,映射中国崛起为现代化国家的历程。"②其实,"文革"只是《大浴女》的一部分时代背景,小说的时间跨度一直绵延到 90 年代中国经济蓬勃发展时期,小说着力刻画的是当代中国的新一代女性形象。以上期刊对于"文革"的聚焦和片面、意识形态化的解读,都说明英语读者对小说立意仍然进行以西方价值观为主导的过度政治化的阐释。

虽然《大浴女》对中国女性敏锐的体察与书写引起了英语世界读者的兴趣,来自中国的异国情调元素更是得到了关注与褒扬,但是,读者对该小说的众多批评和解读仍是基于对中国政治、文化的固有观念以及西方长期以来对中国的刻板印象。这样的阅读模式和体验也说明,虽然英语世界读者对阅读中国文学已经具有了较为浓厚的文化与文学兴趣,但受到传统思维的制约,仍然将注意力聚焦于政治化的大历史叙事,尤以"文革"中的书写为轨迹来引导并鉴定阅读旨趣和价值。

五、结　语

铁凝在《大浴女》中立足女性意识,借跌宕起伏的情节洞悉自我,对女性的生命内涵展开内省与质询,并由此审视外部世界,体现对人性、对命运以及对男权社会的批判与思考。作为一部典型的中国女性作家作品,

---

① *The Bathing Women*. *The New Yorker*. (2012-12-17)[2020-11-11]. http://www.newyorker.com/magazine/2012/12/17/the-bathing-women.

② Beermen, J. *The Bathing Women* by Tie Ning: Review. *Toronto Star*. (2012-12-21)[2020-11-11]. https://www.thestar.com/entertainment/books/2012/12/21/the_bathing_woman_by_tie_ning_review.html.

其英译本的在场使得以男性作家作品主导的中国文学外译市场呈现出别样的色彩与光芒,同时也使得西方读者能够从女性的视角出发,了解在特定历史时期下中国社会的风貌。

《大浴女》的两位译者在合作翻译时,尽可能保持原著中含有的异质文学文化因素,英译本十分贴近原文,展现了原作独特的文学话语;同时,译本也注意贴合英语目标读者的阅读旨趣,注重再现语言的流畅度和文学性。尽管不同语言之间存在着巨大的差异,但对欲望的追逐、对苦难的同情、对人世跌宕里的悲欢离合的关注,这些人类共通的本性是具有普遍意义的。也正因如此,文学作品才能增进不同文化形态之间的相互了解,才能尊重、包容彼此的异质因素。中国文学作为东方文化的特别形态,要被西方乃至全世界认识、接受,道路仍然十分漫长,需要作家、译者等多重维度的共同努力。

第八章 范式更迭：
网络时代的文学翻译新景^①

步入 21 世纪以来，中国当代小说走向世界文学的进程呈现多元化的格局，从经典的纯文学到流行的通俗文学，各种风格、各种流派、各种题材的作品纷纷得到译介，构成了文学"走出去"的丰富图景。中国文学独特的内涵、个性与价值正渐渐被认知、阐释与接受。值得注意的是，近年来，中国网络文学在海外的译介大有黑马之势，尤其受到英语世界读者的关注与追捧，日渐成为认识与解读中外文学关系的崭新现象。

在"互联网＋"时代的新兴技术支持和传播运作之下，文学的生产与翻译形态已然迥异于纸媒时代的传统实践，从创作、译介到接受与批评等各个环节均呈现出了非常鲜明的交互性和去中心化特征。这种由前沿信息技术和数字化新媒体打造的新文学现实，在海内外均展现出一派盛景。根据 2020 年 2 月中国社会科学院官方网站发布的《2019 年度网络文学发展报告》，中国网络文学正在稳健发展，网络文学行业发展路径更加清晰，内容生态日趋繁荣。^② 网络文学在快速生长的同时，也作为中国文学对外译介的新兴力量，逐渐成为中国当代小说在域外传播和接受的重要类型文学之一。可以说，中国网络文学不仅革新了文学自身的社会与个人认同和价值，也在悄无声息中为中国文学"走出去"提供了一条可供参照的成功路径。

---

① 本章部分内容曾在《中国比较文学》2019 年第 3 期发表（作者：吴赟、顾忆青）。
② 2019 年度网络文学发展报告. (2020-02-20)［2020-11-11］. http://www.chinawriter. com.cn/n1/2020/0220/c404027-31595926.html.

当下国内关于中国网络文学以及网络文学外译的研究兴起,由检索到的文献可知,主要集中在以下几个方面:

(1)中国网络文学的翻译与接受。吴赟、顾忆青从内涵、路径与影响三个维度揭示了中国网络文学在英语世界的译介现实;①张晓蒙结合中国文化"走出去"的宏观背景,提出了网络文学的海外授权、战略合作以及海外投资三方面的输出路径,呈现了我国网络文学的海外输出路径的历时演变;②郑剑委从译介、读者与英文原创等维度量化分析了中国网络文学在英语世界的接受情况,继而阐述了中国网络文学的在线翻译模式以及对外传播可能会遭遇的困境与问题;③高纯娟梳理了我国网络文学的海外输出与传播现状,指出了我国网络文学对外译介过程中在作品翻译质量保障、作品类型选择以及渠道的合法性方面还存在的诸多问题。④

(2)中国网络文学评论评价体系。构建中国网络文学评价体系是保障原文本质量与遴选待译文本的重要标准,相关学者对此也展开了一系列研究。庄庸、安晓良认为,目前"中国网络文学评论评价体系严重滞后、匮乏和缺席,当前应对二十年网络文学海外传播的数据、事实、现象与经验,进行系统的梳理与归纳、提炼与总结、调查与研究"⑤。欧阳友权指出:"网络文学评价标准的缺位与失依已成为我国网络文学可持续发展的掣肘。"⑥网络文学评论研究随着中国网络文学对外传播的热度与力度的增加成为可持续发展研究的内容。

(3)网络文学对外传播与中国文化形象构建。文学作品将国家形象蕴含于令人愉悦的字里行间,以故事化、自由化、青年化以及宣泄式的表达悄然影响着译入语读者对译出语国的文化形象认知。不可否认,网络

---

① 吴赟,顾忆青.中国网络文学在英语世界的译介:内涵、路径与影响.中国比较文学,2019(3):66-79.

② 张晓蒙.我国网络文学的海外输出路径研究.出版科学,2019(4):70-74.

③ 郑剑委.中国网络文学的海外接受与网络翻译模式.华文文学,2018(5):119-125.

④ 高纯娟.我国网络文学海外译介与输出研究.出版广角,2017(18):56-58.

⑤ 庄庸,安晓良.中国网络文学海外传播:"全球圈粉"亦可成文化战略.东岳论丛,2017(9):98.

⑥ 欧阳友权.建立网络文学评价标准的必要与可能.学术研究,2019(4):172.

文学的对外传播已成为中国现当代文学对外传播的新亮点,为"建构中国文化形象提供了异域亲缘性下的话语体系、数字赋能下的民间传播方案和文化自信下的青年文化认同途径"①。关于这方面的研究,国内学者王青、欧阳友权、贺予飞、席志武、付自强等纷纷从不同的视角阐述了网络文学对外传播与中国文化形象建构的关联。② 此外,网络文学的概念内涵、数据库资源建设与学术路向选择等研究也是国内学者关注的重要方面。

综观国内既有研究可知,中国网络文学研究已成为中国文学对外译介研究的新景象,其在海外的译介实践呈现出迥异于其他路径文学的意义、内涵与特征。本章拟从网络文学的主题类型与价值、译介模式以及传播与接受三大方面展开论述,以此解析网络文学翻译的崭新景观。

第一节　网络文学书写的主题与价值

自 20 世纪 90 年代步入互联网时代以来,网络文学在中国繁荣发展,作品层出不穷,篇幅动辄数百万字之巨,描述了一个个丰富生动、有血有肉的幻想世界,其所拥有的读者人数已超纸质文学。

2020 年 4 月 28 日,中国互联网络信息中心(CNNIC)发布第 45 次《中国互联网络发展状况统计报告》显示,截至 2020 年 3 月,我国网民规模为 9.04 亿,互联网普及率达 64.5%,③庞大的网民构成了中国蓬勃发展的消费市场;我国网络文学用户规模达 4.55 亿,较 2018 年年底增长 2337 万,占网民整体的 50.4%;手机网络文学用户规模达 4.53 亿,较 2018 年年底

① 邓祯. 网络文学的海外传播与中国文化形象构建. 中国编辑,2019(3):8.
② 王青. 网络文学海外传播的四重境界. 中国文学批评,2019(2):109-115, 160;欧阳友权,贺予飞. 网络文学研究的几个学术热点. 文艺理论研究,2019(3):174-183;席志武,付自强. 我国网络文学海外传播现状、困境与出路. 中国编辑,2018(4):79-84.
③ 我国网民规模突破 9 亿. (2021-04-28)[2020-11-11]. http://www.xinhuanet.com/fortune/2020-04/28/c_1125917944.htm.

增长 4238 万,占手机网民的 50.4%。① 网民数量的增加、互联网的普及都为网络文学的发展夯实了基础。

随着网络文学的迅猛发展,其在中国现当代文学中的价值与作用也日益得到关注。网络文学使得传统文学版图经历了深刻调整,有关网络文学的概念内涵、主题类型、价值意义也需要重新梳理,语言文本的建构、文字的阅读与传播以及超文本的存在与启示等命题都成为解读网络文学的核心所在。本节主要从中国网络文学的概念内涵、主题类型阐释以及价值意义方面入手,为其后对外译介与接受展开本源性分析奠定基础。

一、网络文学的概念内涵

作为对外开放以及互联网时代的产物,中国网络文学可谓乘风破浪,发展迅速,成为一股不可忽视的文学力量。网络文学的发展引发了对其概念及内涵的研究与探索。国内诸多学者从不同视角来定义网络文学。

席志武、付自强将网络文学定义为“利用网络多媒体和 Web 交互等信息技术创作并以互联网作为传播媒介的文学作品”②。邓祯认为,网络文学是“一种青年化、宣泄式的文学,出自网民‘戴着面具’的自由化创作”③。黄也平、齐永光认为,“从广义的角度来看,通过互联网渠道进行传播、发表的小说、漫画、类文学文本及含有部分文学成分的网络艺术品等都是网络文学;从狭义的角度来看,以互联网为发布平台和传播介质,通过超文本链接和多媒体演绎等方式加以呈现的首发、原创作品为网络文学”④。马季认为,“网络文学以类型化为主要创作形态,在不同领域进行创作实践”⑤。邵燕君从媒介属性视角将网络文学发展第一阶段的文学形

---

① CNNIC 发布第 45 次《中国互联网络发展状况统计报告》. (2020-04-28)〔2020-11-11〕. http://www.cnnic.net.cn/gywm/xwzx/rdxw/20172017_7057/202004/t20200427_70973.htm.

② 席志武,付自强. 我国网络文学海外传播现状、困境与出路. 中国编辑,2018(4):79.

③ 邓祯. 网络文学的海外传播与中国文化形象构建. 中国编辑,2019(3):8.

④ 黄也平,齐永光. 媒介融合视域下的网络文学研究. 人民论坛,2019(23):134.

⑤ 马季. 网络文学的时代选择与旨归. 中国文学批评,2019(1):111.

态称为"传统网文",并将其定义为"以'起点模式'为主导、以'拟宏大叙事'为主题基调和叙述架构、以传统文学为主要借鉴资源、以'起点模式'为基本形态的'追更型'升级式爽文"。① 刘肖、董子铭指出,"网络文学是指人们在创作中使用互联网,发布和传播在网络平台上的文学行为和相关智力成果"②。

由上述定义可知,不同研究者从不同维度阐释网络文学的内涵。概而述之,网络文学即是以互联网为载体、以网络传播为手段发布的中长篇小说、诗歌、散文等文学形态。因其颠覆以往传统文学的文本生成模式和内容结构,网络文学的创作内涵被赋予了多层标签,如"类型化"(即网络文学的题材以类型文学为主体,涵盖仙侠、都市、历史、网游、科幻、悬疑等多个相对稳定的题材与叙事模式)、"粉丝化"(即作者与读者群体边界日益取消,作品的创作与阅读同步发生,社交共读、粉丝社群、粉丝共创成为网络文学较为显著的特征)、"协同化"(即作品以不同媒体实现一体化开发,小说文本与电影电视剧等媒介共同运作,实现受众一边读原著一边追看电视剧的体验;网络文学知识产权的开发更是强调与各方的协同链接)、"破圈化"(即打破既有相对稳定的阅读模式和读者范畴,如女性读者同样喜爱阅读男性为主角的叙事文本,作品凭借内容吸引各不相同的读者群体)。

二、网络文学的主题类型

从创作来看,网络文学大多因循印刷文学时代的线性叙事风格,也就是说网络文学的写作内容,在内涵上应属类型文学的范畴。类型文学指的是一批文学作品共同遵循一套相对稳定的题材、程序和风格,呈现出一些具有共性的普遍特征,如仙侠小说或侦探小说拥有不断重现的"仙侠""侦探"的叙述模式,"正是因为体裁像一种制度那样存在着,所以它们所

---

① 邵燕君. 网络文学的"断代史"与"传统网文"的经典化. 中国现代文学研究丛刊,
  2019(2):6.
② 刘肖,董子铭. "一带一路"视野下我国网络文学对外传播研究. 出版发行研究,
  2017(5):78.

起的作用,对读者来说,犹如'期待域',而对作者来说则如同'写作范例'"①。正是由于类型文学拥有类似的审美风格,因而有着相对固定的读者群体。

中国网络文学书写与国家政治、经济、文化发展需求及现状密不可分,同时也融合个人生命体验和本体欲望,主要表现为玄幻、武侠、悬疑、历险、言情、历史等多种主题类型。这一系列的创造性书写不断丰富着网络文学的创作内涵。本节撷取网络文学中较具代表性的创作类型,阐释其内涵特征。

玄幻小说主要是基于东方文化背景,描写主人公修炼成仙、冒险历劫经历的幻想作品。如烟雨江南的《尘缘》讲述了仙侠世界中一块青石如何修炼成仙,最后却又被命运捉弄的故事;Fresh 果果的《花千骨》讲述了少女花千骨与上仙白子画之间关于责任、成长、取舍的纯爱虐恋;我吃西红柿的《莽荒纪》将东方远古洪荒神话与西方魔幻结合,构建出一个波诡云谲的莽荒纪元;萧鼎的《诛仙》讲述了平凡少年张小凡机缘巧合之下修仙历劫,卷入正邪两道之间隐秘斗争的故事;唐七公子的《三生三世十里桃花》讲述了上古神话里的青丘帝姬白浅和九重天太子夜华的三生爱恨、三世纠葛的故事;猫腻的《择天记》是一部"玄幻 + 修真"的复合型作品,讲述了在人妖魔共存的架空世界里,陈长生逆天改命,在神都开启一个逆天强者的崛起征程。诸多优秀的玄幻修仙作品诸如《花千骨》深受广大读者喜欢,部分作品陆续被制作成电视剧、电影甚至游戏等。

言情小说主要以"治愈""成长""励志""青春"等为基本特征。蔡智恒的《第一次亲密接触》被认为是中国互联网史上的第一部畅销小说,讲述了主人公痞子蔡邂逅女孩轻舞飞扬,两人发展为知心好友的故事。江南的《此间的少年》将金庸笔下的武侠人物移入汴京大学的场景之中,讲述了乔峰、郭靖、令狐冲等大侠们的校园故事。顾漫的《何以笙箫默》讲述了何以琛和赵默笙起于年少时的校园爱恋,执着于等待和相爱的故事。鲍鲸鲸的网络小说《失恋三十三天》讲述婚礼策划师黄小仙从遭遇失恋到走

---

① 托多罗夫. 巴赫金、对话理论及其他. 蒋子华,等译. 天津:百花文艺出版社,2001:28.

出心理阴霾的 33 天，见证了一个都市女性的成长过程；由小说改编的同名电影《失恋 33 天》的 DVD 光盘在 2014 年被作为国礼的一部分赠予了阿根廷官员；2018 年，该影片被评为改革开放 40 周年中国十大优秀爱情电影。辛夷坞的《致我们终将逝去的青春》，讲述了步入大学的郑微在为爱情付出代价的过程中收获成长的故事；2017 年，《致我们终将逝去的青春》入"2017 猫片·胡润原创文学 IP 价值榜"；2019 年入选"庆祝新中国成立 70 周年"主题网络文学作品暨 2019 年优秀网络文学原创作品。唐家三少的《为了你，我愿意热爱全世界》、袁语的《吻安，我的费先生》、顾漫的《微微一笑很倾城》等也深受瞩目，得到读者的欢迎与追捧。

历史小说具有高度的历史还原性，在丰富的想象基础上充满历史在场感。当年明月的《明朝那些事儿》从朱元璋的出身写起，到永乐大帝夺位的靖难之役为止，叙述了明朝的开国过程。海晏的长篇小说《琅琊榜》以情义复仇作主线，以魏晋南北朝时期的梁朝为背景，讲述了林殊通过智谋铲除佞臣、为保家卫国战死沙场的故事。蒋胜男的《芈月传》以人书史，讲述了战国时期女性的成长过程与心路历程。此外，阿耐的《大江东去》、何常在的《浩荡》、齐橙的《大国重工》、骠骑的《太行血》、蒋胜男的《燕云台》等都是优秀的历史题材网络小说，入选"庆祝新中国成立 70 周年"主题网络文学作品暨 2019 年优秀网络文学原创作品。

除了上述几类题材外，科幻、悬疑、冒险、盗墓、网游等小说也都拥有一大批粉丝。例如，彩虹之门创作的《地球纪元》叙述了人类克服自身缺陷，冲破自然和科技发展局限，向宇宙传播地球文明的壮举。南派三叔（徐磊）的《盗墓笔记》讲述了吴邪、张起灵、吴三省等人进入古墓探险的故事。天下霸唱的悬疑盗墓小说《鬼吹灯》以盗墓寻宝为主要内容；2017 年，《鬼吹灯》位列"2017 猫片·胡润原创文学 IP 价值榜"第 12 位。蝴蝶蓝创作的网游小说《全职高手》讲述了网游顶尖高手叶修在网游世界一路走向巅峰的故事。陈酿的《传国功匠》描写了国宝工匠技艺及精神传承的故事。洛明月的《粮战》通过水稻育种行业的故事，塑造了甘于奉献的育种专家形象。除此之外，姞文的《长干里》、刘猛的《雷霆突击》、肖晓月的《全科医生》、关东老人的《一脉承腔》、马玫的《观音泥》、金宇澄的《繁华》都是入选国家新闻出版署和中国作家协会联合推介的 25 部"庆祝新中国成立70 周年"主题网络文学作品暨 2019 年优秀网络文学原创作品名单的作品,具有较高的文学及社会影响力。

三、网络文学的价值探索

网络文学作为中国当代文学的重要构成,在推动中国文化走向世界、塑造中国国家形象方面已成为一股不可忽视的力量。那么,具体而言,网络文学的价值体现在何处? 网络文学对外译介、传播与接受的意义何在?接下来将探讨网络文学创作与译介的价值,以期为相关研究提供参照。

首先,网络文学拓展了当代文学书写疆域。不同于其他类型文学的是,网络文学在文本形态、传播和接受过程中,依托网络这一媒介载体,形成双向交互的文学活动。传统的文学创作主体是一小群知识分子,作品的传播与阅读是单向线性的,自上而下,以原文本为中心向读者群体发散;而在互联网传播空间里,作家这一创作群体扩展至普通大众,写作成为大众自我娱乐、自我表达、自我宣泄以及自我价值实现的方式。

与纯文学作品相比,网络小说更具可读性。《收获》执行主编程永新表示:"中国当代文学走了几十年,需要寻找一个出路,类型小说近十年的迅猛发展,至少提供了一种可能性,就是把故事说好,这一点很值得纯文学作家研究。"①丰富的主题、曲折的情节、广阔的想象空间,是网络小说吸引读者的主要原因。

从网络小说在英语世界的译介现状来看,小说类型多为玄幻、仙侠以及武侠小说这几种文学类型,"成长""历险"与"征服"往往成为这类小说的主题名词。以几部在美国受到读者追捧的网络玄幻小说为例。

《盘龙》(*Coiling Dragon*)的主人公林雷无意中拣到一枚神奇的戒指,而后踏上了魔幻之旅。从物质位面玉兰大陆到四大至高位面之一的地狱到位面战场再到整个鸿蒙宇宙,林雷在不同的生存空间里不断成长,不断遭遇挑战,魔法修为不断提高。《斗破苍穹》(*Battle Through the*

---

① 转引自:李凌俊. 类型文学:寻找"经典化之路". 文学报,2012-12-27(03).

Heavens)讲述的故事是：天才少年萧炎在创造了家族空前绝后的修炼纪录后突然成了废人，种种打击接踵而至；就在他即将绝望的时候，一缕灵魂从他手上的戒指里浮现，于是一扇全新的大门在他面前开启；经过艰苦修炼，天才少年最终成就辉煌。《逆天邪神》讲述少年云澈继承邪神之血，走上逆天之途的故事。《九星霸体诀》(Nine Star Hegemon Body Art)讲述了被盗走灵根、灵血、灵骨的三无少年龙尘，凭借炼丹神术，修行神秘功法九星霸体诀，解开惊天之局的故事。《仙魔变》(Immortal Devil Transformation)讲述了少年林夕为了帝国和荣耀，与一群热血少年在修仙成侠的道路上共同成长的故事。《星辰变》以庞大的修真世界为背景，主人公秦羽克服自身先天不足的劣势，不甘平凡，勤修苦练，一步一步成为强者，最终成为宇宙中至高无上的存在。而《我欲封天》(I Shall Seal the Heavens)的故事则是以一个家境贫寒的书生为主人公，他多次科考落榜，郁郁不得志，后转而修真，追寻人生大愿，完成封天之路。《凡人修仙传》(A Record of a Mortal's Journey to Immortality)讲述了一个资质平庸的山村穷小子依靠自身努力最后修炼成仙的故事。《无敌天下》(Invincible)讲述了地球少林世家弟子黄小龙穿越到武魂世界，并一步步成为强者的故事。《符皇》(Talisman Emperor)讲述了男主人公历尽磨难之后掌握制符秘术，走向斩妖除魔的道路。这些小说的立意相似，在作者所创作的远离现实的虚拟世界里，文本中的英雄人物所历的英雄历程成为读者逃离日常庸碌生活的通道，阅读过程中所得到的代偿性愉悦与满足在一定程度上释放了现实生活的压力与失意。

除玄幻类型之外，武侠和历史题材也备受欢迎。《我是至尊》(I Am Supreme)体现了作者风凌天下一贯的热血风格，开篇以战争视角切入，塑造出战后帝国的众生百态。《天涯明月刀》(Horizon，Bright Moon，Sabre)同样引人入胜，讲述了天下"第一快刀"傅红雪击败燕南飞，成为武林第一，其后两人被杀手追杀、合力追查真相的故事。主人公在拯救自我、拯救他人的过程中，完成了自我升华的过程。《琅琊榜》(Nirvana in Fire)诠释了仁、义、礼、智、信等中华民族的道德风尚。《诛仙》(Jade Dynasty)传递了道家的哲学理论，以"天地不仁，以万物为刍狗"为主题，讲述了青云山下的普通少年张小凡的成长经历故事。

由上述个案可以看出,主人公并没有挣扎、沉沦于悲剧性的遭遇与困境中,而是在磨难中不断成长,经历不同的挑战和艰险,克服自身的种种缺陷,跨越不同层次的障碍,变得愈加强大,成为影响历史,甚至改变历史、塑造历史的王者。小说对于想象空间的构建与突破成功地营造了一个个不同于现世的虚拟空间,既赋予了读者巨大的阅读快感,同时也为大众提供了一个个逃避现实重压的幻想乐园,纵然这些文本经不起理性的检验,但幻想同样具有文学的重量及意义,影响着大众的价值观念和生活方式。

其次,网络文学通过文学构筑幻想乌托邦。类型文学在中国历来难登大雅之堂,在文学格局中常常被纯文学推至边缘地位。中国的文学评论圈对其评价不高,究其原因,往往是认为类型文学耽于娱乐之用,内容失之浅薄,艺术审美的厚度不足,缺乏对中国社会现实的关注,因此"它得到的将不是艺术的尊重,而是文学审美本体的缺失和历史合理性的悬置"①。然而,网络文学在海外却掀起了接受热潮,这促使我们思考其中的文学意义与价值,探讨其中蕴含的被西方场域接纳的条件与资本。

被译出的中国当代小说多是战争和世俗沉沦背景下的大历史和乡土叙事,或以身体书写为主导,或以欲望化的个体叙事为主线,大多呈现对人性阴暗和道德沦丧的描述,如莫言、苏童、余华等著名作家的小说大多如此。麦家对此曾评述:"回头来看这将近 20 年的作品,大家都在写个人、写黑暗、写绝望、写人生的阴暗面、写私欲的无限膨胀。"②纯文学在主题内容方面存在强烈的趋同性,主人公在生存境遇中的悲剧性呈现往往成为当代小说的普遍特征。虽然这样的文学书写具有强烈的现实批判意义,充满了作家对于社会现状、文化语境、个人主体的洞察与反思,然而这类作品走出国门的历程却并不轻松,其原因在于这种单一化集中体现当代中国生存境遇的写作主题,这种非常具体化、时代化、语境化的书写往

---

① 欧阳友权. 网络文学前沿问题的学术清理. 湖南师范大学社会科学学报,2005 (3):98.

② 麦家,季亚娅. 麦家:文学的价值最终是温暖人心. 文艺报,2012-12-12(02).

往暗含巨大的文化与社会差异,中国化的独特生存体验并不一定能唤起普遍性和跨语境的阅读认同,从而降低了文本在海外的接受程度。

事实上,网络文学虽然文化积淀不足,但却已在丰厚的中国文学经验中呈现出强大的文学生命力和独特的文学风貌,而且其生长形式跨越了僵化的传统文学界限,拓展了当代文学的谱系,为当代文学的发展提供了积极的启示意义和示范作用。中外庞大的读者群对网络文学的广泛阅读与传播说明网络文学作品兼具通俗性和时代性,同时它所灌输的文学认同成为一只看不见的巨手,默默影响着读者的日常生活以及对世界和人生的解读,从而为网络文学的价值做了强劲的背书。

可读性的背后是小说作者以丰富的想象力编织的一个个异于现实的虚拟世界。这种与现实的差异往往蕴含着深刻的文化隐喻:映照当代现世的无奈和局限,建造并命名了乌托邦式的理想空间和生存方式。作者汪洋恣肆的想象力并没有参照现实,反映现实,而是在自我参照的基础上生成虚构性的话语。在互文性理论看来,这是文学的"自我临摹":"文学的主要的参照范畴是文学,文本在这一范畴内部互动,就像更广泛的艺术之间的互动一样。在文学话语独立于现实的这一事实之外,在它的自我参照之外,文学把文学看成是自己临摹的对象。"[1]这种自我临摹可以使作者的文学想象无所羁绊地发展。而这种充满想象的自我临摹被翻译之后,摆脱了语言本身的束缚,使得西方读者没有受到特定政治文化语境的约束,也摆脱了时代性的空间制约,在当代文学的想象空间里激发对于文本的认同和期待,因此很容易实现对文本的解读与接受。

西方读者之所以被中国网络小说吸引,既与作品激发的消费性和娱乐性有关,也与其中折射的价值观念和当代大众审美形态有关。如果考察进入20世纪之后的中国文学,会发现其中呈现了鲜明的意识形态化。启蒙、救亡、为国家服务,文学作品往往以国家意志和民族意志为主导,在宏观的社会视域中展开对现象的编织和阐述。而包括网络文学在内的类型文学书写往往独立于政治化之外,建构自成体系的内生逻辑,"艺术应

---

① 萨莫瓦约. 互文性研究. 邵炜,译. 天津:天津人民出版社,2003:65.

该是一种否定的力量,其根本任务不是去赞美和维护现存社会,而是要打碎给定的语言和思想对人的精神和肉体的压制性统治"①。网络文学同样也凝聚、体现了中华民族中最具普遍性的价值意义和理想观念。读者在现实生活中所受的苦难,在自我经历中无法实现的愿望,都在幻想世界中通过阅读得到了虚幻的满足,带来了纯粹审美的愉悦。"文学的真正快感,就来自我们心灵中张力的释放。"②网络小说中的想象世界构建了一种具有普遍意义的价值属性,一个普通的凡人一步一步成长,改变自身的命运,重建世界秩序,也改变了历史的走向,这为读者内心的英雄情怀和梦想的宣泄找到了充分的载体。正如弗洛伊德所说:"幻想的动力是未得到满足的愿望,每一次幻想就是一个愿望的履行,它与使人不能感到满足的现实有关联。"③

这种以幻想为驱动的文学虽然没有记录当下人们的生活状态,没有折射当代社会的现实问题,没有将政治意识形态融入小说的文学性之中,但却以成人童话的形式同样关怀着人类的终极命运,形成了独立并超脱于现实日常生活之外的乌托邦,并由此赋予超越国界的审美意义和阅读价值,吸引来自世界的关注目光。

第二节　网络文学的译介模式与形态

随着中国文学对外译介步伐的加快以及全球文化交流、文明对话的日益频繁,中国网络文学成为步入海外的新兴文学形态,深受读者的喜爱与追捧。自 2010 年起,中国网络文学在海外崭露头角。如 2011 年 3 月,网络作家南派三叔的《盗墓笔记》系列英文版(*The Grave Robbers' Chronicles*)由美国 Things Asian 出版社推出其第一卷,Kathy Mok 担任译者,并于 2014 年陆续出齐 6 卷本。

---

① 王治河. 译序//汤因比,等. 艺术的未来. 桂林:广西师范大学出版社,1991:3.
② 弗洛伊德. 创作家与白日梦//伍蠡甫. 现代西方文论选. 上海:上海译文出版社,1983:142.
③ 弗洛伊德. 创作家与白日梦//伍蠡甫. 现代西方文论选. 上海:上海译文出版社,1983:142.

一、译介平台:Wuxiaworld 与起点国际

相较于纸质印刷的传统出版模式,以互联网平台和社交网络为载体的新兴传播媒介,赋予文学翻译不同于以往的先锋面貌和时代气息,并于近年来逐渐成为当前中国网络文学在海外译介的主要形态。其中,以Wuxiaworld、Gravity Tales、Novel Updates 等为代表的文学翻译网站和论坛社区,由海外民间团体或个人自发创办,数量已达上百家,并引起广泛热议。此外,起点国际则是在中国本土创办的对外译介网站,在中国网络文学对外输出过程中也同样扮演着关键角色。

Wuxiaworld(武侠世界,www.wuxiaworld.com)由美籍华人赖静平(RWX)创办于 2014 年 12 月,是目前全球影响力最大的中国网络小说英译网站之一,小说题材以玄幻修仙为主。该网站的运营主要以刊载网页广告、粉丝群体打赏及捐助为主。迄今该网站已完成翻译并发布《盘龙》《天涯明月刀》《我欲封天》《一念永恒》(A Will Eternal)、《仙逆》(Renegade Immortal)、《三界独尊》(Sovereign of the Three Realms)、《莽荒纪》(Desolate Era)、《罪恶之城》(City of Sin)、《陨神记》(The Godsfall Chronicles)、《武动乾坤》(Wu Dong Qian Kun)、《斗罗大陆Ⅱ》(Soul Land 2: The Unrivaled Tang Sect)、《上古强身术》(Ancient Strengthening Technique)、《天珠变》(Heavenly Jewel Change)、《英雄无泪》(Heroes Shed No Tears)、《七杀手》(7 Killers)、《灵域》(Spirit Realm)、《狩魔》(Demon Hunter)、《武极天下》(Martial World)、《星辰变》《斗破苍穹》《巫界术士》(Warlock of the Magus World)、《冰火破坏神》(Destroyer of Ice and Fire)、《异界之装备强化专家》(Upgrade Specialist in Another World)、《宠魅》(The Charm of Soul Pets)、《仙魔变》《元尊》(Dragon Prince Yuan)等中国网络小说,另有几十部作品正在持续翻译更新;同时,该网站还刊载多部英译韩语小说和英语原创作品,如《템빨》(Overgeared)、《탐식의재림》(The Second Coming of Gluttony)等。

同属大型中国网络文学英译平台的 Gravity Tales(www.gravitytales.com)于 2015 年 1 月上线,迄今,已经或正在翻译的中文作品共有 45 部,

除了武侠、仙侠、玄幻、科幻等主题的作品之外,也包括《全职高手》等新兴的电子竞技类小说,还有 9 部原创英语作品和日语、韩语作品译文等。

NovelUpdates(www. novelupdates. com)则是提供全亚洲文学英译作品索引的导航平台和论坛社区。据该网站统计,源语言标记为"中文"标签的作品多达 3500 余部,绝大多数是中国网络小说的英译版。其中,读者阅读人数最高的英译作品,是网络写手"火星引力"创作的玄幻小说《逆天邪神》,同时列入 2 万多份阅读书单中。由此可见,中国网络文学目前在英语世界的译介数量、传播规模和受众范围都较为可观。

中国阅文集团旗下的起点中文网,先后与武侠世界和 Gravity Tales 这两家英译网站在内容生产、翻译编辑和版权渠道等方面达成合作,并推出"起点国际"(www. webnovel. com)网站进军海外市场,共同推动中国网络文学英译传播及其正版化的发展。2017 年 5 月,起点国际运营,30 余部网络小说的英文版同步上线。同年 11 月,Android 和 IOS 版本的 APP 正式上线,新的文学运作与营销模式逐步形成全面的体系化生产。

2018 年,中国网络文学对外译介的格局发生重大变化,不再以武侠世界和 Gravity Tales 独大。起点国际得到"阅文"这一中国最大的网络文学集团在内容储备、技术运营、资本积累等方面给予的支持,随后收购了在粉丝网站翻译具有较高影响力的 Gravity Tale,而 Wuxiaworld 则收购了 Volare Novel。如此一来,起点国际与 Wuxiaworld 在中国网络文学对外译介方面两分天下。

从 2017 年以来,起点国际与分布在以北美、东南亚为代表的世界各地的 200 名译者和翻译组展开合作,上线了 600 多部中国网络文学的英译本,囊括玄幻、奇幻、仙侠、都市等题材,其中有讲述青年热血拼搏故事的《全职高手》、弘扬中华传统美食的《异世界的美食家》,还有《巫神纪》《天道图书馆》《放开那个女巫》《国民老公带回家》《我是至尊》《飞剑问道》等。从起点国际的数据来看,阅文集团已向海外授权作品 700 余部,起点国际在线社区日评论量超过 4 万条。自 2018 年起点国际启动海外原创业务以来,平台的海外作者超过 52000 人,审核上线作品近 9

万部。① 此外,根据《2018—2019 年度文化 IP② 评价报告》显示,2018—
2019 年度中国 IP 海外评价 TOP 20 中,网文 IP 占 10 席,其中 70% 的作
品来自阅文集团。③

英国学者卡林·利陶(Karin Littau)在回顾翻译史的过程中就曾指
出,传播技术环境对翻译的形态和行为能够产生形塑作用。她注意到,从
古至今,翻译的载体经历口头、抄写、印刷和屏幕等媒体介质的更迭,翻译
活动的性质也由此从表演性、手工艺性、工业性,向电子性演变。④ 在这个
瞬息万变的"数字化生存"时代,以互联网为代表的数字化新兴媒介已彻
底改变信息传递的方式,也深刻影响着翻译作为跨文化交际行为的面貌。
中国网络文学的对外译介依托互联网平台,在译者身份、译介模式、译作
形态等方面,均展现出前所未有的突破性特征。

二、译者群体:粉丝译者与职业译者

在中国文学对外译介的过程中,虽然本土译者和外国译者都有参与,
但译者的主体身份往往具有官方或职业色彩:他们或是由国家政府编译
机构安排翻译任务的专业译者,如"熊猫丛书""大中华文库"和《中国文
学》杂志等译者团队;或是任职于东亚系、比较文学系等国外高校学术机
构,或将翻译中国文学视为其学术研究组成部分的专家学者,如葛浩文、
蓝诗玲、白睿文、杜博妮等汉学家。然而,"中国当代文学'走出去'如果只
束缚于学术圈,其实远不能适应瞬息万变的时代走向"⑤。

在这一方面,中国网络文学英译便显现出其独特性,其译者群体的身

---

① 数据源自:2019 年度网络文学发展报告.(2020-02-20)[2020-11-11]. http://
www.chinawriter.com.cn/n1/2020/0220/c404027-31595926.html.
② 文化 IP(Intellectual Properity)原意为知识产权,随着新媒体的崛起,文化 IP 已
经成为一种文化产品之间的连接融合,有着高辨识度、自带流量、强穿透变现能
力、长变现周期的文化符号。
③ 数据源自:谈文化出海《2018—2019 年度文化 IP 评价报告》.(2019-06-07)[2020-
11-11]. https://www.sohu.com/a/319137230_680597.
④ Littau, K. First steps towards a media history of translation. *Translation Studies*,
2011(3):261-281.
⑤ 吴赟,顾忆青. 困境与出路:中国当代文学译介探讨. 中国外语,2012(5):92.

份背景有着鲜明的民间性质,较少受到意识形态的制约,翻译动机也多是出于对作品本身纯粹的兴趣和热爱,因而能够拉近英语世界读者的心理距离。例如,Wuxiaworld 网站的创办者赖静平就曾是一位美国华裔外交官,也是地道的"武侠迷"。他坦言,因为少年时代对金庸武侠小说的痴迷,加之为了提高自己的汉语读写水平,便投身翻译之中。他利用业余时间翻译完 300 多万字网络文学作品,后来更是辞去外交官工作,全心致力于中国网络文学英译。他翻译的《盘龙》即是第一部引起外国读者对中国网络小说浓厚兴趣的译作。

与赖静平相似,Wuxiaworld 的译者团队都是来自世界各地的武侠小说和功夫电影爱好者,有些出生在中国香港,有些出生在新加坡、马来西亚等华语文学区,有些则是热爱亚洲文化的美国人。他们相识于网络论坛社区,因为有着共同的阅读兴趣和文学偏好而集结在一起,甚至还催生出 Radiant Translations(www. radianttranslations. com)这样已成规模的中国网络文学翻译者组织。例如,译者"Deathblade"是土生土长的美国人。他在网站个人介绍中表示,与"武侠"的第一次接触是 2000 年的电影《卧虎藏龙》,从此被中国文化深深吸引,不仅广泛涉猎英译中国网络小说,还经常光顾亚洲影视论坛(spcnet. tv)。2009 年,他开始学习中文,并到中国定居。①

不同于传统文学彰显译者真实身份,网络文学的译者(们)大多会采用网名代号作为其笔名。如赖静平在 Wuxiaworld 网站上自称 RWX,据网站介绍,该名字取自金庸武侠小说《笑傲江湖》中的"任我行"一角。中国网络文学的译者群体本身就属于青年一代的网民,他们熟悉互联网虚拟空间最新的流行文化和话语叙事风格,隐匿的身份亦赋予其充分的书写自由,翻译中国网络小说对他们而言更是文学兴趣使然。

起点国际作为一种海外化的中国输出模式,在翻译模式、付费机制、原创体系等方面实现了较大的飞跃,同时在读者互动和作家培养等方面具有一定优越性,在一定程度上影响着 Wuxiaworld 付费机制的成熟化

---

① 有关 Wuxiaworld 网站更多的译者介绍可访问:http://www. wuxiaworld. com/about-wuxiaworld/。

以及翻译体系的职业化进程。就译者群体而言,起点国际最早的海外业务起于"粉丝翻译",由精通中文与目标语的网文爱好者展开翻译实践。不过由于粉丝翻译力量分散,存在较为明显的随机性和不可控性,质量难以保证,因此,起点国际采取了几大策略来实现译者群体的职业化、高效性和体系化:一是凭借雄厚的资金基础招募了一批资深的翻译团队,遍布全球的 200 余人的翻译队伍由中外译者、编辑等共同构成;二是积极推进"翻译孵化计划",在世界范围内通过"线上招募"、测试等环节寻找最佳译者,不断扩大译者规模,帮助译者快速成长,实现标准化、规模化运作;三是按照国内职业作家体系,构建了一套职业译者体系来保障译者的酬劳与福利待遇,以推动翻译工作进入正轨,保证译者队伍稳定。例如,起点国际在 2018 年将译者的收入模式由原来的按章取酬模式改为分成模式①(网站、作者与译者之间的比例是 3∶3∶4),最大限度地保障译者的收入。

三、译介过程:团队化协作

较之主流纯文学作品的译介流程,网络文学翻译并不完全受制于挑选原著、遴选译者、出版社编辑、纸本校勘印刷、书商销售推广等传统印刷时代的业务流程。在互联网营构的去中心、无国界的数字化场域中,网络文学外译成为中国当代文学进入海外读者视野的全新途径。

截至 2020 年 3 月,我国网民规模突破 9 亿,互联网普及率高达 64.5%,这为数字经济发展打下了坚实的用户基础。与此同时,互联网生态的去中心化属性愈加明显,译者、读者与作者拥有同等的机会参与信息的整合、分享与传播之中,翻译行业与市场也随之发生改变。这一系列变革逐渐模糊了作者、译者与读者之间的界限,人人都可以参与翻译,发表译文,评价译作,因此,群众性、团队化协作的"众包翻译"(crowdsourcing translation)现象应运而生。

众包翻译是依托互联网技术涌现出的新型翻译实践形态,维基百科、

---

① 吉云飞. "起点国际"模式与"Wuxiaworld"模式——中国网络文学海外传播的两条道路. 中国文学批评,2019(2):107.

YouTube、Facebook 等都被视为众包翻译的经典案例。在实际的翻译实践中,众包翻译主要是立足某个线上平台或团体组织,借助网络大规模地招募"翻译志愿者"(volunteer translators),团队协同生产译作,将原本需要职业译员完成的翻译任务以基于自由自愿的方式外包给非特定的大众群体,以参与平台的开放性、参与者身份的多元化、技术运用的娴熟性、内容产出的创意性、生产成本的最低化、生产过程的高效化等为主要特征。如,起点国际就是众包翻译的典型,译介内容主要是中国网络文学;中国最大的译者社区网站译言网(yeeyan.org)主要是以众包协作为主的图书翻译、媒体翻译社区,译介方向为英译中。此外,武侠世界、果壳网(guokr.com)、科学松鼠会网站(songshuhui.net)、虎扑网(hupu.com)、东西网(dongxi.net)的众包翻译实践也为多数网友称道,已然成为中外文化、信息沟通与交流的重要窗口。

随着大数据时代的到来,互联网技术日臻成熟,中国网络文学蓬勃发展,深受海内外读者欢迎。网络小说为了吸引读者消费,保持阅读热度,通常都是超长篇的规格,动辄百万字的篇幅,这些因素促使以团队协作为特征的众包翻译成为中国网络文学对外译介的主要路径。例如,Gravity Tales 与起点国际合并之前,其网站上长期发布待译作品和招募志愿者的信息与启事,涵盖译者、作者、翻译自荐者、编辑、校对等角色,分工明确,配合得当。其中,对中文译者的要求是"具备良好的中文功底和较好的英语能力,能够至少完整翻译一部小说的一个章节";编辑的任务则是对译稿进行润色,确保"流畅而愉悦"的阅读体验,修正语法错误等,并特别强调不能删改原文的"潜在含义和语调"。翻译自荐者则指已在自发翻译网站上列举的待译作品,或希望推荐其翻译的其他作品在网站上发表的译者。对于翻译自荐者的要求则更为具体,必须"已完成小说至少 30 个章节的翻译,并能确保每周更新翻译 3 个章节"①。

面对大型的翻译实践任务,译者、编辑、校对,甚至是译后编辑、术语管理者、专家等角色各司其职,以确保在规定时间内完成原作的翻译、编

---

① 参见 Gravity Tales 官网:http://gravitytales.com/recruitment.

辑、校对以及术语整理工作,保证翻译平台的正常运行。由于知识背景、教育程度、行业形态等方面的差异,招募的译者往往分布在世界各地,各有自身擅长的翻译领域,有的喜欢电子竞技类小说翻译,有的倾向于仙侠类小说的翻译,甚至有些译者对中国科幻文学情有独钟,这些不同地域、喜好不一的译者汇集在一起构成了颇具个性化的译者团队或翻译组,在线协作完成翻译任务,力求尽可能还原原作精髓,谋求中国原创文学海外高质量输出。不少外国译者受中国"道"文化影响,改变了西方"buddy"或"man"的称呼而互称"道友"(Daoist)。[1] 起点国际旗下的全职签约翻译组 Endless Fantasy Translation 和 Henyee Translations 均由中外资深翻译构成,是两支具代表性的众包翻译团队。2017 年 6 月 1 日,阅文集团作家风凌天下新作《我是至尊》全球同步首发,除了在阅文集团旗下起点中文网发布外,Henyee Translations 承担了其中的译介任务,这使得海外粉丝在起点国际上首次实现了零时差阅读。

除了网络小说的译者构成需要规模化团队协作外,网络文学英译网站也常常从译前准备、内容解读、背景梳理、术语管理等方面展开协同互助,改变了传统印刷时代文学翻译译者多独立作业的现实。网络小说常常涉及玄学、道法、风水、阴阳、天地等传统文化元素,以及众多具有幻想色彩的虚构魔法。尽管这些特征能够向英语世界读者呈现中国形象的新奇独特之处,但同时也给未具备较多翻译经验的网络译者带来巨大挑战。于是,有些英译网站会整理、提供辅助阅读材料以及聘请知识积淀深厚的专家,帮助缺乏相应知识背景的译者实现高质量的翻译。如在武侠世界网站上,就专门发布有 *Basic Dao Primer*(《道教基本入门指南》)、*Chinese Idiom Glossary* (《中国谚语术语表》)、*Glossary of Terms in Wuxia*, *Xianxia & Xuanhuan Novels*(《武侠、仙侠与玄幻文学术语表》)、*Wuxia-Xianxia Terms of Address*(《武侠仙侠人物称呼专有名词表》)等众多中英双语资源,方便不同译者参考、统一文风,也为读者提供了理解中国网络文学作品的背景知识。再如翻译参考资料中的"'Cores' in Chinese

---

① 马辉,顾慧敏. 歪果仁也迷上仙侠网文! 催更、吐槽技能已输出,还有外国"道友"写起了中式玄幻. 南方都市报,2016-12-08(03).

Cultivation Novels"(《中国修真(修仙、养成)小说中的"核"》)一文,详细介绍了网络小说中"核"的意象,对魔兽的"魔核"和修真者的"金丹"进行区分,并展开图文并茂的解读。不仅如此,网站上还设有"Translator Thoughts Series"(翻译思想系列)专栏,分享翻译经验和思考总结,使译者群体在合作交流中提高译介水平。

四、译作形态:从文本走向超文本

在纸质媒体时代,文学作品主要以印刷成册的书籍或期刊为传播载体,读者与作者之间的交流主要通过纸质文本载体进行。这种交流模式具有单向性和一定的延迟性,从文本到大众的文学生产和阅读模式使得不同地域与民族的读者与作者很难及时赏析原文本,无法及时反馈阅读感受。虽然时代发展迅速,但无论传统文学的叙事时空、场景如何变幻,叙述观念如何重构,其最终所呈现的文本依旧是单向线性结构,开放性与互动性难以实现。

随着大数据时代的来临,互联网改变了人类生活的空间与范式,阅读习惯、书写传统、文学创作生成类型以及存在形态等均发生了变化。案头书写、纸面存储的传统生产模式已不能满足人类日常学习、交流、消遣的需求,超文本作为一种多向性叙事结构与网络化文本形态,已被诸多社会群体接受,成为人们展开阅读的重要载体,甚至促成了超文本文学的产生。对于超文本文学的理解有助于我们更好地掌握网络时代中国当代文学译本的发展态势。

"超文本"(hypertext)是超级文本的中文缩写。这一概念最早于1965年由美国学者特德·尼尔森(Ted Nelson)提出,尼尔森致力于建立一个庞大的超文本结构。与该概念相关的内容不仅在国外受到研究者的青睐,国内也有不少学者针对相关问题展开了一系列阐释。杨丹等指出,超文本实质上是一种多维立体的互动型文本,它"使得传统印刷媒体中被代言甚至被忽视、被压抑的读者得以显身,他们发表观点,参与讨论,甚至直接参与翻译过程"①;邓荫金认为,"超文本是指一种存储文本信息页的系统,在这种系统中,每页信息包含内嵌的其他信息页的链接,它们共同组成一个可以相互参阅的巨型文本网络"②;周阿红、阎真认为,"超文本文学是掌握超文本链接技术的主体对文字、语音、图像、视频等各种原材料进行加工而成的文学作品"③;徐文武认为,"超文本文学是一种以网络为载体,以超文本技术为支撑的新型文学品类"④。类似的定义在多篇文献中均有体现。通过上述阐述,我们不难理解超文本以及超文本文学的内涵,其与网络文学的关系更是一目了然。在中国网络文学对外译介过程中,译本的超文本特征体现得更加明显。韩模永指出,"在结构形态上,网络文学大多走向一种带有非线性、多向性和碎片化色彩的空间结构,即超文本和数据库结构;在表现媒介上,视觉化图像成为文学表现的形式符号,即便是纯粹的文字文本,其文字表现的时间性被弱化,直观性得以加强;在文学境界上,灵境和场景取代了传统的意境,沉浸性和镜头感大大增强"⑤。的确,超文本作为网络链接的一种技术特征,已成为网络文学作品的典型形态,甚至可以说,当今的网络文学创作已经被笼罩在一个巨大的数据库之中。

从超文本的定义和内涵可见,与"寻找原文—翻译—译文接受"这一传统惯例不同,在网络文学语境中,译者所呈现的译作,不再是传统意义上的文本(text),而是文字、图像、声音、视频、动画乃至特效等诸种数字化格式相互关联的超文本。由于信息技术的介入,原本静态封闭的文本对象转变为非线性结构的符号网络,译者可以通过导航、图标、链接、标签、代码、插件等超文本标记语言(HTML)和可扩展标记语言(XML)元素,为译文添加注释、补充信息、优化排版,形成多模态的翻译副文本,使得语

① 杨丹,张志云,刘伯书. 网络信息时代的翻译活动新格局——打破传统印刷媒体译本对"主体间性"束缚的超文本译本. 出版广角,2017(1):75.

② 邓荫金. 欣喜与隐忧——论超文本与网络时代的文学. 内蒙古社会科学(汉文版),2009(1):127.

③ 周阿红,阎真. "超文本文学"网络出版的文本特质及其成因探讨. 出版科学,2018(5):54.

④ 徐文武. 超文本文学及其后现代特性. 当代文坛,2001(6):60.

⑤ 韩模永. 超文本场景:网络文学的空间转向. 南京社会科学,2018(7):127.

义的生成、转换和接受变得更为丰富、多维和复杂化,为读者通过翻译进入原作的文学世界提供了更为广阔多元的理解和阐释空间。来自世界各地的读者每一次随心所欲的点击,都可能将页面跳转至不同的路径方向,甚至跳脱译文本身,令阅读网络文学的翻译作品成为极具个性的探索过程。例如,小说《我欲封天》英文版的网页正文前,附有多个外链网址,包括官方漫画插图(ISSTH Art Gallery)、同名网络游戏的宣传广告片、采访中文原作者耳根的视频,以及购买仙侠风格 T 恤衫的在线网店等,给读者带来了声画与文字共鸣的阅读体验。

与此同时,由于超文本的动态属性,网络文学翻译被赋予了更多的灵活性。译者往往不必为了付梓刊印而一气呵成地完成翻译任务,而是多以撰写网络博客日志的方式保持一定的频率发布更新,有时甚至连网文原作本身也处于未完结的状态,与同样作为流行文化代表的美剧边拍边播颇为类似。这种随译随发的翻译形式,既能保持海外读者的关注热度,吸引其阅读的兴趣,同时也能够根据读者反馈,及时修正翻译策略,甚至调整翻译篇目的选择。例如,Gravity Tales 网站上,在译作详情页面除了介绍作品的题材类型、作者身份、内容提要和其他推广信息之外,还特地注明翻译状态和发布计划,告知读者更新译文的日期和篇目。以《仙武同修》(*Immortal and Martial Dual Cultivation*)为例,网站主页就标注"工作日翻译常规章节,双休日翻译至少两个付费指定翻译的章节"①。值得注意的是,付费章节是指按照读者在线捐赠金额,指定优先翻译某部作品中的某些章节,或者在完成既定翻译篇目后额外追加的翻译工作量。这种独特的"翻译—捐助—分享"的译介模式,②通过不断丰富文本内容,持续吸引更多读者,累积增加捐助资本,进入高速发展的正循环。因此,读者在中国网络文学的译介过程中具有鲜明的主导作用,也为翻译活动注入了不竭的动力。

---

① Homepage of *Immortal and Martial Dual Cultivation* at Gravity Tales. http://gravitytales.com/novel/immortal-and-martial-dual-cultivation.
② 吉云飞. 征服北美,走向世界:老外为什么爱看中国网络小说?. 文艺理论与批评,2016(6):113.

第三节　英译网络文学的接受与阐释

国家政策的鼓励与支持是中国网络文学海外译介顺利实施的重要保障。2015 年,国家新闻出版广电总局在《关于推动网络文学健康发展的指导意见》中指出,要"加大政策扶持力度",全方位支持优质内容的创作和精品项目的研发,鼓励网络文学作品积极进入国际市场。2017 年,文化部文化产业司发布《文化部关于推动数字文化产业创新发展的指导意见》,要求"为全球数字文化产业发展提供中国模式"。2018 年,国家新闻出版署和全国"扫黄打非"办公室联合部署各地开展了网络文学专项整治活动,重点针对网络文学作品导向不正确及内容低俗、传播淫秽色情信息、侵权盗版三大问题。这些都为网络文学的本土创作与海外拓展提供了良好的政策环境,有助于网络文学讲好中国故事,展示中国风貌。

中国网络文学最初在东南亚国家得到较大范围的传播。据越南《青年报》报道:"从 2009 年到 2013 年,越南翻译并出版了 841 种图书,其中 617 种是网络文学,且几乎所有被翻译成越南语的中国网络小说都能以实体书形式出版。"①猫腻的《将夜》在泰国 Naiin Bookstore 摘得 2016 年度排行榜榜首桂冠,深受泰国读者的喜爱。其后,中国网络小说《琅琊榜》《步步惊心》《诛仙》《鬼吹灯》等在韩国、日本等国家引起较大的轰动。近年来,中国网络文学的热度从亚洲向北美地区蔓延,成为席卷全球的文学风暴,至今已吸引百万级的英语读者关注,热度高居不下,蔚为壮观,堪称世界文学中崭新而又奇特的风景。

根据 2021 年 8 月 10 日 Alexa 世界网站排名统计,Wuxiaworld 访问量位列全球 3340 位,用户平均在线停留时长为 14.12 分钟,22.5% 的访客来自美国,该域名也进入菲律宾和巴西的国家排名,关注度较高的地区还有德国、委内瑞拉和澳大利亚等。② "起点国际"排名为全球 11600 位,用户平均在线停留时长为 18.32 分钟,除美国外,阿根廷和印度都是其主

---

① 　郭悦. 中国网络小说在越南遭遇"冰火两重天"?. 青年参考,2015-06-03(12).
② 　https://www.alexa.com/siteinfo/wuxiaworld.com.[2021-08-11].

要流量来源。① 可以说,中国网络文学已成为当前西方读者最热议的文类之一,也是中国文学成功"走出去"的典型案例。

在互联网视域下,文学作品的翻译与接受得以在高度自主性、开放性、民主化的场域中演绎,从生产到消费之间的各个环节不再需要权威出版机构的中心控制和调节,作者、译者与读者之间的关系空前解放,读者这一大众群体被真正纳入了翻译的生产和传播环节,对读者意见的尊重也成为翻译行为的原动力和出发点,实现了正如雅克·德里达(Jacques Derrida)所言的"无限的延异"。

文学传播和接受以大众读者为目标。在欧美图书市场,一部文学作品的营销推广由进入文学准入机制和等级序列的出版机构来主导。出版社制作样书送给各大媒体,并邀请知名书评人撰写推介书评。主流媒体的书评除给大众读者提供图书的基本内容信息外,书评的臧否评议直接左右了读者选择阅读作品的意向。一本图书能否激发英语世界大众的阅读兴趣,相关权威书评的评价十分重要。由于中国当代作家在世界文学场中所拥有的文学与文化资本十分薄弱,其作品在传统文学等级机制里的书评推广就成为走进普通读者视线的关键环节。然而,《盘龙》等作品的英译在网络技术的推进下开辟了体制之外的另一条出路,创造了文学民主的一番盛景,也改变了一直由精英主导的文学社会生态。

考察中国网络文学在海外的传播与接受效果,最核心的概念就是"大众"。在当代文学场域中,大众一词往往与精英对立,但是作为文学接受市场的主要构成,大众成为作品价值的重要载体,也构成文学评介体系的主体言说。这对中国网络文学而言,有过之而无不及。作为一种技术制造的深刻解构,网络超文本使得传统符号权力突然碎裂。② 在话语权力从封闭走向开放的过程中,作者和译者不再是译作形态的决定性因素,读者在网络空间中参与并推进了译作的生产流程,又通过多元化的评论提升了译作的接受热度。

正是在多重角色众声喧哗的互动中,中国网络文学的传播阵地得以

---

① https://www.alexa.com/siteinfo/webnovel.com.[2021-08-11].
② 南帆.双重视域:当代电子文化分析.南京:江苏人民出版社,2001:262.

构建生成。在众多中国网络文学翻译社区平台的留言板块,往往能浏览到读者催促译者尽快发布译文的跟帖,呈现出实时交互的译介评论景观,读者各抒己见,引发进一步的沟通交流,促成翻译批评的网络"共同体"。例如,在"起点国际"网站的评论区域,除了发布有读者留言之外,还设有Weekly Power Status(每周热度排名),[①]读者可使用根据会员等级获得的 Power Stone(能量石)为作品投票点赞,提高推荐热度。与此同时,读者还可以为作品给出星级评分(满分为 5 颗星),评价标准细分为Translation Quality(翻译质量)、Updating Stability(更新频率)、Story Development(叙事脉络)、Character Design(人物设计)和 World Background(背景架构)等 5 个维度。这些相对直观的动态评价方式,往往影响后续读者对网络小说英译作品的阅读选择和评价。

读者批评话语丰富译作阐释空间。在数字化译介和阅读形态下,大众读者的思维模式和批评模式也随之发生变化。互联网的技术性呈现,直接影响了文学作品经翻译后到达读者视野的效果,同时,也改变了读者对翻译作品的观感与批评方式。读者评论在网络打造的文学世界中,即时生成,即时阅读,即时传播,构成了一种全新的文学翻译消费模式。这种模式使得读者可以成为信息的主要传播体,而读者所发表的观点,也直接传回给了译者。译者与读者之间的共时与互动,甚至不断切换角色,使得对这些中国网络小说的翻译和解读不断衍生,继而在融通中外的集体智慧中使翻译作品得到持续阐释,从而在英语世界产生影响力。

网络文学翻译接受过程的内在属性,在作者、译者和读者平等对话的关系中得到体现,正符合巴赫金(Mikhail Mikhailovich Bakhtin)所说的全民性的"狂欢化"特征,充分表达了普通民众的审美志趣。在去中心化、乌托邦式的阅读接受过程中,大众读者并非简单的人群,而是在民间自我聚集、往往游离于既有的自上而下的经济社会管理体制之外的阅读群体。

和传统的权威书评相比,网络形式的读者批评和接受呈现出话语碎

---

① 有关"起点国际"网站的运营模式和使用指南可参看:https://www.webnovel.com/book/8057964805003305/Book-of-Answers。

片化、意义肤浅化、情感直接化的特点,甚至充斥着大量非文字符号和表情包。虽然有太过随意和粗放之嫌,且较为欠缺理性思考,不具备纯文学所有的深厚意蕴和审慎态度,但也具有充分的合理性、必然性和创造性。在网络技术构筑的虚拟空间里,大众读者借由网名而掩去自我真实的社会身份,摆脱各种现实世界的制约及功利的诱导,展开几乎没有约束的言说和情感表达,甚至挑战权威话语。这种言说打破了现实世界的种种规范,创造了全新的批评语言和评价体系,重新组建了独特的原则和标准,形成了自我和他人互为平等的交互性主体,使得在媒体技术高度发展的后现代文化语境中,翻译文学重新开辟了新的审美趋向和社会价值,也使得翻译文学批评的话语权从少数的精英阶层扩展到普通大众,在精英权力话语控制之外形成了一个相对独立且不断对外开放的网络文化场域。

正是在这种独立而又开放的全新阐释空间中,译者与读者的关系产生了微妙变化。一方面,译者以读者大众为服务对象,以读者需求为基本立场,以读者认同为终端价值,读者的阅读习惯、审美偏好、评价取向,乃至质疑与挑战,充分影响译者的翻译策略和进度。另一方面,若从接受美学的理论谱系来看,"读者其实就像作者一样重要"①。大量网络文学作品进入翻译流程,读者评论持续实时累加,译者与读者之间在同一界面、同一时间共场与呈现,使翻译文本在读者参与的阅读实践中,不断赋予网络文学作品全新的阐释效果。

读者参与"粉丝"书写推动文学生产。中国网络文学在海外的译介,营构出人人参与、相互渗透的文本和视觉狂欢,作者、译者和读者的界限变得模糊不清,西方大众读者不仅表现出阅读反馈评价这项单一行为,也在跨文化的阅读体验中催生出创作和翻译动机,使其开始介入文学生产。中国网络文学所开辟的另类生存空间,成为当代世界文化共享的"狂欢广场",不断激发了英语世界读者的阅读想象和书写需求,也在英语主流文学之外,创造出颠覆性的全新叙事范式。正是基于这一点,使中国网络文

---

① Eagleton, T. *Literary Theory: An Introduction*. Oxford: Blackwell, 1996: 64.

学真正体现出了世界文学的精神特质。

例如,在 Gravity Tales 网站上(需要指出的是,2020 年 6 月 1 日,Gravity Tales 网站与起点国际正式合并,域名被定向到 Webnovel),除了常规发布中国网络小说的翻译作品之外,还单独设有 Original Tales(原创小说),专门发表西方读者"粉丝"模仿中国蓝本而创作的网络文学作品,目前已发布 *A Dragon's Curiosity*(《龙之渴望》)、*Aethernea*(《阿瑟尼亚》)、*Dragon's Soul*(《龙之灵》)、*Earth's Core*(《地球之心》)、*Hardcore: Qi Worlds*(《硬核:奇世界》)、*How to Avoid Death on a Daily Basis*(《如何避免随时会挂掉》)、*Martial Void King*(《武空之王》)、*The Good Student*(《好学生》)和 *The New World*(《新世界》)等 9 部作品。这些作品"或多或少地都有中国网络小说的影子,其中部分作品在内容上也深受中国网络小说影响,甚至在模仿中国网络小说创作并把故事背景放在中国"①。

与之相似,Wuxiaworld 也在其网站导航栏上设置"原创"条目,刊载多部外文原创小说,除了 *Blue Phoenix*、*Condemning the Heavens*、*The Divine Elements* 等英语作品之外,还有 *Legends of Ogre Gate* 等西班牙语读者原创的中国网络武侠作品被翻译成英语。其中,*Blue Phoenix* 是较早推出的英语原创网络小说之一,并且开设了独立推广网站(bluephoenixnovel.com)。故事的叙事手法带有鲜明的"穿越"烙印,即主角从现代中国穿越到古代中国,而背景设定和人物设计也体现出十足的中国色彩,明显受到中国网络小说的影响。其作者是来自丹麦的网络作家 Tinalynge,她在一次媒体采访中表示,自己并不懂中文,其写作灵感"几乎全部来自她所读过的中国网络小说"②。正是这样一批外文原创玄幻武侠作品的诞生,昭示着这些源自中国的通俗文类在英语世界取得了"网红"地位,亦是中国网络文学在海外具备广泛影响力的显著证明。

---

① 乔燕冰. 中国网文"出海":越是网络的,越是世界的. 中国艺术报,2017-04-10(S01).
② 乔燕冰. 中国网文"出海":越是网络的,越是世界的. 中国艺术报,2017-04-10(S01).

起点国际的"原创板块"也值得一说。2018 年 4 月,起点国际对用户开放了原创功能。在仅仅一个月的测试期内,海外注册作者超过 1000 人,共审核上线原创英文作品 620 余部。数据显示,起点国际原创板块的很多人气作品深受中国网络文学影响,其中的中国文化元素随处可见,如西班牙作者的 *Last Wish System*(《最终愿望系统》)、新加坡作者的 *Number One Dungeon Supplier*(《第一秘境供应商》)、印度作者的 *My Beautiful Commander*(《我的美少女将军》)、美国作者的 *Reborn：Evolving from Nothing*(《虚无进化》)等;此外,还有如西方奇幻类的 *Chronicles of the Weakest Wind Mage*(《最弱风之法师纪事》)、东方仙侠类的 *Legend of the Perfect Emperor*(《完美帝王传说》)等。起点国际配备了专业的英文编辑团队,持续从原创作品中挖掘有潜力的作品,和作者进行签约合作。

有意思的是,一些阅读热度较高的中国网络文学翻译作品,还陆续从线上转到线下,再次回到商业化的市场流程,在出版行业中实现"逆袭"。除了电子书之外,还有不少网红作品被包装成纸质实体书出版销售。例如,在美国亚马逊网站 2018 年 2 月的"中国文学"销售排行榜中,排名前十位的作品,除了先前获得"雨果奖"的刘慈欣科幻小说《三体》三部曲系列之外,①全部被中国网络小说的英译作品所囊括,其中网游电竞小说《重生之最强剑神》(*Reincarnation of the Strongest Sword God*)高居榜首,而奇幻修真小说《魔天记》(*Demon's Diary*)和玄幻小说《主宰之王》(*King of Gods*)也位居前列,这几部作品均由 Gravity Tales 网站合作翻译推出。这充分说明,中国网络文学已从边缘走向中心,并全面进入了英语世界读者的阅读视野。

第四节　结　语

中国网络文学依托互联网技术呈现出旺盛的文学生命和独特的文学面貌,其生长形式跨越了传统的文学疆域,拓展了当代文学的谱系。虽然

---

① 有关中国科幻小说《三体》系列作品的译介情况可参见:顾忆青. 科幻世界的中国想象:刘慈欣《三体》三部曲在美国的译介与接受. 东方翻译,2017(1):11-17.

网络文学的庸俗化和浅薄性往往为纯文学所诟病,但其文学作品在民间性和通俗性的特征之下,也具有了一定的精英性;其构建的乌托邦式的精神世界,让读者在丰沛的想象中逃离现实生活的压力与无奈;虽然叙事内容并没有映照现实,反映现实,但这种游离于现实空间性和时间性之外的文学创作反而激发了对人性根本诉求的认同和期待,使得文学贴近大众,充满了愉悦的感受,也使得大众对文学阅读的热情得以滋养。可以说,中国网络文学对于精神审美的超现实建构正是人文价值与思想在当代的新生与发展,也是追寻人类生存意义与价值的艺术形式,因此其接受者也就不止于中国的疆域,而是能够在全球关注中找到广泛的共鸣与应和。

综观中国网络文学在英语世界的译介现状,可以发现:充盈着中国元素的幻想书写,在以网站为代表的信息化和交互性的传播载体中,呈现出独特的翻译面貌,不但颠覆了译者身份的精英化属性,形成了人人参与、团队协作的网民译者群体,也全面赋予了译作超文本的展现形态。不仅如此,作品中营构的虚拟世界,在大众读者的实时阐释和更新中得到丰富与再生,不断激发来自异域的阅读想象,更为世界文学创造出全新的叙事范式。

不过,虽然中国网络小说在海外赚足人气,吸引了百万英语读者的目光,但当下网络小说对外输出多集中在武侠、玄幻、网游等文学类型,并不能全面反映中国文化的风格与价值观。例如,包含众多文化知识的网络历史小说在英语世界的翻译和传播就需要进一步推进。因此,如何充分发挥互联网超文本翻译的技术优势,在确保通俗性、可读性、愉悦感的同时,凸显中国文化的思想高度,将是下一阶段中国网络文学在海外译介需要面对的难题。

第九章　结　论

　　世界因经贸往来渐成一体,虽然地理疆域依旧,但时空的阻隔不复以往。因全球化而形成的地球村内,经济与技术革故鼎新,不断扩散而蔓延影响,崭新的冲突与矛盾遽尔滋生,全球权力版图巨变,国家的兴与衰、社会的发展或落后跌宕起伏,国与国之间文化交流的形态、路径、内容以及力量流动也随之悄然变化。各国文化因自身的民族性与国别性千姿百态,而地区乃至全球一体化和世界性使得异质交流频繁而蓬勃,成为民心沟通和国家往来的根基。文学作为文化框架的主要构成之一,也在超国界旅行中开启了民族与世界的碰撞与融合。

　　中华人民共和国成立之初,中国文学处于相对隔绝的自我发展状态,对外译介以《中国文学》期刊为主;"文革"时期中外文学交流一度陷入停滞;1978 年改革开放之后,中国从封闭落后走向全面开放,逐步融入世界,与世界的发展与变革同频共振。中国文学也迈开了"走出去"的步伐,并随着中国对世界的认识深化而不断吸取经验教训,调整策略、方法与路径,使得文学外译进入高潮,形成了多层次、多路径、全方位的格局。

　　从英语世界视野来看,改革开放之前,西方对中国现当代文学的研究尚属区域研究的一部分,而非纯粹的文学研究,①历史实证主义倾向鲜明,政治色彩浓烈。步入 20 世纪 90 年代之后,中国逐渐崛起,大国地位逐步确立,西方本族中心主义传统和通过特定文学作品建构中国政治"现实"的意图渐渐瓦解,一则文学研究回归文学本身的呼声渐起,西方中心开始

---

① 　张英进. 五十年来海外中国现代文学的英文研究. 文艺理论研究. 2016(4):39-
　　60.

"重新思考中国及人的主体性问题"①,二则西方也希望通过文学了解一个崭新的中国,一个除政治之外的各个方面的中国。所以,题材广泛、数量丰富的中国文学通过译介进入西方世界与世界文学体系。

本书以1978年为研究起点,梳理、分析了改革开放40余年间中国大陆当代小说在走入英语世界的进程中所付出的种种译介努力以及呈现的整体形象和个体面貌。其间,中国文学能否在世界文学图谱中形象鲜明、真实,阅之者众且回响不绝,起于中国文学自身的创作,其创作理念、写作内容与写作手法是构建文学形象的基石;成于对文学作品的选择、翻译、传播,其翻译原则、翻译策略比较与传播路径是中国文学重建文学形象乃至提升国家形象的关键。这一路历经颠顿风尘,虽有损伤,但安然驶达异域。

第一节　中国小说创作之于世界文学格局

中国小说的创作是翻译、传播与接受等一系列行动的缘起与源头。小说自身的样貌形态构成了随后英译的本体和立足点,也是英译本能否被接受的核心力量所在。本书重点讨论的中国当代作家包括莫言、余华、贾平凹、残雪、麦家、刘慈欣等,其中既有获得中国文学界认可的经典作家,也有游离在中国文学主流圈之外的作家。

从中国当代小说译介情况来看,一方面,大多数中国当代小说之所以在西方接受不力,与中国文学在世界文学格局中的边缘地位不无关系。全球化语境下,文学传播的速度加快,从中心文学到边缘文学的辐射力度在增强,但是在反方向上,边缘文学却依然难以挪移到中心位置,既有的世界文学版图难以改变。以西方文学为中心的文学观念和评判成为所谓的普遍价值,世界文学等级秩序日益固化。以英语为主体的西方社会长期形成了优越、高高在上的文化意识,他们习惯以西方的标准衡量、解读、评判包括中国文学在内的非西方文学作品。西方社会对中国当代文学的

---

① 王德威.想象中国的方法:历史·小说·叙事.北京:生活·读书·新知三联书店,2003:360.

认知仍停留在刻板印象和偏见层面,即把对作品的选择和接受套用在一种简单化的、固定化的模式之中。约翰·厄普代克在谈及中国文学在美国的接受时曾说:"那是颗又硬又老的心,我不敢保证中国人能够打动它。"①不少西方学者仅根据自己对中国文学的有限了解就判定中国现当代文学缺乏艺术性,主要是用民族寓言的形式反映政治。② 他们对于中国当代小说的认可,在很大程度上"注重的是其政治和社会方面的优点而不是艺术的优点"③。也就是说,西方对于中国当代文学的解读与政治、社会联系过于紧密,而作品本身的文学性却长期被忽视、被遮蔽。作家苏童也指出:"对于西方视野来说,中国文学不仅在东方,而且在中国,与中国经济不同,它集合了太多的意识形态,是另一种肤色与面孔的文学,另一种呼吸的文学,有着宿命般的边缘性。"④由此可见,中国文学作品在世界文学格局中不能被正确认知与阅读,有历史与政治的双重影响,受英语世界对它的刻板印象与文学偏见无法割裂的纠缠与裹挟。

另一方面,译介不力与中国小说自身的创作手法与写作题材等有着千丝万缕的联系。新时期,中国文学蓬勃发展,但在较长时间内,却较进入后现代主义繁荣期的西方文学"落后了好几个思潮"⑤。蓝诗玲认为,整体上看,在海外传播的中国当代文学作品,题材仍偏于地域局限性,不够国际化,缺乏对于西方受众的了解。⑥《人民文学》英文版《路灯》(*Pathlight*)主编陶建认为,中国作家必须认识到,外国出版商已经厌倦了中国文学书写乡村和"文革"的题材,或者是跨越几十年的大历史叙事。如《白鹿原》这类作品,书的厚度首先就让编辑望而却步,而故事背景也让

① 厄普代克. 苦竹:两部中国小说. 季进,林源,译. 当代作家评论,2005(4):37.

② Eoyang,E. C. *Borrowed Plumage*:*Polemical Essays on Translation*. New York:Rodopi,2003:72.

③ 金介甫. 中国文学(一九四九——一九九九)的英译本出版情况述评. 查明建,译. 当代作家评论,2006(3):71.

④ 高方,苏童. 偏见、误解与相遇的缘分——作家苏童访谈录. 中国翻译,2013(2):47.

⑤ 胡铁生. 全球化语境中的莫言研究. 北京:社会科学文献出版社,2017:19.

⑥ 郭珊. 伦敦书展:透视中国文学输出三大难关. 南方日报,2012-04-29(A01).

他们觉得似曾相识,所以至今仍没有英译版本。① 西方读者并不了解中国历史的发展与演变,超长篇幅的宏大叙事在一定程度上消磨了他们的阅读兴趣,而相似题材的长篇小说则进一步拘囿了他们对中国文学的阅读需求。诉诸中国传统小说叙事技巧、人物设置纷繁迭出的文学作品会因为艺术风格与英语世界普遍的写作手法大相径庭而达不到理想的接受效果。经译介之后,小说语言独特的地域风格和情绪色彩会加大英语读者的阅读难度,其表达和理解的力度和美感也会大大消减。此外,简单地照搬与因袭所谓的世界意识和文学思潮只能使作品沦为西方文学各种形式的翻版,一旦作品再译回英语,就会失去独特的生命力和表现力。

当下,随着中国综合国力的不断上升,西方对阅读中国的兴趣与需求在不断增长,正如企鹅中国出版集团主编周海伦所言:"过去人们倾向于认为中国只有一种声音、一种体验……现在读者开始注意到来自中国多元化的声音和不同的意见。"②这为中国文学被世界接受提供了前所未有的格局。本书提到的几位作家作品在英语世界获得认同与肯定,就与小说创作中呈现的文学特质和文学内容密切相关。如残雪小说与欧美超现实主义文学作品相类似,能让西方受众体验到十分近似的文学因缘。麦家小说受西方经典文学的影响很大,其中包含了各种外国元素,其叙事手法、小说中各种人物身份的模糊化以及对丑恶的热衷都能在现代主义小说中找到渊源。莫言小说融合了现实与想象、历史与当下,在神话故事、民俗传说与迷信奇幻中反映中国乡村社会的喧哗与巨变,是对魔幻现实主义手法的中国移植。这些作家的作品既充满了中国"民族""国家"的观念,以及独特的中国历史和社会背景,同时也充满了普遍化的意象,使作品更富有世界性和开放性的内涵和意义。

概而述之,中国文学要在世界文学格局中占据一定的地位,文学创作必须立足于本民族的土壤,在传递自我民族文学特色的同时,吸收世界文学先进的表现手法和写作特质,这样的文学文本存在着鲜明、独特的地域与民族文化印记,而这种差异性也恰恰是民族文学文本自身的价值和力

---

① 赵芃. 国外出版商到中国抢作家. 中国企业家,2012-12-29(24).

② Larson,C. Chinese fiction is hot. *Bloomberg Business*,2012-10-23(11).

量所在。同时,优秀作品因其普遍的世界性元素,探索人类共有的文学主题和艺术表现形式,进而形成超越历史情境与地域的人文情怀与理想,为异域读者认同和接受。

第二节　小说译介之于中国文学"走出去"

在复杂的当代语境中,翻译从本质上来说就是一场跨文化的传播活动,体现为对他者的拒绝或融合。中国小说能否跨出国门并得到国外阅读市场的认可,很大程度上在于译介的各个主体能否认识译介受众所代表的不同意识形态、文化立场和诗学特征,能否在充分了解"他者"阅读兴趣、阅读需求和文学诉求的前提下,做出从谁在译、译什么到怎么译、怎么传播等各个环节的有效决策。

从"谁在译"这个问题来看,译者、包括原作者以及出版社等在内的赞助人体系共同构成了译介传播中的译介主体。他们作为翻译行为的执行者,在整个文学译介过程中扮演了关键角色。选择何种译介主体往往成为译作成败的先决条件。从本书对中国当代小说英译的梳理和分析可见,在译介主体的译者构成中,众多译本并非由中国本土译者所译,而是由以英语为母语的外国译者翻译。早在20世纪初,德国学者鲁道夫·潘维兹(Rudolf Pannwitz)就指出:"我们的翻译家对自己语言的惯用法的尊重远胜于对外国作品的精神的敬仰。"①由于翻译本身的异质性对目的语文化有着无法避免的冲击和威胁,而受众更容易接受的则是与他们具有同一性的价值形态、思想理念和文学习惯,因此,以英语为母语的译者在面对陌生的他者时,总是倾向于用英语这一本土语言方式与文化形态进行一定程度的抵制与转化,使得英语读者更容易接受译介作品。同时,本书所列的译本个案也说明,一位优秀的英语译者懂得充分肯定他者的文学诉求和文化特征,在译本中保留中国文化的陌生感、民族性及其背后所

---

① Benjamin, W. The task of the translator. In J. Biguenet and R. Schulte (ed.). *Theories of Translation: An Anthology of Essays from Dryden to Derrida*. Chicago: The University of Chicago Press, 1992: 81.

蕴藉的文化基因和审美方式，这样一来，英语读者就有可能看到原作的本真面目。

此外，从本书的分析不难看出，译介主体中的原作作家积极参与译介过程也将有效地促动翻译的对外传播。作家自身对翻译的看法和立场于译作的产生而言全关重要，而一个具有开阔的国际合作眼光的作家往往能够对作品在海外的推广和普及形成巨大的推动力。长期以来，大多数中国作家都不擅长对外交流，对自己作品的译介和对外传播总是处于十分被动的局面。英国翻译家韩斌曾经指出："许多英国出版商都说他们希望作者富有魅力，善于交流，最好还能说英语。而只有少数几位作家能具有这些特点。很多写出鸿篇巨制的作家既不年轻，没什么魅力，也不会说英语。"①本书提及的残雪、莫言等人均有着强烈的"走出去"意识，相比之下，前期的贾平凹、陈忠实等作家则不然，这对于作品的海外接受会形成很大程度的拘囿。因此，提高中国作家的国际意识，让作家协助译者，支持出版社等赞助人体系，拓展海外资源，调动译介过程中的各方力量，实现多方位的合力是实现译介主体最优化的重要手段。

从"怎么译"这个问题来看，翻译受制于以意识形态、诗学准则、赞助人为核心的多种内外部因素。在选择恰当的翻译策略和翻译方法之前，首先要回答的是"译什么"的问题，即对译介文本的筛选与择取。多种内外部因素共同作用，构建了一套自己的遴选标准和译介倾向。从本书的梳理不难看出，中国出版社的主动译出与海外出版社的主动译入在选本上大相径庭。苦难叙事、东方情调、存在争议的禁书是西方对中国刻板印象的承袭，也往往成为西方对中国作品关注与译介的原动力。而随着中西方文化交流互动的日益频繁，翻译选本越来越表现出多元化与兼容性，在经典作品的译介之外，非主流的侦探、悬疑、科幻小说，甚至网络小说都成为翻译选择的对象，建构了中国当代文学众生喧哗的图卷。文本选择之后就是翻译策略的选择与运用，它所体现的不仅仅是译本的最终形态，而且还包括意识形态、诗学准则、赞助人体系在内的社会、文化、政治等外

---

① Harman, N. Bridging the cultural divide. *The Guardian*, 2008-10-05(05).

部和内部多重要素的互动与较量。总体来说,一部优秀的译作应是既保证译本的可读性和可接受性,也保证译本对原著充分的尊重与忠实。本书以在中国小说英译格局中占据重要地位的翻译家葛浩文、蓝诗玲和白睿文等人为例,说明了译者在翻译过程中,在多重要素中不停地做出抉择,在忠于原作审美价值的同时考虑读者的期待规范,对原文的语义内容和行文风格进行适当的增删与调整,通过不断地选择与决策来保持译介内容在"充分性"和"可接受性"之间的平衡。一方面,优秀译本最大限度地保留原文写作观及文化观的异质他者,始终以原文本为中心的翻译态度,尽可能地尊重、忠实原文本,以避免理解偏差和意识形态的误译,在跨越语言和文化的藩篱之后,将它们迁入英语文学和文化之中。另一方面,他们为避免不同程度的误解和伤害,消解并非必要的异质成分,努力使两种文化在共在的语境中产生合理对话和有效共鸣。这些成功译例说明,在"他者"和"自我"的斗争中,译者不能生硬地全盘移植异质他者,而应将他者进行判断、分类,或保留原质,或消解同化,适当地消减差异,有选择地再现差异,调适差异,甚至改造差异,由此避免因过多的"他者"而产生不可调和的障碍,实现语义的有效交际和功能层面的伦理价值。这样的译作既尊重了原作的文学特性,凸现了作者的文学风格,同时也照顾到目标读者的阅读倾向,成功地在译入语国建立成熟而独特的文学形象,在被主流诗学形态接受的同时又体现了鲜明的异国特色。

从"怎么传播"这个问题来看,对外出版是译介的最后一个阶段,也是至关重要的环节。如何拓展并激活这一译介途径已经成为落实中国文化"走出去"的重要议题。改革开放以来,中国小说英译传播大致可分为"中国国内出版社的主动译出"和"英语世界出版社主动译入"这两种途径,本书对其做了较为完整的梳理与归纳。"主动译出"指在中国外文局等国家机构的规划和组织下,通过中国文学出版社和外文出版社出版的《中国文学》期刊和"熊猫丛书"系列将中国本土作品向海外推广。自 1949 年新中国成立后,这一由中国本土机构主导的译出行为在很长时间内成为海外读者了解中国文学的主要窗口,在推动中华文化对外传播方面作用显著。"海外出版"则指的是英语国家出版社对中国当代小说的出版行为,这是构建中国文学国际影响力的主要渠道。此外,信息技术的升级也使得传播路径从传统的出版社拓展到 21 世纪之后崛起的互联网世界,网络文学的译介与传播在去中心、无国界的数字化路径中,形成了以交互性为主的具有颠覆意义的全新叙事范式。

简而言之,对外译介要想大有作为,就必须具有对国际图书市场的选题判断、开发能力和推广能力,就必须从作品择取、作品翻译、译作编辑、印刷出版、宣传推广等各个环节入手做好规划与决策,同时依托国外的图书销售机构和发行网络进行全方位推介,把作家、译者、编辑、出版社等多个要素衔接起来,形成良性的译介生产链。

第三节　对外翻译之于提升文化软实力

前两节总结了中国文学与中国文学翻译的形态面貌、文化功用与践行路径。同时,我们也必须认识到,在波澜壮阔的对外开放进程中,翻译这一复杂活动远非简单的文学行为,它事实上已经成为中国开展文化外交的重要战略。民族文学除具有文艺美学价值外,还是意识形态的重要表现形式,"可以通过寓教于乐的方式,在心理层面对读者形成教化与启迪,因而具有文化软实力的性质"①。中国文学与域外文学的交流与互动有助于其在当今由西方文学主导的世界文学体系内获得更大的话语权,增强我国的文化软实力。优秀作家的社会使命与历史责任有一部分即在于"以公共知识分子的身份出现在公共空间内,通过文学作品所具有的意识形态功能"②,提升文化场域内的国家话语权,并参与构筑"文化强国"的国家形象。如此一来,作为跨越文化天堑的桥梁,翻译活动成为必需。

在这一指导思想驱使下,本书梳理了改革开放 40 余年中国当代小说的英译实践,以描述外文出版社为主体的机构翻译规范为起点,分析其翻译活动如何局限于自我形象的认知,反思国家对外翻译的得失和经验;同时,论述 21 世纪后的中国对外翻译从由国家机构主导的组织化翻译生产

---

① 胡铁生. 全球化语境中的莫言研究. 北京:社会科学文献出版社,2017:20.
② 胡铁生. 全球化语境中的莫言研究. 北京:社会科学文献出版社,2017:20.

模式走向更为开放、自主、多元的"借帆出海"模式,国家形象的建构也从自我想象与预设的视野过渡到与他者视野的兼容并蓄。

早在 1949 年,中国政府就开始有计划地将中国文学推向国际舞台。"文革"之后,改革开放的大幕开启,中国文学的译出重新成为建构中国文化形象的重要推手。在新时期之初,国家权力的操控占据翻译活动的主导地位;随着各国文化、经济和政治不断交融,由国家机构主导的外译渠道已经无法满足中国文学走向世界的需求,意识形态的掣肘逐步放宽,文学译介需要从以政治话语为主导变为市场话语与政治话语并重,国家意志下组织化与计划化的翻译行为继而让位于以译入语国主动需求为导向的翻译模式,以满足输入国读者的阅读兴趣为前提,借鉴并运用更多国际社会通行的翻译与传播方式。

透过中国当代小说英译图景,我们不难看到,中国政府主导的对外翻译行为和英语世界的主动译介行为同时存在,构成了中国文学英译场域中的两个子场域——中国对外翻译场域与英语世界中国文学翻译场域。21 世纪之前,这两个子场域基本处于隔绝状态。中国对外翻译场域与权力场域关系紧密,主要表现为国家机构主导的翻译活动。英语世界中国文学翻译场域则与中国研究学术场域以及政治场域保持共生关系,主导行为者为海外中国研究学者。随着经济、政治、文化等各个层面的飞速发展,新读者的新要求需要新的生产模式来满足,网络等新媒体的普及催生了新的阅读方式,社会空间的一系列变化引发了场域内部的变革,新行动者带来的新翻译思想和翻译生产方式冲击了中国意识形态先行的翻译理念;中国政府也充分意识到构建国家软实力、推行文化外交的重要性,为在"战略机遇期"创造良好的国际环境,开始将输出中华优秀文化作为重要的国家战略之一。于是,译介活动逐渐走出国家权力操控下的行动范畴,严肃文学不再是译介的主流,场域内部的结构开始变化,中国文学英译场域的两个子场域互动越来越频繁。中国的对外翻译活动经历了从"施加型"到"需求型"的转向,打破了文化外交中数量优先于影响力这一固定观念。这一由输出国主导的翻译实践给我们研究文学翻译在文化外交中的运作机制提供了很好的研究案例。

本书的研究让我们看到,翻译从本质而言,首先就是一种展示形象、塑造形象的话语建构行为。从原作在译作中的形象,到源语文化在他者文化中的形象,乃至国家在世界场域中的形象,都与翻译息息相关。在跨语际的建构过程中,中国的文化、价值观、制度等多重维度的形象通过翻译得到更为充分的解释与诠释,成为国家形象的缩影。需要指出的是,翻译的建构性并不是固化不变的,它随着时代的变化而变化,为国家战略和国家利益服务。对外翻译实践带有强大的意识形态功能,它向不同母语的读者展示中国的核心价值观和信仰,也在叙事、评议、抒情和想象中,向世界塑造并推销中国的思想资源和处世智慧。

其次,国家形象在完成话语建构之后,必须经过有效的传播才能抵达最终的目标受众。由于国家形象的目标受众有着迥异于中国的语言、文化和思维系统,所以需要借助翻译将我们所建构的形象传播出去,用受众听得懂、易接受的语言和思维方式讲好中国故事,传播中国声音。有效地翻译中国,提升中国在世界文化场域内的国家话语权,参与构筑文化强国的国家形象,增强中国文化软实力,是翻译的重要使命。

因此,从国家形象的自我建构和传播这两个维度来看,翻译的价值明显而持久,它推动一个国家借由各种媒介的交流到达对他国思想、价值观、传统、信仰等予以理解与接受的阶段,应该说翻译作为国家之间活动的一种工具,是文化外交必不可少的重要手段。"如果一个国家的文化和意识形态具有吸引力,那么其他国家就会更愿意跟随它。"[①]正是由于其塑造功能,翻译才成为一国政府对他国输出文化吸引力以及意识形态的必备手段。回顾中国走向世界的历史进程,尤其是改革开放以来,翻译都是海外民众了解和认知中国的重要渠道之一。无论是中国的积极译出,还是他国的主动译入,都从不同侧面促进了中国国家形象的"祛魅"、重塑和传播,但由于历史语境、战略设计以及传播渠道的差异,翻译与翻译活动的规划与践行仍存在较大的提升空间。

本书的研究让我们意识到,首先,如果输出国不顾目标国的审美倾

---

① Nye, J. S. Soft power. *Foreign Policy*, 1990(80): 167.

向、历史渊源与社会需求,其结果可能会让目标国读者认为这是文化帝国主义的倾销而置之不理甚至产生反感情绪。也就是说,文化外交能否收获成效,很大程度上取决于目标国能否对该文化产生兴趣和需求。在强调"自我"与"他者"之间有效对话的进程中,基于对他国文化的尊重和理解,通过语言文字的感染力和张力与他国展开深入、广泛的交流,对外翻译成为国家运用文化软实力的重要手段,进而影响并推动与他国之间的关系。这就需要包括输出国政府、文化机构、译者等在内的多个主体在多个层面上共同运作,通过出口文化吸引力来获得输入国的认同、支持与接纳,最终实现国家软实力提升的目标。

此外,文化软实力是塑造国家形象的重要载体,而对外翻译活动作为联结主体和客体的桥梁,在协调中国形象的塑造和传播上发挥至关重要的作用。国家形象的认知和建构是一个主体与客体互动的开放过程,它随着主体自身的发展和客体的认知变迁而改变。针对中国国家形象在传播过程中遇到的一系列桎梏与困难(如自我传播的局限性和他者传播的失衡性、官方和民间缺少对话互动、小众话语与大众媒介协调失衡、文化交流和国际传播能力受限①),国家对外翻译活动需要做出相应的调整,意识到国家形象的传播过程既是输出国内在的自身行为,又是其他国家与之互动的一种外部行为,不可局限于以往的官方政治化形象构建,需要扶植民间流行文化的交流,不断拓展输出国和输入国合作翻译的媒介渠道以及交流机制,从"施加型"走向"需求型"翻译,借此平衡"自我"和"他者"视野中的中国形象。在传统意义上,输出国普遍倾向于输出严肃或高雅文化来构建和维护自己的国际形象,但事实证明,通俗文化通过市场的传播也能获得较高的国际影响力。鉴于国家机构的介入无法克服市场力量的影响,输出国应当注重各种文学、文化体裁的输出,更好地发挥市场的作用,借助不同的手法讲述故事,传播多元立体的国际形象。

---

① 方爱武,吴秀明.文学的中国想象与跨域——跨文化语境下的"中国形象"塑造及传播//吴秀明.文化转型与百年文学中国形象塑造.杭州:浙江工商大学出版社,2011:3-23;乔旋.构建中国文化外交新战略,提升国家形象.教学与研究,2010(5):61-66;门洪华,周厚虎.中国国家形象的建构及其传播途径.国际观察,2012(1):8-15.

再者,鉴于对外翻译场域中出现了较多的民间翻译机构以及非传统的翻译出版网络,中国的对外翻译活动应将这些变化更好地纳入其政策考量之中,同时注重场域内各行为者的合作,建立翻译出版的对外传播网络,发挥它们在国际市场上的影响力,让它们成为中国文化打入国际市场的文化桥头堡。一言以蔽之,中国的对外翻译活动应在考虑输入国需求的基础上以输出多元化内容为目标,实现文化外交所强调的以文化吸引力来促进人文交流,改变既有的刻板印象和文化偏见,塑造良好的国际形象,提升文化软实力。

"富有之谓大业,日新之谓盛德",改革开放以来,中国对外翻译走过了虽不漫长但坚实的路途,其间风雨兼程,随世局更迭不断调整应对,声势渐隆,未来更将气象恢宏。如同歌德在《论翻译》一文的最后所总结的:在这个文化里,"外国的、本土的,熟悉的、陌生的都在不停地运动,并构成了一个整体"①。文学写作本身直指人性,直指人心,直指人类共有的悲伤、喜悦、分离与聚合;在翻译中,中国文化的本土性和独特性会使得英语读者受到陌生的文化冲击,而人性主题中的普遍性和世界性又保证了他们能接受那些最切近又最遥远的文学故事,进而在文学跨越国界的流动中构建起中国的国家形象。

---

① von Goethe, J. W. Translations. S. Sloan (trans.). In J. Biguenet and R. Schulte (ed.). *Theories of Translation: An Anthology of Essays from Dryden to Derrida*. Chicago: The University of Chicago Press, 1992: 63.

主要参考文献

中文文献

专　著：

安田朴. 中国文化西传欧洲史. 耿昇,译. 北京:商务印书馆,2000.

巴赫金. 拉伯雷研究. 李兆林,等译. 石家庄:河北教育出版社,1998.

巴柔. 形象//孟华. 比较文学形象学. 北京:北京大学出版社,2001:153-184.

毕飞宇. 青衣. 上海:上海锦绣文章出版社,2008.

蔡翔. 当代文学与文化批评书系·蔡翔卷. 北京:北京师范大学出版社,
　　2010.

残雪. 残雪文学观. 桂林:广西师范大学出版社,2007.

陈福康. 中国译学史. 上海:上海人民出版社,2010.

陈平原. 陈平原小说史论集(上、中、下). 石家庄:河北人民出版社,1997.

陈倩. 东方之诗与他者之思:海外中国文学研究. 北京:北京大学出版社,
　　2017.

陈日浓. 中国对外传播史略. 北京:外文出版社,2010.

陈顺馨. 中国当代文学的叙事与性别. 北京:北京大学出版社,2007.

陈思和. 中国新文学整体观. 上海:上海文艺出版社,2001.

陈思和. 当代文学与文化批评书系·陈思和卷. 北京:北京师范大学出版社,
　　2010.

陈晓明. 当代文学与文化批评书系·陈晓明卷. 北京:北京师范大学出版社, 2010.

陈玉刚. 中国翻译文学史稿. 北京:中国对外翻译出版公司,1989.

丹穆若什. 什么是世界文学?. 查明建,宋明炜,等译. 北京:北京大学出版社, 2014.

道尔. 拥抱战败:第二次世界大战后的日本. 胡博,译. 北京:生活·读书·新知三联书店,2009.

邓小平. 邓小平文选(第 2 卷). 北京:人民出版社,1994.

段鹏. 传播效果研究——起源、发展与应用. 北京:中国传媒大学出版社, 2008.

多米尼克. 大众传媒动力学:数字时代的媒介. 7 版. 蔡骐,译. 北京:中国人民大学出版社,2009.

方爱武,吴秀明. 文学的中国想象与跨域——跨文化语境下的"中国形象"塑造及传播//吴秀明.文化转型与百年文学中国形象塑造.杭州:浙江工商大学出版社,2011:3-23.

弗洛伊德. 创作家与白日梦//伍蠡甫.现代西方文论选.上海:上海译文出版社,1983:138-148.

付文慧. 中国女作家作品英译(1979—2010)研究. 北京:对外经济贸易大学出版社,2015.

管文虎. 国家形象论. 成都:电子科技大学出版社,1999.

郭绍虞. 中国历代文论选. 上海:上海古籍出版社,2001.

郭延礼. 中国近代翻译文学概论. 武汉:湖北教育出版社,1998.

海德格尔. 存在与时间. 陈嘉映,王庆节,译.熊伟,校. 北京:生活·读书·新知三联书店,1987.

韩少功. 马桥词典. 上海:上海文艺出版社,2012.

洪子诚. 问题与方法:中国当代文学史研究讲稿. 北京:生活·读书·新知三联书店,2002.

洪子诚. 中国当代文学史. 修订版. 北京:北京大学出版社,2007.

洪子诚. 当代文学的概念. 北京:北京大学出版社,2010.

胡铁生. 全球化语境中的莫言研究. 北京:社会科学文献出版社,2017.

贾燕芹. 文本的跨文化重生:葛浩文英译莫言小说研究. 北京:中国社会科学出版社,2016.

卡林内斯库. 现代性的五副面孔:现代主义、先锋派、颓废、媚俗艺术、后现代主义. 顾爱彬,李瑞华,译. 北京:商务印书馆,2002.

卡萨诺瓦. 文学世界共和国. 罗国祥,等译. 北京:北京大学出版社,2015.

克拉珀. 大众传播的效果. 段鹏,译. 北京:中国传媒大学出版社,2016.

孔慧怡,杨承淑. 亚洲翻译传统与现代动向. 北京:北京大学出版社,2000.

旷新年. 写在当代文学边上. 上海:上海教育出版社,2005.

乐黛云,比雄. 独角兽与龙——在寻找中西文化普遍性中的误读. 北京:北京大学出版社,1995.

雷默. 中国形象:外国学者眼里的中国. 北京:社会科学文献出版社,2008.

李公昭. 20世纪美国文学导论. 西安:西安交通大学出版社,2000.

李正国. 国家形象构建. 北京:中国传媒大学出版社,2006.

刘慈欣. 三体. 重庆:重庆出版社,2008.

刘继南. 大众传播与国际关系. 北京:北京广播学院出版社,1999.

刘宓庆. 文化翻译论纲. 北京:中国对外翻译出版公司,2007.

刘震云. 我不是潘金莲. 武汉:长江文艺出版社,2016.

龙应台. 人在欧洲. 北京:生活·读书·新知三联书店,1994.

鲁迅. 鲁迅全集(第7卷). 北京:人民文学出版社,2005.

罗新璋,陈应年. 翻译论集. 北京:商务印书馆,2009.

莫言. 莫言作品精选. 武汉:长江文艺出版社,2012.

莫言. 影响的焦虑//林建法. 说莫言. 沈阳:辽宁人民出版社,2013:2-6.

莫言. 红高粱家族. 杭州:浙江文艺出版社,2017.

奈. 硬权力与软权力. 门洪华,译. 北京:北京大学出版社,2005.

南帆. 双重视域:当代电子文化分析. 南京:江苏人民出版社,2001.

南帆. 当代文学与文化批评书系·南帆卷. 北京:北京师范大学出版社,2010.

钱锺书. 管锥编. 北京:中华书局,1979.

热奈特. 热奈特论文集. 史忠义,译. 天津:百花文艺出版社,2001.

萨莫瓦约. 互文性研究. 邵炜,译. 天津:天津人民出版社,2003.

铁凝. 大浴女. 北京:人民文学出版社,2006.

托多罗夫. 巴赫金、对话理论及其他. 蒋子华,等译. 天津:百花文艺出版社,
　　2001.

王安忆. 长恨歌. 海口:海南出版社,2003.

王安忆. 我的小说观//于可训. 小说家档案. 郑州:郑州大学出版社,2005:
　　30-31.

王德威. 想象中国的方法:历史·小说·叙事. 北京:生活·读书·新知三联
　　书店,2003.

王德威. 当代小说二十家. 北京:生活·读书·新知三联书店,2006.

王宏志. 重释"信、达、雅"——20 世纪中国翻译研究. 北京:清华大学出版社,
　　2007.

王家福,徐萍. 国际战略学. 北京:高等教育出版社,2005.

王宁. 比较文学与当代文化批评. 北京:人民文学出版社,2000.

王宁. 翻译研究的文化转向. 北京:清华大学出版社,2009.

王宁. 比较文学、世界文学与翻译研究. 上海:复旦大学出版社,2014.

王晓明. 二十世纪中国文学史论(上、下). 上海:东方出版中心,1997.

王治河. 译序//汤因比,等. 艺术的未来. 桂林:广西师范大学出版社,1991:
　　1-6.

韦努蒂. 翻译、共同体、乌托邦//达姆罗什. 新方向:比较文学与世界文学读
　　本.北京:北京大学出版社,2000;187-205.

韦努蒂. 翻译与文化身份的塑造. 查正贤,译//许宝强,袁伟. 语言与翻译的
　　政治. 北京:中央编译出版社,2001;358-382.

吴友富. 中国国家形象的塑造和传播. 上海:复旦大学出版社,2009.

伍蠡甫. 西方文论选. 上海:上海译文出版社,1979.

谢天振. 比较文学与翻译研究. 上海:复旦大学出版社,2011.

徐小鸽. 国际新闻传播中的国家形象问题//刘继南. 国际传播——现代传播
　　文集. 北京:北京广播学院出版社,2000; 27-42.

许钧. 文学翻译批评研究. 南京:译林出版社,2012.

许钧. 改革开放以来中国翻译研究概论(1978—2018). 武汉:湖北教育出版
　　社,2018.

许钧,穆雷. 翻译学概论. 南京:译林出版社,2009.

杨宪益. 杨宪益自传. 薛鸿时,译,北京:人民日报出版社,2010.

姚斯,等. 接受美学与接受理论. 周宁,等译. 沈阳:辽宁人民出版社,1987.

余华. 活着. 北京:作家出版社,2010.

曾小逸. 走向世界文学——中国现代作家与外国文学. 长沙:湖南人民出版社,1985.

詹明信. 晚期资本主义的文化逻辑. 陈清侨,等译. 北京:生活·读书·新知三联书店,1997.

中国作家协会理论批评委员会. 中国文学理论批评文选 2006—2007(上). 北京:作家出版社,2008.

钟惺. 隐秀轩集. 上海:上海古籍出版社,1992.

卓今. 残雪评传. 长沙:湖南文艺出版社,2008.

期刊论文：

百名评论家推荐 90 年代最有影响的作家作品. 出版参考,2000(19):8.

蔡晓宇. 中国出版十年"走出去"历程的回顾、反思与展望. 出版广角,2015(7):42-46.

残雪,邓晓芒. 关于中西方文学、哲学与文化的对话. 东吴学术,2010(3):23-33.

陈橙. 论中国古典文学的英译选集与经典重构:从白之到刘绍铭. 外语与外语教学,2010(4):82-85.

陈惠芬. "文学上海"与城市文化身份建构. 文学评论,2003(3):140-149.

陈琳琳. 中国形象研究的话语转向. 外语学刊,2018(3):33-37.

陈思和. 营造精神之塔——论王安忆 90 年代初的小说创作. 文学评论,1998(6):51-61.

陈思和. 我对 20 世纪中国文学的世界性因素的思考与探索. 中国比较文学,2006(2):9-15.

陈思和. 我对《兄弟》的解读. 文艺争鸣,2007(2):55-64.

陈晓明. 本土、文化与阉割美学——评从《废都》到《秦腔》的贾平凹. 当代作家评论,2006(3):4-17.

程曼丽. 大众传播与国家形象塑造. 国际新闻界,2007(3):5-10.

戴锦华. 残雪:梦魇萦绕的小屋. 南方文坛,2000(5):9-17.

邓荫金.欣喜与隐忧——论超文本与网络时代的文学. 内蒙古社会科学(汉文版),2009(1):127-131.

邓如冰. 当代汉语写作"国际化"研究的可能性. 海南师范大学学报(社会科学版),2014(5):52-55.

邓善洁. "先锋小说"不再令人兴奋. 文学自由谈,1990(2):42-49.

邓祯.网络文学的海外传播与中国文化形象构建. 中国编辑,2019(3):8-13.

董晓波,胡波. 面向"一带一路"的我国翻译规划研究:内容与框架. 外语学刊,2018(3):86-91.

厄普代克. 苦竹:两部中国小说. 季进,林源,译. 当代作家评论,2005(4):37-41.

傅悦,吴赟. 语料库辅助下余华小说在美国的译介效果研究. 安徽大学学报,2021(2):34-45.

高彬,吴赟. 刘震云小说在阿拉伯语世界的传播与接受. 小说评论,2019(1):136-143.

高纯娟.我国网络文学海外译介与输出研究. 出版广角,2017(18):56-58.

高方,毕飞宇. 文学译介、文化交流与中国文化"走出去"——作家毕飞宇访谈录. 中国翻译,2012(3):49-53.

高方,苏童. 偏见、误解与相遇的缘分——作家苏童访谈录,中国翻译,2013(2):46-49.

高海波. 拉斯韦尔5W模式探源. 国际新闻界,2008(10):37-40.

葛浩文. 美国人喜欢唱反调的作品. 罗屿,译. 新世纪周刊,2008(10):120-121.

葛浩文. 我行我素:葛浩文与浩文葛. 史国强,译. 中国比较文学,2014(1):37-49.

耿强. 国家机构对外翻译规范研究——以"熊猫丛书"英译中国文学为例. 上海翻译,2012(1):1-7.

耿强. 中国文学走出去政府译介模式效果探讨——以"熊猫丛书"为个案. 中国比较文学,2014(1):66-77,65.

耿强. 副文本视角下 20 世纪中国翻译话语史的重写. 当代外语研究,2018
    (1):64-67.

顾彬. 从语言角度看中国当代文学. 南京大学学报,2019(2):69-76.

顾钧. 哥伦比亚中国现代文学读本中的鲁迅. 鲁迅研究月刊,2010(6):35-38.

顾忆青. 科幻世界的中国想象:刘慈欣《三体》三部曲在美国的译介与接受.
    东方翻译,2017(1):11-17.

韩模永. 超文本场景:网络文学的空间转向. 南京社会科学,2018(7):127-
    132.

何敏,吴赟. 美国视野中的中国现当代文学选择与阐释——基于文学选集的
    考察. 外语教学与研究,2019(1):133-143.

何明星. 欧美翻译出版中国当代文学作品的现状及其特征. 出版发行研究,
    2014(3):15-18.

胡安江. 中国文学"走出去"之译者模式及翻译策略研究——以美国汉学家葛
    浩文为例. 中国翻译,2010(6):10-16.

胡安江. 改革开放四十年中国文学"走出去"的成就与反思. 中国翻译,2018
    (6):18-20.

黄也平,齐永光. 媒介融合视域下的网络文学研究. 人民论坛,2019(23):134-
    135.

黄友义. 汉学家和中国文学的翻译——中外文化沟通的桥梁. 中国翻译,
    2010(6):16-17.

季进. 当代文学:评论与翻译——王德威访谈录. 当代作家评论,2008(5):68-
    78.

季进. 我译故我在——葛浩文访谈录. 当代作家评论,2009(6):45-56.

吉云飞. "起点国际"模式与"Wuxiaworld"模式——中国网络文学海外传播的
    两条道路. 中国文学批评,2019(2):102-108.

吉云飞. 征服北美,走向世界:老外为什么爱看中国网络小说?. 文艺理论与
    批评,2016(6):112-120.

姜珊,胡婕. 不忘初心,连通中国与世界——"中国图书对外推广计划"项目十
    年进展情况介绍. 出版参考,2017(8):18-20.

姜智芹. 当代文学在西方的影响力要素解析——以莫言作品为例. 甘肃社会

科学,2015(4):124-128.

金介甫. 中国文学(一九四九—一九九九)的英译本出版情况述评. 查明建, 译. 当代作家评论,2006(3):67-76.

金介甫. 中国文学(一九四九—一九九九)的英译本出版情况述评(续). 查明建,译. 当代作家评论,2006(4):137-152.

李德凤,等. 蓝诗玲翻译风格库助研究. 外语教学,2018(1):70-76.

李刚,谢燕红. 英译选集与中国现代文学的海外传播——以《哥伦比亚现代中国文学选集》为视角. 当代作家评论,2016(4):175-182.

李敏. 文化外交与地方对外文化交流. 理论学刊,2010(2):114-117.

李文静. 中国文学英译的合作、协商与文化传播——汉英翻译家葛浩文与林丽君访谈录. 中国翻译,2012(1):57-60.

李永平. 文学传播学论纲. 当代传播,2010(5):39-41.

刘江凯. 本土性、民族性的世界写作——莫言的海外传播与接受. 当代作家评论,2011(4):20-33.

刘俊. 论二十世纪中国文学中的上海书写. 文学评论,2002(3):38-43.

刘肖,董子铭. "一带一路"视野下我国网络文学对外传播研究. 出版发行研究,2017(5):78-81.

刘云虹,许钧. 文学翻译模式与中国文学对外译介——关于葛浩文的翻译. 外国语,2014(3):6-17.

刘志明. 日本国家形象传播的经验与启示. 对外传播,2018(9):68-71.

吕俊,侯向群. 元翻译学的思考与翻译的多元性研究. 外国语,1999(5):56-61.

罗福林. 当代中国文学在英文世界的译介——三本杂志和一部中篇小说集. 王岫庐,译. 花城,2017(3):203-208.

罗选民. 文化传播与翻译研究. 中国外语,2008(4):91-94.

马季. 网络文学的时代选择与旨归. 中国文学批评,2019(1):108-114.

门洪华,周厚虎. 中国国家形象的建构及其传播途径. 国际观察,2012(1):8-15.

莫言. 我在美国出版的三本书. 小说界,2000(5):170-173.

纳杨. 从刘慈欣"地球往事"三部曲谈当代科幻小说的现实意义. 当代文坛,

2012(5):83-86.

欧阳友权.网络文学前沿问题的学术清理.湖南师范大学社会科学学报,
　　2005(3):96-99.

欧阳友权.建立网络文学评价标准的必要与可能.学术研究,2019(4):172-
　　176.

欧阳友权,贺予飞.网络文学研究的几个学术热点.文艺理论研究,2019(3):
　　174-183.

潘文年.版权输出的五项策略.出版发行研究,2006(9):10-13.

乔旋.构建中国文化外交新战略,提升国家形象.教学与研究,2010(5):61-
　　66.

覃江华.英国汉学家蓝诗玲翻译观论.长沙理工大学学报(社会科学版),
　　2010(5):117-121.

邵璐.莫言小说英译研究.中国比较文学,2011(1):45-56.

邵燕君.网络文学的"断代史"与"传统网文"的经典化.中国现代文学研究丛
　　刊,2019(2):1-18.

孙有中.国家形象的内涵及其功能.国际论坛,2002(3):14-21.

檀有志.公共外交中的国家形象建构——以中国国家形象宣传片为例.现代
　　国际关系,2012(3):54-60.

汪宝荣.鲁迅小说英译面面观:蓝诗玲访谈录.翻译论丛,2013(1):147-167.

王德威.海派文学又见传人.读书,1996(6):37-43.

王沪宁.作为国家实力的文化:软权力.复旦学报(社会科学版),1993(3):91-
　　96,75.

王辉,王亚蓝."一带一路"沿线国家语言状况.语言战略研究,2016(2):13-
　　19.

王健开.中国现当代文学作品英译的出版传播及研究方法刍议.外语教学理
　　论与实践,2012(3):15-22,7.

王宁."文化研究"与经典文学研究.天津社会科学,1996(5):90-94.

王萍.文学豫军在海外的传播现状与对策研究.中州学刊,2010(5):207-211.

王青.网络文学海外传播的四重境界.中国文学批评,2019(2):109-115,160.

王水平.中国开放进入4.0时代.红旗文稿,2015(13):19-22.

王文强,张蓓."中国形象"的海外塑造与英美商业出版社的选择倾向.广东外语外贸大学学报,2017(4):98-103.

王岫庐.当代中国故事的多元讲述与诗意翻译——罗福林(Charles A. Laughlin)教授访谈录.中国翻译,2018(2):67-71.

王瑶.我依然想写出能让自己激动的科幻小说——作家刘慈欣访谈录.文艺研究,2015(12):70-78.

王颖冲.中文小说译介渠道探析.外语与外语教学,2014(2):79-85.

王玉玮.中国电视剧传播与国家文化软实力的提升.西南民族大学学报(人文社会科学版),2010(3):127-131.

魏家海,李正林.蓝诗玲英译《马桥词典》的翻译风格.东方翻译,2013(4):51-55.

吴世文,朱剑虹.全球传播中我国媒体建构国际话语权的探究.新闻传播,2010(11):14-16.

吴赟.中国当代文学译介伦理探讨——以白睿文、陈毓贤英译《长恨歌》为例.中国翻译,2012(3):98-102.

吴赟.陌生化和可读性的共场:《长恨歌》的英译研究.外语教学理论与实践,2012(4):62-68.

吴赟.上海书写的海外叙述——《长恨歌》英译本的传播和接受.社会科学,2012(9):185-192.

吴赟.《浮躁》英译之后的沉寂——贾平凹小说在英语世界的译介研究.小说评论,2013(3):72-78.

吴赟.西方视野下的毕飞宇小说——《青衣》与《玉米》在英语世界的译介.学术论坛,2013(4):93-98.

吴赟.民族文学的世界之路——《马桥词典》的英译与接受.小说评论,2014(2):14-20.

吴赟.作者、译者与读者的视界融合——以《玉米》的英译为例.解放军外国语学院学报,2014(2):122-129.

吴赟.中国当代文学的翻译、传播与接受——白睿文访谈录.南方文坛,2014(6):48-53.

吴赟.英语视域下的中国女性文化建构与认同——中国新时期女性小说的译

介研究. 中国翻译,2015(4):38-44.

吴赟. 译出之路与文本魅力——解读《解密》的英语传播. 小说评论,2016 (6):114-120.

吴赟.《大浴女》在英语世界的翻译和接受. 小说评论,2017(6):4-10.

吴赟. 国家形象自我建构与国家翻译规划:概念与路径. 外语研究,2019(3): 72-78.

吴赟,顾忆青. 困境与出路:中国当代文学译介探讨. 中国外语,2012(5):90- 95.

吴赟,顾忆青. 中国网络文学在英语世界的译介:内涵、路径与影响. 中国比 较文学,2019(3):66-79.

吴赟,何敏.《三体》在美国的译介之旅:语境、主体与策略. 外国语,2019(1): 94-102.

吴赟,蒋梦莹. 中国当代文学对外传播模式研究——以残雪小说译介为个案. 外语教学,2015(6):104-108.

吴赟,蒋梦莹. 改革开放以来我国对外翻译规划与国家形象构建. 中国外语, 2018(6):16-22.

夏志清. 中国小说、美国批评家:有关结构、传统和讽刺小说的联想. 刘绍铭, 译. 当代作家评论,2005(4):4-16.

席志武,付自强. 我国网络文学海外传播现状、困境与出路. 中国编辑,2018 (4):79-84.

谢天振. 中国文学、文化走出去:理论与实践. 东吴学术,2013(2):44-54.

谢天振. 中国文学走出去:问题与实质. 中国比较文学,2014(1):1-10.

邢玉婧. 谍战剧:麦家制造. 军营文化天地,2011(1):14-17.

徐慎贵.《中国文学》对外传播的历史贡献. 对外大传播,2007(8):46-49.

徐文武. 超文本文学及其后现代特性. 当代文坛,2001(6):60-63.

杨丹,张志云,刘伯书. 网络信息时代的翻译活动新格局——打破传统印刷媒 体译本对"主体间性"束缚的超文本译本. 出版广角,2017(1):75-77.

杨凌云. 中外图书馆宏观管理体制研究评析. 图书馆,2011(1):51-52,58.

阎真. 迷宫里到底有什么——残雪后期小说析疑. 文艺争鸣,2003(5):23-27.

叶红,许辉. 论王安忆《长恨歌》的主题意蕴和语言风格. 当代文坛,1997(5):

28-29.

余碧琳,汤雪梅. 网络文学的起兴、异化与价值回归——基于三种经典传播学理论的解析. 出版发行研究,2018(11):56-60.

余华,杨绍斌. "我只要写作,就是回家". 当代作家评论,1999(1):4-13.

查明建,田雨. 论译者主体性——从译者文化地位的边缘化谈起. 中国翻译,2003(1):19-24.

张洪凌,Jason Sommer,李想. 关于铁凝《大浴女》英译的访谈. 作家,2017(10):11-15.

张南峰. 文化输出与文化自省——从中国文学外推工作说起. 中国翻译,2015(4):88-93.

张晓蒙. 我国网络文学海外输出路径研究. 出版科学,2019(4):70-74.

张旭东,等. 当代性·先锋性·世界性——关于当代文学六十年的对话. 学术月刊,2009(10):5-16.

张英进. 五十年来海外中国现代文学的英文研究. 文艺理论研究,2016(4):39-60.

张蕴岭. 寻求崛起中国与世界的良性互动. 国际经济评论,2013(4):50-58.

郑剑委. 中国网络文学的海外接受与网络翻译模式. 华文文学,2018(5):119-125.

周阿红,阎真. "超文本文学"网络出版的文本特质及其成因探讨. 出版科学,2018(5):54-57.

曾玲玲. 余华作品英语译介中的编辑行为研究. 出版科学,2017(5):32-36.

赵蓉晖. 中国外语规划与外语政策的基本问题. 云南师范大学学报(哲学社会科学版),2014(1):1-7.

周鸿铎. 传播效果研究的两种基本方法及其相互关系(上). 现代传播,2004(3):12-18.

周领顺,丁雯. 汉学家乡土语言英译策略对比研究——以葛浩文译《酒国》和蓝诗玲译《鲁迅小说全集》为例. 北京第二外国语学院学报,2016(6):1-14.

庄庸,安晓良. 中国网络文学海外传播:"全球圈粉"亦可成文化战略. 东岳论丛,2017(9):98-103.

卓今.关于"新努斯的大自然"——残雪访谈录.创作与评论,2013(3):11-23.

博士论文：

陈晓洁.媒介环境学视阈下文学与媒介之关系研究.济南:山东大学,2012.

董志颖.晚清通俗小说单行本研究.上海:华东师范大学,2008.

耿强.文学译介与中国文学"走向世界"——"熊猫丛书"英译中国文学研究.
    上海:上海外国语大学,2010.

郑晔.国家机构赞助下中国文学的对外译介——以英文版《中国文学》
    (1951—2000)为个案.上海:上海外国语大学,2012.

报纸文章：

白睿文.美国人不看翻译小说是文化失衡.新京报,2012-08-25(C04).

蔡震.《解密》英译本打破中国作家海外销售成绩.扬子晚报,2014-03-20
    (02).

陈丰.陆文夫先生和美食文化.南方周末,2005-08-25(03).

陈香,闻亦.谍战风刮进欧美:破译中国文学走出去的"麦家现象".中华读书
    报,2014-05-21(06).

樊丽萍."抠字眼"的翻译理念该更新了.文汇报,2013-09-11(01).

冯源.麦家:"谍战小说之王"走出国门.国际先驱导报,2014-03-21(28).

郭珊.伦敦书展:透视中国文学输出三大难关.南方日报,2012-06-25(A01).

郭悦.中国网络小说在越南遭遇"冰火两重天"?.青年参考,2015-06-03(12).

何明星.独家披露中国现当代女作家作品之欧美影响力.中国出版传媒商
    报,2014-03-07(09).

何明星.中国文学国际影响力.人民日报海外版,2014-12-02(07).

姜智芹.当代文学海外传播中的国家形象建构.中国社会科学报,2017-08-21
    (04).

景晓萌.企鹅出版社:文化品牌的市场效应.中国文化报,2012-11-17(04).

李景瑞."连译带改"的翻译不可提倡,尽管它成就了莫言.中华读书报,2015-
    10-21(03).

李凌俊.类型文学:寻找"经典化之路".文学报,2012-12-27(03).

林少华. 文学翻译的生命在文学——兼答止庵先生. 文汇读书周报,2011-03-11(04).

陆一夫. 中国作家麦家作品《解密》下月登录英美,美国顶级出版社斥几十万为他拍宣传片. 现代快报,2014-02-27(A7).

马辉,顾慧敏. 歪果仁也迷上仙侠网文! 催更、吐槽技能已输出,还有外国"道友"写起了中式玄幻. 南方都市报,2016-12-08(03).

麦家,季亚娅. 麦家:文学的价值最终是温暖人心. 文艺报,2012-12-12(02).

孟晓光,陈振凯,宋拖. 中国图书"走出去"步伐加快. 人民日报海外版,2009-04-06(02).

乔燕冰. 中国网文"出海":越是网络的,越是世界的. 中国艺术报,2017-04-10(S01).

舒晋瑜. 残雪——为了报仇写小说. 中华读书报,2007-11-21(03).

孙珺. 麦家《解密》上榜英国间谍小说 20 强. 广州日报,2018-02-06(03).

铁凝,贾平凹. 中国文学"走出去"门槛多. 文汇报,2009-11-09(11).

王安忆语出惊人　称《长恨歌》被读者长期误读. 半岛都市报,2008-03-26(07).

王蒙. 读《天堂里的对话》. 文艺报,1988-10-01(04).

王一川,柳田. 中国人需要怎样的文化符号. 解放日报,2011-01-13(07).

温泉. 美国加州大学教授白睿文:汉语影响力的见证者. 瞭望新闻周刊,2014-02-11(02).

吴越. 中国当代文学作品译介到海外起点低门槛多. 文汇报,2009-11-09(03).

吴越. 如何叫醒沉睡的"熊猫"?. 文汇报,2009-11-23(03).

谢天振. 从译介学视角看中国文学如何走出去. 中国社会科学报,2013-11-04(B02).

徐春萍. 我眼中的历史是日常的——与王安忆谈《长恨歌》. 文学报,2000-12-26(10).

姚建彬. 孔子学院助推中国文学海外传播. 人民日报海外版,2018-03-28(03).

张鹏飞. 人心相通　语言先行. 光明日报,2017-08-03(15).

赵芫. 国外出版商到中国抢作家. 中国企业家, 2012-12-29 (24).

网络文献：

2017 猫片·胡润原创文学 IP 价值榜. (2017-07-12) [2020-11-11]. http://
　　news.163.com/17/0712/17/CP5MBPKA000187VE.html? baike.

2018 年美国公共图书馆图书采购结果出炉. (2018-04-20) [2020-11-11].
　　http://www.nlc.cn/newtsgj/yjdt/2018n/5y/201805/t20180504_168824.htm.

2018 中国图书海外馆藏影响力报告新鲜出炉. (2018-08-23) [2020-11-11].
　　http://culture.people.com.cn/n1/2018/0823/c1013-30246670-2.html.

2019 年度网络文学发展报告. (2020-02-20) [2020-11-11]. http://www.
　　chinawriter.com.cn/n1/2020/0220/c404027-31595926.html.

CNNIC 发布第 45 次《中国互联网络发展状况统计报告》. (2020-04-28)
　　[2020-11-11]. http://www.cnnic.net.cn/gywm/xwzx/rdxw/20172017
　　_7057/202004/t20200427_70973.htm.

爱荷华国际写作计划. (2012-04-17) [2020-11-11]. http://cul.sohu.com/
　　20120417/n340785124.shtml.

白睿文. 暑假不找工作, 我去翻译余华的《活着》. (2010-08-14) [2020-11-11].
　　http://blog.sina.com.cn/s/blog_a8364c360101fynd.html.

白亚仁. 略谈文学接受的文化差异及翻译策略. (2014-08-26) [2020-11-11].
　　http://www.chinawriter.com.cn/2014/2014-08-26/215845.htm.

百部当代文学精品将"走出去" 首批力作将译介到俄罗斯. (2007-02-01)
　　[2020-11-11]. http://www.chinawriter.com.cn/zw/2007/2007-02-01/
　　6917.html.

百部当代文学作品五年内将走出国门. (2016-11-12) [2020-11-11]. http://
　　www.library.sh.cn/dzyd/spxc/list.asp? spid = 2708.

残雪. 文坛很多人在卖假药. (2008-01-05) [2020-11-11]. http://www.fx361.
　　com/page/2008/0105/5534983.shtml.

关于申报 2018 年经典中国国际出版工程、丝路书香工程重点翻译资助项目、
　　中国当代作品翻译工程项目的通知. (2018-01-18) [2020-11-11]. https://
　　zgcb.chinaxwcb.com/info/110278.

顾彬. 括号里的译者——对翻译工作的几点思考(在美国达拉斯翻译会议上的讲话). 苏伟, 译. (2012-12-27)[2020-11-11]. http://miniyuan.com/read/php? tid=2071.

韩寒上《时代》封面 自嘲被老美"下套". (2009-11-12)[2020-11-11]. http://news.sohu.com/20091112/n268156949.shtml.

贾平凹第2部长篇小说英译本英文版《废都》问世. (2016-01-25)[2020-11-11]. http://jiangsu.china.com.cn/html/2016/sxnews_0125/3632989.html.

贾平凹《高兴》英文版全球发行,小说是向农民工致敬. (2017-08-31)[2020-11-11]. http://www.chinawriter.com.cn/n1/2017/0831/c403994-29507210.html.

贾平凹文化艺术研究院与陕西禧福祥集团战略合作签约仪式西安举行. (2017-10-29)[2020-11-11]. http://www.news168.cn/html/2017/10/268628.html.

贾平凹与青年汉学家面对面交流. (2018-09-27)[2020-11-11]. http://www.sohu.com/a/256402096_727188.

坚持良性发展 人民文学出版社助力贾平凹版权输出. (2018-09-29)[2020-11-10]. http://www.cnpubg.com/news/2018/0929/40798.shtml.

艰难发展的科幻文学. (2018-01-24)[2020-11-11]. https://www.神秘网.com/thread-17062-1-1.html.

《经济学人》2014年度书单:麦家《解密》上榜. (2014-12-09)[2020-11-11]. https://www.thepaper.cn/newsDetail_forward_1284329.

马桥词典豆瓣读书主页. https://book.douban.com/subject/1012592/.

麦家对谈米欧敏:《解密》的偶然与必然. (2018-09-13)[2020-11-11]. https://www.douban.com/note/689974840/? from=author.

麦家《解密》海外出版大事记. (2014-04-16)[2020-11-11]. http://cul.qq.com/a/20140416/016835.htm.

没有译者葛浩文,莫言就不可能获得诺奖. (2013-05-07)[2020-11-11]. http://news.ifeng.com/gundong/detail_2013_05/07/25008740_0.shtml.

美孚飞马文学奖百度百科及维基百科主页. https://baike.baidu.com/item/

美孚飞马文学奖/5630587？fr＝aladdin；https：//en. wikipedia. org/wiki/ Pegasus_Prize.

美国翻译家葛浩文：我只译我喜欢的小说.（2013-12-10）［2020-11-01］. http：//www. chinanews. com/cul/2013/12-10/5601163. shtml.

莫言百度百科主页. https：//baike. baidu. com/item/%E8%8E%AB%E8% A8%80/941736？fr＝aladdin♯3.

"起点国际"网站的运营模式和使用指南. https：//www. webnovel. com/ book/8057964805003305/Book-of-Answers.

三体百度百科主页. https：//baike. baidu. com/item/三体/5739303？fr＝ aladdin.

谈文化出海《2018—2019 年度文化 IP 评价报告》.（2019-06-07）［2020-11- 11］. https：//www. sohu. com/a/319137230_680597.

谭光磊. 从《追风筝的人》到《解密》,我的版权之路.（2016-07-14）［2020-11-11］. http：//www. 360doc. com/content/16/0714/10/2369606_575389192. shtml.

王小波逝世 16 周年：专访著作英文版作者.（2013-04-12）［2020-11-11］. http：//edu. sina. com. cn/en/2013/04-12/131273489. shtml.

我欲封天在线英译版. http：//www. wuxiaworld. com/issth-index/.

我国网民规模突破 9 亿.（2021-04-28）［2020-11-11］. http：//www. xinhuanet. com/fortune/2020-04/28/c_1125917944. htm.

吴凡.博尔赫斯的中国传人——论麦家小说的叙事特色.（2009-11-14）［2020- 11-11］. http：//www. chinawriter. com. cn/bk/2009/11-13/39423. html.

五洲传播中心宗旨职能. http：//www. cicc. org. cn/html/zzzn/.

武侠世界网站译者介绍. http：//www. wuxiaworld. com/about-wuxiaworld/.

熊猫丛书重出江湖 首批 40 种图书将亮相德国书展.（2010-01-20）［2020-11- 11］.http：//www. dajianet. com/news/2010/0120/66824. shtml.

亚马逊和译研网合作向海外译介中国文学.（2016-08-25）［2020-11-11］. https：//www. thepaper. cn/newsDetail_forward_1519344.

亚马逊年度阅读盛典 贾平凹获海外最具影响力中国作家.（2017-12-20） ［2020-11-11］. http：//www. chinawriter. com. cn/n1/2017/1220/c403994- 29717514. html.

亚马逊再砸 1000 万美元,着力引进更多优秀外语书籍.(2015-10-21)[2020-11-11]. http://www.bookdao.com/article/96596/.

杨宝宝.《兄弟》英文版译者罗鹏夫妇:如何让美国编辑接受余华的风格.(2018-08-13)[2020-11-11]. http://www.chinawriter.com.cn/n1/2018/0813/c404092-30225868.html? from＝singlemessage&isappinstalled＝0.

英国汉学家蓝诗玲:开心尝试重译《西游记》.(2011-07-20)[2020-11-11]. http://www.gdnanbo.cn/a/mingshizhidao/2011/0720/398.html.

张静.评论家称贾平凹也有获诺奖实力:作品难翻译得多.(2012-10-13)[2020-11-11]. http://www.chinadaily.com.cn/dfpd/shehui/2012-10/13/content_15815310.htm.

中国出版走出去　打动自己才能打动世界.(2017-07-18)[2020-11-11]. http://www.xinhuanet.com/book/2017-07/18/c_129657750.htm.

中国当代作品翻译工程成效纪实.(2016-01-10)[2020-11-11]. http://www.xinhuanet.com/politics/2016-01/10/c_1117725063.htm.

中国全面实施"中国文化著作翻译出版工程".(2009-03-27)[2020-11-11]. https://www.chinanews.com/cul/news/2009/03-27/1621694.shtml.

"中国图书对外推广计划"工作小组办公室工作章程.[2020-11-11]. http://www.chinabookinternational.org/cbigaikuang/gongzuozhangcheng/.

"中国图书对外推广计划"综述.[2020-11-11]. http://www.chinabook-international.org/cbigaikuang/tuiguangjihua/.

中国文化译研网简介.http://www.cctss.org/bre/agree/introduction.

中国文化著作翻译出版工程.(2009-12-31)[2020-11-11]. http://www.scio.gov.cn/ztk/dtzt/10/15/Document/509137/509137.htm.

"中国文学海外传播"工程启动.(2010-01-18)[2020-11-11]. http://www.chinawriter.com.cn/bk/2010-01-17/41089.html.

中国作协力推百部精品译介工程.(2006-11-12)[2020-11-11]. http://news.sina.com.cn/c/2006-11-12/074510474423s.shtml.

中瑞作家共话文学——通向世界文学之路:东西方的不同视角.(2018-01-05)[2020-11-11]. http://www.chinawriter.com.cn/n1/2018/0105/c403994-29746563.html.

走出"邂逅"——中国文学的海外传播之路. (2014-08-25)［2020-11-11］. http://www.xinhuanet.com//world/2014-08/25/c_1112219488.htm.

英文文献

专　著：

Angelelli, C. V. (ed.). *The Sociological Turn in Translation and Interpreting Studies*. Amsterdam & Philadelphia: John Benjamins Publishing Co., 2014.

Assmann, A. The curse and blessing of babel: or, looking back on universalisms. In S. Budick and W. Iser (eds.). *The Translatability of Cultures: Figurations of the Space Between*. San Francisco: Stanford University Press, 2006: 85-100.

Baker, M. *Translation and Conflict: A Narrative Account*. Abingdon & New York: Routledge, 2006.

Baker, M. (ed.). *Critical Readings in Translation Studies*. London: Routledge, 2010.

Balcom, J. Translating modern Chinese literature. In P. Bush and S. Bassnett (eds.). *The Translator as Writer*. London: Continuum, 2006: 119-134.

Balcolm, J. *New Penguin Parallel Text Short Stories in Chinese*. New York: Penguin Books, 2013.

Baran, S. J. and Davis, D. K. *Mass Communication Theory: Foundations, Ferment and Future*. Beijing: Tsinghua University Press, 2003.

Bassnett, S. and Trivedi, H. (eds.). *Post-colonial Translation: Theory and Practice*. London & New York: Routledge, 1999.

Benjamin, W. The task of the translator. In J. Biguenet and R. Schulte (eds.). *Theories of Translation: An Anthology of Essays from Dryden to Derrida*. Chicago: The University of Chicago Press, 1992: 71-82.

Bennett, W. L. *News: The Politics of Illusion*. New York: Longman, 2005.

Berman, A. Translation and the trials of the foreign. In L. Venuti (ed.). *The Translation Studies Reader*. London & New York: Routledge, 2000.

Bi, F. *The Moon Opera*. H. Goldblatt and S. L. Lin (trans). London: Telegram, 2007.

Bi, F. *Three Sisters*. H. Goldblatt and S. L. Lin (trans.). New York: Houghton Mifflin Harcourt Publishing Co, 2010.

Boehmer, E. *Colonial and Postcolonial Literature*. 2nd ed. Oxford: Oxford University Press, 2005.

Bourdieu, P. *Outline of a Theory of Practice*. Cambridge: Cambridge University Press, 1977.

Bourdieu, P. The forms of capital. In J. G. Richardson (ed.). *Handbook of Theory and Research for the Sociology of Education*. Santa Barbara: Greenwood Press, 1986: 241-258.

Casanova, P. Consecration and accumulation of literary capital: Translation as unequal exchange. In M. Baker (ed.). *Critical Readings in Translation Studies*. London: Routledge, 2009: 287-302.

Dai, H. *Stones of the Wall*. F. Wood (trans.). London: Michael Joseph, 1985.

Damrosch, D. *What Is World Literature?*. Princeton: Princeton University Press, 2003.

Damrosch, D. Translation and national literature. In S. Bermann and C. Porter (eds.). *A Companion to Translation Studies*. Trenton, NJ: Wiley-Blackwell, 2014: 347-360.

Davis, E. L. (ed.). *Encyclopedia of Contemporary Chinese Culture*. New York: Routledge, 2005.

Dollerup, C. Translation as imposition vs. translation as requisition. In M. Snell-Hornby (ed.). *Translation as Intercultural Communication: Selected Papers from the EST Congress, Prague* 1995. Amsterdam & Philadelphia: John Benjamins Publishing Co. , 1997:45-56.

Duke, M. S. *Contemporary Chinese Literature: An Anthology of Post-Mao Fiction and Poetry*. New York: M. E. Sharpe, 1985.

Duke, M. S. The problematic nature of modern and contemporary Chinese fiction in English translation. In H. Goldblatt (ed.). *Worlds Apart: Recent Chinese Writing and Its Audiences*. New York: M. E. Sharpe, 1990: 198-227.

Duke, M. S. *Worlds of Modern Chinese Fiction*. New York: M. E. Sharpe, 1991.

Eagleton, T. *Literary Theory: An Introduction*. Oxford: Blackwell, 1996.

Eugene, C. E. *Borrowed Plumag: Polemical Essays on Translation*. New York: Rodopi, 2003.

Feng, J. *The Three-inch Golden Lotus*. D. Wakefield (trans.). Honolulu: University of Hawaii Press, 1994.

Flotow, L. Translation and cultural diplomacy. In J. Evans and F. Fernandez (eds.). *The Routledge Handbook of Translation and Politics*. London & New York: Routledge, 2018:193-203.

Frank, A. P. Anthologies of translation. In M. Baker (ed.). *Routledge Encyclopedia of Translation Studies*. Shanghai: Shanghai Foreign Language Education Press, 2004: 13-16.

Gambier, Y. and van Doorslaer, L. (eds.). *Handbook of Translation Studies*, Amsterdam & Philadelphia: John Benjamins Publishing Co., 2010.

Han, S. *A Dictionary of Maqiao*. J. Lovell (trans.). New York: Columbia University Press, 2003.

Harold, L. The structure and function of communication in society. In L. Bryson (ed.). *The Communication of Ideas*. New York: Institute for Religious and Social Studies, 1948: 215-228.

Heilbron, J. and Sapiro, G. Outline for a sociology of translation: Current issues and future prospects. In M. Wolf and A. Fukari (eds.). *Constructing a Sociology of Translation*. Amsterdam & Philadelphia: John Benjamins Publishing Co.,2007: 93-108.

Hermans, T. *The Manipulation of Literature: Studies in Literary Translation*. London: Routledge, 1985.

Holmes, J. The name and nature of translation studies. In L. Venuti (ed.). *The Translation Studies Reader*. London & New York: Routledge, 2004: 172-185.

Hsia, C. *A History of Modern Chinese Fiction*. 3rd ed. Bloomington: Indiana University Press, 1999.

Hsu, V. L. *Born of the Same Roots: Stories of Modern Chinese Women*. Bloomington: Indiana University Press, 1983.

Huang, Y. T. *The Big Red Book of Modern Chinese Literature*. New York: W. W. Norton & Company, 2016.

Innes, C. Foreword. In Can Xue. *Old Floating Cloud: Two Novellas*. R. R. Janssen and J. Zhang (trans.). Evanston: Northwestern University Press, 1991: 1-7.

Jenner, W. J. F. Insuperable barriers? Some thoughts on the receptions of Chinese writing in English. In H. Goldblatt (ed.). *Worlds Apart: Recent Chinese Writing and Its Audience*. New York: M. E. Sharpe, Inc., 1990: 177-197.

Lau, J. S. M. and Goldblatt, H. *The Columbia Anthology of Modern Chinese Literature*. New York: Columbia University Press, 1996.

Lefevere, A. *Translation, Rewriting and the Manipulation of Literary Fame*. London & New York: Routledge, 1992.

Link, P. *Stubborn Weeds: Popular and Controversial Chinese Literature after the "Cultural Revolution"*. Bloomington: Indiana University Press, 1983.

Liu, C. *The Three-body Problem*. K. Liu (trans.). New York: Tor Books, 2014.

Liu, C. *Death's End*. K. Liu (trans.). New York: Tor Books, 2016.

Liu, J. J. Y. *Chinese Theories of Literature*. Chicago: Chicago University Press, 1975.

Liu, K. *Invisible Planets: Contemporary Chinese Science Fiction in Translation*. New York: Tor Books, 2016.

Liu, Z. *I Did Not Kill My Husband*. H. Goldblatt and S. L. Lin (trans.). New York: Arcade Publishing, 2014.

Lu, X. *The Real Story of Ah-Q and Other Tales of China: The Complete Fiction of Lu Xun*. J. Lovell (trans.). London: Penguin Books, 2009.

Mair, V. H. and Mark, B. *The Columbia Anthology of Chinese Folk and Popular Literature*. New York: Columbia University Press, 2011.

McDougall, B. S. *Translation Zones in Modern China: Authoritarian Command Versus Gift Exchange*. New York: Cambria, 2011.

McLuhan,M. and Lapham, L. H. *Understanding Media: The Extension of Man*. Boston: MIT Press, 1994.

McQuail, D. *Mass Communication*. Londres: Sage Publications Ltd, 2006.

McQuail, D. *McQuail's Mass Communication Theory*. 6th ed. Londres: Sage Publications Ltd, 2010.

Mo, Y. *Red Sorghum*. H. Goldblatt (trans.). New York: Penguin Books, 1993.

Mo, Y. *Sandalwood Death*. H. Goldblatt (trans.). Norman: University of Oklahoma Press, 2013.

Morgenthau, H. J. *Politic among Nations: The Struggle for Power and Peace*. New York: McGraw-Hill, 1985.

Mosco, V. *The Political Economy of Communication*. Londres: Sage Publications Ltd, 2009.

Ou, N. and Woerner, A. *Chutzpah! New Voices from China*. Norman: University of Oklahoma Press, 2015.

Owen, S. *Readings in Chinese Literary Thought*. Cambridge: Harvard University Press,1992.

Pym, A. *Exploring Translation Theories*. 2nd ed. London & New York: Routledge, 2014.

Robert, S. and Martin, H. G. *Great Tales of Science Fiction*. New York:

Galahod Books, 1994.

Robinson, D. *Translation and Empire: Postcolonial Theories Explained*. Manchester: St. Jerome, 1997.

Saussy, H. *Comparative Literature in an Age of Globalization*. Baltimore: The Johns Hopkins University Press, 2006.

Schramm, W. L. *Mass Communications*. 2nd ed. Urbana: University of Illinois Press,1960.

Severin, W. J. and Tankard, J. W. (eds.). *Communication Theories: Origins, Methods, and Uses in the Mass Media*. 5th ed. New York: Longman, 2000.

Siu,H. F. (ed.). *Furrows: Peasants, Intellectuals, and the State. Stories and Histories from Modern China*. San Francisco: Stanford University Press, 1990.

Snow, E. *Living China: Modern Chinese Short Stories*. Westport, Conn.: Hyperion Press, 1937.

Su, T. *Raise the Red Lantern(Three Novellas)*. M. S. Duke (trans.). New York: William Morrow and Co., 1993.

Tai, J. (ed.). *Spring Bamboo: A Collection of Contemporary Chinese Short Stories*. New York: Random House, 1989.

Thomas, G. *Seeds of Fire: China and the Story Behind the Attack on America*. Los Angeles: Dandelion Books, 2001.

Tie, N. *The Bathing Women*. H. Zhang and J. Sommer (trans.). New York: Scribner, 2012.

Toury, G. *Descriptive Translation Studies and Beyond*. Amsterdam & Philadelphia: John Benjamins Publishing Co., 1995.

Toury, G. Translation as a means of planning and the planning of translation. In S. Paker (ed.). *Translations: (Re)shaping of Literature and Culture*. Istanbul: Bozic University Press, 2002: 148-167.

van Doorslaer, L., Peter, F. and Joep, L. *Interconnecting Translation Studies and Imagology*. Amsterdam & Philadelphia: John Benjamins

Publishing Co. , 2015.

Venuti, L. *The Scandals of Translation*. London & New York: Routledge, 1998.

Venuti, L. (ed.). *The Translation Studies Reader*. 3rd ed. London & New York: Routledge, 2012.

Venuti, L. *Translation Changes Everything: Theory and Practice*. New York: Routledge, 2013.

von Goethe, J. W. Translations. S. Sloan (trans.). In J. Biguenet and R. Schulte (eds.). *Theories of Translation: An Anthology of Essays from Dryden to Derrida*. Chicago: The University of Chicago Press, 1992: 60-63.

Wang, A. *The Song of Everlasting Sorrow: A Novel of Shanghai*. M. Berry and S. C. Egan (trans.). New York: Columbia University Press, 2008.

Wang, D. D. (ed.). *Running Wild: New Chinese Writers*. New York: Columbia University Press, 1994.

Wang, D. D. (ed.). *A New Literary History of Modern China*. Cambridge: Belknap Press, 2017.

Wang, J. *China's Avant-garde Fiction: An Anthology*. Durham: Duke University Press, 1998.

Wang, M. *A Bolshevik Salute: A Modernist Chinese Novel*. W. Larson (trans.). Washington, D.C.: Washington University Press, 1989.

Wang, Y. *Narrating China: Jia Pingwa and His Fictional World*. London: Routledge, 2006.

Wickeri, J. *Explosion and Other Stories*. Hong Kong: The Chinese University of Hong Kong Press, 1991.

Wolf, M. and Alexandra, F. (eds.). *Constructing a Sociology of Translation*. Amsterdam & Philadelphia: John Benjamins Publishing Co. , 2007.

Yee, L. *The New Realism: Writings from China after the "Cultural Revolution"*. New York: Hippocrene Books, 1983.

Ying, B. *The Time Is Not Yet Ripe: Contemporary China's Best Writers and Their Stories*. Beijing: Foreign Language Press, 1992.

Yu, H. *Brothers*. E. Y. Chow and C. Rojas (trans.). New York: Anchor Books, 2005.

Zhao, H. Y. H. *The Lost Boat: Avant-garde Fiction from China*. London: Wellsweep, 1993.

Zhao, H. Y. H. *Fissures: Chinese Writing Today*. Brookline: Zephyr Press, 2001.

期刊论文：

Calvert, D. Review of Can Xue's *Vertical Motion*. *The Literary Review*, 2011, 54(4): 207.

Chang, N. F. Auto-image and norms in source-initiated translation in China. *Asia Pacific Translation and Intercultural Studies*, 2015, 2(2): 96-107.

Chiang, B. and Rollins, J. B. *The Song of Everlasting Sorrow: A Novel of Shanghai*. *World Literature Today*, 2009(3): 64-65.

Davis-Undiano, R. C. A Westerner's reflection on Mo Yan. *World Literature Today*, 2013, 3(1-2): 21-25.

Essmann, H. and Frank, A. P. Translation anthologies: An invitation to the curious and a case study. *Target*, 1991, 3(1): 65-90.

Finken, H. EAA Interview with Yu Hua, the author of *To Live* (*Huo Zhe*). *Education About Asia*, 2003(8): 20-22.

Goldblatt, H. Blue pencil translating: Translator as editor. *Translation Quarterly*, 2004(33): 21-29.

Goldblatt, H. Howard Goldblatt at home: A self-interview. *Chinese Literature Today*, 2011, 2(1): 97-104.

Gouanvic, J. M. A Bourdieusian theory of translation, or the coincidence of practical instances—Field, "habitus", capital and "illusio". *The Translator*, 2005, 11(2): 147-166.

Inge, T. M. Mo Yan through western eyes. *World Literature Today*, 2000, 74(3): 501-506.

Kinkley, J. C. Review of *Red Sorghum: A Novel of China* by Mo Yan.

World Literature Today, 1994, 68(2): 428-429.

Littau, K. First steps towards a media history of translation. *Translation Studies*, 2011, 4(3): 261-281.

Liu, K. Politics, critical paradigms: Reflections on modern Chinese literature studies. *Modern China*, 1993(1): 13-40.

Lovell, J. Finding a place: Chinese Mainland fiction in the 2000s. *The Journal of Asian Studies*, 2012, 71(1): 7-32.

Lovell, J. A bigger picture. *The New York Times Book Review*, 2016(2): 21.

Lupker, C. Review of *Big Breasts and Wide Hips* by Mo Yan. *Translation Review*, 2005(10): 70.

Mesic, P. Review of *Dialogues in Paradise*. *Booklist*, 1989(85): 1866.

Meylaerts, R. Habitus and self-image of native literary author-translators in diglossic societies. *Translation and Interpreting Studies*, 2010: 5(1): 1-19.

Nusinovich, Y. Culture shock. *Science*, 2015, 350(6260): 504-505.

Nye, J. S. Soft power. *Foreign Policy*, 1990(80): 153-171.

Simeoni, D. The pivotal status of the translator's habitus. *Target*, 1998, 10(1): 1-39.

Tyulenev, S. Why (not) Luhmann? On the applicability of social systems theory to translation studies. *Translation Studies*, 2009(2): 147-162.

Wedell-Wedellsborg, A. One kind of Chinese reality: Reading Yu Hua. *Chinese Literature: Essays, Articles, Reviews (CLEAR)*, 1996, 18(12): 129-143.

报纸文章:

A Dictionary of Maqiao. *Publishers Weekly*. (2003-06-16) [2020-11-11]. https://www.publishersweekly.com/978-0-231-12744-8.

Aw, T. *Decoded* by Mai Jia (a review). *Financial Times*, 2014-03-05(07).

Barboza, D. A portrait of China running amok. *The New York Times (Books)*, 2006-09-04(06).

Beerman, J. *The Bathing Women* by Tie Ning: Review. *Toronto Star*. (2012-12-21) [2020-11-11]. https://www.thestar.com/entertainment/

books/2012/12/21/the_bathing_woman_by_tie_ning_review.html.

Briefly noted. *New Yorker*, 2014-04-07(02).

Chen, P. Review: *Decoded* by Mai Jia. *Chicago Tribune*. (2014-03-28)[2020-11-11]. https://www.chicagotribune.com/entertainment/books/chi-decoded-mai-jia-20140328-story.html.

Cheng, N. A. Despite striking images, Xue's magical realism disappoints. *The Harvard Crimson*. (2011-11-15)[2020-12-20]. https://www.thecrimson.com/article/2011/11/15/cheng-vertical-motion-review/.

Chinese author Mo Yan wins Nobel Prize for Literature. *BBC News*. (2012-10-11)[2020-11-11]. https://www.bbc.com/news/entertainment-arts-19907762.

Cornell, C. Watch this space: Contemporary Chinese literature in English, Interview with Eric Abrahamsen. *Artspace China*, 2010-10-07.

Cueto, E. *Decoded*: A whole different kind of spy thriller. *Bustle*. (2014-02-14)[2020-11-11]. https://www.bustle.com/articles/15137-mai-jias-decoded-is-a-spy-thriller-like-none-youve-ever-read.

Domini, J. A nightmare circling overhead: Review of Can Xue's *Dialogues in Paradise*. *New York Times Book Review*, 1991-12-29(06).

Epstein-Deutsch, E. Is Can Xue the Bruno Schultz of modern China?. *The Village Voice*. (2009-04-22)[2020-11-11]. https://www.villagevoice.com/2009/04/22/is-can-xue-the-bruno-schultz-of-modern-china/.

Evans, D. *Decoded*, by Mai Jia. *Financial Times*. (2014-03-28)[2020-11-11]. https://www.ft.com/content/0ac50c66-b343-11e3-b09d-00144feabdc0.

Fan, J. China's Dan Brown is a subtle subversive. *New Republic*. (2014-03-25)[2020-11-11]. https://newrepublic.com/article/117138/mai-jia-chinas-dan-brown-subtle-subversive.

Ferguson, W. Leaving the past to die. *The New York Times Book Review*, 1996-10-27(07).

Goldblatt, H. On the role of agents in translating Chinese literature. In 2018 International Symposium on Translated Chinese Literature and Its

Reception outside China, Shanghai, 2018-09-26.

Graham, R. In a sprawling satire of China, a bit of sweetness and light. *The Boston Globe*. (2009-02-04)[2020-11-11]. http://archive.boston.com/ae/books/articles/2009/02/04/in_a_sprawling_satire_of_china_a_bit_of_sweetness_and_light/? page = full.

Harman, N. Bridging the cultural divide. *The Guardian*, 2008-10-05(05).

Innes, C. A book review of *Dialogues in Paradise*. *New York Times Book Review*, 1989-09-24(48).

Larson, C. Chinese fiction is hot. *Bloomberg Business*, 2012-10-23(11).

Leese, S. K. The world has yet to see the best of Chinese literature. *The Spectator*, 2013-03-13(02).

Link, P. Does this writer deserve the prize?. *New York Review of Books*, 2012-12-06(25).

Link, P. Spy anxiety. *New York Times*, 2014-05-02(BR13).

Liu, K. Gathered in translation. *Clarkesworld*. (2013-04-13)[2020-11-11]. http://clarkesworldmagazine.com/liu_04_13.

Lovell, J. The great leap forward. *The Guardian*, 2005-06-11(05).

Lovell, J. *The Bathing Women* by Tie Ning—review. *The Guardian*. (2013-03-22)[2020-11-11]. https://www.theguardian.com/books/2013/mar/22/bathing-women-tie-ning-review.

Morse, C. Found in translation: Five Chinese books you should read. *The Wall Street Journal*, 2012-10-15(08).

New Chinese fiction: Get into characters. *The Economist*. (2014-03-24)[2020-11-11]. https://www.economist.com/books-and-arts/2014/03/24/get-into-characters.

Oppenheimer, R. "Hypothermia" and other chillers for your Halloween bag. *The Baltimore Sun*, 2011-10-25(07).

Prose, F. Miss Shanghai. *New York Times*, 2008-05-04(09).

Review of Can Xue's *The Embroidered Shoes*. *Publishers Weekly*. (1997-07-07)[2020-11-11]. https://www.publishersweekly.com/978-0-8050-5413-2.

Review of *Cries in the Drizzle*. *Publishers Weekly*. (2007-08-06)[2020-11-11] https://www. publishersweekly. com/9780307279996.

Review of *Decoded*. *Publishers Weekly*. (2013-12-16)[2020-11-11]. https://www. publishersweekly. com/978-0-374-13580-5.

Review of *Old Floating Cloud: Two Novellas*. *Publishers Weekly*, 1991-09-20 (01).

Review of *To Live*. *Kirkus Review*. (2010-05-20) [2020-11-11]. https://www. kirkusreviews. com/book-reviews/yu-hua-2/to-live/.

Rothschild, J. Review of *The April 3rd Incident*. *Booklist Online*. (2018-09-21) [2020-11-11]. https://www. booklistonline. com/The-April-3rd-Incident-Allan-H-Barr/pid = 9707388.

Row, J. Banned in Beijing. *The New York Times*, 2016-03-18(06).

Row, J. Chinese idol. *New York Times*, 2009-03-05(06).

Russell, A. Chinese novelist Mai Jia goes global. *The Wall Street Journal*, 2014-04-03(08)

Salisbury, H. E. Eternal China. *The New York Times*, 1991-11-10(67).

The Bathing Women. *The New Yorker*. (2012-12-17)[2020-11-11]. http://www. newyorker. com/magazine/2012/12/17/the-bathing-women.

Thomas, C. *The Painter from Shanghai* by Jennifer Cody Epstein and *The Song of Everlasting Sorrow* by Wang, A. *Chicago Tribune*. (2008-06-21) [2020-11-11]. http://www. chicagotribune. com/news/ct-xpm-2008-06-21-0806190382-story. html.

Walsh, M. *Decoded* (a review). *The Times*, 2014-03-15(02).

Winterton, B. Wang Anyi's *The Song of Everlasting Sorrow* aims unambiguously for the status of literature. *Taipei Times*, 2008-08-31(07).

Wolff, K. *A Dictionary of Maqiao* (a review). *The New York Times*, 2003-08-31(17).

网络文献：

2014 CALA Best Book Award winners. [2020-11-11]. http://www. cala-web. org/files/awards/bestbook/2014CALABestBooksReviews. pdf.

Abrahamsen, E. Interview: Julia Lovell. (2009-11-10)[2020-11-11]. http://paper-republic. org/pers/eric. abrahamsen/interview-julia-lovell/.

Announcing winners of the 2014 CALA Best Books Awards. [2020-11-11]. http://cala-web. org/node/1579.

Berry, M. Translating sorrow. (2008-06-04)[2020-11-11]. http://www. pri. org/theworld/node/18537.

Comments. UK publisher signs 7 authors from Shaanxi!. (2017-05-28)[2020-11-11]. https://paper-republic. org/links/uk-publisher-signs-7-authors-from-shaanxi/.

Dark, disturbing and playful, *Seventh Day* takes on modern China. National Public Radio. (2015-01-19)[2020-12-20]. https://www. npr. org/2015/01/19/376093937/dark-disturbing-and-playful-seventh-day-takes-on-modern-china.

Hockx, M. *The Song of Everlasting Sorrow: A Novel of Shanghai* (a review). MCLC Resource Center, Oct. 2009. [2020-11-11]. https://u. osu. edu/mclc/book-reviews/song-of-everlasting-sorrow/.

Hughes, B. P. Can Xue's *Five Spice Street*. *Words Without Borders* (The online magazine for international literature), June 2009. [2020-11-11]. https://u. osu. edu/mclc/book-reviews/song-of-everlasting-sorrow/.

Hunter, S. *The Bathing Women*: A novel. (2012-10-09)[2020-11-11]. https://www. amazon. com/Bathing-Women-Novel-Tie-Ning/dp/1476704252, n. d.

Interview: Nicky Harman, translator of the week. [2020-11-11]. https://bookblast. com/blog/interview-nicky-harman-translator-of-the-week/.

O'Neill, J. Cixin Liu the superstar: How taking a risk on a Chinese author paid off big for Tor. (2015-09-04) [2020-11-11]. https://www. blackgate. com/2015/09/04/cixin-liu-the-superstar-how-taking-a-risk-on-a-chinese-author-paid-off-big-for-tor/.

Post, C. W. Review of *Five Spice Street*. Three Percent (a Resource of International Literature at the University of Rochester). (2009-03-11)

[2020-11-11]. http://www.rochester.edu/College/translation/threepercent/.

Post, C. W. Interview with Karen Gernant and Chen Zeping, translators of *Vertical Motion*. Three Percent (a Resource of International Literature at the University of Rochester). (2011-08-04)[2020-11-11]. http://www.rochester.edu/College/translation/threepercent/.

Praise of *Chronicle of a Blood Merchant*. (2004-11-09)[2020-11-11]. https://www.penguinrandomhouse.com/books/83704/chronicle-of-a-blood-merchant-by-yu-hua/9781400031856.

Propose a book for translation. [2020-11-11]. https://translation.amazon.com/submissions.

See, L. Review of *To Live*. (2013-08-26)[2020-11-11]. https://www.amazon.com/Live-Novel-Yu-Hua/dp/1400031869/ref = sr_1_1? ie = UTF8&&qid = 1529457032&sr = 81&keywords = to + live + yu + hu.

Solomon, J. Review comments on *Five Flavour Grove*, published as *Five Spice Street*. [2020-11-11]. http://web.mit.edu/ccw/can-xue/appreciations-jon-solomon.shtml.

Standaert, M. Interview with Yu Hua. MCLC Resource Center. (2003-08-30)[2020-11-11]. http://u.osu.edu/mclc/online-series/yuhua/.

The Official Website of Merwin Asia. https://www.merwinasia.com/about/.

The Official Website of Skyhorse Publishing. https://www.skyhorsepublishing.com/about/.

The Official Website of the Nobel Prize. http://www.nobleprize.org/nobel-prizes/Literature/Laureates/2012/presentation-speech.html.

The Official Website of Valley Press UK. https://www.valleypressuk.com/about.

The Official Website of *World Literature Today*. https://www.worldliteraturetoday.org/mission.

The Song of Everlasting Sorrow in the *Quarterly Conversation*. (2008-12-05)[2020-11-11]. https://www.cupblog.org/2008/12/05/the-song-of-everlasting-sorrow-in-the-quarterly-conversation/.

UCLA prof's translation of Chinese epic novel selected for NEA's Big Read program. (2016-11-17)[2020-11-11]. http://newsroom. ucla. edu/dept/ faculty/prof-s-translation-of-chinese-epic-novel.

附录:改革开放以来
中国当代小说英译文本总览^①

单行本小说

作者及作品	译本;译者	出版社;国家或地区
1978		
柳青《创业史》	*Builders of a New Life*;Sidney Shapiro	Chinese Literature P;中国及海外
1981		
高晓声《解约》	*The Broken Betrothal*;—	Chinese Literature P;中国及海外
浩然《金光大道》	*The Golden Road: A Story of One Village in the Uncertain Days After Land Reforms*;Carma Hinton,Chris Gilmartin	—;中国及海外
1982		
孙犁《风云初记》	*Stormy Years*;Gladys Yang	Foreign Language P;中国及海外
孙犁《荷花淀》	*Lotus Creek and Other Stories*;—	Foreign Language P;中国及海外

---

① 该附录尽可能详列改革开放以来中国当代小说英译作品,但因有些作品版本较多,或受资料、渠道等各种因素限制,难免会有遗漏,特此说明。另:为减少篇幅,出版社名称中的 University 缩写为 U,Press 缩写为 P,Publishing House 缩写为 PH。"—"表示该要素未标明或未搜索到。

续表

作者及作品	译本；译者	出版社；国家或地区
孙犁《孙犁小说选》	*The Blacksmith and the Carpenter*；—	People's Literature PH；中国及海外
宗璞《弦上的梦》	*Melody in Dreams*；Song Shouquan	People's Literature PH；中国及海外
1983		
蒋子龙《赤橙黄绿青蓝紫》	*All the Colours of the Rainbow*；Wang Jieming	People's Literature PH；中国及海外
王蒙《蝴蝶》	*Butterfly and Other Stories*；—	People's Literature PH；中国及海外
1984		
丁玲《太阳照在桑干河上》	*Sun Shines over the Sanggan River*；Gladys Yang，Yang Xianyi	Foreign Language P；中国及海外
刘绍棠《刘绍棠小说选》	*Catkin Willow Flats and Other Stories of Liu Shaotang*；Alex Yang，Rosie Roberts，Hu Zhihui 等	People's Literature PH；中国及海外
1985		
戴厚英《人啊，人！》	*Stones of the Wall*；Frances Wood	Michael Joseph；英国
丁玲《丁玲小说选》	*Miss Sophie's Diary and Other Stories*；W. J. F. Jenner	People's Literature PH；中国及海外
冯骥才《雕花烟斗及其他故事》	*Chrysanthemums and Other Stories*；—	Harcourt Brace Javanovich；美国
古华《浮屠岭及其他故事》	*Pagoda Ridge and Other Stories*；Gladys Yang	People's Literature PH；中国及海外
茹志娟《茹志娟小说选》	*Lilies and Other Stories*；—	People's Literature PH；中国及海外
王安忆《小鲍庄》	*Baotown*；Martha Avery	W. W. Norton & Company；美国
1986		
邓友梅《邓友梅小说选》	*Snuff-Bottles and Other Stories*；Gladys Yang	People's Literature PH；中国及海外
1987		
谌容《人到中年》	*At Middle Age*；—	People's Literature PH；中国及海外

续表

作者及作品	译本;译者	出版社;国家或地区
冯骥才《冯骥才小说选》	*The Miraculous Pigtail*;—	People's Literature PH;中国及海外
张洁《沉重的翅膀》	*Leaden Wings*;Gladys Yang	Virago P;英国
张辛欣、桑晔《北京人》	*Chinese Lives: An Oral History of Contemporary China*;W.J.F. Jenner	People's Literature PH;中国及海外
1988		
玛拉沁夫《玛拉沁夫小说选》	*On the Horqin Grassland*;—	People's Literature PH;中国及海外
王安忆《流逝》	*Lapse of Time*;Jeffrey Kinkley	China Books & Periodicals;美国
王安忆《小城之恋》	*Love in a Small Town*;Eva Hung	Research Centre for Translation;中国香港
张洁《无事发生就好》	*As Long as Nothing Happens, Nothing Will*;Gladys Yang, Deborah J. Leonard, Zhang Andong	Virago P;英国
1989		
残雪《天堂里的对话》	*Dialogues in Paradise*;Ronald R. Janssen, Zhang Jian	Northwestern UP;美国
程乃珊《蓝屋》	*The Blue House*;Jeff Book, Frances Macdonald, Janice Wickeri, William R. Palmer, Zhang Zhenzhong	People's Literature PH;中国及海外
程乃珊《调音》	*The Piano Tuner*;Britten Dean	China Books & Periodicals;美国
马烽《村仇》	*Vendetta*;—	People's Literature PH;中国及海外
王蒙《王蒙作品选（上下卷）》	*Selected Works of Wang Meng*, 2 vols;—	Foreign Language P;中国及海外
王蒙《一个布尔什维克的敬礼》	*A Bolshevik Salute: A Modernist Chinese Novel*;Wendy Larson	U of Washington P;美国
1990		
丁玲《一个女人:丁玲作品选》	*I Myself Am a Woman: Selected Writings of Ding Ling*;Tani Barlow	Beacon P;美国
古华《芙蓉镇》	*A Small Town Called Hibiscus*;Gladys Yang	Chinese Literature P;中国及海外

续表

作者及作品	译本;译者	出版社;国家或地区
张承志《黑骏马》	*The Black Steed*；Stephen Fleming	People's Literature PH；中国及海外
1991		
白峰溪《女性三部曲》	*The Women Trilogy*；Guan Yuehua	Chinese Literature P；中国及海外
残雪《苍老的浮云》（包括《黄泥街》）	*Old Floating Cloud: Two Novellas*（including *Yellow Mud Street*）；Ronald R. Janssen，Zhang Jian	Northwestern UP；美国
贾平凹《浮躁》	*Turbulence*；Howard Goldblatt	Louisiana State UP；美国
李存葆《高山下的花环》	*The Wreath at the Foot of the Mountain*；—	Garland；美国
刘恒《伏羲伏羲》	*The Obsessed*；David Kwan	People's Literature PH；中国及海外
莫言《爆炸及其他故事》	*Explosion and Other Stories*；Janice Wickeri	The Chinese U of Hong Kong P；中国香港
王安忆《荒山之恋》	*Love on a Barren Mountain*；Eva Hung	Research Centre for Translation；中国香港
张洁《条件尚未成熟》	*The Time Is Not Ripe*；Gladys Yang	Foreign Language P；中国及海外
1992		
陈源斌《万家诉讼》	*The Wan Family's Lawsuit*；Anna Walling	Chinese Literature P；中国及海外
韩少功《归去来》	*Homecoming*；Martha Cheung	Renditions Paperbacks；美国
韩少功《归去来及其他故事》	*Homecoming and Other Stories*；Martha Cheung	The Chinese U of Hong Kong P；中国香港
孙力、余小惠《都市风流》	*Metropolis*；David Kwan	People's Literature PH；中国及海外
王安忆《锦绣谷之恋》	*Brocade Valley*；McDougall，Chen Maiping	New Directions；美国/澳大利亚
扎西达娃《西藏，系在皮绳结上的魂》	*A Soul in Bondage—Stories from Tibet*；—	Chinese Literature P；中国及海外

作者及作品	译本;译者	出版社;国家或地区
1993		
艾芜《芭蕉谷》	*Banana Vale*;Jeff Book	Chinese Literature P;中国及海外
程乃珊《金融家》	*The Banker*;Britten Dean	China Books & Periodicals;中国及海外
柯岩《寻找回来的世界》	*The World Regained*;Wu Jingshu, Wang Ningjun	Foreign Language P;中国及海外
刘恒《黑的雪》	*Black Snow*;Howard Goldblatt	Atlantic Monthly P;美国
陆星儿《啊,青鸟》	*Oh! Blue Bird*;—	People's Literature PH;中国及海外
马宁《扬子江摇篮曲》	*Broad Sworder*;刘士聪	People's Literature PH;中国及海外
苏童《妻妾成群(大红灯笼高高挂)》	*Raise the Red Lantern*(*Three Novellas*);Michael S. Duke	William Morrow & Co.;美国
王蒙《活动变形人》	*Alienation*;Nancy Lin,Tong Qi Lin	Sino United Publishing;中国香港
王蒙《坚硬的稀粥》	*The Stubborn Porridge and Other Stories*;Zhu Hong 等	George Braziller;美国
益希丹增《幸存的人》	*The Defiant Ones*;David Kwan	People's Literature PH;中国及海外
1994		
白桦《远方有个女儿国》	*The Remote Country of Women*;Wu Qingyun;Thomas Beebee	U of Hawaii P;美国
池莉《不谈爱情》	*Apart from Love*;John McLaren,Stephen Fleming,Scudder Smith,Wang Weidong	People's Literature PH;中国及海外
丁小琦《女儿楼》	*Maiden Home*;Chris Berry	Aunt Lute Books;美国
冯骥才《三寸金莲》	*The Three-inch Golden Lotus*;David Wakefield	U of Hawaii P;美国
刘索拉《混沌加哩格楞》	*Chaos and All That*;Richard King	U of Hawaii P;美国
刘震云《官场》	*The Corridors of Power*;—	People's Literature PH;中国及海外

续表

作者及作品	译本;译者	出版社;国家或地区
莫言《红高粱家族》	*Red Sorghum: A Novel of China*;Howard Goldblatt	Penguin Books;英国/美国
施蛰存《梅雨之夕》	*One Rainy Evening*;Paul White 等	People's Literature PH;中国及海外
萧乾《未带地图的旅人》	*Traveller Without a Map*;Jeffrey C. Kinkley	Stanford UP;美国
1995		
阿城《空坟》	*Unfilled Graves*;Chen Huayan	Chinese Literature P;中国及海外
陈源斌《万家诉讼》	*The Story of Qiuju*;Anna Walling	People's Literature PH;中国及海外
储福金《裸野》	*The Naked Fields*;—	Chinese Literature P;中国及海外
梁晓声《黑纽扣》	*The Black Button*;Yang Nan,Shen Zhen,Christopher Smith 等	People's Literature PH;中国及海外
凌力《少年天子》	*Son of Heaven*;David Kwan	People's Literature PH;中国及海外
马波《血色黄昏》	*Blood Red Sunset*;Howard Goldblatt	Viking P;美国
莫言《天堂蒜薹之歌》	*Garlic Ballads*;Howard Goldblatt	Hamish Hamilton/Penguin Books;英国/美国
苏童《米》	*Rice*;Howard Goldblatt	William Morrow & Co.;美国
周大新《银饰》	*For Love of a Silversmith*;—	People's Literature PH;中国及海外
1996		
方方《中国当代女作家选 5:方方专辑》	*Contemporary Chinese Women Writers V: Fang Fang*;Guan Dawei 等	People's Literature PH;中国及海外
古华《贞女》	*Virgin Widow*;Howard Goldblatt	U of Hawaii P;美国
郭雪波《沙狼》	*The Desert Wolf*;Ma Ruofen 等	People's Literature PH;中国及海外
余华《往事与刑罚》	*The Past and the Punishments: Eight Stories*;Andrew F. Jones	U of Hawaii P;美国

续表

作者及作品	译本;译者	出版社;国家或地区
张抗抗《隐形伴侣》	*The Invisible Companion*; Daniel Bryant	People's Literature PH;中国及海外
张贤亮《我的菩提树》	*My Bodhi Tree*; Martha Avery	Secker and Warburg;英国
1997		
霍达《穆斯林的葬礼》	*The Jade King: History of a Chinese Muslim Family*; Guan Yuehua, Zhong Liangbi	People's Literature PH;中国及海外
贾平凹《古堡》	*The Castle*; Shao-pin Luo	York P;美国
李锐《银城故事》	*Silver City*; Howard Goldblatt	Henry Holt;美国
王朔《玩的就是心跳》	*Playing for Thrills*; Howard Goldblatt	William Morrow & Co.;美国
1998		
残雪《绣花鞋》	*The Embroidered Shoes*; Ronald R. Janssen, Zhang Jian	Henry Holt;美国
林希《天津江湖传奇》	*King of the Wizards*; 孙艺风, 沙勒迪, 李国庆	People's Literature PH;中国及海外
聂鑫森《镖头杨三》	*Deliverance-Armed Escort and Other Stories*; —	People's Literature PH;中国及海外
王朔《玩的就是心跳》	*Playing for Thrills*; Howard Goldblatt	Penguin Books;英国/美国
徐星《无主题变奏》	*Variations Without a Theme*; Maria Galikowski, Lin Min	Wild Peony Pty Ltd;澳大利亚
徐星《无主题变奏及其他故事》	*Variations Without a Theme and Other Stories*; Maria Galikowski, Lin Min	U of Hawaii P;美国
张抗抗《白罂粟及其他》	*White Poppies and Other Stories*; Karen Germant, Chen Zeping	The Chinese U of Hong Kong P;中国香港
竹林《蛇枕头花》	*Snake's Pillow and Other Stories*; Richard King	U of Hawaii P;美国
宗璞《三生石》	*The Everlasting Rock*; Aimee Lykes	Three Continents P;美国

续表

作者及作品	译本;译者	出版社;国家或地区
1999		
冯骥才《"文革"口述历史:一百个人的十年》	*Ten Years of Madness: Oral Histories of China's "Cultural Revolution"*; Peidi Zheng 等	China Books & Periodicals;美国
铁凝《哦,香雪》	*Ah,Fragrant Snow*; Jianying Zha	Oxford UP;英国/美国
2000		
苏童《米》	*Rice*; Howard Goldblatt	Scribner;美国
王朔《千万别把我当人》	*Please Don't Call Me Human*; Howard Goldblatt	Hyperion;美国
2001		
刘恒《苍河白日梦》	*Green River Daydreams*; Howard Goldblatt	Grove P;美国
莫言《酒国》	*The Republic of Wine*; Howard Goldblatt	Arcade Publishing;美国
莫言《师傅越来越幽默》	*Shifu,You'll Do Anything for a Laugh*; Howard Goldblatt	Methuen/Arcade Publishing;英国/美国
卫慧《上海宝贝》	*Shanghai Baby*; Bruce Humes	Simon & Schuster;美国
2002		
阿来《红罂粟/尘埃落定》	*Red Poppies*; Howard Goldblatt, Sylvia Li-chun Lin	Houghton Mifflin;美国
戴思杰《巴尔扎克与小裁缝》	*Balzac and the Little Chinese Seamstress*; Ina Rilke	Anchor Books;美国
张大春《野孩子》(包括《我妹妹》)	*Wild Kids: Two Novels About Growing Up*; Michael Berry	Columbia UP;美国
2003		
韩少功《马桥词典》	*A Dictionary of Maqiao*; Julia Lovell	Columbia UP;美国
贾平凹《浮躁》	*Turbulence*; Howard Goldblatt	Grove P;美国
棉棉《糖》	*Candy*; Andrea Lingenfelter	Back Bay Books;美国
王朔《千万别把我当人》	*Please Don't Call Me Human*; Howard Goldblatt	Cheng & Tsui;英国

续表

作者及作品	译本;译者	出版社;国家或地区
卫慧《上海宝贝》	*Shanghai Baby*;Bruce Humes	Constable & Robinson;英国
叶兆言《1937 年的爱情》	*Nanjing 1937:A Love Story*;Michael Berry	Columbia UP;美国
余华《活着》	*To Live*;Michael Berry	Anchor Books;美国
2004		
陈染《私人生活》	*A Private Life*;John Howard-Gibbon	Columbia UP;美国
迟子建《格里格海的细雨黄昏》	*Figments of the Supernatural*;Simon Patton	James Joyce P;澳大利亚
春树《北京娃娃》	*Beijing Doll*;Howard Goldblatt	Abacu/Riverhead Books;英国/美国
郭小橹《我心中的石头镇》	*Village of Stone*;Cindy Carter	Chatto & Windus;英国
马建《拉面者》	*The Noodle Maker*;Flora Drew	Chatto & Windus;英国
莫言《丰乳肥臀》	*Big Breasts and Wide Hips*;Howard Goldblatt	Methuen/Arcade Publishing;英国/美国
苏童《妻妾成群》	*Raise the Red Lantern*;Michael S. Duke	HarperCollins;英国
余华《许三观卖血记》	*Chronicle of a Blood Merchant*;Andrew F. Jones	Anchor Books;英国
2005		
迟子建《原野上的羊群》	*A Flock in the Wilderness*;熊振儒等	Foreign Language P;中国及海外
陆星儿《达紫香悄悄地开了》	*The Mountain Flowers Have Bloomed Quietly*;Mark Kruger, Anne-Marie Traeholt, Tang Sheng	Foreign Language P;中国及海外
苏童《我的帝王生涯》	*My Life as Emperor*;Howard Goldblatt	Hyperion;美国
卫慧《我的禅》	*Marrying Buddha*;Larissa Heinrich	Constable and Robinson;英国
张洁《敲门的女孩子》	*She Knocked at the Door*;—	Long River P;美国

续表

作者及作品	译本；译者	出版社；国家或地区
2006		
残雪《天空里的蓝光》	*Blue Light in the Sky and Other Stories*；Karen Gernant，Chen Zeping	New Directions；美国
程小青《霍桑探案》	*Sherlock in Shanghai: Stories of Crime and Detection by Cheng Xiaoqing*；Timothy C. Wong	U of Hawaii P；美国
马建《拉面者》	*The Noodle Maker*；Flora Drew	Picador；英国
2007		
毕飞宇《青衣》	*The Moon Opera*；Howard Goldblatt	Telegram Books；英国
陈丹燕《我的妈妈是仙女》	*My Mother Is a Fairy Celestial*；—	Better Link P；美国
方方《风景》	*Children of the Bitter River*；Herbert Batt，Norwalk	Eastbridge Books；美国
麦家《亮出你的舌苔》	*Stick Out Your Tongue*；Flora Drew	Picador；美国
山飒《围棋少女》	*The Girl Who Played Go*；Adriana Hunter	Vintage；美国
苏童《碧奴》	*Binu and the Great Wall: The Myth of Meng*；Howard Goldblatt	Canongate Books；美国
王小波《王的爱情与枷锁》（包括《黄金时代》《东宫西宫》《2015》）	*Wang in Love and Bondage*；Jason Sommer，Hongling Zhang	State U of New York P；美国
杨绛《洗澡》	*Baptism*；Judith Armory，Shihua Yao	Hong Kong UP；中国香港
余华《在细雨中呼喊》	*Cries in the Drizzle*；Allan H. Barr	Anchor Books；美国
张炜《九月的寓言》	*September's Fable*；Terrence Russell，Shawn Xian Ye	Homa & Sekey Books；美国
朱文《我爱美元》	*I Love Dollars and Other Stories of China*；Julia Lovell	Columbia UP；美国
2008		
郭小橹《芬芳的三十七度二》	*20 Fragments of a Ravenous Youth*；郭小橹	Chatto & Windus；英国

续表

作者及作品	译本;译者	出版社;国家或地区
韩东《扎根》	*Banished!*;Nicky Harman	U of Hawaii P;美国
姜戎《狼图腾》	*Wolf Totem*;Howard Goldblatt	Penguin Books;英国/美国
莫言《生死疲劳》	*Life and Death Are Wearing Me Out*;Howard Goldblatt	Arcade Publishing;美国
苏童《桥上的疯妈妈》	*Madwoman on the Bridge and Other Stories*;Josh Stenberg	Black Swan;英国
王安忆《长恨歌》	*The Song of Everlasting Sorrow: A Novel of Shanghai*;Michael Berry, Susan Chan Egan	Columbia UP;美国
王力雄《黄祸》	*China Tidal Wave*;Anton Platero	Global Oriental;英国
张炜《古船》	*The Ancient Ship*;Howard Goldblatt	HarperCollins;美国
朱文《我爱美元》	*I Love Dollars and Other Stories of China*;Julia Lovell	Penguin Books;美国
2009		
残雪《五香街》	*Five Spice Street*;Karen Gernant, Chen Zeping	Yale UP;美国
戴思杰《无月之夜》	*Once on a Moonless Night*;Adriana Hunter	Alfred A. Knopf;美国
马建《肉之土》	*Beijing Coma*;Flora Drew	Picador/Vintage;美国
慕容雪村《成都,今夜请将我遗忘》	*Leave Me Alone: A Novel of Chengdu*;Harvey Thomlinson	Make-Do Publishing/Allen & Unwin;中国香港/澳大利亚
秦文君《天棠街3号》	*3 Tian Tang Street*;Wu Xiaozhen	Long River P;中国及海外
王安忆《忧伤的年代》	*Years of Sadness: Autobiographical Writing of Wang Anyi*;Wang Lingzhen, Mary Ann O'Donnell	Cornell UP;美国
王刚《英格力士》	*English*;Martin Merz, Jane Weizhen Pan	Penguin Books;英国/美国
徐小斌《羽蛇》	*Feathered Serpent*;John Howard-Gibbon, Joanne Wang	Atria International;美国

续表

作者及作品	译本;译者	出版社;国家或地区
杨显惠《夹边沟记事》	*Woman from Shanghai: Tales of Survival from a Chinese Labor Camp*;Huang Wen	Pantheon Books;美国
余华《兄弟》	*Brothers*; Carlos Rojas, Eileen Cheng-yin Chow	Pantheon Books;美国
张炜《蘑菇七种》	*Seven Kinds of Mushroom*;Terrence Russell	Homa & Sekey Books;美国
2010		
毕飞宇《玉米》	*Three Sisters*;Howard Goldblatt,Sylvia Li-chun Lin	Houghton Mifflin;美国
程乃珊—	*When a Baby is Born*;Benjamin Chang	Better Link P, SPPDC①;中国及海外
胡昉《镜花园》	*Garden of Mirrored Flowers*;Melissa Lim	Sternber P;德国
陆星儿《啊，青鸟》	*Ah，Blue Bird*;Wu Yanting	Better Link P, SPPDC;中国及海外
莫言《变》	*Change*;Howard Goldblatt	Seagull Books;英国/美国
苏童《刺青时代》	*Tattoo：Three Novellas*;Josh Stenberg	Merwin Asia;美国
唐颖—	*Dissipation*;Qiu Maoru	Better Link P, SPPDC;中国及海外
铁凝《永远有多远》	*Two Novellas: How Long is Forever*;Qiu Maoru, Wu Yanting	Better Link P, SPPDC;中国及海外
王小鹰《一路风尘》	*Vicissitudes of Life*;Qiu Maoru	Better Link P, SPPDC;中国及海外
王晓玉《正宫娘娘》	*His One and Only*;Yang Shuhui,Yang Yunqin	Better Link P, SPPDC;中国及海外
叶辛《玉蛙》	*A Pair of Jade Frogs*;Yawtsong Lee	Better Link P, SPPDC;中国及海外
2011		
残雪《垂直运动》	*Vertical Motion*; Karen Gernant,Chen Zeping	Open Letter;美国
胡发云《如焉》	*Such Is This World*;A.E. Clark	Ragged Banner P;中国香港

① SPPDC 为 Shanghai Press and Publishing Development Company 的缩写。

续表

作者及作品	译本；译者	出版社；国家或地区
刘震云《手机》	*Cell Phone*；Howard Goldblatt	Merwin Asia；美国
马原《喜马拉雅古歌》	*Ballad of Himalayas: Stories of Tibet*；Herbert J. Batt	Merwin Asia；美国
苏童《河岸》	*The Boat to Redemption*；Howard Goldblatt	Black Swan；英国
徐小斌《敦煌遗梦》	*Dunhuang Dream*；John Balcom	Simon & Schuster；美国
阎连科《丁庄梦》	*Dream of Ding Village*；Cindy M. Carter	Grove P；美国
翟永明《更衣室》	*The Changing Room*；Andrea Lingenfelter	Zephyr P；美国
张翎《金山》	*Gold Mountain Blues*；Nicky Harman	Penguin Books；加拿大
2012		
阿来《西藏的灵魂》	*Tibetan Soul*；Karen Gernant，Chen Zeping	Merwin Asia；美国
安妮宝贝《去往别处的路上》	*The Road of Others*；Keiko Wong，Nicky Harman	Make-Do Publishing；中国香港
韩寒《这一代人》	*This Generation: Dispatches from China's Most Popular Literary Star and Race Car Driver*；Allan H. Barr	Simon & Schuster；美国
何家弘《血之罪》	*Hanging Devils*；Duncan Hewitt	Penguin China；亚洲
李劼人《死水微澜》	*Ripples on a Stagnant Water: A Novel of Sichuan in the Age of Treaty Ports*；Bret Sparling，Yin Chin	Merwin Asia；美国
李锐《无风之树》	*Trees Without Wind*；John Balcom	Columbia UP；美国
明迪《河商之妻》	*River Merchant's Wife*；Tony Barnstone，Nei Aitken，Afaa M. Weaver，Katie Farris，Sylvia Burn	Marick P；美国
莫言《四十一炮》	*Pow*；Howard Goldblatt	Seagull Books；英国/美国
莫言《檀香刑》	*Sandalwood Death*；Howard Goldblatt	U of Oklahoma P；美国
欧阳江河《重影》	*Doubled Shadows*；Austin Woerner	Zephyr P；美国

续表

作者及作品	译本;译者	出版社;国家或地区
盛可以《北妹》	*Northern Girls*;Shelly Bryant	Penguin China;中国及海外
铁凝《大浴女》	*The Bathing Women*;Zhang Hongling,Jason Sommer	Scribner;美国
王晓方《公务员笔记》	*The Civil Servant's Notebook*;Eric Abrahamsen	Penguin China;亚洲
阎连科《受活》	*Lenin's Kisses*;Carlos Rojas	Grove P;美国
岳韬《红蟋蟀》	*Shanghai Blue*;Yue Tao	Huacheng PH;英国
张悦然《誓鸟》	*The Promise Bird*;Jeremy Tiang	Math Paper P;亚洲
2013		
阿来《格萨尔王》	*The Song of King Gesar*;Howard Goldblatt,Sylvia Li-chun Lin	Canongate Books;美国
艾米《山楂树之恋》	*Under the Hawthorn Tree*;Anna Holmwood	Virago P;英国
迟子建《额尔古纳河右岸》	*The Last Quarter of the Moon*;Bruce Humes	Harvill Secker;英国
老舍《二马》	*Mr. Ma and Son*;Julia Lovell	Penguin Books;澳大利亚
雷米《暗河》	*The Blade of Silence*;Holger Nahm	Beijing Guomi Digital Technology Co.，Ltd;中国及海外
雷米《画像》	*Profiler*;Gabriel Ascher	Beijing Guomi Digital Technology Co.，Ltd;中国及海外
雷米《教化场》	*Skinner's Box*;Gaines Post	Beijing Guomi Digital Technology Co.，Ltd;中国及海外
南派三叔《大漠苍狼:绝地勘探》	*Dark Prospects: Search for the Buried Bomber*;Gabriel Ascher	Amazon Crossing;美国
苏伟贞《沉默之岛》	*Island of Silence*;Jeremy Tiang	Ethos Books(Singapore);亚洲
徐则臣《跑步穿过中关村》	*Running Through Zhongguancun*;Eric Abrahamsen	Two Lines P;美国
颜歌《我们家》	*The Chilli Bean Paste Clan*;Nicky Harman	Balestier P;亚洲

续表

作者及作品	译本；译者	出版社；国家或地区
2014		
毕飞宇《推拿》	*Massage*；Howard Goldblatt	Penguin China；亚洲
残雪《最后的情人》	*The Last Lover*；Annelise Finegan Wasmoen	Yale UP；美国
高建群《统万城》	*Tongwan City*；Eric Mu	CN Times；中国及海外
何家弘《亡者归来》	*Back from the Dead*；Jonathan Benny	Penguin Books；美国
何家弘《性之罪》	*Black Holes*；Emily Jones	Penguin China；亚洲
蓝蓝《身体里的峡谷》	*Canyon in the Body*；Fiona Sze-Lorrain	Zephyr P；美国
老舍《猫城记》	*Cat Country*；William A. Lyell	Penguin Classics；美国
刘慈欣《三体》	*The Three-body Problem*；Ken Liu	Tor Books，Macmillan；美国
刘震云《我不是潘金莲》	*I Did Not Kill My Husband*；Howard Goldblatt，Sylvia Li-chun Lin	Arcade Publishing；美国
麦家《解密》	*Decoded*；Olivia Milburn，Christopher Payne	Allen Lane/FSG；英国/美国
莫言《蛙》	*Frog*；Howard Goldblatt	Penguin China；亚洲
盛可以《白草地》	*Fields of White*；Shelly Bryant	Penguin Books；澳大利亚
盛可以《死亡赋格》	*Death Fugue*；Shelly Bryant	Giramondo；澳大利亚
铁凝《大浴女》	*The Bathing Women*；Zhang Hongling，Jason Sommer	HarperCollins；英国
王芫《北京女人》	*Beijing Women*；Shuyu Kong	Merwin Asia；美国
王周生《生死遗忘》	*Memory and Oblivion*；Tony Blishen	Better Link P，SPPDC；中国及海外
余华《黄昏里的男孩》	*Boy in the Twilight: Stories of the Hidden China*；Allan H. Barr	Anchor Books；美国
2015		
阿乙《下面我该干些什么》	*A Perfect Crime*；Anna Holmwood	Oneworld；英国
范稳《悲悯大地》	*Land of Mercy*；Shelly Bryant	Rinchen Books；亚洲
冯唐《北京，北京》	*Beijing，Beijing*；Michelle Deeter	Amazon Crossing；美国

续表

作者及作品	译本;译者	出版社;国家或地区
韩寒《1988:我想和这个世界谈谈》	*1988：I Want to Talk with the World*；Howard Goldblatt	Amazon Crossing；美国
刘慈欣《三体Ⅱ:黑暗森林》	*The Dark Forest*；Joel Martinsen	Tor Books，Macmillan；美国
刘震云《我叫刘跃进》	*The Cook，the Crook，and the Real Estate Tycoon*；Howard Goldblatt，Sylvia Li-chun Lin	Arcade Publishing；美国
路内《少年巴比伦》	*Young Babylon*；Poppy Toland	Amazon Crossing；美国
麦家《暗算》	*In the Dark*；Olivia Milburn	Penguin China；中国及海外
麦家《解密》	*Decoded*；Olivia Milburn，Christopher Payne	Picador；美国
莫言《蛙》	*Frog*；Howard Goldblatt	Viking P；美国
慕容雪村《原谅我红尘颠倒》	*Dancing Through Red Dust*；Harvey Thomlinson	Make-Do Publishing；中国香港
孙颙—	*Forty Roses*；Yang Shuhui，Yang Yunqin	Better Link P，SPPDC；中国及海外
小白《租界》	*French Concession*；Jiang Chenxin	Harper；美国
尤今《寸寸土地皆故事》	*In Time，Out of Place*；Shelly Bryant	Epigram P（Singapore）；亚洲
尤今《沙漠的悲欢岁月》	*Death by Perfume*；Jeremy Tiang	Epigram Books；亚洲
余华《第七天》	*The Seventh Day*；Allan H. Barr	Pantheon Books；美国
岳韬《红蟋蟀》	*Shanghai Blue*；Yue Tao	World Editions；英国
2016		
北同《北京故事》	*Beijing Comrades*；Scott E Myers	The Feminist P at CUNY；美国
陈紫金《无证之罪》	*Untouched Crime*；Michelle Deeter	Amazon Crossing；美国
格非《褐色鸟群》	*Flock of Brown Birds*；Poppy Toland	Penguin China；亚洲
格非《隐身衣》	*The Invisibility Cloak*；Canaan Morse	New York Review Books；美国
贾平凹《废都》	*Ruined City*；Howard Goldblatt	U of Oklahoma P；美国

作者及作品	译本;译者	出版社;国家或地区
刘慈欣《三体Ⅲ:死神永生》	*Death's End*;Ken Liu	Tor Books,Macmillan;美国
刘震云《温故一九四二》	*Remembering 1942*;Howard Goldblatt,Sylvia Li-chun Lin	Arcade Publishing;美国
鲁敏《此情无法投递》	*This Love Could Not Be Delivered*;—	Simon & Schuster;美国
莫言《透明的胡萝卜》	*Radish*;Howard Goldblatt	Penguin Books;澳大利亚
秦明《第十一根手指》	*Murder in Dragon City*;Alex Woodend	Amazon Crossing;美国
苏童《另一种妇女生活》	*Another Life for Women*;Kyle Anderson	Simon & Schuster;美国
苏童《三盏灯》	*Three-lamp Lantern*;Kyle Anderson	Simon & Schuster;美国
唐七公子《三生三世十里桃花》	*To the Sky Kingdom*;Poppy Toland	Amazon Crossing;美国
王晋康《十字》	*Pathological*;Jeremy Tiang	Amazon Crossing;美国
徐小斌《水晶婚》	*Crystal Wedding*;Nicky Harman	Balestier P;英国
阎连科《耙耧天歌》	*Marrow*;Carlos Rojas	Penguin China;亚洲
阎连科《四书》	*The Four Books*;Carlos Rojas	Grove P;美国
阎连科《炸裂志》	*Explosion Chronicles*;Carlos Rojas	Grove P;美国
叶兆言《别人的爱情》	*Other People's Love*;—	Simon & Schuster;美国
2017		
阿来《空山》	*Hollow Mountain*;—	China Translation and Publishing Corporation;中国及海外
残雪《边疆》	*Frontier*;Karen Gernant,Chen Zeping	Open Letter;美国
曹文轩《青铜葵花》	*Bronze and Sunflower*;Meilo So,Helen Wang	Walker Books Ltd;英国
陈浩基《13.67》	*The Borrowed*;Jeremy Tiang	Grove P;美国
方棋《最后的巫歌》	*Elegy of a River Shaman*;Norman Harry Rothschild,Meng Fanjun	U of Hawaii P;美国

续表

作者及作品	译本;译者	出版社;国家或地区
贾平凹《带灯》	*The Lantern Bearer*;Carlos Rojas	CN Times;中国及海外
贾平凹《高兴》	*Happy Dreams*;Nicky Harman	Amazon Crossing;美国
林满秋《腹语师的女儿》	*The Ventriloquist's Daughter*;Helen Wang	Balestier P;英国
刘慈欣《球状闪电》	*Ball Lightening*;Joel Martinsen	Tor Books，Macmillan;美国
路内《花街往事》	*A Tree Grows in Daicheng*;Poppy Toland	Amazon Crossing;美国
那多《一路去死》	*All the Way to Death*;Jiang Yajun	Shanghai P;中国及海外
邱妙津《鳄鱼手记》	*Notes of a Crocodile*;Bonnie Huie	New York Review Books;美国
天下霸唱《鬼吹灯之精绝古城》	*The City of Sand*;Jeremy Tiang	Delacorte P;美国
舞鹤《余生》	*Remains of Life*;Michael Berry	Columbia UP;美国
薛忆沩《白求恩的孩子们》	*Dr. Bethune's Children*;Darryl Sterk	Linda Leith Publishing;加拿大
阎连科《年月日》	*The Years，Months，Days: Two Novellas*;Carlos Rojas	Grove P;美国
张天翼《洋泾浜奇侠》	*The Pidgin Warrior*;David Hull	Balestier P;英国
章诒和《红牡丹:中国中篇小说两则》	*Red Peonies: Two Novellas of China*;Karen Gernant，Chen Zeping	Mānoa/U of Hawaii P;美国
周浩晖《摄魂谷》	*Valley of Terror*;Bonnie Huie	Amazon Crossing;美国
2018		
阿拉提·阿斯木《时间悄悄的嘴脸》	*Confessions of a Jade Lord*;Bruce Humes，Jun Liu	Aurora Publishing LLC;澳大利亚
残雪《新世纪爱情故事》	*Love in the New Millennium*;Annelise Finegan Wasmoen	Yale UP;美国
侧侧轻寒《簪中录》	*The Golden Hairpin*;Alex Woodend	Amazon Crossing;美国
迟子建《晚安玫瑰》	*Goodnight，Rose*;Poppy Toland	Penguin Books;美国
东西《后悔录》	*Record of Regret*;Dylan Levi King	U of Oklahoma P;美国
贾平凹《土门》	*The Earthen Gate*;胡宗峰，Robin Gilbank，贺龙平	Valley P;英国

续表

作者及作品	译本;译者	出版社;国家或地区
金庸《射雕英雄传》	*Legend of the Condor Heroes*; Anna Holmwood	MacLehose P;英国
九丹《大使先生》	*The Embassy's China Bride*; Bruce Humes	Yat Yuet Publication Company;中国香港
刘震云《一句顶一万句》	*Someone to Talk to*; Howard Goldblatt, Sylvia Li-chun Lin	Duke UP;美国
马建《中国梦》	*China Dream*; Flora Drew	Chatto and Windus;英国
盛可以《野蛮生长》	*Wild Fruit*; Shelley Bryant	Penguin China;亚洲
苏童《红粉》	*Petulia's Rouge Tin*; Jane Weizhen Pan, Martin Merz	Penguin Specials;澳大利亚
苏炜《迷谷》	*The Invisible Valley*; Austin Woerner	Small Beer P;美国
吴明益《单车失窃记》	*The Stolen Bicycle*; Darryl Sterk	Text Publishing;澳大利亚
阎连科《日熄》	*The Day the Sun Died*; Carlos Rojas	Grove P;美国
颜歌《我们家》	*The Chilli Bean Paste Clan*; Nicky Harman	Balestier P;英国
杨争光《老旦是一棵树》	*How Old Dan Became a Tree*; —	Valley P;英国
余华《四月三日事件》	*The April 3rd Incident*; Allan H. Barr	Pantheon Books;美国
周浩晖《死亡通知单》	*Death Notice*; Zac Haluza	Doubleday;美国
2019		
艾伟《回乡之路》	*The Road Home*; Alice Xin Liu	Penguin China;中国及海外
宝树《三体 X·观想之宙》	*The Redemption of Time*; Ken Liu	Tor Books, Macmillan;美国
陈楸帆《荒潮》	*Waste Tide*; Ken Liu	Tor Books, Macmillan;美国
次凌.敦珠《敦珠法王文集荟萃》	*The Handsome Monk and Other Stories*; Christopher Peacock	Columbia UP;美国
冯骥才《世俗奇人》	*Faces in the Crowd: 36 Extraordinary Tales of Tianjin*; Olivia Milburn	ACA Publishing Limited;英国
红柯《狼嗥》	*The Howl of the Wolf*; —	Valley P;英国/美国

续表

作者及作品	译本;译者	出版社;国家或地区
霍艳《李约翰》	*Dry Milk*;Duncan Campbell	Giramondo;澳大利亚
贾平凹《极花》	*Broken Wings*;Nicky Harman	ACA Publishing Limited;英国
蒋子龙《农民帝国》	*Empire of Dust*;Christopher Payne，Olivia Milburn	ACA Publishing Limited;英国
金庸《射雕英雄传》	*Legends of the Condor Heroes 2：A Bond Undone*;Gigi Chang	MacLehose P;英国
孔二狗《东北往事》	*Triads & Turbulence，Volume One：Once Upon a Time in Northeastern China*;Stacy Mosher	Rinchen Books;新加坡
李洱《花腔》	*Coloratura*;Jeremy Tiang	U of Oklahoma P;美国
刘慈欣《超新星纪元》	*Supernova Era*;Joel Martinsen	Tor Books，Macmillan;美国
路遥《人生》	*Life*;Chloe Estep	Amazon Crossing;美国
墓草《弃儿》	*In the Face of Death We Are Equal*;Scott E Myers	Seagull Books;英国/美国
帕蒂古丽《百年血脉》	*Bloodline*;Natascha Bruce	Aurora Publishing;美国
史铁生《我的丁一之旅》	*My Travels in Ding Yi*;Alex Woodend	ACA Publishing Limited;英国
天下霸唱《鬼吹灯之龙岭迷窟》	*The Dragon Ridge Tombs*;Jeremy Tiang	Delacorte P;美国
王安忆《富萍》	*Fu-Ping*;Howard Goldblatt	Columbia UP;美国
徐卓呆《中国的卓别林：徐卓呆喜剧集》	*China's Chaplin：Comic Stories and Farces by Xu Zhuodai*;Christopher G. Rea	Cornell UP;美国
杨好《黑色小说》	*Black Tales*;—	Yangtse River Art and Literature PH;中国及海外
2020		
张翎《劳燕》	*A Single Swallow*;Shelly Bryant	Brilliance Audio;美国

小说选集

选集名称	编者	出版社；国家或地区
1979		
Stories of Contemporary China（《中国当代小说》）	Winston Yang	Paragon Books；美国
1980		
Literature of the People's Republic of China（《中华人民共和国文学》）	Kai-yu Hsu	Indiana UP；美国
1981		
Literature of the Hundred Flowers（《百花文学》）	Hualing Nieh	Columbia UP；美国
1983		
Born of the Same Roots: Stories of Modern Chinese Women（《本是同根生：现代中国女性小说》）	Vivian L. Hsu	Indiana UP；美国
Mao's Harvest: Voices from China's New Generation（《毛泽东的收获：中国新一代的声音》）	Helen Siu, Zelda Stern	Oxford UP；英国
The New Realism: Writings from China after the "Cultural Revolution"（《新现实主义："文革"后的中国作品》）	Lee Yee	Hippocrene Books；美国
Perspectives in Contemporary Chinese Literature（《中国当代文学面面观》）	Mason Wang	Green River Review P；美国
Stubborn Weeds: Popular and Controversial Chinese Literature after the "Cultural Revolution"（《倔强的野草："文革"后中国流行的争议作品》）	Perry Link	Indiana UP；美国
1984		
Roses and Thorns: The Second Blooming of the Hundred Flowers in Chinese Fiction（《玫瑰与荆棘：中国小说百花再放》）	Perry Link	U of California P；美国

续表

选集名称	编者	出版社;国家或地区
1985		
Contemporary Chinese Literature: An Anthology of Post-Mao Fiction and Poetry（《当代中国文学：后毛时代的小说诗歌选集》）	Michael S. Duke	M. E. Sharpe; 美国
1988		
The Chinese Western: Short Fiction from Today's China（《中国西部：今日中国短篇小说》）	Zhu Hong	Ballantine; 美国
Seeds of Fire: Chinese Voices of Conscience（《火种：中国良知之声》）	Geremie B., Minford J.	Hill and Wang; 美国
1989		
Science Fiction from China（《中国科幻小说》）	Patrick M., Wu Dingbo	Praeger; 美国
Spring Bamboo: A Collection of Contemporary Chinese Short Stories（《春竹：当代中国短篇小说集》）	Jeanne Tai	Random House; 美国
1990		
Furrows: Peasants, Intellectuals, and the State（《犁沟：农民，知识分子与国家》）	Helen F. Siu	Stanford UP; 美国
1991		
Recent Fiction from China，1987—1988（《新近中国小说(1987—1988)》）	Xu Long	Edwin Mellen P; 英国
Worlds of Modern Chinese Fiction（《中国现代小说大观》）	Michael S. Duke	M. E. Sharpe; 美国
1992		
New Ghosts，Old Dreams（《新鬼旧梦录》）	Geremie Barmé, Linda Jaivin	Times Books; 美国
The Serenity of Whiteness: Stories by and about Women in Contemporary China（《恬静的白色：中国当代女作家之女性小说》）	Zhu Hong	Available P; 美国
1993		
The Lost Boat: Avant-garde Fiction from China（《迷舟：来自中国的先锋小说》）	Henry Y. H. Zhao	Wellsweep; 英国

续表

选集名称	编者	出版社;国家或地区
1994		
Running Wild: New Chinese Writers（《狂奔：中国新作家》）	David Der-wei Wang	Columbia UP;美国
1995		
Chinese Short Stories of the Twentieth Century: An Anthology in English（《20世纪中国短篇小说英译选集》）	Fang Zhihua	Garland Pub;美国
1996		
Chairman Mao Would Not Be Amused（《毛主席会不高兴》）	Howard Goldblatt	Grove P;英国
The Columbia Anthology of Modern Chinese Literature（《哥伦比亚中国现代文学选集》）	Joseph S. M. Lau, Howard Goldblatt	Columbia UP;美国
1997		
Tales from Within the Clouds: Nakhi Stories of China（《中国纳西族故事》）	Carolyn Han	U of Hawaii P;美国
1998		
China's Avant-garde Fiction: An Anthology（《中国先锋小说选》）	Wang Jing	Duke UP;美国
Writing Women in Modern China: An Anthology of Women's Literature from the Early Twentieth Century（《现代中国的创作女性(上)：二十世纪初》）	Amy Dooling, K. Torgeson	Columbia UP;美国
2000		
Song of the Snow Lion: New Writings from Tibet（《雪狮之歌：西藏新写作》）	Tsering Wangdu Shakya	U of Hawaii P;美国
2001		
Fissures: Chinese Writing Today（《裂隙：今日中国文学》）	Henry Y. H. Zhao, Yanbing Chen, John Rosenwald	Zephyr P;美国

续表

选集名称	编者	出版社;国家或地区
Red Is Not the Only Color: A Collection of Contemporary Chinese Fiction on Love and Sex Between Women（《红色不是唯一的颜色:当代中国女性小说选》）	Patricia Sieber	Rowman & Littlefield;英国/美国
Tales of Tibet: Sky Burials, Prayer Wheels, and Wind Horses（《西藏传说》）	Herbert Batt	Rowman and Littlefield;美国
The Vintage Book of Contemporary Chinese Fiction（《中国当代小说精选》）	Carolyn Choa, David Su Li-qun	Vintage Books;美国
2003		
Dragonflies: Fiction by Chinese Women in the Twentieth Century（《蜻蜓:20 世纪中国女性小说》）	Shu-ning Sciban, Fred Edwards	Cornell East Asia Series;美国
The Mystified Boat and Other New Stories from China（《〈迷舟〉及其他中国新小说》）	Frank Stewart, Herbert J. Batt	U of Hawaii P;美国
Stories for Saturday: Twentieth-century Chinese Popular Fiction（《礼拜六小说:20 世纪中国通俗小说》）	Timothy C. Wong	U of Hawaii P;美国
2005		
Writing Women in Modern China: The Revolutionary Years, 1936—1976（《现代中国的创作女性(下):1936—1976 的革命年代》）	Amy Dooling	Columbia UP;美国
2006		
Loud Sparrows: Contemporary Chinese Short-Shorts（《喧嚣的麻雀:当代中国小小说》）	Aili Mu, Julie Chiu, Howard Goldblatt	Columbia UP;美国
2008		
China: A Traveler's Literary Companion（《中国:游客的文学伴侣》）	Kirk A. Denton	Whereabouts P;美国
The Pearl Jacket and Other Stories: Flash Fiction from Contemporary China（《珍珠衫及其他:当代中国闪小说》）	Shouhua Qi	Stone Bridge P;美国

续表

选集名称	编者	出版社;国家或地区
2011		
The Columbia Anthology of Chinese Folk and Popular Literature（《哥伦比亚中国民间文学与通俗文学选集》）	Victor H. Mair，Mark Bender	Columbia UP;美国
2012		
Shi Cheng: Short Stories from Urban China（《十城:中国城市短篇小说选》）	Liu Ding，Carol Yinghua Lu，Ra Page	Comma P;英国
2013		
Irina's Hat: New Short Stories from China（《伊琳娜的礼帽》）	Josh Stenberg	U of Hawaii P，Merwin Asia;美国
New Penguin Parallel Text Short Stories in Chinese（《新企鹅双语版中国短篇小说》）	John Balcolm	Penguin Books;美国
2014		
From the Old Country（《来自古老的国度》）	T. M. McClellan	Columbia UP;美国
2015		
Chutzpah! New Voices from China（《天南!来自中国的新声》）	Ou Ning，Austin Woerner	U of Oklahoma P;美国
2016		
The Big Red Book of Modern Chinese Literature（《中国现代文学大红宝书》）	Yunte T. Huang	W. W. Norton & Company;美国
By the River: Seven Contemporary Chinese Novellas（《在河边》）	Charles A. Laughlin Ph. D.，Liu Hongtao，Jonathan Stalling	U of Oklahoma P;美国
Invisible Planets: Contemporary Chinese Science Fiction in Translation（《看不见的星球:当代中国科幻小说》）	Liu Ken	Tor Books，Macmillan;美国
The Sound of Salt Forming: Short Stories by the Post-80s Generation in China（《成盐之声:中国80后短篇小说》）	Geng Song，Qingxiang Yang	U of Hawaii P;美国

续表

选集名称	编者	出版社;国家或地区
2018		
The Reincarnated Giant: An Anthology of Twenty-first-century Chinese Science Fiction（《转生的巨人：21 世纪中国科幻小说选》）	Mingwei Song，Theodore Huters	Columbia UP；美国
2019		
Broken Stars: Contemporary Chinese Science Fiction in Translation（《碎星星：当代中国科幻小说选集》）	Ken Liu	Tor Books，Macmillan；美国
A New Anthology of Chinese Short-Short Stories（《中国小小说选》）	Harry J. Huang	Bestview；加拿大
2020		
Chinese Short Stories For Beginners: 20 Captivating Short Stories to Learn Chinese & Grow Your Vocabulary the Fun Way（《给汉语初学者的 20 部中国短篇小说》）	Lingo Mastery	LingoMastery.com；美国
Postmodernism and Contemporary Chinese Avant-garde Fiction（《中国后现代主义及当代先锋小说选》）	Yongchun Cai	Routledge；英国/美国

后　记

　　《改革开放以来中国当代小说英译研究》一书的撰写源于一个单纯的初衷:对中国当代文学及其英译研究的热爱。写作过程中,国家社科基金一般项目"中国当代小说的英译研究"起到了很大的鞭策作用。这本书集中反映、融汇了我这些年关于中国当代文学英译及传播研究的思考、观点与经验。

　　改革开放后,中国文学叙事模式的多元化取向渐趋明显,各种新兴文学体裁纷纷涌现,文学创作手段不拘一格,这一切都在潜移默化中映射崭新的中国形象与社会生活。随着中国国门的进一步敞开,中国日益走近世界舞台中央,因此,向全球各地讲述中国故事,让国际社会了解中国真实形象,显得尤为重要;而从不同角度反映中国社会现实与发展变化的文学作品,恰恰是世界解读中国的关键路径。其实,学界对中国当代文学的翻译与传播,尤其是对其在英语世界接受面貌的关注由来已久,且取得了极为丰硕的研究成果,已构成一幅幅不容忽视的译学图景,而我自己也是这一领域的探索者。

　　以史为鉴,可以知兴替。翻译史的梳理与编写,承载着继往开来的使命,可为后人提供可资借鉴的经验与启示。综观国内关于中国当代文学翻译史的梳理,无论是从研究论述的切入视角,还是从著作整体的编写思路来看,都可在一定程度上为目前我们正在开展的译介史相关研究带来启迪。但更为重要的是,我们现阶段的研究如何才能在理论维度与研究视域方面实现创新性拓展?译介史怎样书写才可在其知识性、可读性与趣味性方面兼而有之,从而既益于推进学术研究,并满足读者的阅读需求,又为后人开拓研究空间带来启迪?这是我一直以来思考的问题。

正是秉持这样的问题观,我在搜集文献与撰写本书过程中,尤其注重研究视角、内容编排、书写风格等方面的拓新,竭力挖掘蒙尘已久的史料资源,重整不同历史时期错综复杂的译介现象,将先锋文学、科幻文学、女性文学、网络文学等新近的译介与研究成果吸纳进来,以史为本,史论结合,再现改革开放以来中国当代文学英译的图景全貌,以期编写出一部时读时新、发人深省的对外译介史著作。整部书的内容既有改编自先前发表的文章,也有最新的观点汇聚与史料梳理剖析,较为全面地展现了我关于中国当代小说英译研究的心路历程与探索成果。

回顾整个撰写过程,有太多需要感谢的国内外人士,他们的指导、建议、鼓励与支持让我时常有一种豁然开朗的明快与欢喜。我要感谢汉学家白睿文教授、陶忘机教授、安德鲁·琼斯教授。白睿文是美国当今活跃的中国现当代文学翻译家、文学及电影评论家;陶忘机任教于蒙特雷高级翻译学院,将多位中国当代作家作品译介到英语世界;安德鲁·琼斯是加州大学伯克利分校东亚文学系教授,对中国文学在英语世界的译介颇有见解。我借出国访学的机会,有幸采访了三位汉学家,他们围绕中国文学的特点、英译、传播及接受情况,分享了自身对中国现当代文学及译介传播的看法与建议,这对于我书写中国当代文学的英译史而言具有重要的参考与史料价值。我要特别感谢浙江大学许钧教授。许老师不仅拨冗为本书作序,他对于中国翻译研究高瞻远瞩的创见,始终指引着我。在本书的撰写过程中,每次向他求教、与他交谈,都让我受益良多。他的指导性意见不断启发、敦促着我更加缜密、理性地思考和书写。

衷心感谢所有给予我建议、敦促与帮助的各位师长、同仁与学生。感谢我的博士生李伟、高彬、姜智威、牟宜武。时光终将流逝,而美好记忆长存。他们或沉静睿智,或细致稳重,或聪明伶俐,是一群认真好学、积极乐观的黄骢少年。感谢他们在本书撰写、修改、校对环节给予我的理解与帮助,感谢教学相长,一起努力奋斗的美好时光。另外,本书的付梓还要感谢浙江大学出版社,感谢责编张颖琪老师,他严谨的工作以及对我的理解与支持令我深为感动,并使本书的顺利出版成为可能。最后,还要感谢我的家人,我的每一分成长与进步都离不开他们的理解、支持和关爱。

吴 赟

2020 年暮秋于同济大学

中華譯學館 · 中华翻译研究文库

许　钧◎总主编

第一辑

中国文学译介与传播研究(卷一)　许　钧　李国平　主编
中国文学译介与传播研究(卷二)　许　钧　李国平　主编
中国文学译介与传播研究(卷三)　冯全功　卢巧丹　主编
译道与文心——论译品文录　许　钧　著
翻译与翻译研究——许钧教授访谈录　许　钧　等著
《红楼梦》翻译研究散论　冯全功　著
跨越文化边界:中国现当代小说在英语世界的译介与接受　卢巧丹　著
全球化背景下翻译伦理模式研究　申连云　著
西儒经注中的经义重构——理雅各《关雎》注疏话语研究　胡美馨　著

第二辑

译翁译话　杨武能　著
译道无疆　金圣华　著
重写翻译史　谢天振　主编
谈译论学录　许　钧　著
基于"大中华文库"的中国典籍英译翻译策略研究　王　宏　等著
欣顿与山水诗的生态话语性　陈　琳　著
批评与阐释——许钧翻译与研究评论集　许　多　主编
中国翻译硕士教育研究　穆　雷　著
中国文学四大名著译介与传播研究　许　多　冯全功　主编
文学翻译策略探索——基于《简·爱》六个汉译本的个案研究　袁　榕　著
传播学视域下的茶文化典籍英译研究　龙明慧　著

第三辑

图书在版编目（CIP）数据

改革开放以来中国当代小说英译研究 / 吴赟著. —
杭州：浙江大学出版社，2021.8
（中华翻译研究文库 / 许钧总主编）
ISBN 978-7-308-21609-8

Ⅰ.①改… Ⅱ.①吴… Ⅲ.①小说－英语－文学翻译
－研究－中国－当代 Ⅳ.①H315.9②I207.42

中国版本图书馆 CIP 数据核字(2021)第 147584 号

改革开放以来中国当代小说英译研究
吴 赟 著

出 品 人	褚超孚	
总 编 辑	袁亚春	
丛书策划	张 琛	包灵灵
责任编辑	张颖琪	
责任校对	田 慧	
封面设计	程 晨	
出版发行	浙江大学出版社	
	（杭州市天目山路 148 号 邮政编码 310007）	
	（网址：http://www.zjupress.com）	
排 版	浙江时代出版服务有限公司	
印 刷	浙江省邮电印刷股份有限公司	
开 本	710mm×1000mm 1/16	
印 张	23.25	
字 数	368 千	
版 印 次	2021 年 8 月第 1 版 2021 年 8 月第 1 次印刷	
书 号	ISBN 978-7-308-21609-8	
定 价	78.00 元	